WINTERKILL

C. J. Box

WINTERKILL

roman

TRADUIT DE L'ANGLAIS (ÉTATS-UNIS)
PAR ANICK HAUSMAN

ÉDITIONS DU SEUIL
27, rue Jacob, Paris VIe

COLLECTION DIRIGÉE
PAR ROBERT PÉPIN

Titre original : *Winterkill*
Éditeur original : G. P. Putnam's Sons, NY
© 2003 by C. J. Box
ISBN original : 0-399-15045-5

ISBN 2-02-061999-7

© Éditions du Seuil, octobre 2005, pour la traduction française

www.seuil.com

*Pour Morris et Joanna Meese
et pour Laurie, toujours*

PREMIÈRE PARTIE

AVIS DE GRANDE TEMPÊTE

1

Twelve Sleep County, Wyoming

Une tempête de neige était annoncée sur le massif des Bighorn.

C'était la fin décembre, quatre jours avant Noël, dernière semaine de la saison de chasse aux wapitis. Joe Pickett, garde-chasse assermenté de l'État du Wyoming, avait garé son 4 × 4 vert en lisière de la forêt, dans la partie sud de la Wolf Mountain. La zone où il patrouillait était une vaste dépression boisée en forme de bol. Il se trouvait sur son versant est, juste au-dessous du bord. Devant lui s'étendait un océan de résineux sombres entrecoupé d'anciennes zones d'abattage et de prairies ouvertes et ponctué de saillies granitiques indiquant le passage de l'eau. A l'ouest, au-delà du cirque, se dressait Battle Mountain, séparée de la Wolf Mountain par la Crazy Woman Creek qui allait rejoindre la Twelve Sleep River.

Il restait encore deux bonnes heures avant la tombée de la nuit, mais le ciel, lourd et sombre, annonçait l'arrivée de la neige. Dans l'après-midi, la température avait brutalement chuté lorsqu'un bataillon de nuages avait envahi le ciel, masquant les rayons du soleil. Il faisait moins deux et un petit vent glacé et légèrement humide s'était levé. C'était la première fois de la saison que, dans le nord du Wyoming et le sud du Montana, un avis de forte tempête de neige était émis pour la nuit à venir et la journée du lendemain – un autre front en provenance du Canada était en train de se former juste derrière. Sous le haut plafond du ciel, de gros nuages menaçants avançaient en formation rapprochée.

Tel un soldat dans un poste avancé, Joe avait l'impression de guetter le grondement lointain et le cliquetis de l'artillerie ennemie se mettant en place avant le tir de barrage.

Il avait passé une bonne partie de l'après-midi à observer une vingtaine de wapitis qui s'aventuraient prudemment hors de la futaie pour rejoindre une prairie balayée par le vent où ils pourraient se repaître. Il les regardait, levait les yeux vers le ciel et revenait sur le troupeau.

Sur le siège passager était posé un tas de feuilles de papier que ses filles avaient rapporté de l'école et que sa femme Marybeth avait mis là pour lui. Depuis que les trois filles allaient à l'école – Sheridan, onze ans, était en septième, Lucy, six ans, en maternelle et April, la fillette qu'il avait accueillie chez eux, avait neuf ans et était en neuvième –, la petite maison qu'ils habitaient (propriété de l'État) semblait crouler sous le papier. Il parcourut la liasse de feuillets et ne put réprimer un sourire. La maîtresse tamponnait systématiquement un petit visage souriant sur les dessins de Lucy. April, elle, semblait éprouver quelques difficultés avec les tables de multiplication – surtout les tables de 3, de 5 et de 8 –, mais ces derniers temps la maîtresse l'avait félicitée par écrit pour ses meilleurs résultats.

Sheridan, elle, avait eu comme sujet de rédaction de décrire le métier de son père.

MON PÈRE LE GARDE-CHASSE
PAR SHERIDAN PICKETT,
CLASSE DE Mme BARON
CM2

Mon père est garde-chasse pour toutes les montagnes, aussi loin qu'on peut les voir. Il travaille dur pendant la saison de la chasse. Il rentre tard le soir et part tôt le matin. Son travail consiste à s'assurer que les chasseurs agissent de façon responsable et qu'ils obéissent à la loi. C'est parfois une tâche angoissante, mais lui, il le fait bien. Ça fait trois ans et demi que nous vivons à Saddlestring et qu'il est garde-chasse ici. Il lui arrive de sauver des animaux en danger. Maman est à la maison, mais elle travaille dans une écurie et à la bibliothèque...

Joe savait qu'il n'était pas seul dans la montagne. Un peu plus tôt dans l'après-midi, il avait aperçu un pick-up GMC dernier modèle de couleur bronze un peu plus bas dans le cirque. Il avait braqué sa lunette de repérage Redfield montée sur la portière en direction du véhicule et avait à peine eu le temps d'apercevoir la vitre arrière du pick-up – le conducteur était seul, pas de passager, fusil à lunette dans le râtelier, plaques minéralogiques du Wyoming avec le dessin du cow-boy sur son cheval qui rue. Le plateau du pick-up était vide, le chasseur n'avait pas encore tiré son wapiti. Joe avait tenté de déchiffrer le numéro d'immatriculation que le véhicule ne disparaisse entre les arbres, mais n'avait pas réussi. Il s'était contenté de décrire le pick-up dans le carnet qu'il gardait sur le tableau de bord. C'était le seul véhicule qu'il avait aperçu dans le coin ce jour-là.

Vingt-cinq minutes plus tard, le dernier wapiti huma l'air avant de s'avancer dans la clairière pour rejoindre le reste du troupeau. On aurait dit que les animaux pressentaient l'arrivée de la tempête : ils profitaient des dernières heures du jour pour se rassasier avant que la neige vienne recouvrir la prairie herbeuse. Joe se dit que si le chasseur solitaire aperçu dans le pick-up vert bronze remarquait cet espace dégagé, il aurait un grand choix de cibles. Il serait intéressant de voir ce qui allait se passer, si toutefois il se passait quelque chose. Il se pouvait très bien que le chasseur passe tout près entre les arbres et se contente de suivre la route, comme quatre-vingt-dix pour cent des chasseurs, en ignorant totalement qu'un troupeau entier de wapitis était en train de paître à découvert juste à côté. Assis dans l'habitacle silencieux de son pick-up, Joe attendit.

Une forte détonation rompit le silence, suivie de trois autres. On aurait dit que quelqu'un bombardait une plaque métallique avec de gros cailloux. D'après le bruit, Joe déduisit que trois des coups de fusil avaient atteint leur cible. Mais, dans la mesure où une seule cartouche suffisait rarement à abattre un wapiti, il lui fut impossible de savoir combien d'animaux avaient été touchés. Comme traversée par une décharge électrique, Maxine, la femelle labrador beige, bondit sur le siège où elle était en train de somnoler.

Au-dessous de lui, les wapitis s'étaient réveillés d'un seul coup et couraient maintenant à travers la prairie. Joe distingua trois formes brunes étendues au milieu des hautes herbes et des armoises.

Un chasseur, trois wapitis à terre. Soit deux de plus que la limite autorisée.

Joe sentit monter une bouffée de colère et d'angoisse. Le règlement n'étant pas toujours respecté pendant la saison de chasse, au fil des ans il avait collé un bon nombre de P.-V. à ceux qui commettaient des infractions : surnombre d'animaux abattus, carcasses non étiquetées, permis non valide, chasse dans des zones protégées et autres transgressions. La plupart du temps, les chasseurs pris en faute se rendaient d'eux-mêmes : c'étaient des hommes respectables, qui vivaient et chassaient dans la région depuis des lustres. Il lui arrivait souvent de constater des fraudes lorsqu'il faisait la tournée des camps de chasse. Il arrivait même que des chasseurs se dénoncent entre eux. Le comté dont il avait la charge s'étendait sur quatre mille hectares et, en trois ans, il n'avait presque jamais été présent au moment où une infraction était commise.

Il saisit la radio de bord accrochée sur son support et communiqua sa position par-dessus les grésillements qui parasitaient la ligne. L'éloignement et le terrain empêchaient une bonne réception. La standardiste du central répéta ce qu'il venait de lui dire et il confirma sa position, donna une description du pick-up couleur bronze et fit savoir qu'il allait aborder le coupable dès que possible. En retour, il ne reçut que le chuintement strident de l'électricité statique qui brouillait la ligne. Il se dit qu'au moins on saurait où il était. Malheureusement, ce n'était pas toujours le cas.

– C'est parti, Maxine, lâcha-t-il.

Il démarra, enclencha les quatre roues motrices et s'élança au milieu des pins sombres. En dépit de l'air glacé, il baissa les vitres afin de pouvoir entendre d'éventuelles détonations. La buée qui sortait de sa bouche s'échappa en petits nuages par la fenêtre ouverte.

Une autre détonation retentit, suivie de trois de plus. Apparemment, le chasseur avait eu le temps de recharger, aucun fusil de chasse autorisé ne pouvant tirer plus de cinq coups consécutifs. Le mâle qui menait le troupeau s'effondra, ainsi qu'une femelle et son petit. Au lieu de se précipiter à couvert, les autres animaux changèrent inexplicablement de direction juste avant d'atteindre le rideau d'arbres et effectuèrent un virage coulé avant de se ruer vers le bas de la vallée à travers la prairie, offrant ainsi une cible parfaite au tireur.

– Nom de Dieu ! Pourquoi ont-ils fait demi-tour ? cria-t-il.

Encore deux détonations et deux autres wapitis furent à terre.

– Ce mec est complètement cinglé ! reprit-il à l'adresse de Maxine.

La peur qui montait en lui perçait dans sa voix. Un individu capable d'exécuter froidement six ou sept wapitis terrorisés pouvait très bien se retourner sur un garde-chasse solitaire. Joe dressa un inventaire rapide de ses armes : une carabine .308 fixée sous la banquette, une Winchester .270 montée sur le râtelier derrière sa tête et une carabine Remington Wingmaster calibre. 12 coincée dans les ressorts derrière son siège. Il lui était pratiquement impossible de les atteindre sans lâcher le volant. En remplacement du Magnum .357 détruit dans une explosion au cours de l'été précédent, il possédait désormais un Beretta .40 comme arme de poing. Il avait bien failli ne pas obtenir son permis tellement il était mauvais tireur et tant il faisait peu confiance à son arme et à sa propre aptitude à atteindre la cible.

En longeant la ligne de crête, il tomba sur d'anciennes traces de véhicules et les suivit vers le bas de la vallée. Malgré la multitude de chemins qui zigzaguaient à travers la forêt, Joe n'en connaissait aucun qui pût le conduire directement où il voulait aller. Il ne devait pas oublier que le bureau local de l'Office des forêts avait fermé depuis peu un certain nombre de chemins en creusant d'énormes tranchées ou en en barrant l'accès avec des chaînes cadenassées. Et il ne savait pas très bien lesquels avaient été condamnés. La piste qu'il suivait était ponctuée de fondrières et jonchée de rochers de la taille d'un ballon de football. Il s'agrippa au volant tandis que le pick-up se cabrait et cahotait le long du chemin. Un rocher délogé par son passage vint heurter violemment le dessous du châssis. Malgré les grincements du moteur, il continuait à entendre des détonations, plus proches maintenant. L'ancienne route était encore ouverte.

Il sentit une présence soudaine dans le sous-bois et une douzaine de wapitis – c'est tout ce qu'il restait du troupeau – s'échappèrent d'entre les arbres. Lorsqu'il les vit surgir autour du pick-up, il freina brutalement et Maxine se mit à aboyer. Il eut juste le temps d'entrevoir de grands yeux blancs effarouchés, des langues pendantes et des pans d'épaisse fourrure brune. Un mâle affolé bondit si près du véhicule que l'extrémité de ses andouillers vint percuter le capot avec un *bing* aigu et cabossa la tôle. Une femelle qui avançait sur trois pattes chancela le long du chemin. Son membre avant droit avait été touché et ballottait dans la poussière, maintenu seulement par les tendons à nu et un lambeau de peau.

Dès que les bêtes se furent éloignées, Joe accéléra, projetant Maxine contre le dossier du siège avant, et se lança à toute allure entre les arbres. Le rétroviseur extérieur côté passager heurta un tronc et fut rabattu contre la portière, le verre volant en éclats.

Enfin il franchit le bosquet d'arbres et arriva droit sur le tireur.

Il s'arrêta, ne sachant trop comment procéder. L'homme, légèrement penché en avant, lui tournait le dos et paraissait totalement absorbé. Comment avait-il pu ignorer l'arrivée de Joe, le choc du rétroviseur et tout le bruit qu'il avait fait ? L'homme portait une veste de toile épaisse, un gilet de chasse orange vif et des chaussures de randonnée. Des douilles vides en laiton jonchaient l'herbe à ses pieds et une odeur de poudre flottait dans l'air.

Au-delà du tireur, des cadavres de wapitis jalonnaient la pente herbeuse. Un petit braillait, le bassin fracassé, essayant vainement de se remettre sur pied sans l'usage de ses pattes arrière.

Joe ouvrit la portière, descendit du pick-up et fit sauter la fermeture de son holster. La main serrée sur son Beretta et prêt à dégainer si l'individu se retournait, il se posta derrière l'homme et sur sa droite, de façon à ce que, s'il se retournait, celui-ci soit forcé de faire un tour complet sur lui-même avant de pouvoir braquer son fusil sur lui.

Lorsqu'il vit ce qu'il était en train de faire, Joe n'en crut pas ses yeux. Malgré les violents tremblements qui agitaient son corps, l'homme tentait de recharger son fusil en bourrant la culasse de cigarettes au lieu de cartouches. Les bouts de papier et de tabac coincés dans le chargeur ne semblaient pas le gêner et il continuait d'y enfoncer des cigarettes, les unes après les autres. Il ne semblait pas se rendre compte de la présence de Joe.

Celui-ci sortit le Beretta de son étui et fit claquer le chargeur dans le magasin en espérant que le bruit ferait réagir l'inconnu.

– Jetez votre arme ! hurla-t-il en braquant son pistolet sur le torse de l'homme. Jetez-la immédiatement et tournez-vous lentement.

Joe espérait que l'homme ne remarquerait pas ses mains tremblantes lorsqu'il se tournerait vers lui. Il agrippa le Beretta encore plus fort pour s'empêcher de trembler.

Au lieu de lui obéir, l'homme tenta d'introduire une autre cigarette dans son fusil.

Était-il sourd ou complètement fou ? S'agissait-il d'une ruse pour que Joe baisse la garde ? En dépit du froid, Joe sentit un filet de sueur couler sous sa chemise et sa veste. Il avait les jambes qui tremblaient, comme s'il venait de s'arrêter pour reprendre haleine après une longue course.

– Jetez votre arme et retournez-vous !

Rien. Du tabac déchiqueté voletait autour de lui. Le jeune wapiti mortellement blessé continuait de gémir dans la prairie.

Joe braqua le Beretta vers le ciel et tira. La détonation fut étonnamment puissante et le chasseur parut sortir brusquement de sa rêverie et secoua la tête comme s'il avait reçu un grand coup. Puis il se retourna.

Et là, Joe découvrit l'expression de terreur sur le visage blême et secoué de convulsions de Lamar Gardiner, le superviseur du district pour la Twelve Sleep National Forest. Une semaine auparavant, les Gardiner et les Pickett s'étaient assis côte à côte pour applaudir leurs filles qui participaient au spectacle de Noël de l'école. De l'avis de tous, Lamar Gardiner était un bureaucrate effacé, affable et veule. Il portait une fine moustache aux reflets blonds au-dessus de ses lèvres minces. Pratiquement dépourvu de menton, il avait toujours l'air prêt à fondre en larmes. Dans son dos, les gens du coin l'appelaient « Elmer Fedd[1] ».

– Lamar ! hurla Joe. Qu'est-ce que vous foutez, nom de Dieu ? Y a des cadavres de wapitis partout ! Vous avez perdu la tête ?

– Oh, mon Dieu, Joe… murmura Gardiner, en état de choc. C'est pas moi qui ai fait ça.

Joe étudia le visage de Lamar Gardiner. Il avait le regard trouble et les muscles de son cou se contractaient convulsivement. Même sans la moindre brise, Joe sentit l'alcool sur son haleine.

– Quoi ? ! Vous êtes complètement malade ! Évidemment que c'est vous qui avez fait ça ! s'exclama Joe, abasourdi par la situation. J'ai entendu les coups de feu. Il y a des douilles vides partout autour de vous. Le canon de votre fusil est tellement brûlant que la chaleur qui s'en dégage est encore visible.

Comme s'il venait juste de comprendre ce qui se passait, Gardiner baissa les yeux vers les douilles qui jonchaient le sol à ses pieds, puis il porta son regard sur les wapitis en train de mourir dans la prairie. Il était en train d'établir le lien entre les deux.

– Oh, mon Dieu ! Je n'arrive pas à y croire.

– Bon, maintenant, vous jetez votre fusil !

Gardiner lâcha son arme comme si elle était électrifiée, puis il recula de quelques pas. Son visage exprimait un mélange d'horreur et d'indicible tristesse.

– Pourquoi étiez-vous en train de mettre des cigarettes dans votre fusil ? lui demanda Joe.

Gardiner hocha la tête lentement, des larmes brûlantes emplissant ses yeux. D'une main tremblante, il tapota la poche droite de sa chemise.

– Les cartouches, dit-il. (Puis il tapota sa poche gauche.) Et les Marlboro. Je crois que j'ai confondu.

Joe grimaça. Il n'éprouvait aucun plaisir à voir Lamar Gardiner en train de craquer.

1. Allusion à Elmer Fudd, personnage de dessin animé (le chasseur dans Bugs Bunny) et jeu de mots avec « Fedd » abréviation de « fédéraux » en anglais (NdT).

— Oui, c'est probablement ce qui s'est passé, Lamar.

— Vous n'allez pas m'arrêter ? Hein, Joe ? Ça briserait ma carrière. Carrie risquerait de me quitter et d'emmener ma fille avec elle.

Joe relâcha le chien de son Beretta et baissa son arme. Au cours des années il lui était bien sûr arrivé d'arrêter des gens qu'il connaissait, mais cette fois c'était différent. Gardiner était un employé d'État et, derrière son gros bureau en chêne, c'était lui qui faisait et défaisait les règlements applicables à tous les habitants de la vallée. Ce n'était pas quelqu'un qui violait la loi. D'après ce que Joe en savait, il n'était pas du genre à faire la moindre entorse au règlement. C'est vrai, Gardiner perdrait son travail, mais Joe ne connaissait pas suffisamment bien sa situation de famille pour savoir comment réagirait Carrie Gardiner. Lamar, qui avait consacré sa carrière à la bureaucratie fédérale, était très bien payé par rapport à la plupart des résidents de Saddlestring. Il n'était probablement plus très loin de la retraite et de tous les avantages qui allaient avec.

Les gémissements du jeune wapiti blessé ramenèrent Joe à la réalité. La colonne vertébrale brisée par une balle, l'animal frappait furieusement le sol de ses sabots en essayant de se lever. Ses pattes arrière, écartelées dans l'herbe comme celles d'une grenouille, refusaient de répondre. Derrière lui, de la vapeur montait des entrailles gonflées et béantes d'une femelle touchée au ventre.

Joe leva les yeux vers le regard flou de Gardiner.

— Je vous arrête pour avoir abattu froidement une bonne demi-douzaine de wapitis. Vos actes sont passibles d'une amende de mille dollars par bête et vous risquez de faire de la prison, Lamar. Il se peut aussi qu'on vous confisque votre équipement de chasse et qu'on vous retire votre permis. D'autres chefs d'inculpation sont également envisageables. Étant donné la manière dont j'ai coutume de traiter les malotrus de votre espèce, vous vous en tirez vraiment bien.

Gardiner éclata en sanglots et tomba à genoux avec un hurlement qui glaça Joe jusqu'aux os.

C'est alors que la neige se mit à tomber. La tempête venait de commencer.

Traversant la prairie sous d'énormes flocons de neige avec son fusil .270 et son appareil photo, Joe Pickett tira à bout portant dans la tête du jeune wapiti avant d'aller voir les autres animaux blessés. Il photographia ensuite les cadavres épars. Lamar Gardiner, en pleurs dans la cabine du pick-up, avait abattu sept wapitis : deux mâles, trois femelles et deux petits.

Après avoir enfermé le fusil de Gardiner dans le coffre métallique dévolu au rangement des preuves matérielles à l'arrière du pick-up, Joe lui avait confisqué ses clés. Il avait trouvé une bouteille de tequila à demi vide sur le siège avant de son 4 × 4 et plusieurs canettes de bière Coors Light sur le plancher. La cabine empestait les relents douceâtres de la tequila.

Il avait déjà entendu parler d'incidents bien plus terribles que celui-ci, mais c'était la pire situation à laquelle il ait jamais été confronté. En général, quand un trop grand nombre d'animaux était abattu, c'était parce que plusieurs chasseurs tiraient dans le troupeau sans que personne ne compte. Bien qu'il soit techniquement interdit d'abattre du gibier autre que celui auquel avait droit chaque chasseur, les parties de chasse étaient relativement fréquentes. Mais un seul homme tirant froidement dans un troupeau entier... ça, ce n'était pas commun du tout et c'était très ennuyeux.

C'était un horrible carnage. La balle d'un fusil de chasse de gros calibre peut causer des dommages terrifiants lorsqu'elle atteint certaines parties du corps.

Pour Joe, il était tout aussi tragique de ne pas pouvoir charger sur son pick-up tous les animaux abattus pour les ramener en ville. Un wapiti pesant en moyenne dans les deux cents kilos, même avec l'aide de Gardiner, il ne pourrait pas charger plus de deux carcasses sur le plateau du pick-up. Cela signifiait que les autres cadavres devraient être abandonnés au moins jusqu'au lendemain et qu'ils risquaient de servir de pitance aux prédateurs en tout genre. Il détestait voir une telle quantité de viande perdue – plus de deux mille livres – alors qu'elle aurait pu être distribuée au centre d'accueil de la ville, à la prison du comté ou aux familles dans le besoin dont Marybeth avait dressé la liste. En dépit du grand nombre de cadavres dont il aurait fallu s'occuper, l'arrivée soudaine de la neige signifiait une seule chose : il fallait quitter la montagne au plus vite.

Lorsqu'il revint vers le pick-up pour rejoindre Lamar Gardiner, Joe ne se sentait pas au meilleur de sa forme.

– C'est vraiment moche ? demanda Gardiner.

Joe le fusilla du regard. Gardiner parlait comme s'il s'agissait de quelque chose qui ne le concernait pas vraiment.

– Oui, c'est vraiment moche, dit Joe en se hissant dans la cabine.

Maxine, qui était restée avec Joe et que l'odeur musquée des wapitis morts avait rendue dingue, sauta à contrecœur à l'arrière du véhicule, sa place habituelle étant occupée par Lamar Gardiner.

– Aidez-moi à vider et à charger deux de ces bêtes, dit Joe en mettant le contact. Ça ne devrait pas prendre plus d'une heure si vous me donnez un coup de main. Ou peut-être même moins si je ne vous ai pas dans les pattes. Ensuite, je vous embarque, Lamar.

Gardiner poussa un grognement comme si on venait de lui flanquer un coup dans l'estomac. Il rejeta la tête en arrière d'un air désespéré.

Pour nettoyer ses mains couvertes de sang, Joe les frictionna vigoureusement avec quelques poignées de neige. Même avec l'aide de Lamar, la préparation des wapitis avait pris plus d'une heure. La neige tombait de plus en plus dru. Joe grimpa dans le pick-up et quitta lentement la prairie pour rejoindre le chemin forestier que Gardiner avait emprunté plus tôt. Il essaya de joindre le central par radio, mais n'obtint qu'un chuintement continu d'électricité statique. Il devrait réessayer lorsqu'il arriverait au sommet.

Joe était parfaitement conscient du caractère singulier de la situation dans laquelle il se trouvait en tant que représentant de la loi. A la différence des services de police ou du shérif qui possédaient des voitures de patrouille ou des SUV[1] dont les portières

1. « Sport-Utility Vehicle » : très gros 4 × 4, proche d'une camionnette par la taille, avec parfois huit roues motrices (NdT).

arrière ne pouvaient pas s'ouvrir de l'intérieur et dont le siège arrière était séparé du conducteur par une grille, Joe devait transporter les individus qu'il arrêtait sur le siège passager de son pickup, juste à côté de lui. Même si Lamar ne s'était à aucun moment montré menaçant à son encontre, Joe était tout à fait conscient de sa proximité à l'intérieur de la cabine.

– Je n'arrive pas à croire que j'aie pu faire ça, marmonna Gardiner. C'est comme si quelque chose s'était emparé de mon esprit et m'avait rendu fou. Un tueur forcené... Je n'ai jamais fait un truc pareil de ma vie !

Selon ses dires, Gardiner chassait le wapiti depuis seize ans ; il avait commencé dans le Montana et continué dans le Wyoming depuis qu'il y avait été muté. Quand il avait aperçu le troupeau de wapitis à découvert, il avait eu comme un déclic, expliqua-t-il en geignant. En fait, c'était la première année qu'il avait réussi à en abattre un et il était sans doute frustré.

– Lamar, est-ce que vous avez bu ? lui demanda Joe d'un air compatissant. J'ai vu la bouteille et les canettes vides dans votre voiture.

Gardiner réfléchit un instant avant de répondre.

– Oui, peut-être un peu. Mais ça va mieux maintenant. Vous savez, je vois souvent des wapitis quand je me balade. (Joe avait entendu ça souvent.) Mais quand je suis à la chasse, je n'arrive jamais à coincer ces saligauds.

– Jusqu'à aujourd'hui.

Gardiner se frotta le visage et hocha la tête.

– Jusqu'à aujourd'hui, oui. Ma vie est foutue !

C'est bien possible, pensa Joe. Lamar perdrait certainement son poste à l'Office des forêts et il y avait de grandes chances pour qu'il ne retrouve jamais un emploi en ville. Dans le cas contraire, il n'obtiendrait pas le quart du salaire et des avantages liés à sa situation privilégiée d'employé fédéral de longue date. En plus de ça, Joe savait pertinemment que le journal local et les ragots de comptoir auraient tôt fait de ruiner sa réputation. Il n'avait jamais été populaire et serait désormais traité en paria. Les gens du coin n'avaient pas la moindre patience – et pratiquement aucune compassion – pour les chasseurs peu scrupuleux. Ils considéraient les wapitis des Bighorn comme faisant partie des ressources communautaires, se préoccupaient beaucoup de leur santé et en parlaient souvent. Nombreux étaient les résidents locaux qui avaient accepté de petits salaires et des boulots sans avenir pour profiter du mode de vie de la région, reposant en grande partie sur les excellentes perspectives offertes aux chasseurs. Rien ne déclenchait autant leur fureur qu'une atteinte à la population et à l'habitat du gros gibier. Alors que les chasseurs avaient parfaitement le droit – ils y étaient même encouragés – d'abattre un wapiti par an, le massacre imbécile de sept d'entre eux serait vécu comme un véritable outrage. Surtout avec un coupable qui était un bureaucrate fédéral chargé de fermer les routes forestières et de refuser les droits de pâturage et d'abattage dans le secteur.

Joe n'arrivait toujours pas à comprendre ce qui avait pu se passer dans la tête de Lamar Gardiner. Si une telle rage se cachait à l'intérieur d'un timoré pareil, c'est que les montagnes étaient un endroit bien plus dangereux qu'il ne l'imaginait.

La piste sommaire qui menait au sommet était pentue et jonchée de fondrières, et les bourrasques de neige rendaient la visibilité mauvaise. Le pick-up dérapa plusieurs fois sur le sol enneigé. S'il continue à neiger comme ça, il va être difficile de revenir ici demain, se dit Joe.

Ils progressaient péniblement dans l'épais sous-bois lorsque Joe se souvint de Maxine, reléguée à l'arrière avec les wapitis. Dans son rétroviseur, il la vit accroupie tout contre la cabine, le poil couvert de neige et des cristaux de glace pendus aux babines.

– Ça ne vous ennuie pas si je m'arrête pour faire monter ma chienne ? demanda-t-il en s'arrêtant sur une partie plane du chemin avant d'attaquer la montée suivante.

Gardiner grimaça comme si c'était trop lui demander et poussa un soupir théâtral.

– Ma vie est complètement foutue, dit-il. Alors pourquoi ne pas laisser un cabot puant et mouillé s'asseoir sur moi, hein ?

Joe se mordit la langue. Face au visage inondé de larmes de Gardiner, à ses yeux rougis et à son menton fuyant, il se dit qu'il n'avait jamais vu personne d'aussi lamentable.

Lorsque Gardiner, qui voulait laisser entrer Maxine, se tourna pour ouvrir sa portière, son genou heurta malencontreusement le bouton de la boîte à gants qui s'ouvrit en déversant son contenu sur le plancher (jumelles, gants, vieilles menottes de rechange, cartes routières et courrier divers). Ce fut le moment que choisit Maxine pour bondir dans la cabine et s'empêtrer dans les jambes de Gardiner qui s'était penché pour ramasser tout ça. Gardiner poussa un cri et balança la chienne au milieu de la banquette.

– On se calme ! dit Joe en s'adressant aussi bien à Maxine qu'à Gardiner.

Toute grelottante de froid, la chienne était ravie de se retrouver là. L'odeur de poil mouillé envahit la cabine.

– Bon Dieu, je suis trempé, moi ! s'écria Gardiner, hystérique, en tendant les mains devant lui. Espèce d'enfoiré ! C'est la pire journée de ma vie ! (Ses mains retombant comme deux oiseaux morts, il se mit à hurler.) Je n'en peux plus !

– Calmez-vous, lui ordonna Joe.

Le sentiment de détresse totale qui envahit la cabine contrastait étrangement, se dit-il, avec le silence absolu de la montagne prise dans la tempête de neige.

L'espace d'un instant, Joe éprouva une certaine pitié pour Lamar Gardiner. Mais ce sentiment le quitta bientôt lorsque, se penchant par-dessus Maxine, Gardiner lui passa une menotte au poignet et accrocha l'autre au volant en un geste aussi rapide qu'inattendu. Puis, en un éclair, il ouvrit sa portière, bondit à l'extérieur et se mit à courir en agitant les bras frénétiquement avant de disparaître entre les arbres.

Les menottes qu'avaient utilisées Gardiner étaient une vieille paire dont la clé était plus petite que celle dont Joe se servait désormais. Il eut beau fouiller dans la boîte à gants, le vide-poches et quantité d'autres endroits où il aurait pu mettre les clés, il ne réussit pas à les retrouver. Comme tous les gardes-chasses qu'il connaissait, Joe vivait pratiquement dans son pick-up et y avait entassé des équipements en tout genre, des vêtements, des outils, des papiers et autre bazar. Mais impossible de mettre la main sur cette satanée clé.

Avec son Leatherman multifonction, il lui fallut vingt minutes pour faire sauter la pièce cylindrique qui retenait le volant et dévisser les boulons qui le maintenaient sur l'axe. Maxine avait posé sa tête mouillée sur ses genoux et le regardait d'un air compatissant. Une épaisse couche de neige avait recouvert le siège et le sol de la cabine du côté où la portière était restée ouverte. S'il avait eu une scie à métaux, il aurait pu scier le volant ou la chaîne des menottes pour se libérer, mais ce n'était pas le cas.

Furieux, Joe s'enfonça sous les arbres. La neige n'avait pas cessé de tomber. Il tenait son fusil dans la main gauche. Le volant, toujours attaché aux menottes, se balançait au bout de son poignet droit.

– Lamar, nom de Dieu, vous allez crever dans la neige si vous ne revenez pas tout de suite !

Le son de sa voix, estompé par les arbres et la neige, lui parut vain et pitoyable.

Il s'arrêta et tendit l'oreille. Il lui semblait avoir entendu le ronronnement d'un moteur lointain quelques minutes auparavant, peut-être même le claquement d'une portière. Il se dit que celui qui conduisait le véhicule faisait exactement ce qu'il aurait dû lui-même être en train de faire – rejoindre des altitudes plus clémentes. Le bruit semblait venir d'au-delà des arbres, mais tous les sons étant amortis, il n'en était pas vraiment sûr.

Je devrais avoir vite fait de retrouver Gardiner, pensa-t-il.

Il prêta l'oreille à d'éventuels craquements de branche, des sanglots ou des gémissements. Mais il n'entendit rien de tout ça. Seulement la neige qui tombait.

Il étudia la situation et lâcha un juron. Lamar Gardiner n'était pas le seul à avoir une journée pourrie. Son prisonnier s'était enfui, aucun contact radio n'était possible, il était déjà tombé plus de quinze centimètres de neige, il restait à peine une heure avant la tombée de la nuit et il avait toujours le volant enchaîné au poignet.

Il pensa avec amertume que lorsqu'il retrouverait Gardiner, il pourrait soit le traîner jusqu'au pick-up, soit le descendre d'un coup de fusil. L'espace d'un instant, la deuxième solution lui parut la meilleure.

– Lamar, vous allez crever ici si vous ne revenez pas tout de suite !

Rien.

Les traces de Gardiner n'étaient pas difficiles à suivre, sauf que petit à petit elles étaient recouvertes par la neige. Il avait commencé par zigzaguer entre les arbres. Plusieurs fois bloqué par des branches mortes, il avait dû changer de direction. Il n'avait pas l'air de savoir où il allait. Il cherchait simplement à s'éloigner de Joe.

Il était de plus en plus difficile d'avancer. Sous la couche de neige, les branches de bois mort qui jonchaient le sol de la forêt étaient glissantes et Joe trébuchait sur des racines. Gardiner était tombé plusieurs fois, laissant derrière lui un mélange de neige et de boue.

S'il tente de regagner son véhicule, pensa Joe, il va dans la mauvaise direction. Et de toute façon il y avait peu de chance qu'il ait un second jeu de clés.

Joe était en train de marcher lorsque le volant s'accrocha à une branche de bois mort recouverte de neige, le forçant brusquement à s'arrêter. Il lâcha un juron et dut reculer de quelques pas pour se dégager. Il demeura un instant sur place, essuyant la neige fondue sur son visage et secouant celle qui s'était accumulée sur sa veste et son Stetson. Il tendit à nouveau l'oreille. Il avait du mal à croire que Gardiner ait compris si vite comment se déplacer sans bruit dans le sous-bois alors que lui-même n'arrêtait pas de trébucher et de grommeler.

Il baissa les yeux et s'aperçut que les empreintes de pas étaient toutes fraîches. Il allait le rattraper d'un instant à l'autre.

Il arma son fusil, espérant que le bruit ferait au moins réfléchir Gardiner.

Le sous-bois s'éclaircissait. Joe continuait à suivre les traces du fugitif entre les arbres. Il regarda devant lui, clignant des yeux à cause de la neige. Les empreintes zigzaguaient entre les troncs et s'arrêtaient au pied d'un énorme sapin. Pas d'autres traces aux alentours.

– C'est bon, Lamar, cria-t-il. Vous pouvez sortir maintenant.

Aucun mouvement derrière l'arbre. Pas un bruit.

– Si on veut arriver en ville avant la nuit, il faut partir tout de suite.

Sans cesser de maugréer, il braqua son fusil sur le tronc du sapin et le contourna de loin pour s'en approcher par l'autre côté. Tandis qu'il avançait péniblement dans la neige, il aperçut d'abord l'épaule de Gardiner, puis sa chaussure qui dépassait. Son corps exhalait une vapeur légère. Il avait dû attraper une belle suée dans ce froid glacial.

– Sortez de là immédiatement !

Mais Lamar Gardiner était bien incapable de lui obéir et Joe comprit pourquoi lorsqu'il s'approcha.

Ce qu'il vit lui coupa le souffle. Il faillit lâcher son fusil sous l'effet de la surprise.

Gardiner était bien droit, embroché sur le tronc. Deux flèches lui avaient traversé le buste avant de s'enfoncer dans le bois. Son menton reposait sur sa poitrine et du sang coulait de son cou. On lui avait tranché la gorge. Autour de l'arbre, la neige avait été piétinée.

Le devant des vêtements de Gardiner était inondé de sang. A ses pieds une flaque rouge d'où montait une légère vapeur avait fait fondre la neige, laissant derrière elle un dessin en forme de cœur dont les bords avaient pris la teinte du sorbet à la framboise. L'odeur âcre et salée du sang chaud le révulsa.

Le cœur battant à tout rompre, il se tourna lentement dans la direction qu'avait dû prendre le tueur, priant le ciel que celui-ci ne soit pas en train d'armer son arc et de le braquer sur lui.

Il pensa :

> …Son travail consiste à s'assurer que les chasseurs agissent de façon responsable et qu'ils obéissent à la loi. C'est parfois une tâche angoissante, mais, lui, il le fait bien. Ça fait trois ans et demi que nous vivons à Saddlestring et qu'il est garde-chasse ici. Il lui arrive parfois de sauver des animaux en danger…

2

Sheridan Pickett, onze ans, jeta son sac à dos sur son épaule avant de rejoindre le flot des élèves de huitième, septième et sixième qui franchissaient les portes à double battant de l'école élémentaire de Saddlestring avant d'affronter la tempête de neige. C'était le dernier jour d'école avant les deux semaines des vacances de Noël. Ça, plus la neige, suffisait à l'excitation générale. Les enseignants avaient géré l'euphorie grandissante des élèves en leur passant des films toute la journée et en surveillant l'horloge jusqu'à la sonnerie de quinze heures trente annonçant la sortie.

Une douzaine de garçons de septième – camarades de classe de Sheridan – jaillirent dans la cour en hurlant et se précipitèrent pour confectionner les premières vraies boules de neige de la saison. La neige étant trop légère pour cela, ils se mirent à balancer des coups de pied pour la faire voltiger vers les autres. Sheridan fit de son mieux pour les ignorer et détourna la tête lorsqu'ils se mirent à envoyer de la neige dans sa direction. La neige tombait dru et il y en avait déjà une belle couche sur la route. Le ciel était si bas et les flocons si serrés, se dit Sheridan, qu'il serait difficile de convaincre un étranger qu'ils étaient entourés de montagnes et que les sommets des Bighorn barraient l'horizon vers l'ouest. Elle pensa qu'il devait neiger encore plus fort là-haut.

S'éloignant du groupe, elle avança jusqu'à la longue chaîne qui barrait l'accès à l'école et tourna sur le trottoir. Elle longea le bâtiment de brique rouge et se dirigea vers une autre aile. C'était une partie du bâtiment scolaire qu'elle connaissait bien. L'école élémentaire de Saddlestring était en forme de H : d'un côté les maternelles, CP et CE1 et de l'autre les CE2, CM1 et CM2 (deux classes par niveau chaque fois) – les deux ailes étant reliées par une partie centrale réservée aux bureaux, au gymnase et à la cantine. L'année précédente, Sheridan était passée dans ce qu'on appelait « l'aile des grands » et une fois de plus elle se retrouvait dans le groupe des plus jeunes. Elle avait toujours trouvé les CM2 odieux et antipathiques ; ils formaient des cliques dans le seul objectif de tourmenter les élèves de CM1. Elle n'avait d'ailleurs pas changé d'avis depuis qu'elle en faisait partie. C'était une classe nulle et sans intérêt. On n'était ni grand ni petit, juste au milieu.

A ses yeux, les sixièmes étaient plus distants et plus mûrs. Ils en avaient fini avec le primaire, au moins socialement. Les filles étaient les plus grandes de l'école, elles avaient poussé d'un seul coup, dépassant désormais la plupart des garçons. Certaines portaient déjà une bonne couche de maquillage et des vêtements ajustés mettant en valeur leurs poitrines naissantes. Les garçons, eux, étaient devenus des créatures parfaitement ridicules. Dégingandés et tapageurs, ils ne vivaient que pour tirer sur les bretelles des soutiens-gorge des filles et estimaient qu'un simple pet était le bruit le plus hilarant qu'on puisse entendre. Malheureusement, les garçons de CM2 commençaient à les imiter.

Comme elle le faisait tous les jours depuis septembre, Sheridan alla chercher ses sœurs à la sortie de « l'aile des petits » et attendit avec elles que le bus arrive. Elle éprouvait des sentiments ambigus à devoir ainsi s'occuper d'elles. D'un côté, il lui déplaisait de devoir abandonner les bavardages avec les copines pour se traîner jusqu'à cette partie de l'école où elle n'aurait plus jamais dû avoir à mettre les pieds. Mais, d'un autre, elle se sentait responsable d'April et de Lucy et voulait être là si quelqu'un les embêtait. A deux reprises cette année-là elle avait dû faire fuir deux petites brutes – un garçon et une fille – qui malmenaient ses petites sœurs. Surtout Lucy, qui n'avait que six ans et qui était une cible idéale tellement elle était... mignonne. Les deux fois, Sheridan avait réussi à éloigner les tyrans en serrant les mâchoires, fronçant les sourcils et en s'adressant à eux calmement et fermement d'une voix si basse qu'elle en était à peine perceptible. Elle leur avait dit de laisser ses sœurs tranquilles s'ils ne voulaient pas avoir de gros problèmes.

La première fois, elle avait été légèrement surprise de voir que ça marchait si bien. Ce n'est pas qu'elle n'aurait pas été prête à se battre, s'il l'avait fallu, mais elle n'était pas sûre de savoir vraiment comment s'y prendre. Quand ça avait marché la deuxième fois, elle s'était dit qu'elle était capable de projeter la force et la détermination qu'elle sentait souvent en elle et que c'était ça qui avait déstabilisé les petits bagarreurs. Ça plaisait aussi énormément à Lucy et April.

En attendant que les portes s'ouvrent, elle se tourna de côté pour essayer de se protéger de la neige qui venait fondre sur ses lunettes. Mais les flocons étaient tellement gros, légers et tourbillonnants qu'elle avait du mal à trouver la bonne position. Elle détestait ses lunettes, surtout l'hiver. La neige y laissait des traînées mouillées et elles s'embuaient dès qu'elle était à l'intérieur. Elle avait décidé de s'acharner encore plus à convaincre ses parents de lui acheter des lentilles. Sa mère lui avait dit qu'ils en reparleraient quand elle serait en cinquième. Ça lui semblait bien long d'attendre jusque-là. Ses parents étaient trop méfiants et complètement vieux jeu. Dans sa classe, il y avait des filles qui avaient déjà des lentilles de contact et qui, en plus, avaient demandé de se faire percer le nombril pour Noël, si c'était pas incroyable, ça ! Deux filles avaient même annoncé que leur objectif pour la cinquième était de se faire faire un tatouage sur les fesses !

Sheridan inspecta la chaussée en espérant voir surgir la voiture de sa mère ou le pick-up vert de son père. Mais ni l'un ni l'autre n'était là. Parfois leur père leur faisait la surprise de venir les chercher dans son pick-up marqué du logo du département Chasse et Pêche du Wyoming. Même s'ils étaient un peu à l'étroit à l'intérieur de la cabine, les trois filles adoraient rentrer chez elles avec Maxine et leur père, surtout lorsque celui-ci allumait le gyrophare ou faisait hurler la sirène en quittant la ville pour rejoindre la route qui montait jusqu'à chez eux. La plupart du temps, il devait retourner travailler après les avoir déposées à la maison. Au moins leur mère serait-elle rentrée quand elles descendaient du bus ce soir-là (elle travaillait à mi-temps à la bibliothèque et dans une écurie). Rentrer à la maison dans la tempête le dernier jour d'école de l'année avait quelque chose de spécial, de magique. Elle espérait trouver sa mère en train de préparer un gâteau.

La rue dans laquelle s'arrêtaient les bus scolaires était aussi fréquentée par les camions qui passaient par Saddlestring. Elle traversait toute la ville avant de rejoindre Bighorn Road et de continuer sa course vers les montagnes. Le grondement sourd de la circulation n'avait donc rien d'inhabituel à cet endroit, en tout cas rien qui aurait dû l'intriguer et lui faire lever les yeux.

Pourtant, lorsqu'elle jeta un coup d'œil dans la rue en inclinant la tête pour éviter la neige qui tombait, elle y vit quelque chose de différent : un long et impressionnant cortège de véhicules bringuebalants qui avançaient lentement.

Ils passèrent devant elle les uns après les autres : des vieux camping-cars cabossés, des fourgonnettes fatiguées, des caravanes tractées par des camionnettes et d'anciens bus scolaires à l'aspect insolite et dans lesquels s'entassaient des cartons. Des 4 × 4 tiraient des remorques croulant sous des montagnes de caisses, des pieds de table et de chaises dépassant sous des bâches en plastique. On aurait dit que les résidents de toute une communauté avaient rassemblé leurs possessions pour échapper à un danger imminent. Elle repensa au mot qu'elle avait appris en sciences sociales. Oui, c'était bien ça, ce défilé lui faisait penser à des « réfugiés ». Mais… au Wyoming ?

Les plaques d'immatriculation étaient de partout : Montana, Idaho, Nouveau-Mexique, Nevada, Colorado, Dakota du Nord, Géorgie, Michigan, et bien d'autres États. Tout ça était étrange, surtout en plein hiver quand les gens évitaient de s'aventurer sur les routes à cause du mauvais temps.

Beaucoup de ceux qui conduisaient avaient l'air frustes et pas très nets ; les hommes portaient de grandes barbes et étaient emmitouflés dans de gros manteaux. Certains la regardaient, d'autres détournaient les yeux. Un homme barbu baissa sa vitre en passant devant elle et hurla quelque chose sur les « écoles du gouvernement ». Il n'avait pas dit ça très gentiment, instinctivement elle recula vers le bâtiment et la chaîne qui en barrait l'accès. Il y avait plus d'hommes que de femmes dans tous ces véhicules et Sheridan ne vit que quelques rares enfants, mains et visages collés contre les vitres. C'est alors qu'elle s'aperçut que Lucy et April étaient là. Elles se tenaient à ses côtés avec leurs manteaux, leurs bonnets et leurs moufles et regardaient le convoi qui passait dans un grondement de moteurs. Sous son manteau, Lucy portait une robe et des chaussures vernies, toujours chic. Elle était vraiment très mignonne. April, elle, portait une salopette en velours côtelé nettement plus pratique et un anorak un peu court qui avait appartenu à Sheridan.

Celle-ci remarqua le profil fier et altier d'un homme imposant qui conduisait une Chevrolet Suburban relativement récente. L'homme tourna la tête vers elle et lui sourit. Ils échangèrent un bref regard. Il avait l'air gentil et Sheridan se dit que c'était sans doute le chef du groupe – rien qu'à la façon qu'il avait de se tenir bien droit… Et il avait l'air sûr de lui.

– Où est notre bus ? demanda Lucy.

– Probablement derrière toutes ces voitures et tous ces camions, répondit Sheridan en regardant au-delà du flot de véhicules pour voir si le bus jaune arrivait.

La neige l'empêchait de distinguer quoi que ce soit au-delà du premier pâté de maisons et ses lunettes mouillées n'aidaient pas vraiment.

– Qui sont tous ces gens ? demanda Lucy.

– Je n'en sais rien, répondit Sheridan en prenant ses sœurs par la main. Il y en a un qui m'a crié quelque chose.

– S'ils crient encore une fois, on rentre et on va le dire au principal ! dit April d'un ton ferme en agrippant la main de Sheridan dans son gant de coton rouge.

Les fillettes attendirent que le convoi ait fini de passer. Toutes les trois étaient blondes aux yeux verts. Seul un observateur avisé aurait pu remarquer qu'April ne possédait pas le même visage rond et les mêmes grands yeux que les deux autres fillettes. Son visage était plus anguleux et son expression plus dure et plus difficile à cerner.

Un vieux pick-up Dodge bleu tout cabossé, le dernier du convoi, fit une légère embardée et ralentit en passant près d'elles. Un amas informe recouvert d'une bâche de toile trempée occupait le plateau arrière. Un peu plus loin derrière, Sheridan aperçut les feux rouges de leur bus qui approchait. Lucy le montra du doigt en criant : « Le voilà ! »

Le pick-up Dodge s'immobilisa au milieu de la chaussée juste devant les trois fillettes. Sheridan vit que quelqu'un baissait la vitre dégoulinant de neige. Une femme menue aux traits tirés les observait. Elle avait des cheveux châtains parsemés de mèches blondes et un regard dur et perçant. La cigarette accrochée à ses lèvres tressauta lorsqu'elle entreprit de baisser la vitre jusqu'en bas.

Sheridan, effrayée, lui renvoya son regard et serra un peu plus fort les mains de ses sœurs. Les yeux de cette femme exprimaient une incroyable dureté, comme ceux d'un prédateur prêt à bondir. Au bout d'un moment, Sheridan s'aperçut que ce n'était pas elle que la femme regardait, mais quelqu'un de plus petit, à côté d'elle. Son regard s'était posé sur April.

Le pick-up redémarra et la femme rentra la tête à l'intérieur en aboyant quelque chose au conducteur. Le véhicule s'immobilisa à nouveau. Le bus était maintenant juste derrière et le chauffeur gesticulait en faisant signe au conducteur de dégager la route. Les enfants avaient collé leurs petits visages contre les vitres pour voir ce qui se passait.

La femme continuait de regarder les trois fillettes. Lentement, elle porta la main à ses lèvres, saisit la cigarette qui s'y trouvait et en tapota les cendres qui tombèrent dans la neige. Ses yeux étaient réduits à deux fentes derrière les volutes de fumée.

Le chauffeur du bus klaxonna et les choses reprirent leur cours normal. Le pick-up bondit vers l'avant et la vitre fut remontée. La femme détourna son visage pour crier quelque chose d'autre au conducteur. Celui-ci accéléra pour rejoindre le reste du convoi et le gros bus jaune s'immobilisa sur l'emplacement qui lui était réservé.

Les portes en accordéon s'ouvrirent en grinçant et Sheridan perçut le piaillement des enfants à l'intérieur et sentit une vague d'air chaud.

— Ça m'a donné la chair de poule, dit-elle en guidant ses sœurs vers la porte du bus.

— J'ai peur, dit Lucy en enfonçant son visage dans le manteau de Sheridan. Cette femme m'a fait peur.

April, elle, n'avait pas bougé. Sheridan la tira par le bras et se tourna vers elle. Les yeux écarquillés, elle était blême et tremblait de partout. Sheridan tira un peu plus fort sur sa manche et April sembla se réveiller pour la suivre.

Dans le bus, April prit place à côté de Sheridan au lieu de s'asseoir à côté de Lucy comme elle le faisait d'habitude. Elle regardait fixement le dossier du fauteuil de devant et tremblait encore. Le chauffeur de bus s'était enfin arrêté de râler contre les « espèces de chevelus à la noix » qui avaient bloqué la route jusqu'à l'école.

— Je me demande bien où vont tous ces rigolos, lâcha-t-il sans s'adresser à personne en particulier. Faut être dingue pour aller camper dans les montagnes au milieu de ce fichu hiver.

— Tu as froid ? demanda Sheridan à April. Tu n'arrêtes pas de trembler.

April fit non de la tête. Le bus s'engagea sur la chaussée. Les longs essuie-glaces dessinaient des arcs-en-ciel sur le pare-brise en chassant la neige chacun à leur rythme.

— Alors qu'est-ce que tu as ? insista Sheridan en passant son bras autour des épaules de sa demi-sœur.

April ne chercha pas à se dégager de son étreinte, ce qui était déjà tout à fait inhabituel. Ce n'était que depuis peu qu'elle montrait, ou acceptait de recevoir, des signes d'affection.

— Je crois bien que c'était ma mère, murmura April en levant les yeux vers Sheridan. Je veux dire… celle qui est partie.

3

Tandis que la tempête s'abattait sur la région, Joe se retrouva sans renfort, sans contact radio et avec le cadavre du superviseur de la Twelve Sleep National Forest sur les bras. Debout au milieu des arbres devant le corps de Gardiner embroché sur un tronc, alors que la neige fraîche commençait à recouvrir ses traces, il devait prendre une décision, et la prendre vite.

Il était allé faire un tour vers l'endroit d'où il pensait que les flèches avaient été tirées pour s'assurer que le meurtrier n'était plus dans les parages. La neige avait déjà pratiquement recouvert les traces du ou des tueurs.

Joe leva les yeux vers le ciel et les flocons qui tombaient en tourbillonnant. Il ne savait plus très bien ce qu'il devait faire. Bien sûr, il ne fallait pas toucher à la scène de crime. Sauf que, tout d'un coup, le corps de Gardiner fut saisi d'un tremblement, un peu de sang coulant le long de sa poitrine, entre les flèches. Joe ne put s'empêcher de bondir en arrière, les yeux écarquillés et le souffle coupé. Il retira un de ses gants et chercha le pouls de Gardiner sur son cou. Bizarrement, il perçut un très léger battement sous la peau déjà froide. Il hocha la tête. Étant donné l'ampleur des blessures, il n'avait même pas imaginé que l'homme puisse être encore vivant.

Il tenta d'extraire une des flèches. Mais il eut beau s'acharner, elle resta solidement enfoncée. Il essaya d'en briser l'extrémité, mais la tige de graphite résista. Pour finir, il prit Gardiner sous les bras et, en écrasant son visage contre la parka ensanglantée, parvint à le libérer en soulevant légèrement son corps pour le dégager des pointes des flèches.

Stimulé par l'adrénaline et en plein désarroi, il chargea le corps sur ses épaules, menottes et volant toujours accrochés au poignet. Il fit demi-tour avec difficulté et entreprit de regagner son véhicule. Il avait de la neige plein les yeux, les flocons fondus lui dégoulinant dans le cou. Il se dit avec un temps de retard que déplacer ainsi Gardiner risquait d'empirer les choses, mais il ne voyait pas d'autre solution.

Il tendit l'oreille pour tenter de distinguer, malgré le bruit de sa respiration pantelante, le moindre signe de vie chez Gardiner. Mais au lieu de ça, chancelant au milieu d'un bosquet de jeunes arbres sombres, il ne perçut que le silence de la mort. Un râle guttural s'échappa de la gorge de Gardiner et Joe sentit – en tout cas il en eut bien l'impression – un relâchement de tout son corps. Enfin il fut certain que Lamar Gardiner était mort.

Il rejoignit son véhicule garé au bord de la route. Une couche de neige recouvrait déjà le toit et le capot du pick-up. Il déposa le corps de Gardiner contre la roue avant aussi dignement qu'il le put et ouvrit la portière côté passager. Il dut ensuite la contourner en traînant le corps avant de hisser celui-ci sur le siège. Mais les longues jambes de Lamar, raidies par le froid et la mort, refusaient de plier. Le cadavre avait conservé la position qu'il avait prise sur les épaules de Joe : les bras tendus droit devant, parallèles aux jambes, la tête légèrement inclinée sur le côté, comme s'il était en train de renifler son aisselle.

Pendant un bref et terrifiant instant, Joe eut l'impression de se voir d'en haut, en train de se démener au milieu des tourbillons de neige et d'essayer de plier ou de casser un cadavre gelé pour le hisser dans la cabine de son pick-up.

Renonçant à le faire entrer dans la cabine, il traîna le corps de Gardiner vers l'arrière du pick-up et ouvrit le hayon. Pour dégager l'espace, il tira sur une des carcasses de wapiti encore chaude, qui tomba lourdement par terre. Puis il hissa le cadavre sur le plateau à côté de la carcasse restante. Gardiner avait les yeux grands ouverts et les lèvres pincées.

Joe sentait ses muscles brûlants frémir sous l'effort. Un voile de vapeur dû à la transpiration montait de son col, de ses poignets et de sa tête. Il referma le hayon et recouvrit de son mieux le corps avec deux couvertures et un sac de couchage. Puis il fouilla dans la boîte à outils qu'il gardait à l'arrière de son pick-up et en sortit une paire de tenailles (il aurait dû y penser plus tôt) avec lesquelles il réussit à sectionner la chaîne des menottes. Enfin il replaça le volant sur son axe. A bout de forces, il se laissa tomber sur le siège avant et mit le contact.

Lorsqu'il atteignit le sommet, il faisait déjà nuit. Il redescendit vers la vallée avec le cadavre de Gardiner et la carcasse de wapiti à l'arrière du pick-up, s'arrêtant plusieurs fois pour inspecter la route devant lui. La glace fondue et le sang des cadavres s'étaient mélangés et avaient coulé dans les rainures du plateau. Chaque fois qu'il s'arrêtait, un peu de liquide rougeâtre s'échappait sous le hayon et éclaboussait la neige.

Tout en conduisant, il pensait à Mme Gardiner – ce qu'elle aurait éprouvé s'il avait laissé le corps de son mari dans la neige pour la nuit. La forêt était la demeure des coyotes, des loups, des corbeaux, des rapaces et de toutes sortes de prédateurs qui auraient pu le trouver et le dévorer. J'ai fait ce qu'il y avait de mieux dans la circonstance, pensa-t-il.

La tempête gênant terriblement la visibilité, il devait concentrer tous ses efforts pour rester sur la route. Dans la lumière des phares, les tourbillons de neige avaient un effet hypnotique. Au-delà du rideau de flocons illuminés, Joe ne voyait absolument rien. Ne voyant ni borne ni panneau pour délimiter la route, il éteignit ses phares et le maelström de flocons s'évanouit dans la nuit. Il avançait au jugé. Lorsqu'il sentait le craquement sec des buissons d'armoise sous les roues, il redressait le volant pour garder le cap, remerciant le bon Dieu chaque fois qu'il retrouvait les traces de roues laissées par d'autres véhicules.

Par temps normal, il aurait dû distinguer les lumières de Saddlestring dans la vallée, scintillant comme mille paillettes sur du velours noir. Mais il n'y avait plus rien de tout ça. Il percevait seulement le bruissement de la neige qui tombait sur le toit de la cabine tandis qu'il se rapprochait de la vallée.

Il était dans une situation épouvantable. Il se rendit compte tout d'un coup qu'il portait un seul gant ensanglanté et que son autre main nue, qui commençait tout juste à dégeler, était maculée de sang séché.

– Allez au diable, Lamar ! lâcha-t-il à voix haute.

Maxine le regarda d'un air désolé.

Enfin il était assez proche pour établir un contact radio, il avança la main vers le micro en réfléchissant à la manière dont il allait pouvoir expliquer ce qui s'était passé.

O. R. Barnum, dit « Bud », shérif de longue date du Twelve Sleep County avec lequel Joe avait déjà eu maille à partir, était livide quand Joe arriva à l'hôpital avec le corps de Lamar.

Lorsque Joe fit irruption sous le préau éclairé des urgences de l'hôpital, Barnum jaillit des doubles portes du hall d'entrée et balança rageusement une cigarette à demi fumée en direction du caniveau. Deux de ses adjoints, Mike Reed et Kyle McLanahan lui emboîtaient le pas. Trois ans auparavant, McLanahan avait blessé Joe par accident, en lâchant une rafale de balles qui ne lui était a priori pas destinée.

– Comment se fait-il, lança Barnum d'une voix traînante et d'un ton sec, que chaque fois que des mecs se font descendre dans mon comté, il faut que vous soyez là ? Et comment sommes-nous supposés mener notre enquête quand vous venez de détruire la scène de crime en ramenant Lamar à l'arrière de votre pick-up ?

Il était clair que Barnum avait préparé son petit discours pour impressionner ses adjoints.

Joe descendit de son pick-up et lui lança un regard furieux. Les éclairages puissants sous lesquels se tenait le shérif donnaient à son visage vieillissant et à ses yeux enfoncés une expression plus dure encore que celle qu'il avait d'ordinaire. Il posait sur Joe un regard haineux, les yeux réduits à des fentes.

– Il était vivant quand je l'ai découvert, répondit Joe. Il est mort alors que je le ramenais vers la voiture.

Barnum se racla la gorge sans prendre la peine de s'excuser et braqua sa lampe torche sur le plateau du pick-up.

– Je vois un gros wapiti, dit-il.

Il dirigea le faisceau de sa lampe vers la couverture enneigée et se pencha en avant pour la retirer.

– Bon Dieu ! Il s'est fait massacrer ! s'exclama-t-il.

Joe acquiesça d'un hochement de tête. La blessure béante dans le cou de Lamar était horrible à voir. Elle était noire sous la lumière crue de la torche de Barnum.

L'adjoint Reed expliqua à Joe que le coroner du comté allait arriver, mais que les congères qui s'étaient formées sur la route de l'hôpital l'avaient retardé.

Joe et l'équipe du shérif laissèrent la place aux brancardiers qui soulevèrent le corps de Gardiner et le sanglèrent sur une civière. Les quatre hommes escortèrent le cadavre à l'intérieur du bâtiment et patientèrent dans la zone d'accueil. En voyant les brancardiers pousser le chariot le long du couloir, McLanahan déclara que ça lui rappelait le wapiti qu'il avait ramené des montagnes pendant la saison de la chasse.

– Un sept-cors royal ! fanfaronna-t-il. Pratiquement digne du livre des records de Boone & Crockett. On a dû le débiter sur place pour pouvoir le charger à l'arrière du pick-up !

A ces mots, Barnum se retourna vers Joe, un sourire suffisant sur les lèvres.

– Dites-moi, garde-chasse, comment se fait-il que vous n'ayez pas étripé Lamar avant de nous l'amener ?

Joe se rendit chez les Gardiner pour annoncer la triste nouvelle à Carrie, l'épouse de Lamar. Il s'était porté volontaire, même s'il savait que ç'allait être dur. Il était heureux de pouvoir s'éloigner de Barnum et de McLanahan. Malgré le froid, il avait les joues en feu. Vexé par la remarque du shérif, il tentait de réfréner la colère qui montait en lui. Dès qu'il fut dans sa voiture, les paroles de Barnum disparurent de son esprit et il se mit à penser à ce qui s'était passé cet après-midi-là et à ce qu'il allait dire à Carrie. Il n'arrivait toujours pas à croire que Gardiner ait pu lui piquer les menottes – et qu'il se soit livré à un tel déchaînement de violence pour commencer. Et qu'il ait pu être assassiné par hasard au milieu de la forêt pendant une tempête de neige.

Comme il arrivait devant la maison des Gardiner, il prit soudain conscience de ce qu'il s'apprêtait à faire. Il resta quelques minutes assis dans son pick-up et tenta de trouver le courage nécessaire pour sortir dans le froid et grimper l'escalier menant à la porte d'entrée. Lorsque la fille de Lamar Gardiner lui ouvrit la porte en chemise de nuit, il se sentit plus mal que jamais.

— Est-ce que ta maman est là ? demanda-t-il d'une voix plus forte qu'il ne l'aurait souhaité.

— Vous êtes le papa de Lucy, c'est ça ? demanda la fillette.

Elle avait chanté à côté de Lucy au concert de Noël. Il n'arrivait pas à se rappeler son prénom. Il aurait préféré se trouver n'importe où ailleurs et se sentit tout honteux d'avoir de telles pensées.

Carrie Gardiner sortit de la cuisine en s'essuyant les mains sur un torchon. C'était une femme bien en chair avec un joli visage plein de vie et des cheveux bruns coupés court.

— Fais entrer M. Pickett et ferme la porte, ma chérie, dit-elle.

Joe pénétra dans la maison et ôta son Stetson lourd et trempé.

Après avoir refermé la porte, Carrie Gardiner et sa fille attendirent que Joe prenne la parole. Qu'il se contente de regarder Mme Gardiner sans un mot en disait long.

Les yeux de Carrie se remplirent de larmes et lancèrent des éclairs.

— Va regarder la télé, ma chérie, dit-elle à sa fille d'un ton autoritaire.

Joe attendit que la fillette ait quitté la pièce et respira un grand coup.

— Il n'y a pas d'autres manières de vous annoncer ça que de vous le dire tout net, commença-t-il. Votre mari a été assassiné dans les montagnes alors qu'il était en train de chasser le wapiti. C'est moi qui ai trouvé son corps et qui l'ai ramené en ville.

Une expression tout à la fois de stupeur et de colère gagna le visage de Carrie Gardiner. Celle-ci manqua de perdre l'équilibre. Joe s'avança vers elle pour la soutenir, mais elle refusa la main qu'il lui tendait. Un cri de douleur lui échappa et elle jeta son torchon aux pieds de Joe.

— Je suis vraiment désolé, dit-il.

D'un geste, elle le congédia, lui, le porteur de mauvaises nouvelles. Puis, pivotant sur ses talons, elle repartit vers la cuisine.

– N'hésitez pas à m'appeler, moi ou ma femme, s'il y a quoi que ce soit que nous puissions faire, lui lança Joe.

Elle revint dans le salon.

– Comment est-il mort ?

– On lui a tiré deux flèches dans le corps. (Il préféra ne pas mentionner la gorge tranchée.)

– Savez-vous qui est l'assassin ? demanda-t-elle.

– Pas encore, reconnut-il.

– Allez-vous le retrouver ?

– Je crois. Le shérif s'en occupe.

– Est-ce que c'est le sang de Lamar que vous avez sur vous ?

– Oui, dit Joe en sentant le rouge lui monter aux joues.

Prenant soudain conscience que sa veste était noire de sang, il s'en voulut beaucoup de ne pas y avoir pensé plus tôt. Il aurait dû l'enlever dans la voiture avant de frapper à la porte.

– Je suis désolé, ajouta-t-il. J'ai…

Elle lui fit signe de la laisser, se pencha pour ramasser le torchon et le porta à son visage.

– J'avais peur que quelque chose comme ça arrive, dit-elle avant de se retirer à nouveau.

Elle n'ajouta rien de plus et Joe ne posa aucune question.

Il sortit de la maison et resta un moment sur le seuil. A l'intérieur, il entendit un gémissement qui se transforma en hurlement. C'était horrible.

Dans les bureaux du shérif, Barnum était déjà en train de distribuer les consignes pour la journée à venir. Joe, mal à l'aise, était assis au fond de la salle de réunion. On lui avait demandé de faire une déclaration un peu plus tôt, mais il avait insisté pour se rendre d'abord chez les Gardiner en promettant de revenir plus tard. Barnum demanda à ses adjoints de laisser tomber les affaires en cours et de se consacrer entièrement au meurtre de Lamar Gardiner. Il expliqua qu'il avait déjà appelé la DCI[1] de l'État du Wyoming et prévenu l'Office des forêts. Dès que possible, précisa-t-il,

---

1. « Division of Criminal Investigation », soit Département des enquêtes criminelles *(NdT)*.

Joe Pickett les conduirait jusqu'à la scène du crime pour récupérer les flèches et toutes les autres preuves matérielles qu'ils pourraient trouver. On interrogerait les employés de Gardiner, ainsi que sa femme et ses amis, «…s'il en avait ». Quelqu'un s'esclaffa discrètement à ces mots. On fouillerait son bureau à la recherche d'éventuelles preuves de menaces ou de conflits. On collecterait les comptes rendus et les feuilles de présence de toutes les réunions publiques tenues récemment par Gardiner au sujet des fermetures de routes, des reconductions de baux et autres questions délicates. Barnum voulait la liste de tous les résidents de la Twelve Sleep Valley qui étaient en conflit avec Gardiner ou avaient exprimé leur désaccord sur les décisions de l'Office des forêts. Ayant lui-même assisté aux réunions, Joe savait que Barnum allait probablement se retrouver avec beaucoup plus de noms qu'il ne voulait.

– J'entends que cette enquête soit menée rondement et je compte bien avoir bouclé quelqu'un avant Noël, aboya Barnum. Pickett, on attend votre déclaration.

Les hommes du shérif (beaucoup étaient en civil, dans les tenues négligées qu'ils portaient quand on les avait convoqués de toute urgence au bureau) se tournèrent pour regarder Joe qu'ils n'avaient pas encore remarqué assis au fond de la pièce.

– Vous êtes dans une sacrée merde ! lâcha quelqu'un.

(Un rire fusa.)

Il était deux heures et demie du matin lorsque Joe arriva chez lui. Il passa deux fois devant la maison avant d'apercevoir la lueur jaune de la véranda éclairée – véritable îlot dans la neige. Le vent s'était levé. Fini la jolie neige tombant en gros flocons duveteux, c'était maintenant un véritable maelström qui se déchaînait.

Après avoir franchi en cahotant une congère de un mètre de haut qui bloquait l'accès de l'allée, le pick-up avança en dérapant vers le garage. Joe coupa le moteur et réveilla Maxine. Le labrador le suivit en bondissant au-dessus des congères. Joe, qui n'avait pas l'énergie de sauter par-dessus les tas de neige, avança péniblement vers la maison. La neige s'accumulait dans les revers de son Wrangler et pénétrait dans ses bottes pour la deuxième fois de la journée. Les flocons tourbillonnaient en volutes autour de l'éclairage de la véranda. Les décorations de Noël que les filles avaient confectionnées à l'école étaient scotchées sur la face intérieure de la fenêtre de devant. Joe sourit en voyant un dessin du Père Noël que Sheridan avait fait l'année précédente. Elle y avait ajouté une petite touche personnelle que seul un regard averti pouvait déceler : le profil d'une antilope d'Amérique et les mots DÉPARTEMENT CHASSE ET PÊCHE DU WYOMING sur la manche du manteau rouge du Père Noël.

La petite maison avait un seul étage, deux chambres de dimension modeste, un garage indépendant et une grange à l'arrière. Construite quarante ans auparavant, elle avait servi d'habitation et de bureau aux deux précédents gardes-chasses et à leurs familles. Au-delà de la route, la Wolf Mountain dominait le paysage. A l'arrière, au-delà des collines rocailleuses, s'élevait le flanc nord-ouest des Bighorn. Mais, en pleine nuit et au milieu de la tempête de neige, rien de tout cela n'était visible.

Sur le terrain il rencontrait surtout des chasseurs, des pêcheurs, des éleveurs, des braconniers, des écolos, plus tous ceux qu'il appelait « des hommes de la nature », alors que chez lui, il y avait quatre blondes aux yeux verts. Quatre filles qui parlaient beaucoup. Quatre filles bouillonnantes d'émotions. C'est ainsi qu'il appelait son foyer en souriant : « la maison des émotions ». Si toutes les émotions exprimées pouvaient se transformer en un matériau palpable, Joe imaginait sa maison débordant de centaines de litres de sentimentalité dégoulinante s'échappant des fenêtres et des portes et s'infiltrant dans la moindre ouverture. Pourtant cette famille était tout pour lui ; son foyer était son refuge et pour rien au monde il n'y aurait changé quoi que ce soit.

Il ferma la porte sur la tourmente qui faisait rage et retira maladroitement une première couche de vêtements dans la minuscule entrée. Il suspendit sa parka ensanglantée à une patère et déboutonna son gilet Filson de laine verte. Il tapa les pieds pour faire tomber la neige amassée dans les revers de son jean et posa ses bottes polaires Sorel sur un banc pour les faire sécher. Il plaça son Stetson noir et trempé à l'envers sur une étagère.

Il lâcha un profond soupir en se demandant pourquoi il y avait encore de la lumière dans la chambre de Marybeth. En entrant dans la salle de séjour plongée dans l'obscurité, il se cogna le tibia dans le pied du canapé-lit et s'affala de tout son long sur sa belle-mère endormie. Elle se réveilla en se débattant et il bondit sur ses pieds.

– Mais qu'est-ce que vous faites, Joe ? demanda-t-elle d'un ton accusateur.

De la lumière jaillit en haut de l'escalier. Joe espéra que Marybeth avait entendu le fracas dont il était la cause.

– Je ne voulais pas allumer, répondit Joe d'un air penaud. (Sans ajouter qu'il avait déjà oublié sa présence.)

Quand il avait appelé chez lui depuis le bureau du shérif, plus tôt dans la journée, Marybeth lui avait dit que sa mère, Missy Vankueren, allait probablement passer la nuit chez eux. Apparemment, Missy était en route pour Jackson Hole, où elle devait faire du ski en compagnie de son troisième mari, un magnat de l'immobilier dans l'Arizona, plein aux as et branché politique, lorsque l'avion où elle se trouvait avait été détourné sur Billings à cause du mauvais temps. Missy avait loué une voiture et était arrivée à Saddlestring deux heures plus tard, évitant de peu la tempête de neige. M. Vankueren devait la rejoindre deux ou trois jours plus tard (il avait d'abord quelques réunions importantes à Phoenix). Et voilà que Joe Pickett, l'homme que sa fille préférée avait choisi en dépit de l'incroyable potentiel et de l'avenir prometteur de celle-ci, venait juste de la réveiller en tombant sur son lit alors qu'elle était à demi nue.

– Bonsoir, Missy, grogna Joe. Ravi de vous voir.

Missy agrippa les couvertures et les remonta sous son menton en le regardant par en dessous. Sans la couche de maquillage qu'elle appliquait tous les jours d'une main experte, elle faisait bien ses soixante-deux ans. Joe savait qu'elle détestait qu'on la voie avant qu'elle soit coiffée, maquillée et fin prête.

Marybeth, qui descendait l'escalier en attachant la ceinture de son peignoir, mesura immédiatement la situation et afficha un sourire forcé. Joe voulait articuler en silence « Au secours, aide-moi », mais n'osa pas, de peur que Missy le remarque. Le séjour, déjà peu spacieux, était encombré par le canapé-lit ouvert et par l'arbre de Noël qui se dressait, sombre et silencieux, dans un coin. L'espace restant étant minimal, Joe traversa la pièce en se faufilant comme un crabe.

– Désolée, Maman, dit Marybeth en repliant le bord des draps sous le matelas. Joe a eu une dure journée.

– Et moi, j'ai eu une dure nuit, dit Missy en détournant son regard de Joe. Je devrais être dans notre appartement de Jackson Hole.

– Et au lieu de ça, vous vous retrouvez coincée dans le canapé pourri de notre séjour minable, enchaîna Joe d'un ton impassible tout en se dirigeant vers l'escalier.

Marybeth le fusilla du regard par-dessus son épaule et finit de border sa mère. Joe l'entendit essayer de la calmer en lui disant que la neige n'avait pas cessé de tomber, lui demandant si elle avait assez chaud et si... autre chose à quoi il ne prêta aucune attention.

Missy Vankueren était la dernière personne que Joe avait envie de voir chez lui en ce moment. La journée avait été un véritable cauchemar. Et maintenant ça, pensa-t-il en grimpant lentement l'escalier.

Malgré son air exténué, Marybeth l'avait écouté en silence, les yeux écarquillés, tandis qu'il lui racontait ce qui s'était passé. Quand il en arriva aux circonstances dans lesquelles il avait découvert le corps, elle appuya ses mains sur sa bouche en grimaçant.

– Ça va aller ? demanda-t-elle à voix basse lorsqu'il eut terminé son histoire.

– Oui, dit Joe sans en être convaincu.

Marybeth le serra contre elle, puis le regarda de haut en bas.

– Je crois que tu devrais prendre une douche, Joe.

Il hocha la tête sans rien dire.

Dans la douche, il voulait voir le sang couler et disparaître pour pouvoir se sentir propre. Mais le sang de Lamar Gardiner était resté sur ses vêtements et n'avait pas atteint sa peau.

Après s'être séché, il se glissa dans le lit à côté de Marybeth. Sa lampe de chevet étant restée allumée, il lui demanda pourquoi.

– Les filles et moi avons eu une journée difficile, nous aussi, dit-elle en se tournant vers lui. Jeannie Keeley est revenue.

Joe se passa une main sur le visage et se frotta les yeux. Il comprenait maintenant pourquoi Marybeth avait les traits tirés et l'air si fatigué. Il avait d'abord cru qu'elle s'était inquiétée pour lui ou que la visite inattendue de sa mère l'avait perturbée. C'était ça aussi, se dit-il, mais il y avait autre chose.

Elle lui raconta ce que les filles avaient vu à la sortie de l'école – le long convoi de véhicules et celui qui s'était arrêté devant elles. Elle lui dit qu'April avait parlé de la femme qui l'avait regardée fixement en disant « ma mère, celle qui est partie ».

– Joe, d'après toi, pourquoi Jeannie Keeley est-elle revenue ? demanda Marybeth.

Joe hocha la tête. Il n'en savait rien. Il était bien trop fatigué pour pouvoir penser clairement.

L'épuisement le terrassait. Il marmonna qu'il faudrait sans doute envisager de nouveaux délais ou se battre pour April.

En réalité, la situation d'April était plus que précaire. Bien qu'elle soit chez eux depuis trois ans et qu'ils la considèrent comme leur propre fille, légalement, elle ne l'était pas.

Lorsqu'elle avait quitté la ville après le meurtre de son mari Ote, Jeannie Keeley, la mère biologique d'April, avait déposé deux choses à la banque : les clés de sa maison et sa fille April. Dès qu'elle l'avait appris, Marybeth avait proposé de garder la fillette jusqu'à ce que la situation soit réglée.

Ils avaient fini par déposer une demande d'adoption auprès du tribunal et le juge Hardy Pennock avait entamé les procédures visant à annuler les droits parentaux de Jeannie Keeley. Mais, Pennock ayant dû être hospitalisé à cause d'une tumeur au cerveau, la procédure judiciaire avait traîné. En fin de compte, le dossier avait été transféré à un autre tribunal, mais les documents originaux avaient été perdus. Puis les choses avaient encore été retardées après que Jeannie Keeley eut envoyé une lettre au nouveau juge indiquant qu'elle allait revenir chercher sa fille. Cette missive remontait à six mois et Jeannie n'était jamais venue. D'après la loi en vigueur dans le Wyoming, il suffisait d'un seul contact par an de la part du parent biologique pour empêcher l'abrogation des droits parentaux. Sa dernière lettre avait donc encore une fois retardé l'affaire. Le juge Pennock était à nouveau en fonction, mais il était débordé par la quantité de dossiers qui s'étaient accumulés pendant son absence. Joe avait bien essayé de faire accélérer les choses, mais l'audience en reconnaissance de droits parentaux n'avait toujours pas eu lieu.

Malgré des procédures judiciaires frustrantes et interminables, Marybeth et Joe étaient restés optimistes.

– Dès que tu peux, tu devras t'occuper de tout ça, dit Marybeth.

– C'est ce que je vais faire.

– Cette femme me fait peur, Joe. Maintenant qu'elle est revenue, elle risque de nous attirer des ennuis.

– C'est vrai, dit-il en lui passant le bras autour du cou et en l'attirant contre lui. Demain, je dois accompagner le shérif sur la scène du crime dès la première heure, mais je suis sûr qu'ils voudront se débarrasser de moi très vite et je devrais donc avoir un peu de temps libre.

– En tout cas, quand l'école reprendra, il faudra essayer d'aller chercher les filles à la sortie, dit Marybeth en haussant un peu la voix. Je ne veux pas prendre le risque qu'il arrive quelque chose à April.

Joe hocha la tête, luttant pour ne pas s'endormir. Il savait que Marybeth avait besoin de lui, qu'elle s'était inquiétée tout l'après-midi durant sans pouvoir parler à personne. Il voulait dire quelque chose pour la rassurer, pour la calmer, mais sa langue était lourde et épaisse et ses yeux se fermaient irrésistiblement. Il se sentait très coupable de ne pas pouvoir émerger de ses propres problèmes et des horreurs dont il avait été témoin au cours de l'après-midi et de la soirée, parce qu'il savait que ses soucis à elle étaient bien réels. Mais il sombrait dans l'inconscience.

Deux heures plus tard, il se réveilla en sueur. Il avait rêvé qu'il était à nouveau dans la forêt, peinant sous le poids de Lamar Gardiner. La veste du blessé s'était accrochée à une branche et il avait dû la dégager d'un coup d'épaule. Une giclée de sang rouge vif avait éclaboussé la neige.

Il se leva sans bruit et s'approcha de la fenêtre. Un courant d'air glacé s'infiltrait sous le montant – il faudrait coller une bande d'isolant dès le lendemain, pensa-t-il.

Il faisait encore nuit, la neige continuait de tomber et le vent de souffler.

Il se retourna et contempla Marybeth qui avait fini par s'endormir sous la couette. Puis il descendit l'escalier sur la pointe des pieds et alla jeter un coup d'œil dans la chambre de Sheridan – Maxine dormait au pied de son lit – puis dans celle de Lucy et d'April qui couchaient dans des lits superposés. Il n'arrivait pas à distinguer les traits de leurs visages, seulement leurs cheveux blonds. Après les avoir contemplées un moment, il regagna sa chambre.

Il regarda fixement la tempête, comme hypnotisé. Le vent avait gagné en puissance. Il avait déblayé un espace sur la pelouse de devant et on pouvait voir l'herbe brune. Ce n'était jamais la neige seule qui causait des problèmes dans le Wyoming. C'était l'association de la neige et du vent qui sculptait un paysage dur, brillant et impassible. Des tourbillons de neige couraient à trente centimètres du sol, comme un courant de fumée froide.

Debout devant la fenêtre, pieds nus sur le plancher glacé, Joe se dit tout d'un coup que le meurtre de Lamar avait quelque chose d'un règlement de comptes personnel. Saddlestring n'étant pas une ville violente, les assassinats y étaient pratiquement inexistants, et pourtant il y avait là quelqu'un qui détestait à ce point Lamar Gardiner qu'il lui avait non seulement tiré deux flèches en travers du corps, mais qu'il lui avait aussi tranché la gorge, le saignant comme un animal blessé.

Il se demanda si l'assassin était toujours là-haut, pris dans la tourmente. Ou si, comme lui, il avait réussi à quitter la montagne à temps. Il se demanda si lui aussi se tenait devant une fenêtre, l'estomac noué en repensant à ce qui s'était passé ce jour-là, tandis que la tempête s'acharnait sur la Twelve Sleep Valley.

4

Marybeth le réveilla en douceur et lui passa le téléphone.

– C'est le shérif Barnum, dit-elle en couvrant le combiné de sa main.

D'un bond, il s'assit dans le lit, se frotta vigoureusement le visage et regarda autour de lui. Marybeth était déjà habillée. Les rideaux étaient tirés, dessinant des taches de lumière diffuse sur les murs et le plafond. Le radio-réveil digital indiquait huit heures vingt. C'est impossible, pensa-t-il.

Il craignit immédiatement que Barnum n'ait déjà rassemblé ses hommes, ceux de la DCI et de l'équipe d'urgence et qu'ils ne soient tous en ville en train de l'attendre.

Marybeth lut la panique dans ses yeux et hocha la tête.

– Ne t'inquiète pas, dit-elle sans retirer sa main du combiné. (C'était son téléphone portable et non pas le fixe qui se trouvait près du lit.) Quand tu verras la neige dehors, tu n'en croiras pas tes yeux.

– Pourquoi ne m'as-tu pas réveillé plus tôt ? demanda-t-il d'une voix endormie. Je n'arrive pas à croire que j'aie pu dormir si longtemps.

– Tu en avais besoin. Et je ne pense pas que nous puissions aller où que ce soit ce matin.

Joe saisit le téléphone et s'extirpa du lit.

– Shérif ?

– Vous avez jeté un coup d'œil dehors ? dit Barnum d'une voix rauque.

51

— C'est ce que je suis en train de faire, dit Joe en ouvrant les rideaux.

La blancheur éclatante de la lumière l'éblouit un instant. Il eut une impression de vertige. Il n'y avait plus ni ciel, ni prairie, ni arbres, ni montagnes. Seulement du blanc opaque.

— Je n'arrive même pas à voir la route, dit Joe d'un air émerveillé.

— Pareil pour les conducteurs de chasse-neige, grommela Barnum. On a presque un mètre de neige et le vent doit atteindre les quatre-vingts kilomètres à l'heure dans l'après-midi. Tout est bouclé — les autoroutes, l'aéroport et même mon bureau, officiellement en tout cas. Les lignes téléphoniques sont à nouveau coupées et la moitié du comté est sans électricité. Les gars de la DCI ont pris un avion d'État pour venir nous rejoindre, mais, arrivés à Casper, ils ont dû faire demi-tour. La tempête leur collait au train et ils ont dû mettre les gaz avant de pouvoir atterrir quelque part dans le Colorado.

Joe plissa les paupières. Il arrivait à deviner les formes fantomatiques de son pick-up et d'un sapin couvert de neige dans le jardin.

— Quel est le programme ? demanda-t-il.

— Putain, j'en sais rien ! soupira Barnum. J'essaie d'avoir une autoneige de l'Office des forêts pour aller là-haut, mais je n'arrive pas à joindre quelqu'un qui sache où sont les clés.

L'espace d'un instant, Joe songea qu'ils pourraient utiliser des motoneiges, mais la distance à parcourir était trop grande.

— Gardez votre portable allumé, reprit Barnum. Dès qu'on pourra bouger d'ici, on rassemble tout le monde et on y va. Vous nous rejoindrez en ville pour nous conduire à l'endroit où Gardiner s'est fait descendre.

— Je vais mettre les chaînes sur les quatre roues, dit Joe en décidant d'ignorer le mot « descendre ». Je serai prêt en même temps que vous.

— Vous avez l'électricité ?

— Pour l'instant, oui.

— Ne laissez pas votre portable se décharger, répéta Barnum. Va savoir combien de temps il faudra pour réparer les lignes.

— Shérif ? demanda Joe avant que Barnum raccroche.

– Quoi ?

– J'ai bien fait de le ramener, pas vrai ?

Joe se tourna vers Marybeth et lut une expression de satisfaction sur son visage.

Barnum raccrocha.

– Tu veux bien faire des pancakes ? demanda Marybeth. Les filles aimeraient le savoir.

Joe regarda à nouveau par la fenêtre. Le paysage à peine visible ressemblait à l'image figée d'une tempête en mer, avec d'énormes vagues de neige et des bourrasques au ras du sol au lieu d'embruns.

– Bien sûr, répondit-il avec un sourire. Je ne bougerai pas d'ici avant un petit moment.

– Les filles vont être contentes.

– Ta mère, se souvint-il soudain.

– Quoi, ma mère ?

– Non, rien, grommela-t-il.

Après s'être habillé, il resta debout devant la fenêtre, clignant des yeux face à tant de blancheur. Un sentiment tout à la fois de frustration et de terreur bouillonnait en lui. Les souvenirs de la nuit précédente continuaient de le hanter. Il lutta contre une impression de nausée en repensant à la brutalité avec laquelle Lamar avait été assassiné. Que le meurtrier lui ait tranché la gorge alors que celui-ci était toujours vivant et embroché sur un tronc d'arbre était particulièrement horrible. Celui qui avait fait ça était d'une sauvagerie inouïe et Joe ne pouvait pas s'empêcher de penser que ce meurtre n'était pas du tout le fruit du hasard. Il se disait que l'assassin devait connaître Gardiner, à tout le moins savoir qui il était et ce qu'il représentait. Plus on attendrait pour commencer l'enquête, plus l'assassin aurait de temps pour éliminer les preuves matérielles, effacer ses traces et se trouver un alibi. Pour le moment, la scène de crime était inaccessible. La glace et le vent allaient se charger d'anéantir et de disperser les éventuels cheveux, fibres ou traces de sang.

Il se disait qu'à la différence des chasseurs, qui respectent généralement les règles, l'individu qui avait tué Lamar Gardiner n'était certainement pas rongé par la culpabilité. C'était probablement un gars du coin, peut-être quelqu'un qu'il connaissait, peut-être même quelqu'un qui n'en resterait pas là s'il se sentait menacé. En tout cas, quelqu'un qui n'avait aucun sens moral.

Et il courait toujours, protégé par la fureur de la tempête.

Avant de préparer le petit déjeuner, Joe se retira dans son bureau pour taper le rapport qu'il devait envoyer à son supérieur, Terry Crump, sur le meurtre de Lamar. Il ne pourrait pas le lui faire parvenir par e-mail – les lignes téléphoniques ne fonctionnaient plus –, mais il voulait noter tous les détails tant que ses souvenirs étaient encore frais. En tant que garde-chasse du Wyoming – ils étaient seulement cinquante-cinq dans tout l'État –, il avait des responsabilités bien spécifiques. A l'intérieur de son propre district, il travaillait pratiquement seul. Son bureau était une petite pièce attenante à la salle de séjour de sa maison et il n'avait ni assistant ni secrétaire. Marybeth, et parfois Sheridan, prenaient les messages et servaient d'assistantes bénévoles. Le travail d'un garde-chasse dans le Wyoming était censé être divisé en trois fonctions d'égale importance : le contact avec le public, le prélèvement du gibier et l'application de la loi (aucune de ces tâches ne devant excéder trente-cinq pour cent de son temps). Les pourcentages devaient s'équilibrer à la fin de l'année. Le nombre d'heures de travail variait entre 173 et 259 par mois. L'État du Wyoming lui versait un salaire annuel de 32 000 dollars et lui procurait logement et véhicule. Il dépendait du superviseur du district, Trey Crump, garde-chasse lui aussi et vivant à 400 kilomètres de là, dans la ville de Cody. Son rôle de superviseur se limitait à un coup de fil ou un appel radio occasionnel, généralement suite au rapport mensuel que Joe lui envoyait par e-mail.

En général, Trey avait juste envie de déconner ou d'échanger des ragots locaux. Il n'avait jamais fait la moindre remarque sur le travail de Joe, même lorsque les activités de celui-ci avaient déchaîné la fureur des bureaucrates de Cheyenne (c'est là que se trouvaient leurs quartiers généraux.) Même s'il lui arrivait de travailler conjointement avec le bureau du shérif, les services de police de Saddlestring, voire les agences fédérales comme le Service de la faune sauvage, l'Office des forêts, le BATF[1] et le FBI, il était seul la plupart du temps. Il aimait bien son indépendance, mais pouvait aussi se trouver dans des situations où être seul posait problème, comme la veille, par exemple.

Il venait juste de terminer son rapport lorsqu'il leva les yeux et vit Sheridan, April et Lucy serrées dans l'encadrement de la porte. Elles étaient encore en pyjamas et en pantoufles.

– Si nous ne prenons pas notre petit déjeuner très vite, je risque de m'évanouir dans pas longtemps, lança Lucy d'un ton théâtral.

Le petit déjeuner se passa au mieux, porté par l'humeur euphorique des enfants. Joe fit sauter les pancakes depuis la cuisinière jusque dans leurs assiettes qu'elles levèrent bien haut en hurlant de rire. Pour Marybeth et Missy Vankueren, il posa les pancakes sur la table. Missy grignotait à peine, ignorant le bacon et le sirop d'érable.

– Avez-vous la moindre idée de la quantité de matières grasses contenues dans ces pancakes ? lui demanda-t-elle.

Les trois fillettes levèrent les yeux, attendant sa réponse. Il ne les déçut pas.

– Dix mille tonnes ? proposa-t-il.

Même Marybeth ne put s'empêcher de rire. Missy fit une moue dédaigneuse.

Pour les filles, une tempête de neige obligeant tous les adultes à rester à la maison, à jouer avec elles et à leur préparer des bonnes choses à manger était ce qui pouvait arriver de mieux. Étant donné l'ambiance déjà festive – décorations de Noël, paquets-cadeaux sous le sapin, plus la visite imprévue de leur grand-mère –, c'était vraiment une journée exceptionnelle. Sheridan annonça qu'elle adorait les tempêtes de neige. Elle déclara encore que plus la tempête était forte, plus elle était contente.

Pendant que les filles mangeaient, Marybeth jeta un coup d'œil dans les placards et le réfrigérateur et déclara avec un soulagement évident qu'ils avaient suffisamment de nourriture et de

1. Bureau of Alcohol, Tobacco and Firearms *(NdT)*.

lait pour tenir plusieurs jours sans faire de courses. Joe ajouta que le congélateur du garage débordait de steaks et de rôtis de wapiti et d'antilope.

– On ne peut pas manger que de la viande rouge ! protesta Missy.

– Pourquoi ? demanda Joe.

Les trois fillettes éclatèrent de rire.

– Elles sont bon public, fit remarquer Marybeth à sa mère.

– Je m'en rends compte, répondit celle-ci en sirotant son café.

Même si ça semblait impossible, Joe voulait essayer de faire démarrer son pick-up et de le dégager de la neige. Après avoir enfilé une combinaison isolante Carhartt, un bonnet de laine, un masque de montagne et des bottes montantes, il se tourna dos au vent et laissa la neige marteler son dos. En dépit de ses vêtements chauds, la férocité implacable de la tempête le glaça. Il dut creuser dans la neige profonde accumulée autour de son pick-up pour dégager les roues et pouvoir y fixer des chaînes. Il passa une heure à genoux dans la neige pour enfiler et attacher les chaînes sur les roues arrière. Les crochets métalliques glacés lui avaient gelé les doigts à travers ses gants épais. Les roues arrière étaient prêtes ; il lui restait les roues avant. Il donna quelques coups de pied dans la poudreuse pour retrouver sa pelle déjà enfouie sous la neige.

Tout en dégageant les roues avant, il leva les yeux vers la maison. Lucy et April l'observaient derrière les vitres. Elles étaient encore en pyjama et suçaient gaiement des sucres d'orge qu'elles avaient coincés entre leurs dents comme des cigares. Elles agitèrent la main dans sa direction et il répondit à leur geste. Elles restèrent un moment à le regarder attacher les chaînes sur les roues avant. Lorsqu'il se releva enfin et secoua la neige accumulée sur ses vêtements, elles avaient disparu.

Il continua de regarder la fenêtre un moment, fixant l'endroit où s'était tenue April.

Elle était arrivée chez eux après que Marybeth avait reçu une balle dans l'abdomen et perdu le bébé qu'elle attendait. Ils ne pourraient plus avoir d'enfants. Si Jeannie Keeley était de retour et qu'elle voulait récupérer April, ils allaient devoir se battre. Marybeth ne supporterait pas de rester sans rien faire. Et lui non plus.

Chassant ces pensées de son esprit, il se hissa dans son pick-up et mit le contact. Il accéléra un grand coup vers l'avant, puis vers l'arrière pour que les chaînes mordent dans la neige profonde. Il continua de manœuvrer jusqu'à ce que le pick-up soit face à la route. En cas d'urgence, il serait plus facile de faire marche avant que de reculer. C'était tout ce qu'il pouvait faire tant que les routes n'étaient pas dégagées. Personne n'irait nulle part aujourd'hui.

Avançant pesamment dans la bourrasque, tel un monstre, il regagna péniblement la maison.

Après s'être dévêtu, il trouva Marybeth, Missy et les trois filles entassées dans le petit local qui tenait lieu de buanderie.

– Papa, il faut que tu voies ça ! cria Sheridan.

Elles s'écartèrent pour le laisser passer.

Le sèche-linge était ouvert et rempli de neige. Apparemment poussée par les vents tourbillonnants, elle s'était introduite dans le conduit d'évacuation avant de s'entasser à l'intérieur.

– C'est incroyable ! dit Marybeth en riant.

Joe sourit – on allait passer la journée à jouer à des jeux de société, à faire des gâteaux et, exceptionnellement, on allait rester tous ensemble à la maison. Bien qu'il ait très envie de repartir dans la montagne, la météo l'en empêchait. Sur sa radio, il apprit qu'un des hommes de Barnum avait essayé de rejoindre la montagne en motoneige et qu'il s'était perdu dans le blizzard. Il avait heurté un sapin et fait demi-tour. Joe ne pouvait rien faire d'autre que de rester en contact avec le central et d'attendre la fin de la tempête comme tout le monde.

Il finit par se résoudre au fait qu'il était immobilisé, changea ses vêtements de travail contre un survêtement et prépara du chili pour le dîner. Il débita des steaks de wapiti en petits morceaux et les fit revenir avec des oignons hachés et des piments dans une cocotte en fonte. Pendant que le chili mijotait à petit feu, il ajouta d'autres ingrédients et l'odeur de la sauce tomate, de l'ail et de la viande emplit la maison. C'était une bonne odeur. Tant qu'il cuisinait, il restait dans la cuisine et Marybeth et Missy bavardaient dans la salle de séjour ; tout le monde y trouvait son compte.

Après le dîner, les filles débarrassèrent la table pendant que Missy essayait vainement de joindre son mari sur son portable.

– Il ne le laisse jamais allumé, dit-elle en colère en s'asseyant à table. Il l'allume uniquement quand c'est lui qui veut parler à quelqu'un.

Joe et Marybeth remarquèrent son ton amer et échangèrent un regard. Ni l'un ni l'autre ne connaissait vraiment le troisième mari de Missy, mais récemment ils avaient entendu des rumeurs disant qu'il risquait d'être mis en examen pour fraude immobilière. Missy en avait peu parlé, sauf pour dire que l'imminence de tous ces « ennuis » était une des raisons pour laquelle ils avaient voulu se retirer dans leur appartement de Jackson Hole.

– On dirait bien que tu es coincée ici avec nous, dit Sheridan en ouvrant la boîte du Monopoly.

– Mais je suis ravie d'être avec vous, ma chérie, dit Missy en lui tapotant la tête.

Sheridan leva les yeux au ciel dès que Missy eut détourné le regard.

– Assieds-toi près de moi, ma princesse, dit Missy à l'adresse de Lucy qui s'empressa de faire ce qu'on lui disait.

Missy appréciait l'intérêt que Lucy portait aux vêtements et celle-ci adorait l'énorme trousse pleine de maquillage et de bombes de laque de sa grand-mère.

April ayant exprimé son mécontentement, Sheridan revint vers la table avec le Pictionary à la place du Monopoly. Ils se répartirent en équipes. Joe tomba dans l'équipe de Missy ; il en conclut qu'il pouvait s'autoriser un autre bourbon.

Au cours de la partie, pendant que le sable s'écoulait dans le petit sablier et que les « artistes » désignés dessinaient frénétiquement sur des carnets pour que leurs coéquipiers puissent deviner ce dont il s'agissait, Joe se mit à regarder April avec attention. C'était l'artiste la plus déterminée de son équipe et elle dessinait sans la moindre hésitation. Une fois son dessin terminé, elle faisait des bonds d'excitation et rayonnait de bonheur. Il avait déjà remarqué qu'elle n'avait pas l'expression de gaieté et les yeux pétillants de Sheridan et de Lucy. Marybeth avait dit que « l'étincelle de son regard s'était éteinte très tôt sous les coups ». En regardant la fillette, il repensa à cette phrase.

Après une première partie que Joe et Missy gagnèrent en réussissant à identifier le dessin d'April, celle-ci poussa des cris de joie et, délirant de bonheur, brandit son poing en l'air.

– Je suis contente que tu sois devenue plus normale, lui dit Lucy. Tu n'es plus aussi bizarre maintenant.

– Lucy ! s'exclama Marybeth, inquiète.

Mais April n'explosa pas de colère, ne se mit pas à se balancer et ne se replia pas non plus sur elle-même en se figeant derrière un regard fermé, comme elle l'avait fait d'autres fois. Au lieu de cela, elle sourit et se pencha par-dessus la table pour ébouriffer les cheveux de sa sœur. Les deux fillettes éclatèrent de rire. Joe remarqua qu'April avait l'air flattée. Sheridan, soulagée, rayonnait, ses yeux allant du visage de sa mère à celui de son père.

Au cours de la deuxième partie, alors que c'était à son tour de dessiner et que Sheridan s'apprêtait à retourner le sablier, Joe leva les yeux et dit :

– Écoutez.

– Quoi ? demanda Missy, troublée.

– Vous entendez ?

– Non, je n'entends rien du tout.

– C'est exactement ça, dit-il. Le vent vient de s'arrêter.

– Dommage, lança Sheridan en retourna le sablier et en le reposant sur la table. On s'amusait bien.

– Sherry a raison, dit Lucy avec un grand sourire. Les tempêtes de neige, c'est bien pour notre famille.

Joe sourit et sirota son bourbon, appréciant le moment en dépit du sable qui s'écoulait dans le sablier. April lui tira sur la manche avec un air d'urgence.

– Dessine quelque chose ! l'implora-t-elle. On n'a presque plus de temps !

5

Ils durent attendre deux jours avant de pouvoir gagner les montagnes et il fallut emprunter trois autoneiges. Le point de rendez-vous était une clairière à l'extérieur de Winchester, à l'endroit où la route commençait à grimper. Il y avait beaucoup plus de gens que Joe ne l'avait imaginé.

Après leur retard dû aux conditions météorologiques, les agents de la DCI étaient arrivés dans leur avion d'État à l'aéroport du Twelve Sleep County, accompagnés de deux passagers supplémentaires, une représentante de l'Office des forêts et une journaliste. La représentante de l'Office des forêts avait aussi amené deux petits chiens, un yorkshire au bout d'une laisse et un cocker qu'elle serrait dans ses bras. Joe remarqua la jolie brune qui accompagnait la femme aux chiens et qui semblait suivre de près tout ce qui se passait. Une journaliste du *Saddlestring Roundup*, blonde de vingt-trois ans portant une parka de l'équipe de basket des Wyoming Cowboys et conduisant un pick-up vieux d'une dizaine d'années, s'approcha du groupe, un carnet à la main ouvert à une page blanche.

La représentante de l'Office des forêts l'intercepta et l'interview commença. Joe, qui donnait un coup de main à un agent du shérif pour attacher une remorque à l'arrière d'une autoneige, était suffisamment proche pour entendre ce qui se disait.

– Je m'appelle Melinda Strickland, dit la femme. (Elle épela son nom pour la journaliste.) Je suis ici en mission spéciale en tant que représentante de l'Office des forêts. Je dirige une équipe d'enquête classée secrète et dont vous ne devez pas révéler l'existence dans l'immédiat.

– Pourquoi ? demanda la journaliste d'un air absent.

Joe se posait la même question. L'Office des forêts n'était pas chargé de faire respecter la loi, même si les rangers devaient veiller à l'application de certains règlements à l'intérieur de leur juridiction. Et, de toute façon, Joe n'avait jamais entendu parler d'une équipe d'enquête spéciale envoyée par l'Office des forêts. Il pensait plutôt qu'on aurait demandé au FBI d'intervenir.

– Si certains de nos soupçons se confirment, nous vous avertirons en temps voulu, reprit Strickland.

Manifestement la journaliste ne savait pas comment réagir. Cette femme s'exprimait d'une manière excessivement... officielle.

Le yorkshire tira sur le bas du pantalon de sa maîtresse, mais celle-ci l'ignora.

– Vous serez la première informée dès que nous le déciderons, mais si vous me grillez en publiant quelque chose avant ça, je vous jure que j'aurai votre peau, insista Melinda Strickland, les yeux réduits à une fente.

Cette remarque attira l'attention de Joe. Il leva les yeux vers la journaliste qui hochait docilement la tête. Le ton cassant de Strickland était tout à fait déplacé et lui parut étonnamment sévère.

Il se demanda à quoi elle faisait allusion en dehors du meurtre. De quels soupçons parlait-elle ?

Frustré, le yorkshire se mit à grogner et à tirer sur le pantalon de sa maîtresse, manquant de lui faire perdre l'équilibre. Elle pivota sur ses talons et Joe, curieux et inquiet à la fois, la vit dégager brusquement sa jambe, comme si elle allait décocher un coup de pied dans les côtes du pauvre animal. Mais quelque chose l'arrêta. Elle leva les yeux et vit Joe en train de l'observer. Recroquevillé à ses pieds, le petit chien se mit à glapir.

– Il va arriver des bricoles à ce chien s'il continue, dit-elle entre ses dents. Je l'ai récupéré dans un refuge pour qu'il serve de compagnon à Bette, ajouta-t-elle en montrant du menton le cocker qu'elle tenait dans ses bras. Mais apparemment, ça ne marche pas.

Joe garda le silence. Elle se tourna vers la journaliste et la congédia d'une brève injonction. Puis, comme si rien ne s'était passé, elle dirigea son regard vers les autoneiges qui tournaient au ralenti.

Joe était déconcerté. Elle avait retenu son geste au dernier moment, mais, à voir la réaction du yorkshire, il était clair qu'on l'avait déjà frappé. L'incident lui laissa une impression désagréable.

Bob Brazille, l'agent principal de la DCI, se détourna d'une autre conversation et s'avança vers Joe. Il avait le teint couperosé et les yeux pochés d'un alcoolique. Il se chargea des présentations.

– Melinda Strickland, je vous présente le garde-chasse Joe Pickett et le shérif Bud Barnum.

Affichant un sourire glacial, Melinda Strickland s'approcha et tendit une main gantée qu'elle sortit de sous le ventre du cocker. Barnum la lui serra et Joe fit de même, mais avec une certaine réserve. Il s'attendait à ce qu'elle mentionne le yorkshire, mais elle se contenta de sourire comme si de rien n'était.

Elle avait les hanches larges, des cheveux mi-longs couleur cuivre, un long nez pointu et des yeux noirs qui faisaient penser à ceux d'un corbeau. Des ridules encadraient les coins de sa bouche comme des parenthèses parcheminées. Elle souriait avec la bouche seulement – ses yeux restaient sombres. Elle ponctuait ses phrases de gloussements et d'inflexions changeantes, comme si elle s'apprêtait à faire une révélation qui n'arrivait jamais.

– Je crois savoir qu'il y a certaines personnes ici qui ne raffolent pas vraiment de l'Office des forêts ou du gouvernement fédéral, pas vrai ? dit-elle comme s'il s'agissait d'un fait connu de tous. Et que Lamar Gardiner n'était guère apprécié pour son interprétation stricte de nos règlements.

– Je ne crois pas qu'il s'agisse de ça, répondit Joe, perplexe.

– J'ai été submergée d'appels par des gens qui voulaient savoir ce qui se passait ici, dit-elle, comme si Joe venait simplement de confirmer sa manière de voir.

– Bon, faut y aller ! intervint Barnum.

Pour une fois, Joe apprécia la brusquerie du shérif.

Dans le grondement des moteurs et le cliquetis des chenilles, le convoi gravissait lentement la route enneigée. Joe se trouvait dans le premier véhicule, à côté du chauffeur, deux agents de la DCI serrés sur la banquette arrière. Sa motoneige et sa remorque étaient attachées à l'arrière. Tout en essuyant la buée qui se déposait sur les vitres et en respirant les vapeurs de diesel, il indiquait la route transversale qui menait dans la forêt. Elle avait changé d'aspect sous la quantité de neige accumulée. Le deuxième véhicule transportait le shérif, ses deux adjoints et un photographe des services de police de Saddlestring. Melinda Strickland, ses deux chiens, la jolie journaliste qui la suivait partout et deux autres agents de la DCI occupaient le troisième véhicule.

Le ciel était d'un bleu éclatant et le manteau neigeux d'une blancheur aveuglante. Ils traversaient alternativement des zones d'ombre et de soleil à l'approche du cirque de la Wolf Mountain. De grands fantômes blancs – des sapins tellement chargés de neige qu'ils ressemblaient à des spectres gelés – se tenaient en sentinelles au passage des trois véhicules cabossés et crachant de la fumée.

— Alors, comme ça, il vous a piqué vos menottes et vous a attaché au volant, hein ? demanda Bob Brazille depuis la banquette arrière.

Il était emmitouflé dans une énorme doudoune en duvet et des gouttelettes de sueur perlaient à son front.

— C'est bien ça, répondit Joe d'une voix dépourvue d'émotion.

— Quel salopard, hein ?

— Tournez ici, dit Joe en s'adressant au chauffeur.

— A voir le tempérament de la nana qu'ils ont envoyée, les fédéraux doivent être sacrément en rogne, poursuivit Brazille en hurlant par-dessus le grondement du moteur. Le gouverneur Budd a reçu un coup de fil d'un connard de Washington. Et voilà la Strickland qui débarque. Ils n'aiment pas du tout quand un employé fédéral se fait descendre. Il paraît que le gouverneur s'intéresse particulièrement à vous. Comment vous connaît-il ?

Joe sentit une rougeur insidieuse monter le long de son cou.

— Je l'ai arrêté il y a quelques années pour pêche sans permis.

Les yeux de Brazille s'arrondirent et il hocha la tête de droite à gauche.

— Ah, c'est vous ? J'ai entendu parler de cette histoire.

Joe acquiesça d'un signe de tête et détourna le regard.

Au bout d'une demi-heure de silence, Brazille tapota l'épaule de Joe pour attirer son attention.

– La minette qui accompagne Strickland, elle est canon, hein ?

Joe était d'accord avec lui, même s'il refusait de l'admettre. La journaliste qui accompagnait Melinda Strickland était grande, mince et arborait une tenue de ski du dernier chic : fuseau noir, bottes doublées en fausse fourrure et doudoune jaune. Elle avait des cheveux noirs coupés court, des yeux verts, un teint laiteux, des pommettes saillantes et des lèvres rouge cerise.

– Comment dites-vous qu'elle s'appelle ? demanda-t-il.

– Elle Broxton-Howard, répondit Brazille en prenant l'accent anglais. En fait, elle est américaine, mais elle a vécu à Londres pendant une quinzaine d'années. Une revue anglaise chic lui a demandé de pondre un papier sur Melinda Strickland.

– Qu'a-t-elle donc de si spécial pour qu'on écrive un article sur elle ? demanda Joe.

– J'ai posé la question à Elle Broxton-Howard, répondit Brazille en forçant encore plus son accent. Elle m'a expliqué que Strickland était responsable d'un détachement spécial venu étudier l'augmentation des actes de violence contre les agents territoriaux par des péquenauds locaux, ici dans l'arrière-pays. Et Melinda, c'est la femme qui se bat dans un monde d'hommes et patati et patata.

Joe se tourna vers Brazille pour lui demander de quelle augmentation de violence il voulait parler, mais le chauffeur rétrograda et le vacarme fut tel à l'intérieur de la cabine qu'il l'empêcha de poursuivre la conversation.

L'autoneige avança doucement jusqu'au bord du décrochement qui surplombait la vaste dépression boisée s'étendant à leurs pieds. Joe fut ébloui par l'éclatante blancheur. La neige avait métamorphosé les lieux ; là où la prairie et les replis boisés du relief déployaient d'ordinaire leurs doux reflets verts, gris et bleus, on ne voyait plus qu'un austère paysage en blanc et noir, comme si quelqu'un venait de régler le contraste de l'image au maximum. La journée s'était réchauffée et le soleil brillait de tous ses feux. Des milliers de minuscules points lumineux scintillaient sur les vastes étendues enneigées comme autant de paillettes argentées.

Quelque chose de bizarre attira l'attention de Joe dans la clairière où les wapitis avaient été tués. Une multitude de traces sillonnaient la neige qui aurait dû être intacte à cet endroit-là. Il tapota l'épaule du chauffeur pour lui demander de s'arrêter et bondit hors de la cabine. Debout sur le marchepied, il porta ses jumelles à ses yeux. Derrière lui, il entendit les deux autres véhicules approcher et s'arrêter en laissant tourner leurs moteurs.

C'était un véritable foutoir là-bas en bas. A certains endroits la neige avait été retournée et entassée, à d'autres elle était salie.

Il rentra dans la cabine et ferma la portière.

– Dès que vous n'aurez plus besoin de moi, dit-il en se tournant vers Brazille, je file jeter un coup d'œil là-bas avec ma moto-neige.

– C'est quoi, le problème ? demanda celui-ci.

– On dirait que quelqu'un a trouvé les wapitis.

– Qui pourrait être assez fou pour venir ici ? Et qui pourrait s'intéresser à des wapitis morts dans de telles conditions ?

Joe hocha la tête. Il se posait les mêmes questions. Il se retourna face à la route.

– Moi, dit-il, autant pour lui que pour Brazille.

– Si on trouve ceux qui sont venus, il faudra leur poser des questions sur le meurtre de Lamar Gardiner, dit Brazille. Peut-être auront-ils vu ou entendu quelque chose.

Joe acquiesça d'un hochement de tête.

– Bon sang, enchaîna l'agent de la DCI en haussant les sourcils, c'est peut-être eux les tueurs.

Joe conduisit tout le monde à travers l'épaisse forêt jusqu'à l'arbre où il avait découvert Gardiner. Ils s'enfonçaient jusqu'à mi-cuisses dans la poudreuse. Les hommes le suivaient en grognant et jurant. Il sentait se former une mince pellicule de transpiration entre sa peau et la première couche de ses vêtements.

– C'est encore loin ? cria McLanahan, essoufflé.

– Juste là devant, dit Joe avec un geste vague.

Il avait du mal à se repérer et craignait de manquer l'arbre qu'il cherchait.

– Vous avez porté Lamar sur tout le chemin ? demanda Barnum en respirant bruyamment. Nom de Dieu !

– La neige n'était pas aussi profonde, expliqua Joe.

– On peut s'arrêter une minute ? Je manque d'air, dit Melinda Strickland en s'appuyant contre un tronc d'arbre le temps de reprendre son souffle. En plus, j'ai des coups de fil importants à passer. (Elle sortit son portable de sa poche et le regarda.) Merde, y a pas de réception ici !

– Je vous ai pourtant expliqué que quand j'étais ici, je n'avais pas pu appeler, dit Joe, agacé qu'elle n'ait pas écouté pendant la réunion du matin.

– On fait une pause avant de continuer, dit-elle en ignorant sa remarque.

– On dirait que c'est elle qui mène l'enquête, grommela Barnum suffisamment bas pour ne pas être entendu de Strickland.

Elle Broxton-Howard, la journaliste, surprit sa remarque et le foudroya du regard.

– Je trouve que vous êtes injuste envers elle, dit-elle en reniflant. C'est une femme exceptionnelle.

– Sûr, dit Barnum en toussant et roulant les yeux en direction de Joe.

– Quand un homme prend la tête des opérations, ça fait de lui un leader, poursuivit-elle. Mais quand c'est une femme, c'est juste une chieuse.

Joe s'éloigna de quelques pas dans la neige fraîche. Il ressentait une vive douleur au creux de l'estomac. D'abord, un massacre de wapitis. Ensuite, un meurtre. Puis une tempête de neige. Et maintenant cette Melinda Strickland. Mais bon sang, quel était le rôle officiel de cette femme dans tout ça ?

Il repéra l'arbre qu'il cherchait grâce aux deux flèches qui miroitaient dans la lumière. Il avait craint que le tueur ne soit revenu pour les extraire du bois tendre avec une lame de couteau. Il fut soulagé de voir qu'elles étaient toujours là.

Il s'immobilisa.

– C'est ici que je l'ai découvert, dit-il en montrant le tronc d'arbre.

Tous s'arrêtèrent et reprirent leur souffle. Des volutes de vapeurs montaient autour d'eux avant de se dissiper plus haut. La matinée était d'un calme inquiétant, une impression de vide absolu régnant dans la forêt. La tempête avait fait taire les oiseaux et les écureuils qui signalaient d'habitude les présences étrangères. Seul le bruit sourd de la neige tombant occasionnellement des arbres venait rompre le silence. Un des hommes de la DCI fit glisser son petit sac à dos de ses épaules et le laissa tomber à ses pieds avant de l'ouvrir pour y prendre la trousse servant au relevé des preuves.

Joe s'écarta, laissant les hommes de la DCI et l'agent du shérif s'approcher de l'arbre.

– Ces flèches sont des Bonebuster à pointe large, expliqua un des agents de la DCI en examinant de plus près les grosses tiges couleur camouflage, mais sans y toucher. Elles sont affûtées en biseau et peuvent transpercer l'épine dorsale de n'importe quel gros gibier. Ces trucs-là sont de vraies saloperies et, à voir la profondeur à laquelle elles se sont enfoncées dans le tronc, celui qui les a tirées avait un super matos et savait s'en servir. Il ne va pas être facile de les extraire du bois.

Joe jeta un regard à Strickland, qui n'avait toujours pas bronché. Elle était restée sur la piste, serrant toujours son cocker dans ses bras et lui murmurant des mots doux à l'oreille. Le yorkshire l'avait suivie en bondissant maladroitement d'un côté à un autre dans la neige profonde. Strickland n'avait pas prodigué le moindre conseil ni fait la moindre suggestion depuis qu'ils étaient arrivés sur la scène du crime. Joe se demanda si elle avait la moindre idée de la manière de conduire une enquête.

Comme si elle avait lu dans ses pensées, Melinda Strickland prit la parole.

– Elle Broxton doit prendre des photos numériques de la scène, dit-elle en faisant un mouvement de tête vers la jeune femme. Elles pourront nous être utiles pour notre enquête.

– Je peux ? demanda la journaliste, flattée.

Le photographe local avait fixé un filtre sur son objectif pour réduire la luminosité et son appareil faisait un petit bruit particulier chaque fois qu'il appuyait sur le déclencheur. Elle Broxton-Howard, clairement novice dans l'art de la photographie, se mit à imiter ses moindres gestes avec son appareil numérique. Le photographe comprit tout de suite et lui proposa de l'aider. Quand elle se pencha pour récupérer le cache tombé dans la neige, McLanahan et Brazille reluquèrent son fuseau moulant et échangèrent des clins d'œil de gamins.

– Je me demande bien ce qu'on va pouvoir trouver ici à part ces deux flèches, se lamenta Barnum. Ce lieu n'a plus rien à voir avec ce qu'il était il y a trois jours.

Brazille haussa les épaules et acquiesça. Puis il demanda à un agent de son équipe de faire démarrer la tronçonneuse qu'ils avaient apportée. Il pensait recouvrir les flèches avec un sac et abattre l'arbre dont le tronc faisait une trentaine de centimètres de diamètre. Ils tailleraient ensuite le bois au-dessus des flèches et rapporteraient le morceau en ville avant de l'envoyer au labo de Cheyenne. Ainsi, expliqua-t-il, ils n'effaceraient pas les éventuelles empreintes et n'endommageraient pas les flèches en essayant de les extraire du bois.

– McLanahan, rejoignez l'autre route en continuant à travers la forêt et allez voir s'il y a des traces de pas ou de la neige jaune, aboya Barnum. Si vous trouvez quoi que ce soit, prenez une photo et embarquez le truc dans un sachet plastique.

– Vous voulez que je mette de la neige jaune dans un sachet plastique ? demanda McLanahan en grimaçant.

– On peut faire des tests d'ADN, dit l'un des agents de la DCI.

– Eh merde ! lança McLanahan avec un ricanement de mépris.

– Ça aussi, lâcha Barnum froidement en faisant rire Brazille.

McLanahan leur lança un regard mauvais.

Au bruit de la tronçonneuse, Joe se retourna.

– Vous avez encore besoin de moi ? demanda-t-il à Brazille et à Barnum. Parce que j'aimerais bien aller jeter un coup d'œil dans la prairie.

Brazille fit signe à Joe qu'il pouvait se retirer. Barnum se contenta de lui jeter un regard méprisant signifiant clairement qu'il n'appréciait pas sa présence ici, au milieu de son enquête à lui.

Joe ne réagit pas, acceptant le fait que Barnum ne le portait pas dans son cœur. De toute façon, le sentiment était réciproque.

Si on avait demandé à Joe de choisir entre le shérif Barnum et Melinda Strickland pour diriger l'enquête, eh bien… disons qu'il était ravi de ne pas avoir à choisir.

La tronçonneuse toussota avant de démarrer dans une pétarade assourdissante qui emplit le silence de la forêt.

Joe traversa tranquillement la prairie sur sa motoneige, debout et un genou sur le siège. Il examinait les traces et tentait d'imaginer ce qui avait pu se passer. D'après lui, au moins trois engins différents étaient passés par là. Deux d'entre eux avaient laissé des traces larges de presque quarante centimètres et présentant les mêmes empreintes. Le troisième véhicule était légèrement plus grand, avec un mordant plus prononcé et avait dû tirer un genre de traîneau monté sur patins. A voir les quelques centimètres de neige fraîche qui recouvraient les traces, leur présence remontait à la veille au soir.

Ceux qui étaient venus là ne s'étaient pas intéressés au pick-up de Gardiner, toujours recouvert de neige à la lisière de la forêt. Deux hommes du shérif avançaient en peinant dans la neige profonde pour aller prendre quelques clichés de l'intérieur de la cabine.

Les tas de neige qu'il avait aperçus de plus haut se trouvaient à l'endroit où les wapitis avaient été abattus. Les visiteurs les avaient tous trouvés.

La neige était souillée de taches de sang, de poils et de lambeaux de chair. Les cuissots et les filets de viande avaient été débités, puis vraisemblablement chargés sur le traîneau. Il remarqua des traces de brûlures dans la neige et de la chair déchiquetée à l'endroit où on avait découpé les wapitis. Ils avaient utilisé des tronçonneuses. Même si Joe était plutôt content de voir que la viande n'avait pas été perdue, les circonstances dans lesquelles tout cela s'était déroulé étaient vraiment bizarres. Il semblait peu probable que trois autoneiges soient venues se balader dans le coin la nuit précédente, au moment où la tempête avait commencé à faiblir. D'après les traces restées visibles, les véhicules étaient arrivés dans la prairie par l'ouest, du côté de Battle Mountain, et étaient repartis par le même chemin. Ils s'étaient dirigés droit sur la clairière et avaient décrit de grands cercles jusqu'à ce qu'ils trouvent les carcasses abandonnées. Il remarqua que les traces étaient plus profondes dans le sens du retour et se dit que quelques milliers de livres de viande y étaient probablement pour quelque chose.

Plus de mille livres de viande, se dit-il en poussant un sifflement.

Qui pouvait bien posséder la main-d'œuvre, l'équipement et le savoir-faire nécessaire pour débiter cinq wapitis au milieu d'une tempête de neige ? Comment ces gens avaient-ils su que les carcasses se trouvaient là ? Et, bien sûr, pouvait-il y avoir un lien entre les véhicules dans la prairie et le meurtre de Lamar Gardiner ?

Joe prit sa radio portative pour contacter Barnum et Brazille.

— Ils ont embarqué cinq wapitis sur des motoneiges ? demanda Barnum.

Il entendit Brazille demander au shérif de lui passer le récepteur.

— Avez-vous vu des traces venant jusqu'ici ? s'enquit Brazille.

— Non.

— Alors, il est peu probable que ces amateurs de bidoche aient été au courant de la présence de Gardiner dans la montagne. Sinon, ils l'auraient cherché.

— C'est possible, dit Joe. Mais ils auraient pu faire ça avant. Deux jours ont passé. Beaucoup de neige fraîche est tombée depuis le meurtre de Gardiner et il est impossible de savoir s'ils sont venus ici avant la nuit dernière.

— Attendez une minute, dit Brazille.

Petit clic du récepteur qu'on éteint.

Au bout de quelques minutes, il revint et appela Joe.

— McLanahan a trouvé de la neige jaune près de l'autre route. Il en a prélevé un peu. On a donc un petit quelque chose à se mettre sous la dent.

L'idée de McLanahan en train de creuser la neige en ronchonnant fit sourire Joe.

— Je vais essayer de savoir où mènent ces traces, dit-il. Elles partent vers l'ouest, en direction de Battle Mountain.

Il entendit Brazille échanger quelques mots avec Barnum avant de reprendre la ligne.

— Pas de confrontation si vous les rencontrez, dit-il. Et n'éteignez pas votre radio.

— D'accord, dit Joe.

— Le shérif Barnum me demande de vous dire de ne pas faire quoi que ce soit qui puisse le mettre en rogne.

— Je ferai de mon mieux.

Joe et Barnum n'avaient jamais été proches, mais leur relation de travail s'était dégradée depuis l'été précédent. Joe avait soupçonné Barnum de complicité et de corruption au cours des événements qui s'étaient déroulés dans le canyon de Savage Run[1]. Mais il n'avait aucune preuve et le shérif n'avait pas fait le moindre aveu. Il existait entre eux une hostilité latente et Joe était persuadé qu'un jour les choses prendraient une vilaine tournure.

Avant de redémarrer son engin, il photographia les traces dans la neige, les restes de carcasses et les bouts de chair déchiquetée et nota ses observations dans son carnet à spirale. Il tapota les poches de sa parka pour vérifier qu'il avait bien tout ce qu'il lui fallait : une paire de jumelles, des menottes, une bombe lacrymogène, des piles pour sa radio et son Beretta .40.

Puis il mit le contact, accéléra un grand coup et ne se rassit sur son siège qu'au moment où il pénétra sous les arbres, sur les traces des visiteurs.

Arrivé en haut de la face ouest de la dépression, après avoir parcouru une dizaine de kilomètres dans la forêt, il constata que les traces menaient à une route forestière. Cette zone était à l'abri du vent, sur le flanc sud de la montagne, et la neige y était moins profonde. Le véhicule qui avait apporté les motoneiges jusqu'à cet endroit était reparti depuis longtemps, mais Joe aperçut des

1. Cf. *La Mort au fond du canyon*, publié dans cette même collection (*NdT*).

empreintes de pas à l'endroit où on avait chargé les engins et où le véhicule avait fait demi-tour. Il prit d'autres photos.

Bien que la réception radio soit mauvaise, il parvint à joindre Brazille pour lui faire part de ce qu'il avait trouvé.

— Peu importe, répondit Brazille. On vient juste d'apprendre qu'un éleveur a aperçu un véhicule qui descendait de la montagne le soir du meurtre, à peu près au même moment que vous. Le mec dit avoir reconnu le véhicule et son conducteur. D'après lui, c'est une espèce de rustaud mal embouché qui vit tout seul au milieu des montagnes. Il faut donc rejoindre la vallée et nous organiser avant d'agir. Et devinez quoi ?... Le mec chasse avec un arc et des flèches.

Joe entendit la voix de Strickland quelque part pas loin de Brazille.

— On va le coincer, ce salopard !

Lorsque Joe les rejoignit, le reste de l'équipe avançait péniblement vers les autoneiges en portant le morceau de tronc dans lequel étaient plantées les flèches. Il fit plusieurs allers-retours sur sa motoneige en ramenant chaque fois quelqu'un derrière lui. Les moteurs grondèrent à nouveau et les autoneiges reprirent doucement le chemin de la vallée. Soudain, celle qui menait le convoi s'immobilisa. Le conducteur en descendit et regarda sous le véhicule. Joe sortit de la cabine et le rejoignit, suivi de Melinda Strickland.

— Oh, je suis vraiment navré ! s'exclama le chauffeur, manifestement perturbé. J'ai vu ce petit chien bondir directement sous les chenilles et j'ai senti la bosse avant de pouvoir faire quoi que ce soit.

Joe s'accroupit pour essayer de voir quelque chose sous les lourdes chenilles métalliques. Il aperçut une petite touffe de poils dans la neige et la patte raidie du yorkshire qui dépassait.

Il se prépara à une explosion de colère. Rien ne vint.

— Le seul endroit où ce petit chien pouvait courir, c'était sur la neige damée par les autoneiges, reprit le chauffeur. C'était beaucoup trop profond partout ailleurs.

Joe remarqua ses yeux embués et son air nauséeux.

D'autres membres de l'équipe étaient sortis de leurs véhicules et s'étaient approchés pour voir ce qui restait du petit chien.

– Comment a-t-il pu sortir de la cabine ? demanda Joe.

– Je ne l'ai pas laissé entrer, répondit Strickland.

Joe fut traversé par un frisson glacé qui n'avait rien à voir avec la température extérieure.

– Madame, je suis vraiment… commença le chauffeur.

Strickland le congédia d'un revers de main. Joe la regarda regagner son véhicule en avançant maladroitement dans la neige profonde. Il était incapable de dire si elle éprouvait le moindre chagrin.

Elle ouvrit la portière et, avant de grimper dans la cabine, lança un regard furieux aux hommes restés dans la neige.

– Il faut arrêter de perdre du temps comme ça, lâcha-t-elle sèchement. L'assassin de Lamar Gardiner ne va pas nous attendre.

Tous restèrent figés un instant avant de regagner en silence leurs véhicules respectifs. La première autoneige bondit en avant et prit sa vitesse de croisière. Depuis le deuxième véhicule, Joe aperçut une forme brune, arrondie et aplatie au milieu de la route. Il ne put réprimer une grimace au moment où ils passèrent dessus. Ils ne sentirent pas la moindre bosse.

Le suspect s'appelait Nate Romanowski et vivait sur un petit terrain au sud de Saddlestring, en bordure de la rivière. Joe avait déjà entendu ce nom quelque part, mais il ne se rappelait pas dans quelles circonstances. Le convoi avançait lentement sur la route qui menait chez lui.

Le shérif Barnum avait appelé tout de suite pour ordonner qu'un chasse-neige dégage la route conduisant à la rivière. Le temps que les hommes du shérif, les agents de la DCI et Joe regagnent le bas de la montagne et reprennent leurs véhicules, le chasse-neige avait réussi à déblayer les trois quarts de la route. Il était en train de s'attaquer au dernier quart lorsque le défilé des 4 × 4 le rejoignit et s'aligna derrière lui.

Derrière le chasse-neige qui vrombissait en envoyant des plaques de neige durcies par le vent sur les bas-côtés, Joe se dit que c'était sans doute la descente de police la plus lente de toute l'histoire.

Pendant le trajet, il avait écouté les conversations radio dans sa voiture. Un éleveur local, Bud Longbrake, avait appelé le central et expliqué qu'il était en train de jeter un œil sur son bétail, dans les pâturages d'hiver qui se trouvaient au confluent de la Bitter Creek et de la Crazy Woman Creek, lorsque la tempête s'était levée. La neige lui ayant fait perdre ses repères, il s'était trompé de direction et s'était perdu avant de retrouver le chemin qui menait à la Wolf Mountain. Au moment où il s'engageait sur la route en pleine tempête, il avait failli heurter une vieille Jeep qui dévalait la pente à toute vitesse. Lorsqu'il l'avait croisé, il avait aperçu le conducteur très distinctement dans la lumière des phares. Il avait reconnu le profil et la longue queue-de-cheval blonde. C'était Nate Romanowski, il en était sûr. Et Longbrake d'ajouter que ce Romanowski était un drôle de type – une espèce de reclus qui utilisait un arc et des flèches pour tuer le gibier dont il se nourrissait et qui élevait des oiseaux de proie pour la chasse.

Joe venait de se rappeler où il avait entendu ce nom. Romanowski lui avait envoyé une demande de permis de chasse au faucon. C'était la première fois qu'il recevait une telle requête depuis qu'il exerçait son métier.

6

Nate Romanowski habitait une maison en pierre au bord de la branche nord de la Twelve Sleep River. De l'autre côté de la rivière se dressait une falaise rouge haute d'une vingtaine de mètres et surplombée par un court bosquet de genévriers recouvert d'une épaisse couche de neige, comme un glaçage sur un gâteau. Le soleil dardait ses rayons sur la face rougeoyante de la falaise. Les eaux profondes de la rivière charriaient des blocs de glace et de neige, ralentissant son cours.

A l'intérieur de la maison, Romanowski repoussa les couvertures après avoir fait un petit somme de fin de matinée. Les murs intérieurs de la bâtisse étaient froids, et seul un rai de lumière filtrait par l'étroit interstice d'un volet fermé. En ouvrant les volets, il cligna des yeux, ébloui par la neige. Il alluma un feu dans son poêle à bois et enfila une combinaison isolante et de longues bottes Wellington en caoutchouc noir. Puis il attacha ses cheveux blonds avec une lanière de cuir, enfonça son chapeau de cow-boy sur sa tête et entreprit de se préparer un déjeuner tardif : steak d'antilope, œufs et pain grillé.

Après s'être rassasié, il sortit dans la neige profonde. Elle avait commencé à fondre au soleil et crissait doucement sous ses pas. Les hivers dans les Rocheuses n'ont rien à voir avec ce que la plupart des gens s'imaginent, pensa-t-il. Dans les collines et les plaines, la neige ne reste pas tout l'hiver comme dans le Nord-Est ou le Midwest. Il neige, puis un coup de vent fait fondre la neige et après il reneige. Dans les montagnes, la situation était complètement différente.

Il lui sembla distinguer un bruit de moteur dans le lointain. Il s'immobilisa et tendit l'oreille. Il était trop loin de la grande route pour entendre la circulation et un bruit de moteur signifiait généralement que quelqu'un s'était perdu ou embourbé, ou qu'il avait de la visite. Le tumulte de la rivière était tel ce matin-là qu'il avait du mal à entendre quoi que ce soit.

Dans la cabane, la fauconnerie plutôt, où se trouvaient les oiseaux, le soleil filtrant à travers les planches accrochait les grains de poussière et les cristaux de glace en suspension. Le faucon pèlerin et la buse à queue rousse s'étaient installés aux deux extrémités de la volière, sur des perchoirs en bois. Ils étaient parfaitement immobiles, une bande de lumière rayant leur poitrail.

Romanowski enfila un gant de soudeur et tendit son bras droit. Deux pigeons se débattaient dans une gibecière en cuir suspendue à sa ceinture. La buse à queue rousse quitta son perchoir et vint s'agripper au cuir patiné du gant. Romanowski leva le bras et examina l'oiseau, le faisant tourner lentement pour examiner les plumes de sa queue. Elles étaient encore abîmées, mais elles commençaient à repousser. Dans deux mois, il pourrait voler à nouveau. C'était un oiseau bien différent de celui qu'il avait ramassé au bord de la route, complètement sonné après avoir rebondi sur le pare-brise d'une bétaillère. Bien nourri, il s'était étoffé et, même s'il n'était pas encore tiré d'affaire, ses yeux avaient retrouvé leur éclat sombre et perçant. Au cours des six premières semaines, Romanowski lui avait laissé un chaperon de cuir sur les yeux pour qu'il reste tranquille. L'obscurité apportait le calme à l'oiseau. Ce n'était que très récemment qu'il avait commencé à lui retirer le chaperon pour de courtes périodes. Les premières fois, la buse avait réagi bizarrement. Elle hurlait de manière hystérique. Puis elle s'était doucement habituée à la lumière et aux stimuli extérieurs.

Il plongea sa main libre au fond de la gibecière et en sortit un pigeon qui se mit à battre frénétiquement des ailes – il les attrapait dans des granges ou sur les toits des vieux entrepôts de la ville. Il serra la tête du pigeon entre ses doigts gantés sous l'œil attentif du rapace. Lorsqu'il ne bougea plus, la buse se pencha en avant et lui arracha la tête d'un coup de bec.

Elle le dévora sans faire de détail – plumes, os, pattes, tout y passa. Son gosier prit la taille d'un poing. Lorsque le pigeon eut complètement disparu, Romanowski plaça le rapace – tête et bec couverts de plumes ensanglantées – sur un perchoir à l'extérieur de la cabane. A son tour, le faucon pèlerin vint se percher sur son poing.

Romanowski fit un tour dehors avec lui – le temps était froid et sec. Il tenait les jets – liens de cuir souples fixés aux tarses de l'oiseau – dans son gant de cuir. Le second pigeon attendait sans bouger dans la gibecière.

Le rapace n'avait pas encore concentré son attention sur le sac. Il avait le regard braqué au-delà de la maison et du bosquet de trembles, vers les champs d'armoise. Peut-être, pensa Romanowski, avait-il lui aussi discerné un bruit de moteur.

Il lâcha le faucon qui s'envola dans un battement d'ailes sonore et rejoignit un courant ascendant près de la rivière. L'oiseau décrivit plusieurs cercles et s'éleva dans les airs, fonçant vers le ciel dans un mouvement de spirale. Romanowski regarda le rapace jusqu'à ce qu'il fusionne avec le soleil.

Il porta la main à son sac et en sortit le pigeon qu'il lança vers le ciel. L'oiseau battit frénétiquement des ailes, puis remonta la rivière pour rejoindre le couvert des arbres.

Romanowski regarda tour à tour le faucon et le pigeon.

A trois cents mètres d'altitude, le faucon pèlerin replia ses ailes, contracta ses serres, pivota sur le dos et piqua droit vers le sol comme une flèche. Il fendit l'air sans la moindre hésitation, décrivant une ample ligne courbe dans le ciel éclatant de lumière. En alerte, le pigeon prit de la vitesse, zigzaguant d'une rive à l'autre et rasant la surface de l'eau.

Le rapace, les pattes serrées comme des poings, chargea sa proie et la percuta avec le bruit sourd d'une balle heurtant un gant de base-ball. Le pigeon explosa littéralement : son sang gicla et ses plumes volèrent dans tous les sens. Le faucon rasa un instant la surface de l'eau, partit en piqué vers le haut et replongea à la vitesse de l'éclair pour saisir ce qui restait du pigeon avant qu'il ne tombe à l'eau. Puis il s'installa délicatement sur une étroite bande de sable pour dévorer l'oiseau mort.

Des plumes de pigeon flottaient doucement à la surface de l'eau. Emportées par le courant, elles finiraient probablement par atteindre Saddlestring.

Romanowski lâcha un sifflement admiratif et se frotta les avant-bras pour y faire disparaître sa chair de poule.

Il entendit à nouveau du bruit, mais cette fois il vit de quoi il s'agissait. Portant ses mains à ses yeux, il se protégea de l'éclat éblouissant de la neige et aperçut le toit d'un chasse-neige suivi d'un long convoi. Les véhicules scintillaient dans le lointain.

– Nous y voilà, dit-il tout haut.

7

Sur les ordres du shérif, le chasse-neige s'arrêta juste avant le talus d'armoise qui séparait la route de la rivière. Joe le vit quitter la route et se rabattre sur la gauche. Les feux de recul du Bronco s'allumèrent : le 4 × 4 du shérif venait de s'arrêter. Puis des portières s'ouvrirent brusquement et des hommes lourdement armés sautèrent dans la neige profonde. Barnum se dirigea vers le Yukon de location des agents de la DCI et rassembla tout le monde autour de lui.

Joe passa le bras derrière son siège pour y prendre son fusil. C'était un nouveau modèle, plus précis et plus léger que le vieux WingMaster qu'il utilisait encore récemment pour le gibier à plume. Il avait dû le remplacer – comme d'ailleurs son arme de poing et son pick-up – après les événements qui s'étaient déroulés dans le canyon de Savage Run, un an plus tôt. Marybeth et lui n'avaient toujours pas trouvé un nouveau cheval pour remplacer Lizzie.

Refermant doucement la portière de son pick-up, il se sentit bizarrement étranger au reste du groupe. Après tout, il était garde-chasse, pas membre d'une équipe d'assaut. Il était habitué à opérer seul. Mais cette fois, l'affaire était du ressort du shérif et celui-ci lui avait demandé de participer à l'opération.

Joe regardait les agents du shérif et de la DCI en se disant que, même s'ils avaient un certain entraînement, ces hommes n'étaient pas coutumiers de ce genre de situation. Les affaires de police dignes de figurer dans le journal local – le *Saddlestring*

Roundup – se limitaient à des querelles domestiques, des chiens errants pourchassant des moutons et des infractions au code de la route. Ce n'était pas vraiment une unité d'élite qui s'apprêtait à passer à l'action. Ils faisaient de leur mieux pour ressembler et agir comme les flics des grandes villes habitués à ce genre de raid. Étant donné leur degré d'agressivité refoulée et leur manque d'expérience, Joe espérait surtout que la situation n'allait pas dégénérer. Il avait déjà vu l'adjoint McLanahan décharger son fusil sur un groupe de tentes et tirer sur Stewie Woods dans un enclos à vaches. Comment arriverait-il à se contrôler face à un meurtrier sanguinaire ?

Il repensa aux circonstances dans lesquelles il avait découvert Lamar Gardiner, devant les cadavres de wapitis, en train de bourrer son fusil avec des cigarettes. Venant de lui, personne n'aurait pu imaginer une chose pareille. Si Joe avait eu un emplacement sécurisé dans son pick-up ou s'il avait pu obtenir des renforts, les choses se seraient probablement passées autrement. Mais ce n'était pas le cas. Il était censé conduire les contrevenants en prison, même s'il n'était pas vraiment équipé pour ça, surtout lorsque ceux-ci opposaient la moindre résistance ou tentaient de s'enfuir. Et finalement ce qui s'était passé dans la montagne avait déclenché toute cette série d'événements. Il se sentait à la fois responsable et coupable. Il était très important pour lui que l'affaire soit résolue, même s'il n'avait aucune envie de se retrouver dans cet endroit. Lorsqu'il serait convaincu de la culpabilité de Nate Romanowski dans le meurtre de Lamar Gardiner et que le coupable serait derrière les barreaux, alors seulement sa conscience le laisserait tranquille.

Après tout, c'était la veille de Noël et il aurait dû être chez lui. Au lieu de ça, il chargea six cartouches à chevrotine double zéro dans son fusil, l'arma et s'approcha du groupe d'hommes réunis autour de Barnum.

– Ne laissez pas plus de six mètres entre vous et déployez-vous en tirailleurs, lança Barnum. L'agent Brazille fermera à gauche et moi à droite. Je veux que ce type pense que mille hommes avancent sur lui. Quand nous serons suffisamment proches de la maison,

Brazille et moi nous rabattrons sur les côtés dans un mouvement d'encerclement. Je veux que vous avanciez en restant à couvert et sans vous arrêter. Imaginez que vous êtes renvoyeurs dans une équipe de foot. Pas de mouvements latéraux. On avance droit sur le but.

Barnum est impressionnant dans ce type de situation, se dit Joe.

En fait, vu que c'était la première fois qu'il participait à une opération de ce genre, Joe n'était pas vraiment en mesure de comparer les ordres et la tactique de Barnum à quoi que ce soit. En observant les agents de la DCI, les policiers de Saddlestring et les hommes du shérif en train de charger leurs armes, il repensa à la théorie du shérif : affronter chaque situation avec une puissance de feu écrasante. Il se dit que Barnum était en train d'appliquer sa théorie.

– J'y vais en premier si vous voulez, proposa McLanahan en faisant claquer le chargeur de son M-16 semi-automatique à lunette.

Et, comme pour faire encore plus d'effet, il glissa une cartouche dans la culasse.

– Pas question, dit Barnum d'une voix fatiguée. On n'a pas besoin de cow-boys.

Joe observa le visage de McLanahan, piqué au vif par la remarque du shérif : ses yeux se rétrécirent sous l'effet de la colère et de la honte.

– Que personne ne tire sauf pour se défendre, ajouta Brazille en regardant McLanahan et ses hommes à lui.

– Il paraît qu'il a un énorme flingue, dit McLanahan. S'il le sort, ça va être sa fête !

Barnum et Brazille échangèrent un regard inquiet.

– S'il sort son gros flingue, dit Barnum, on en fait de la charpie.

Joe fit la grimace. C'était le terme que les chasseurs utilisaient lorsqu'ils tiraient sur les chiens de prairie – des petits rongeurs originaires de la région – avec des fusils à gros calibre qui les réduisaient littéralement en bouillie.

– J'aurai quelques questions pour lui dès que vous l'aurez arrêté, dit Melinda Strickland.

C'étaient ses premières paroles depuis qu'ils étaient arrivés sur les lieux.

Encore une fois, Joe se dit que même si elle avait voulu leur faire croire que c'était elle qui menait l'enquête, elle ne semblait avoir aucune expérience de la manière dont on menait une telle opération ou de la stratégie à utiliser. Elle avait l'air d'avoir surtout envie de rester à l'abri du danger.

– D'accord, dit Barnum. Mais surtout, restez à l'arrière. Vous n'êtes pas armée.

– Pas de problème, dit Strickland avec un petit gloussement.

Bizarrement, c'est à ses enfants que pensa Joe en approchant de la maison en pierre. Il se dit que les filles devaient être en train de se préparer pour la messe, d'essayer leurs robes et leurs collants en demandant à Marybeth ce qu'elle pensait de leurs tenues et en jetant un coup d'œil furtif sur les paquets-cadeaux au pied du sapin. Tous les ans, après avoir dîné d'un potage aux palourdes et s'être rendues à l'église, les filles avaient le droit d'ouvrir un cadeau chacune – c'était une tradition dans la famille. A part pour Lucy, toujours branchée mode, c'était carrément une catastrophe si le premier cadeau ouvert était un vêtement. Sheridan voulait des jeux ou des livres qui lui permettraient de patienter jusqu'au lendemain matin. April, elle, avait annoncé qu'elle voulait un petit four électrique – mais ce n'était pas ce qu'elle allait recevoir. Elle avait expliqué qu'avant, quand elle vivait avec son père et sa mère, elle avait l'habitude de se faire réchauffer ses repas toute seule et qu'elle aimerait bien pouvoir recommencer à le faire. Marybeth avait tenté de la rassurer en lui disant qu'il y aurait toujours suffisamment à manger, mais April avait du mal à comprendre.

Joe chassa toutes ces idées de sa tête ; il devait concentrer toute son attention sur la mission en cours. Il fit sauter la sécurité de son fusil et essaya de rester à la distance conseillée des deux agents de la DCI qui approchaient du haut du talus. Un bosquet de peupliers couverts de neige était le seul endroit visible où ils pourraient rester à couvert.

Il avançait très lentement, comme quand il était à la chasse ou en patrouille. Il aperçut d'abord le toit enneigé de la maison, puis la capote de la Jeep. Derrière, de l'autre côté de la rivière, s'élevait la paroi rocheuse rouge sang.

Il fit encore quelques pas et découvrit une vision surprenante et inattendue : Nate Romanowski, bien en vue à côté d'une cahute en planches. Le suspect était solidement campé sur ses deux jambes, les bras ballants et les mains écartées du corps. Il faisait face aux hommes qui s'avançaient vers lui, comme s'il les attendait.

Joe regarda Romanowski et fut impressionné – intimidé même – par sa taille et son calme. Il était parfaitement immobile ; seuls ses yeux bougeaient, passant en revue les hommes qui avançaient vers lui. Il n'y avait aucune inquiétude, aucun signe d'agressivité dans son attitude, juste un calme impressionnant.

Dans son champ de vision, il aperçut Barnum et Brazille qui surgissaient sur les côtés, tenant l'homme en joue. Romanowski les vit lui aussi et leva tranquillement les mains en l'air.

Puis ils se précipitèrent vers lui – une demi-douzaine de fusils à gros calibre braqués sur la poche de poitrine de sa combinaison. Brazille pointa son pistolet sur sa tempe pendant qu'il le fouillait de sa main libre, s'assurant qu'il n'avait pas d'arme. Lorsqu'il aperçut la gibecière vide, il l'arracha et la jeta par terre. Barnum aboya un ordre et le suspect mit ses mains derrière sa tête en entrecroisant les doigts.

Les autres hommes se rapprochèrent, gardant la formation. Joe baissa son fusil et les suivit. Deux agents de la DCI s'écartèrent du groupe et se dirigèrent vers la maison.

– Êtes-vous prêt à tout avouer ou préférez-vous attendre d'être bien au chaud derrière les barreaux ? demanda Barnum de sa voix rauque.

Romanowski poussa un grand soupir et regarda le shérif droit dans les yeux.

– Je suis juste étonné qu'ils aient envoyé tous les ploucs du coin, dit Romanowski. Pensez-vous être assez nombreux ?

Barnum ne sut que penser de sa question. Joe non plus, d'ailleurs. Ils regardèrent Brazille, qui se contenta de hausser les épaules.

Joe essaya d'analyser l'attitude de Nate Romanowski. Apparemment, il n'éprouvait pas la moindre crainte, ce qui semblait tout de même un peu étrange, voire suspect. Joe tressaillit en se rendant compte qu'il n'avait aucun mal à imaginer cet homme en train de bander son arc et de décocher deux flèches à un Lamar Gardiner sans défense, puis de s'approcher et de trancher la gorge de sa victime qui le regardait, les yeux emplis d'effroi.

– Je crois savoir que vous utilisez un arc et des flèches pour chasser, dit Barnum.

Tout d'un coup, un froissement d'ailes et un cri strident leur parvinrent de la volière. McLanahan pivota sur ses talons, pointa son M-16 automatique et lâcha une rafale sur la cahute qui vacilla avant de s'effondrer dans un nuage de poussière et de plumes. L'odeur forte de la poudre emplit l'air, le bruit assourdissant des détonations allant ricocher sur les parois rocheuses qui longeaient la rivière. Des douilles en laiton encore fumantes s'étaient éparpillées dans la neige.

– Bien joué ! lâcha Romanowski entre ses dents. Vous venez juste de tuer ma buse à queue rousse.

Par miracle, le rapace n'avait pas été blessé. Il s'extirpa des décombres en braillant et se percha sur le tas de planches. Après quelques battements d'ailes maladroits, il s'envola péniblement et gagna de l'altitude.

McLanahan était en train de lever son arme lorsque Joe tendit la main et en saisit le canon.

– Qu'est-ce que vous faites, McLanahan ? demanda-t-il avec colère.

– Laissez-le filer, dit Barnum à son adjoint qui jeta un regard mauvais à Joe avant de baisser son fusil et de le braquer à nouveau sur Romanowski.

Alerté par les coups de feu, un des agents de la DCI sortit de la maison en courant. Il se redressa et regarda Brazille.

– On a trouvé un arc en fibres de carbone et un carquois plein de flèches là-dedans. Et ça…

Il tenait un holster en cuir contenant un énorme revolver à canon long en acier chromé. Ça, pensa Joe, c'est sans doute « l'énorme flingue » dont a parlé McLanahan.

Ce mec n'est pas complètement innocent, se dit Joe qui n'avait jamais vu de revolver de cette taille.

Melinda Strickland, qui s'était tenue à l'écart jusque-là, s'approcha du groupe.

– Nate, détestez-vous le gouvernement ? demanda-t-elle tout d'un coup à Romanowski.

Elle Broxton-Howard se tenait près d'elle, gribouillant des notes dans son calepin.

Romanowski sembla réfléchir une minute. Puis il se tourna légèrement vers elle – assez lentement pour ne pas déclencher une réaction de ces fous de la gâchette – et dit :

– Je n'ai pas la moindre idée de ce dont vous voulez parler.

Joe observa Romanowski. Pour la première fois, il ne lisait que de la perplexité sur son visage.

– Tout ce que je sais, c'est que vous avez pénétré chez moi, que vous êtes armés et que vous avez failli tuer un oiseau en cours de guérison, reprit Romanowski sur un ton étonnamment calme qui faisait froid dans le dos. Quel est le rigolo à la tête de toute cette bande ?

En guise de réponse, McLanahan s'avança vers lui et lui balança la crosse de son fusil en travers de la bouche. La tête de Romanowski partit en arrière et il chancela sous le choc. Il n'avait toujours pas baissé les mains. En dépit de ses lèvres fendues d'où s'échappait un flot de sang rouge vif et des morceaux de dents cassées, Romanowski regarda McLanahan d'un air plein de mépris.

Une fois de plus, Joe s'était avancé vers McLanahan, mais Barnum avait tendu le bras pour l'arrêter. Joe était sous le choc.

– Vous n'avez aucune idée du pétrin dans lequel vous êtes en train de vous mettre, les avertit Romanowski d'une voix à peine perceptible.

– Vous non plus, poursuivit Melinda Strickland, le regard dur.

– Cognez-moi cet enfoiré ! ordonna-t-elle.

Ignorant le cri de Joe qui espérait retenir son geste, McLanahan s'empressa d'obéir.

8

Lorsqu'il reprit son pick-up pour rentrer chez lui, Joe fut heureux de constater que le chasse-neige avait dégagé Bighorn Road. Il avait ouvert un chemin entre les congères, d'énormes plaques de neige durcies par le vent s'amoncelant de part et d'autre et dessinant une bordure irrégulière et imparfaite. Il sourit intérieurement à l'idée que les filles allaient être déçues de devoir finalement se rendre à l'église.

Moi en tout cas j'ai besoin d'y aller, se dit-il, même si elles n'y vont pas. Il fallait qu'il oublie le sang et la violence de ces derniers jours. En cette veille de Noël, l'office divin ne le laverait pas de tout ça, mais au moins il lui mettrait des idées plus positives en tête. L'arrestation de Nate Romanowski lui avait laissé un goût amer dans la bouche. Même si, vue de l'extérieur, l'opération semblait s'être parfaitement déroulée – ils avaient tout de même identifié et capturé l'assassin dans la journée –, pour Joe les choses n'étaient pas aussi simples qu'elles en avaient l'air. Dans son esprit, il associait la mort du petit chien de Melinda Strickland aux coups de crosse sur le visage de Nate Romanowski. Il n'arrivait pas à oublier l'expression d'incompréhension totale qu'il avait lue dans le regard de cet homme. Étant donné la déclaration du témoin et la découverte de ce qui semblait être l'arme du crime, il n'y avait aucune raison de penser que Romanowski n'était pas le tueur – sauf que quelque chose dans son visage dérangeait Joe. C'était comme s'il s'était attendu à être arrêté, mais pour autre chose. Ou comme s'il pensait avoir un alibi parfait, mais que personne ne le croyait. Quelque chose n'allait pas.

Joe aurait aimé se sentir soulagé. Tout était fini, l'enquête était bouclée et la série d'événements qu'il avait déclenchés s'était enfin arrêtée. Pourtant, il ne ressentait pas le moindre apaisement.

Peut-être suis-je trop exigeant, songea-t-il. Peut-être de telles situations ne sont-elles jamais aussi claires et nettes que je le voudrais. En tout cas, d'après son expérience, c'était le cas. Peut-être était-il encore sous le choc de leur succès et, demain, verrait-il les choses autrement.

Il fallait qu'il se sorte tout ça de la tête, au moins pendant un petit moment. Et il fallait qu'il aille à l'église.

Pendant qu'ils se changeaient, Joe raconta à Marybeth les événements de la journée. Elle l'écouta attentivement.

Quelques minutes plus tôt, elle avait fait irruption dans la salle de séjour où les filles étaient en train de jouer ct avait frappé dans ses mains avant d'annoncer :

— Mesdemoiselles, nous partons à l'église.

Sheridan n'avait rien dit, mais elle avait lancé un regard furieux à sa mère. April, elle, avait ronchonné. Et Lucy avait commencé à babiller sur la tenue qu'elle allait porter.

— Peut-être bien que toute cette affaire est terminée, dit Joe. Ça serait un beau cadeau de Noël pour Saddlestring !

Marybeth marqua un temps d'arrêt.

— Pourquoi n'as-tu pas l'air convaincu ?

Il surprit son propre reflet dans le miroir, un sourire amer sur le visage.

— Je n'en sais trop rien, dit-il. Il faudrait sans doute que j'arrête d'y penser.

Elle hocha la tête sans le quitter des yeux. Il avait essayé de prendre un ton plus léger, mais elle le connaissait bien. Il pouvait voir son visage à elle dans le miroir.

— Ce pauvre petit chien, dit-elle en secouant la tête.

— Oui.

— Tu crois qu'elle l'a fait exprès ?

– J'en ai bien peur. Peut-être voulait-elle le punir en le faisant courir derrière les autoneiges, ou l'abandonner là-haut... ou alors elle avait anticipé ce qui allait se passer. Je n'en sais rien.

– Elle l'aurait peut-être laissé monter avec elle si quelqu'un avait dit quelque chose. Elle aurait eu honte, au moins ça.

Joe poussa un petit sifflement.

– Je n'en sais rien, ma chérie. Je crois que personne ne savait que ce pauvre chien était dehors. Et elle n'est pas du genre à avoir honte de quoi que ce soit.

Marybeth hocha la tête.

– Au moins, maintenant, elle va pouvoir repartir d'où elle vient.

– Espérons-le, dit Joe en admirant sa femme qui venait de passer une robe. Tu es belle à tomber par terre, tu sais ?

Ayant mis une cravate et son pardessus démodé, Joe Pickett fit monter ses enfants dans le vieux van à la sortie de l'office. Missy rejoignit ses petites-filles sur le siège arrière en soupirant. Elle était sur son trente et un – elle portait la robe du soir noire et le collier de perles qu'elle avait emportés pour les cocktails de Jackson Hole. Marybeth se glissa sur le siège passager.

Aller à l'église m'a fait du bien, pensa Joe. Entouré de sa famille et bercé par les chants et les messages d'amour, il s'était senti partiellement lavé des scènes sanglantes dont il avait été témoin dans l'après-midi. Malgré ce qui était arrivé à Lamar Gardiner, McLanahan et Barnum n'avaient aucune raison de s'acharner sur Nate Romanowski. Il avait dit une prière pour Mme Gardiner, puis une petite pour le chien – et s'était senti bête en la disant. Sheridan était assise juste derrière lui dans le van.

– Et si on ouvrait deux cadeaux ce soir ? demanda-t-elle. Juste au cas où le premier serait un vêtement.

– Sheridan a raison, lança April depuis la banquette arrière.

Joe démarra en grommelant. Avec tout ce monde dans la voiture, les vitres étaient couvertes de buée. La nuit était encore claire et la lune enveloppée d'un léger halo – on avait à nouveau annoncé de la neige.

Si ça tournait au débat philosophique, il savait qu'il perdrait par manque de conviction. Il ne voyait pas d'inconvénients à ce qu'elles ouvrent tous leurs cadeaux. Mais il était tout aussi prêt à soutenir le point de vue de Marybeth.

— C'est une tradition. Un seul cadeau la veille de Noël, dit celle-ci en se retournant sur son siège. Et de toute façon vous avez besoin de vêtements neufs.

— Mais je ne veux pas de vêtements, pleurnicha Sheridan.

— Moi non plus, ajouta sèchement April.

— Moi, je veux bien, minauda Lucy en faisant rire Missy.

— On le sait ! hurla Sheridan. Et tu voudrais peut-être un rang de perles pour faire comme Tante Missy !

Joe ne broncha pas. Sa belle-mère préférait passer pour la tante des enfants que pour leur grand-mère. Elle avait demandé aux filles de l'appeler « Tante Missy » quand elles étaient en compagnie d'autres gens. Joe trouvait ça ridicule. C'était un point sensible entre eux et Sheridan s'en était parfaitement rendu compte.

— Essayons tous de nous montrer aimables, dit Marybeth de sa voix la plus sereine. N'oublions pas que demain c'est Noël.

Son intervention porta ses fruits. Joe sentit que Sheridan abandonnait la bataille et s'installait dans son siège. Il se dit que sa femme était étonnante.

Ils traversèrent Saddlestring avec le chauffage à fond et le dégivrage au maximum. Les filles montraient du doigt les décorations qu'elles trouvaient belles et critiquaient les autres.

Après avoir franchi les limites de la ville, Joe accéléra. Ils passèrent devant le magasin d'alimentation, puis devant le Saddlestring Burg-O-Pardner (à l'extérieur une enseigne lumineuse annonçait : SPÉCIALITÉ : HUÎTRES DES ROCHEUSES[1] – DEUXIÈME ASSIETTE GRATUITE) et enfin devant la supérette. La quantité de voitures garées devant l'église First Alpine le fit ralentir pour jeter un coup d'œil.

— Je n'ai jamais vu autant de voitures devant cette église depuis que nous vivons ici, dit Marybeth.

---

1. Les « huîtres des Montagnes rocheuses », spécialité de la région, sont des testicules de taureau cuisinés *(NdT)*.

Même chose pour Joe qui passait souvent devant en rentrant du travail. Le nombre de véhicules – plus d'une trentaine – était en lui-même surprenant, mais ce furent les plaques d'immatriculation qui attirèrent son attention. Camping-cars, camionnettes, vieux 4 × 4 et SUV immatriculés dans le Montana, l'Idaho, le Nouveau-Mexique, le Nevada, le Colorado, le Dakota du Nord, la Géorgie, le Michigan et le Wyoming. Le petit parking était bondé et les derniers arrivants avaient dû se garer, pare-chocs contre pare-chocs, le long du chemin d'accès.

– Je m'arrête, annonça Joe.

Il voulait savoir ce qui se passait, même si ça ne le regardait pas. Comme il s'y attendait, les filles se mirent à ronchonner en chœur.

Marybeth lui jeta un coup d'œil.

– Joe, tu pourrais faire relâche ce soir !

– Attends une minute ! s'écria Sheridan. Ce sont les voitures qu'on a vues passer devant l'école.

Joe jeta un coup d'œil dans le rétroviseur pour voir la réaction d'April. Ses yeux s'étaient élargis, mais elle ne prononça pas le moindre mot.

– J'en ai pour une minute, dit Joe.

Marybeth sembla vouloir dire quelque chose du genre « Sois prudent », mais elle se retint à cause des enfants et de sa mère.

– Fais vite, dit-elle en se tournant vers les enfants pour les rassurer – April en particulier.

Laissant le moteur et le chauffage allumés, Joe emprunta le chemin d'accès qui menait à l'église. Il s'était remis à neiger et la lune disparaissait derrière les gros nuages qui filaient dans le ciel.

L'église était un petit bâtiment en rondins jouxtant le mobile home dans lequel vivaient le très « anticonformiste » révérend B. J. Cobb et sa femme, Eunice. Le révérend Cobb était le pasteur d'une petite congrégation rassemblant les adeptes du mouvement *survivalist*[1] et les déshérités du Twelve Sleep County, ceux qui avaient choisi Saddlestring parce que c'était le bout de la route.

---

1. Groupe armé et vivant en autarcie qui justifie sa démarche en anticipant l'imminence d'une sorte d'apocalypse. Les *survivalists* sont hantés par le danger que représente selon eux la présence du gouvernement fédéral américain *(NdT)*.

Ces gens-là passaient leur temps à construire des bunkers, à accumuler des armes et de la nourriture et à signaler la présence inquiétante d'hélicoptères noirs au bureau du shérif. En général, même à Noël ou à Pâques, il n'y avait pas plus d'une demi-douzaine de véhicules devant l'église. De fait, les fidèles étaient si peu nombreux que le révérend Cobb devait subvenir à ses besoins et à ceux de son épouse en travaillant à plein temps comme soudeur qualifié. Eunice, elle, était responsable du comité d'accueil de la ville. A ce titre, elle rencontrait les nouveaux arrivants et leur remettait des coupons de réduction utilisables dans les commerces locaux.

Joe avançait avec précaution sur le sol gelé. D'énormes flocons voltigeaient dans l'air avant de former des petits amas cotonneux sur la glace. Les trois marches menant à la porte d'entrée étaient glissantes et Joe dut se tenir à la rampe pour ne pas tomber. L'intérieur du bâtiment était chauffé par un poêle à bois et une douce odeur de fumée flottait dans l'air.

Il s'immobilisa devant la porte, la main posée sur la poignée en corne de wapiti. Le révérend Cobb s'exprimait avec emphase. Lorsqu'il eut fini son sermon, Eunice entama un morceau sur le piano électrique – l'église était trop petite et trop pauvre pour pouvoir s'offrir un orgue. Ce fut le moment que choisit Joe pour entrer. Il fut assailli par un mélange d'odeurs de feu de bois, de cire et de transpiration. Eunice était en train de jouer *Silent Night*. La plupart des gens chantaient en anglais. Quelques-uns s'essayaient à l'allemand avec un résultat très médiocre.

> *Stille Nacht ! Heil'ge Nacht*
> *Alles schläft, einsam wacht...*

Les individus qui s'entassaient sur les bancs sommaires de la petite église portaient de lourds vêtements usés par les intempéries. Il ne voyait que leurs dos. Il ne reconnut personne à l'exception des époux Cobb et de deux gars du coin, Spud Cargill et Rope Latham, associés de l'entreprise Bighorn Roofing. Il avait reconnu les deux pick-up Ford blancs dont les portières étaient marquées du logo de la société : des bardeaux ailés. Il les soupçonnait de braconnage, mais ne les avait jamais pris sur le fait.

Au moment où le groupe de fidèles entonnait le deuxième couplet, le révérend Cobb aperçut Joe, debout dans le fond. Sans cesser de chanter, il se faufila entre les rangées de bancs pour venir l'accueillir d'une poignée de main.

Schlafe in himmlischer Ruh'
Schlafe in himmlischer Ruh'

Le révérend B. J. Cobb était un ex-marine qui avait servi au Vietnam. Petit et trapu, il avait la mâchoire carrée et des cheveux grisonnants coupés en brosse. Sa femme, aussi petite et trapue que lui, avait un tapis de bouclettes grises sur le sommet de la tête. C'était elle aussi une ex-marine.

– Le Seigneur ou votre humble serviteur peuvent-ils vous aider, monsieur Pickett ?

Joe passait en revue tous ces dos tournés et ces lourds manteaux.

– Peut-être les deux, dit Joe. Qui sont tous ces gens ?

Le révérend Cobb sourit et haussa gaiement les épaules.

– Ils sont ici pour prier et célébrer Noël. Que puis-je faire à cela ?

Joe regarda Cobb droit dans les yeux.

– Je ne les connais pas encore tous, reprit Cobb. Mais j'ai été agréablement surpris de les voir arriver pour l'office.

Joe sentit des yeux posés sur lui et regarda par-dessus l'épaule de Cobb. Un grand costaud à l'allure d'ours, assis à la dernière rangée, s'était discrètement retourné. Il avait une tête énorme et un regard profond empreint d'une grande douceur. Ses lèvres étaient charnues et son visage à la fois vivant et serein. Il regardait Joe fixement. Celui-ci lui rendit son regard en se disant que ce devait être l'individu que Sheridan avait pris pour le chef. Puis l'homme se retourna vers son livre de cantiques.

– Ils ont installé leur campement dans la forêt de Battle Mountain, dit Cobb. Et ils sont tous descendus à l'église ce soir.

– Vous plaisantez ! lâcha Joe d'un air soucieux. Dans la forêt nationale ?

– C'est ce qu'ils m'ont dit. Je n'y suis pas encore allé.

– Tout ça ne me dit rien qui vaille, grommela Joe.

Cobb lui adressa un sourire aimable. En dépit de ses particularités, Joe appréciait le bonhomme.

— Il se peut que je vous appelle dans quelques jours, dit Joe en le remerciant et en lui serrant la main. Joyeux Noël !

— Et joyeux Noël à vous, Joe Pickett.

Joe se dirigea vers la porte, mais, sentant à nouveau des yeux posés sur lui, il se retourna juste avant de l'ouvrir. Il se demandait si le chef du groupe l'observait pour s'assurer de son départ.

Lentement, il tourna la tête pour jeter un coup d'œil par-dessus son épaule. Le grand costaud n'avait pas bougé, il était en train de chanter, le dos tourné. C'est à ce moment-là qu'il la vit.

A cause de sa petite taille qui ne lui permettait pas de le voir par-dessus la foule, elle avait dû se pencher dans l'allée. Son visage maigre aux traits tirés et son regard dur le glacèrent.

La première fois qu'il avait vu Jeannie Keeley, c'était à l'enterrement de son mari Ote. Elle s'était avancée vers lui, en tirant April derrière elle comme une poupée de chiffon et lui avait dit : « Ah, c'est vous, l'espèce de sale connard qui voulait retirer sa licence à mon Otie ? »

Et maintenant, elle était de retour.

Après avoir dressé trois piles de cadeaux sous le sapin et avoir mangé le biscuit et bu le lait que Lucy avait préparés pour le Père Noël (en laissant suffisamment de miettes en évidence), Joe et Marybeth souhaitèrent une bonne nuit à Missy. Elle leur répondit en levant son petit doigt au-dessus du verre de vin qu'elle venait de se verser. Joe, encore tendu depuis qu'il avait vu Jeannie Keeley, trouva son attitude déplaisante.

Plus tard, il rejoignit Marybeth devant le lavabo de leur salle de bains.

— Tu es sûr que c'était elle ? demanda Marybeth en se démaquillant devant la glace.

— Oui.

— C'est horrible, Joe.

— Je sais.

— Pauvre April ! J'ai l'impression qu'elle est une cible... et elle ne le sait même pas.

Après s'être lavé la figure, elle retira ses vêtements et enfila sa chemise de nuit. Elle gagna la chambre, rejeta les couvertures et se glissa dans le lit.

Joe s'allongea près d'elle, épuisé. Il entendait la radio passer de la musique de Noël à l'étage au-dessous. Il se leva pour aller fermer la porte – il ne le faisait que depuis l'arrivée de Missy. D'habitude, ils la laissaient ouverte au cas où les filles auraient eu besoin de quelque chose. Lorsqu'il revint vers le lit, Marybeth se mit à parler.

– Joe, je sais que ma mère t'horripile, mais tu as de plus en plus de mal à dissimuler tes sentiments. Tu fais une de ces têtes... comme il y a quelques minutes. Je sais qu'elle s'en rend compte.

– Je faisais une tête spéciale ?

Elle acquiesça d'un hochement de tête et essaya de l'imiter.

– C'est vraiment aussi horrible que ça ?

– Oui.

– D'accord, je vais faire attention. Marybeth, j'ai l'impression que je te tape sur les nerfs depuis quelque temps.

– Je suis désolée, Joe. Je ne voulais pas t'embêter avec ça. Mais cette histoire avec Jeannie Keeley... J'ai vraiment un mauvais pressentiment. Je suis à cran, tu sais.

– Je comprends.

– Joyeux Noël, dit-elle. Viens me rejoindre. Et plus vite que ça !

Joe reconnut son ton de voix et en fut sincèrement surpris.

– C'est quoi cette histoire déjà ?... Que tu n'aimes pas faire l'amour quand ta mère est sous notre toit ?

– Il faut que ça me passe, dit-elle en haussant les sourcils. Elle risque de rester un bout de temps.

– Ah, bon...

– Joe, allons, viens te coucher.

Il s'empressa de la rejoindre.

DEUXIÈME PARTIE

AVEUGLÉ PAR LA NEIGE

9

Ils passèrent la journée de Noël enfermés chez eux – sentiment de claustrophobie plutôt agréable. Avec les enfants qui grandissaient et une personne de plus sous leur toit, Joe et Marybeth avaient pris la mesure de l'étroitesse de leur logis.

Joe fit rôtir un faisan et un tétras sauvages pendant que Marybeth et sa mère préparaient un plat à base de riz sauvage, des pommes de terre en purée, des légumes, du pain frais et une tarte aux noix de pécan. Bien sûr, les filles s'étaient levées tôt pour ouvrir les paquets. Elles avaient déjà joué, essayé leurs vêtements et éparpillé les cadeaux partout dans la salle de séjour. Étant donné leur budget limité, Marybeth économisait toute l'année pour pouvoir offrir un beau Noël à ses filles. Elle et Joe se contentaient d'échanger un seul présent. Cette année, elle lui avait offert un nouveau gilet pour la pêche à la mouche et il lui avait acheté une paire de gants Watson pour faire du cheval. Marybeth les adorait. De fabrication canadienne, ils étaient en cuir doublés d'une mince fourrure, assez souples pour lui permettre de contrôler les rênes et suffisamment résistants pour le nettoyage des box et autres travaux à l'écurie.

Missy passa la plus grande partie de l'après-midi enfermée dans le bureau de Joe à téléphoner à son mari. Quand elle reparut en essuyant ses larmes, elle annonça qu'elle risquait de rester encore quelque temps. M. Vankueren était mis en examen, ses comptes avaient été gelés et elle était très en colère contre lui. Marybeth lui offrit leur soutien et leur canapé-lit.

Joe accueillit la nouvelle avec le courage trompeur qu'il afficherait le jour où un médecin lui annoncerait qu'il ne lui restait plus qu'un mois à vivre.

Le soir de Noël, après une phase mélancolique où l'excitation des filles était brusquement retombée à l'idée que la journée touchait à sa fin, Joe s'assit sur le canapé à côté de Marybeth et lui passa un bras autour du cou. Ils sirotaient un verre de vin rouge à la lueur des guirlandes du sapin, savourant ce rare moment de paix. Les filles avaient regagné leur chambre pour se préparer pour la nuit et Missy faisait un petit somme.

– Joe, est-ce que tu continues à te tracasser pour Lamar Gardiner et Nate Romanowski ? demanda Marybeth.

Sur le point de répondre par la négative, il se reprit en se disant qu'elle avait raison.

– J'imagine que oui, dit-il. J'ai du mal à oublier tout ça.

Elle hocha la tête et se serra contre lui.

– Et pour compliquer encore un peu les choses, Jeannie Keeley débarque en ville et…

Il ne finit pas sa phrase.

– Quoi ? demanda-t-elle. (Elle se renfrogna et ajouta :) Oh… ma mère.

– C'est pas qu'elle soit pire que…

– Chut, Joe.

Il prit une gorgée de vin en se disant qu'il n'aurait pas dû s'aventurer sur ce terrain-là. Heureusement, elle semblait décidée à laisser tomber le sujet.

– J'aimerais que tu sois bloqué ici par la neige, murmura-t-elle. Toute la famille ensemble sous le même toit… Rien ni personne pour venir nous embêter…

Sa voix s'estompa.

Ils restèrent assis sans parler en écoutant la respiration paisible de Missy et les craquements du bois dans le poêle. Joe but la dernière goutte de son vin en pensant à ce que sa femme venait de lui dire.

– On ne peut pas contrôler tout ce qui se passe, dit-il doucement. Tout ce qu'on peut faire, c'est être vigilants et se tenir prêts. Ça veut dire qu'il faut procéder par étapes. D'abord, il faut savoir quelles sont les intentions de Jeannie Keeley.

– Comment ? demanda-t-elle en levant les yeux vers lui.

– Je vais le lui demander. Peut-être qu'on s'inquiète pour rien.

– Bon Dieu, j'espère que c'est le cas. Tu as vu comme April était heureuse aujourd'hui ? Je ne l'avais encore jamais vue aussi rayonnante.

Joe acquiesça d'un signe de tête.

– Je vais lui poser directement la question, dit-il comme se parlant à lui-même.

Cela signifiait qu'il allait devoir entrer en contact avec la bande de zozos qu'il avait vus à l'église First Alpine la veille de Noël.

– Ça va, vous deux ?

Sheridan se tenait dans l'encadrement de la porte, vêtue de son nouveau pyjama en flanelle. Joe et Sheridan échangèrent un regard complice. Elle avait vécu des moments difficiles et semblait particulièrement douée pour jauger l'humeur de ses parents et deviner leurs soucis. Elle grandit, pensa Joe, elle mûrit. Ça va devenir une personne formidable, comme sa mère.

– Ça va, répondit Joe. Va te coucher, ma chérie.

– Joyeux Noël ! dit-elle en s'approchant à pas feutrés pour les embrasser.

– Joyeux Noël, ma chérie.

Le lendemain, Joe enfila son gilet de laine et sa parka par-dessus sa chemise rouge de service et partit pour les montagnes. Il voulait savoir si Jeannie Keeley se trouvait au campement de Battle Mountain.

De véritables murs de neige se dressant de part et d'autre de la route, il eut l'impression de rouler dans un tunnel. Les réflecteurs en haut des balises dépassaient tout juste de la neige, à peu près à la hauteur de la vitre de son pick-up. Une autre tempête de neige de ce calibre et ils disparaîtraient complètement pour le reste de l'hiver. Les chasse-neige, incapables de suivre le tracé de la route sans ces repères, seraient alors contraints d'attendre le printemps pour dégager la voie.

Les chaînes mordant la chaussée enneigée et les surfaces verglacées luisant sous le soleil, Joe pensait aux articles qu'il avait lus dans le journal local, le *Saddlestring Roundup*, au petit déjeuner. Depuis la tempête de la semaine précédente, c'était le premier jour où le journal leur était livré. L'arrestation de Nate Romanowski faisait la une. Une photo du prévenu menotté et braquant un regard méprisant sur l'objectif figurait au-dessous du titre suivant :

RÉSIDENT LOCAL ARRÊTÉ POUR LE MEURTRE
DU SUPERVISEUR DE L'OFFICE DES FORÊTS

Une vieille photo de Lamar Gardiner, le menton plus fuyant que jamais, avait été insérée dans l'article. Il y avait aussi un cliché de Melinda Strickland, qui était citée plusieurs fois dans le corps du texte. Joe apprit certaines choses dont Barnum ne lui avait pas parlé.

En plus de l'arc en fibre de carbone trouvé dans la maison près de la rivière, les enquêteurs de la DCI avaient découvert deux flèches à pointe large de la marque Bonebuster dans un carquois, ainsi qu'un reçu de carte de crédit prouvant l'achat de quatre de ces flèches. Ils avaient aussi trouvé des copies de lettres adressées à Lamar Gardiner et dans lesquelles Romanowski protestait contre la fermeture de certaines routes forestières qu'il utilisait pour accéder à ses pièges à faucons et pour chasser. Vu le témoignage de l'éleveur qui avait identifié Romanowski près de la scène du meurtre, l'arme supposée du crime, les flèches de la même marque trouvées chez lui et les lettres qui donnaient le mobile du crime, Melinda Strickland avait exprimé ses « fortes présomptions » d'avoir rendu la justice.

Ces nouvelles preuves le désignent naturellement comme coupable et servent le dossier de l'accusation, pensa Joe. Et pourtant, quelque part, cela le surprenait. Les doutes qui s'étaient emparés de lui lorsqu'il avait vu le visage de Romanowski ne l'avaient pas quitté. Depuis plusieurs jours, il y pensait plus souvent et avait élaboré certaines théories. Premièrement, il reconnaissait avoir tendance à croire en la moralité et la rationalité des autres parce que c'étaient des qualités auxquelles lui-même aspirait. Il savait, par exemple, que s'il était coupable de meurtre il serait parfaitement incapable de le dissimuler. Bon sang ! Il courrait se confesser à Marybeth à une telle vitesse qu'il soulèverait un nuage de poussière derrière lui. Il supposait donc que les autres, les méchants, n'étaient pas exempts de rationalité et devaient eux aussi ressentir une certaine culpabilité, c'était inévitable. Mais un individu capable de tuer Lamar Gardiner avec une pareille cruauté pouvait très bien avoir perdu toute rationalité, voire ne pas ressentir la moindre culpabilité. Les pédophiles et les tueurs d'enfants, par exemple, dépassaient son entendement. Peut-être était-il naïf de croire que la moralité ou la culpabilité puisse avoir la moindre place dans l'esprit d'un pédophile. Peut-être faisait-il preuve de la même naïveté pour Nate Romanowski.

Deuxièmement, il avait suivi son instinct à d'autres occasions et il s'était chaque fois vérifié que le crime en question était bien plus complexe qu'on ne le croyait. Bien sûr, ce n'était pas toujours le cas, il en était parfaitement conscient. Plusieurs années auparavant, Barnum lui avait dit que les choses étaient parfois exactement comme elles le paraissaient. En fait, dans cette enquête-là, Barnum s'était trompé, mais il y avait du vrai dans sa remarque, il devait le reconnaître.

Après tout, Nate Romanowski n'était pas un citoyen ordinaire. C'était un solitaire avec une vie et un passé mystérieux. Il vivait seul, dressait des faucons et possédait un énorme pistolet. On le craignait et il faisait parler de lui, même si personne n'était en mesure de dire pourquoi, sauf qu'il était différent. C'était juste quelqu'un qui avait l'air naturellement suspect.

« Ce n'est qu'un début, concluait Melinda Strickland à la fin de l'article. Le mouvement antigouvernement qui a entraîné le meurtre tragique de Lamar Gardiner existe toujours. M. Romanowski n'était qu'un simple soldat. Notre enquête et mon groupe de travail continuent. »

Ces paroles le préoccupaient, comme celles qu'elle avait prononcées la première fois qu'elle avait abordé le sujet. Sauf s'il était complètement en dehors du coup – c'était une possibilité, il l'admettait –, Joe ne voyait pas à quelle menace « antigouvernement » elle faisait allusion. Il y avait, en effet, des chasseurs, des bûcherons, des éleveurs et apparemment maintenant des

« fauconniers hors la loi » qui n'étaient pas d'accord avec certaines réglementations de l'Office des forêts. Mais d'après ce qu'il en savait, il ne s'agissait en aucun cas d'une opposition violente ou même seulement organisée. Il se demanda si Melinda Strickland dirigeait un groupe de travail qui se cherchait du boulot. Il se demanda aussi combien de temps encore elle allait rester dans le Twelve Sleep County.

10

En arrivant en vue du terrain de camping de Battle Mountain, Joe remarqua d'abord les fils de fer barbelés tendus entre les arbres et agrafés sur les troncs. Puis il aperçut plusieurs écriteaux, dont deux cloués directement sur les panneaux marron foncé de l'Office des forêts indiquant l'emplacement du terrain de camping. Ils étaient peints à la main, en majuscules grossièrement tracées. On y lisait ceci :

NATION DES CITOYENS SOUVERAINS DES ROCHEUSES
DÉFENSE D'ENTRER SOUS PEINE DE SANCTIONS

Le groupe des citoyens souverains, ou « Souverains », comme ils se faisaient appeler, avait littéralement investi l'ancien terrain de camping de l'Office des forêts. Tous les emplacements étaient occupés par des caravanes, des camping-cars et autres camionnettes aménagées. D'étroits sentiers de neige damée reliaient les différents véhicules. Des vêtements et du matériel divers étaient accrochés à des cordes tendues entre les arbres. Joe se dit que les barres transversales fixées aux troncs devaient servir à suspendre les ordures ou peut-être le gibier. Au centre du campement, la structure d'un tipi avait été montée, sans que la toile ait encore été fixée. Le lieu faisait penser à la version XXIe siècle d'un camp d'hiver chez les Indiens des Plaines. Le chemin d'accès au campement était barré par une sorte de barrière en fil de fer barbelé, sur laquelle on avait attaché des rubans orange.

Joe s'arrêta devant le portail improvisé et laissa tourner le moteur sans descendre de son pick-up. Il n'entrerait que s'il y était invité.

Deux hommes vêtus de combinaisons isolantes et travaillant à la construction du tipi s'arrêtèrent pour le regarder. L'un deux souleva une hache et la posa sur son épaule. L'autre se dirigea vers la caravane la plus proche – et la plus grande du campement – et frappa vigoureusement contre la paroi latérale.

Ces deux hommes étaient les seuls visibles, mais Joe était persuadé que d'autres l'observaient. A l'exception de quelques grands arbres, l'espace réservé aux campeurs avait été dégagé, mais partout autour se dressait la forêt sombre et dense. Joe remarqua plusieurs chemins qui s'enfonçaient sous le couvert des arbres.

Il songea un instant à faire marche arrière et à repartir, maintenant qu'il avait vu le campement. A en juger par l'absence de traces de pneus dans la neige, il était leur premier visiteur depuis le passage du chasse-neige. Son cœur cognait dans sa poitrine. Comme toujours, il n'avait pas prévu le moindre renfort et Marybeth était la seule à savoir où il se trouvait. Sous le regard inquisiteur des deux hommes, il respira un grand coup et, tous les sens en alerte, ouvrit lentement sa portière. La neige crissa sous ses pas. Bien que le lieu semblât désert, il remarqua le sifflement du propane qui alimentait les caravanes et les volutes de vapeur et de fumée qui s'échappaient des tuyaux de cheminée. Il perçut aussi une odeur de cuisine, de viande grillée – quelque chose de plus suave que du bœuf ou du poulet. C'était du gibier qu'on faisait rôtir, de l'antilope ou du wapiti.

Il était sur le point de demander aux deux hommes où se trouvait le chef du camp lorsque le claquement caractéristique d'un fusil qu'on arme l'arrêta.

– Vous désirez ?

Joe se tourna vers le bruit et la voix. Quelqu'un se tenait derrière une barricade faite d'un amoncellement de bois vert et de neige. Il distingua un éclat métallique entre deux branches de sapin et supposa qu'il s'agissait du canon d'un fusil. Il ne voyait toujours pas l'homme qui avait parlé.

– Je suis le garde-chasse, Joe Pickett, dit-il. Veuillez baisser votre arme.

Sa voix lui parut étonnamment ferme.

Le canon du fusil disparut d'entre les branches, mais l'homme caché garda le silence.

Joe se retourna vers le campement et vit s'ouvrir la porte de la caravane à laquelle l'homme avait frappé. Le grand costaud qui en sortit était celui qu'il avait remarqué à l'église – celui que Sheridan avait pris pour le chef.

Sans se presser, celui-ci descendit la pente qui menait vers la barrière. Il avait une allure d'ours, des épaules larges et tombantes, une tête massive et une bouche charnue encadrée par des joues flasques. Il devait approcher des deux mètres et peser au moins cent trente kilos. Du coin de l'œil, Joe remarqua que dans certaines caravanes on avait entrouvert les rideaux ou écarté les stores. Il essaya de ne pas penser au nombre d'armes qui pouvaient être braquées sur lui. Il savait que, si la situation dégénérait, le tireur posté derrière la barricade et peut-être des dizaines d'autres auraient le temps de tirer avant même qu'il puisse saisir son arme à l'intérieur de sa parka.

Cramponné à un chapeau de feutre mou de couleur brune, l'homme s'approcha de la barrière de barbelés. Il ne l'ouvrit pas, n'invita pas Joe à entrer, mais lui tendit sa main gantée par-dessus.

– Wade Brockius, dit-il en lisant le badge sur la parka de Joe. En quoi puis-je vous aider, monsieur Pickett ?

Joe lui serra la main. Il essayait de ne pas laisser paraître son inquiétude, même s'il devinait qu'il n'y parvenait pas vraiment.

Wade Brockius avait une voix profonde et rocailleuse, avec une pointe d'accent du Sud, et posait sur lui un regard doux et chaleureux.

– Peut-être pourriez-vous répondre à une ou deux questions, dit Joe.

Il entendit le *tic-tic-tic* du radiateur de son pick-up en train de refroidir, juste derrière lui.

Brockius esquissa un sourire.

– C'est pour les wapitis qu'on a trouvés dans la clairière ?

– C'est une des questions, oui.

– Nous avons effectivement récupéré la viande, dit Brockius. Ça permettra de nourrir tout notre groupe pendant des mois. Je ne pense pas que nous ayons enfreint la loi en quelque manière que ce soit.

— Non, c'est exact, dit Joe en hochant la tête. En fait, je suis content que la viande n'ait pas été perdue.

Brockius acquiesça d'un signe de tête. Il regarda Joe et attendit la suite. ·

— Comment avez-vous su qu'ils étaient là-bas ? demanda Joe en observant attentivement Brockius.

— Notre équipe d'éclaireurs a entendu les coups de feu, répondit Brockius sans la moindre hésitation. Cinq de nos gars étaient déjà ici pour garder le camp jusqu'à l'arrivée du groupe. Ils ont entendu des détonations plus haut dans la montagne et, quand le reste du groupe est arrivé, ils ont pris leurs motoneiges pour aller voir de quoi il s'agissait. C'est comme ça qu'ils ont trouvé les cadavres de wapitis.

Joe hocha la tête. Il n'y avait rien à y redire.

— Avez-vous vu ou entendu d'autres personnes là-haut dans la clairière ?

Brockius fit non de la tête.

— Ce n'est que le lendemain matin qu'ils sont partis là-haut. Le soir même, la tempête de neige avait rendu tout déplacement impossible.

C'est le premier jour où j'ai été bloqué à la maison, pensa Joe. L'enchaînement des événements lui paraissait logique. Il changea de sujet.

— Vous savez, j'en suis sûr, que vous vous trouvez dans un parc national.

— Oui, nous le savons.

— Et vous savez donc que vous ne pouvez pas rester ici au-delà d'un certain nombre de jours ?

Les yeux de Brockius se rétrécirent et la douceur que Joe y avait perçue plus tôt disparut.

— Êtes-vous aussi un agent de l'Office des forêts ?

— Non, s'empressa de répondre Joe. Pas du tout.

— Bon, répondit Brockius, parce que je ne tiens pas avoir de querelle avec vous sur ce sujet. D'après ce que nous savons, nous sommes ici dans un terrain de camping public situé dans une forêt nationale. Et, par définition, les citoyens américains sont les propriétaires de cette forêt. En tant que citoyens, nous en sommes donc propriétaires à part entière. Et je suis donc ravi de constater que vous n'êtes pas en train de nous demander de quitter notre forêt.

Joe se raidit.

– Il y en a d'autres... des employés de l'Office des forêts par exemple... qui risquent de ne pas voir la chose de la même manière. Avoir délimité le camp avec du fil de fer barbelé risque de vous attirer des ennuis.

Wade Brockius commença à parler, puis poussa un profond soupir.

– L'Office des forêts est au service des citoyens, n'est-ce pas ? (Il n'attendait pas vraiment de réponse et poursuivit.) Le personnel de l'Office travaille donc pour nous. Si j'ai bien compris, il s'agit donc de nos employés. Et pourtant je ne les ai pas élus, ni vous d'ailleurs. Et donc, comment peuvent-ils se permettre de me dire où je peux m'installer dans un lieu dont nous sommes à la fois propriétaires et gérants ?

– Je ne vais pas discuter de ça avec vous, dit Joe. (En fait, il n'était pas sûr d'avoir les arguments nécessaires pour le faire changer d'avis.) Je voulais juste vous faire passer l'information.

– C'est noté, dit Brockius, son visage retrouvant sa douceur initiale.

– Savez-vous quoi que ce soit sur le meurtre de Lamar Gardiner, le superviseur de l'Office des forêts du comté ? demanda Joe à brûle-pourpoint en espérant provoquer une révélation quelconque.

– Non, je ne sais rien, répondit Brockius d'un air grave. J'en ai entendu parler la veille de Noël. C'est un événement regrettable. C'est peut-être lui qui avait tué tous les wapitis dans la prairie.

– Peut-être, en effet. Connaissez-vous un certain Nate Romanowski ?

– Jamais entendu parler de lui.

Il y eut un moment de silence, puis Joe entendit le tireur changer de position derrière le tas de bois.

– Avez-vous l'intention de rester ici longtemps ?

Brockius leva les yeux au ciel avant de poser un regard profond sur Joe.

– Honnêtement, je n'en sais rien. Peut-être que oui, peut-être que non. A bien des égards, cet endroit me semble assez propice à un séjour prolongé. J'ai l'impression que ça pourrait bien être la dernière étape, la fin du voyage. Voyez-vous, nous sommes sur les routes depuis un bout de temps et je suis très, très fatigué.

La perplexité se lut clairement sur le visage de Joe.

– Nous sommes une trentaine, poursuivit Brockius. Et nous venons des quatre coins du pays. Nous nous sommes trouvés et sommes liés les uns aux autres par les mêmes difficultés et les mêmes expériences. Nous sommes pratiquement les derniers de notre espèce et certains d'entre nous ont survécu à des situations absolument terribles.

Il se tourna et lui indiqua un camping-car dans la zone sud du camp. Joe nota la plaque d'immatriculation de l'Idaho, avec sa célèbre pomme de terre.

– Ruby Ridge[1], dit Brockius. Ils y étaient lorsque les tireurs du FBI ont descendu le chien, le gamin et la femme debout devant la porte avec son bébé dans les bras. Si vous vous rappelez, aucun agent fédéral n'a été poursuivi. Seuls les survivants l'ont été. (Il indiqua ensuite un pick-up immatriculé dans le Montana.) Jordan, continua-t-il, le dernier des Montana Freemen[2], sorti de prison depuis peu. Ils ont perdu leur liberté, leur terre, leurs perspectives d'avenir, tout. Là encore, aucun agent fédéral n'a été poursuivi.

A ces mots, Joe sentit un frisson glacé lui parcourir l'échine. Comment un truc pareil était-il possible ? Ici même et aujourd'hui. Brockius était peut-être en train de le mener en bateau. Il l'espéra.

– Waco[3], poursuivit Brockius en montrant du doigt une caravane immatriculée au Texas et garée près de la sienne. Ils ont

1. Ruby Ridge, Idaho est le lieu où s'est déroulé l'assaut du FBI contre Randy Weaver le 22 août 1992. Considéré comme une des plus grosses « bavures » du FBI *(NdT)*.

2. Groupuscule d'individus armés jusqu'aux dents et vouant une haine féroce au gouvernement fédéral *(NdT)*.

3. Référence à l'assaut du ranch de Waco au Texas par les troupes de choc du FBI le 28 février 1993 et qui se termina par l'incendie dans lequel moururent 86 membres de la secte des Davidiens *(NdT)*.

perdu leurs deux jeunes fils dans l'incendie. Aucun des policiers ou des politiciens qui s'y trouvaient n'a été arrêté.

Brockius se tourna vers Joe. Sa voix avait gardé toute sa douceur, mais sous ce ton de velours on devinait une grande détermination.

— Pour nous, cet endroit est un refuge, au moins pour quelque temps. Nous ne constituons de menace pour personne. Nous sommes au bout du rouleau et extrêmement fatigués. Nous avons été injustement traités et tout ce que nous souhaitons désormais, c'est qu'on nous laisse en paix. Nous ne dérangerons personne. Nous avons besoin de cet endroit pour nous reposer.

Joe n'avait pas quitté Brockius des yeux. Si étrange que cela puisse paraître, il le croyait.

— Ravi de vous avoir connu, monsieur Pickett, dit Brockius en lui tendant encore une fois sa main par-dessus la barrière. Je crois avoir trop parlé. C'est une de mes mauvaises habitudes.

Joe lui tendit la main à son tour et se sentit faiblir.

— J'ai encore une question.

Brockius soupira à nouveau d'un air affligé.

— Est-ce que Jeannie Keeley est avec vous ? Et a-t-elle l'intention de contacter la petite fille qu'elle a laissée à Saddlestring ?

— Si je comprends bien, il s'agit de sa fille.

— Et de la mienne, ajouta Joe d'une voix dure et grave. Ma femme et moi avons accueilli April chez nous lorsque Jeannie l'a abandonnée en quittant Saddlestring il y a trois ans. Nous avons l'intention de l'adopter.

— Oh, je vois, dit Brockius. C'est une affaire personnelle. Et compliquée.

— Pas vraiment.

— Je crois que si, dit Brockius avec l'air de s'excuser. J'espère que vous comprenez que je n'ai aucun pouvoir sur les Souverains. Ils sont ici parce qu'ils l'ont décidé et ils vont et viennent à leur gré. Chacun mène ses affaires et gère ses intérêts personnels. Et si l'un d'entre eux est impliqué dans un procès pour la garde de sa fille, je n'ai rien à voir avec ça, ni aucun de nous d'ailleurs.

— Pour la garde ? répéta Joe avec un serrement de cœur.

— Jeannie n'est pas ici en ce moment, dit Brockius en hochant sa grosse tête d'ours. Je ne sais pas trop quand elle reviendra. Mais je lui dirai que vous êtes passé.

Joe remercia Wade Brockius et le regarda s'éloigner d'un pas pesant vers sa caravane.

Il entendit les battements de son cœur lui cogner dans les oreilles. En l'espace de quelques minutes, il avait compris qui étaient vraiment ces gens et appris que Jeannie était revenue pour April.

Il y avait de quoi être bouleversé.

Sans les murs de neige qui bordaient Bighorn Road, il aurait probablement quitté la route en redescendant des montagnes.

Comment était-il possible que les survivants, les criminels, les complices, les sympathisants et les victimes d'événements parmi les plus tragiques des États-Unis aient pu se regrouper et décider de s'installer dans sa montagne à lui ? Et que parmi eux se trouve Jeannie Keeley, venue récupérer April ?

C'était incroyable. Tout cela était arrivé à une vitesse incroyable.

Son portable se mit à sonner.

— Ici Nate Romanowski. (Joe perçut une pointe de sarcasme dans sa voix traînante.) Je n'ai droit qu'à un seul coup de fil et c'est vous que j'appelle. Pouvez-vous venir me voir ?

— Pourquoi n'appelez-vous pas un avocat ? répliqua Joe, perplexe.

— Parce que c'est vous que j'appelle, répondit Romanowski, agacé. Parce que j'y ai réfléchi pendant deux jours et que je vous appelle, vous.

— C'est ridicule.

— C'est vrai. (Joe se dit qu'il devait vouloir lui parler de son arrestation.) Mais je vous attends. Je vais trouver un moment dans mon emploi du temps.

— Dans votre emploi du temps…

Mais Romanowski avait raccroché.

Au bout de quelques minutes, le téléphone sonna à nouveau.

Joe se précipita.

– Veuillez patienter. Melinda Strickland va prendre la communication, annonça une voix féminine inconnue.

– Comment avez-vous eu mon numéro ? demanda Joe qui savait très bien qu'il ne l'avait pas donné à Strickland.

– Veuillez patienter.

Joe sentit la colère monter en lui. Il entendit un déclic et l'appel fut transféré.

– Joe, pourquoi Nate Romanowski vous a-t-il appelé ? demanda Strickland d'une voix tendue, comme si elle avait du mal à se maîtriser.

– Je n'en sais trop rien. Mais… comment savez-vous qu'il m'a appelé ? Et comment avez-vous eu mon numéro de portable ?

– J'aime être tenue au courant lorsque ce genre de choses se produit, dit-elle d'un ton glacial, en ignorant sa question.

Joe était perplexe.

– Il vient de m'appeler. Il y a à peine quelques minutes. Et pourquoi devrais-je vous tenir au courant, de toute façon ?

– Parce que, Joe Pickett, c'est moi qui mène cette enquête. Un homme a été tué, comme vous le savez. (Sa voix dégoulinait de sarcasme.) Je dois absolument être au courant de tout ce qui se passe. Je ne tolérerai pas que ce genre de choses se trame dans mon dos.

– J'ignore de quoi vous parlez, lui renvoya Joe en haussant le ton. (Il sentit un frisson lui parcourir le crâne.) Et il ne se trame absolument rien dans votre dos.

– Mais c'est vous qu'il a appelé ! s'écria-t-elle. L'homme qui a assassiné un employé fédéral sur un territoire fédéral vous a appelé vous, nom de Dieu !

Joe regarda son téléphone comme si c'était une hyène. Puis il le rapprocha de son oreille. Elle n'avait pas cessé de hurler.

– Je suis en train de perdre le signal, dit-il en mentant effrontément, avant de raccrocher et de balancer furieusement le téléphone sur le siège passager.

11

Soulevant dans son sillage une gerbe de neige durcie, Joe arriva dans le parking du bâtiment des services du comté et alla se garer dans la zone réservée aux visiteurs. Trois étages de brique blonde abritaient la prison, le tribunal, les bureaux du shérif, du procureur, du juge, du trésorier et les autres services administratifs du comté. Au-dessus des portes d'entrée, une plaque de grès déclarait :

TWELVE SLEEP COUNTY
C'EST ICI QUE FINIT LA ROUTE
ET QUE L'OUEST COMMENCE

Cette devise était la source de plaisanteries continuelles, en particulier parmi un groupe de retraités qui prenaient tous les matins leur café au Burg-O-Pardner. Ça faisait des années qu'ils pressaient le journal local – le *Saddlestring Roundup* – d'accepter une de leurs nouvelles devises.

TWELVE SLEEP COUNTY
LEADER SUR LA ROUTE
DES PRÉS À VACHES

TWELVE SLEEP COUNTY
LE MILLÉNAIRE ?
QUEL MILLÉNAIRE ?

TWELVE SLEEP COUNTY
DIX ANS DE RETARD SUR LE WYOMING
VINGT ANS DERRIÈRE LE RESTE DU PAYS

Joe était encore très ébranlé par les événements de la matinée. Il n'arrivait pas à chasser de son esprit l'idée que Jeannie Keeley puisse vouloir la garde de sa fille. Peut-être Brockius s'était-il trompé. Mais où donc était-elle passée si elle n'était pas au campement ?

Les vociférations de Melinda Strickland lui avaient tapé sur les nerfs et il ne comprenait toujours pas pourquoi elle s'était mise dans un tel état. Complètement hystérique, cette femme ! Quand donc allait-elle ficher le camp ?

Et maintenant, Nate Romanowski qui voulait le voir.

Après avoir raccroché au nez de Strickland, il avait décidé d'aller voir Nate à la prison du comté. Il se demandait bien pourquoi celui-ci l'avait appelé. Il espérait que lui parler dissiperait les derniers doutes qu'il avait sur sa culpabilité. Et il se réjouissait à l'idée que Melinda Strickland serait en rogne de savoir qu'il lui avait rendu visite. C'est un homme du shérif en semi-retraite qui avait été affecté au poste de sécurité installé depuis peu dans l'entrée et équipé d'un détecteur de métal. Sur son badge, on pouvait lire « Stovepipe[1] ». Il avait reçu ce surnom plusieurs années auparavant alors que, séjournant dans un camp de chasse, il s'était affalé sur un poêle à bois installé dans une tente, entraînant avec lui le tuyau d'évacuation. Joe avait fait sa connaissance l'été précédent, un jour où il l'abordait pour lui demander son permis de pêche. Stovepipe s'était endormi au bord de la rivière en attendant le poisson. Il s'était réveillé, furieux de constater qu'une truite, ayant mordu à l'hameçon, avait emporté sa canne à pêche avec.

Cette fois, Stovepipe ne s'était pas endormi, en tout cas pas complètement.

– Avez-vous pu récupérer votre canne à pêche ? lui demanda Joe en décrochant son ceinturon et en le faisant glisser sur le comptoir.

---

1. « Tuyau de poêle » *(NdT)*.

Stovepipe, l'air abattu, lui fit signe que non.

– Quand je pense que c'était une Ugly Stik à cent dollars, avec un moulinet Mitchell 300 ! Ce satané poisson devait bien faire dans les trois kilos !

– Possible, dit Joe en fouillant ses poches à la recherche d'objets métalliques.

– Ne vous inquiétez pas, dit Stovepipe d'un air de conspirateur en se penchant par-dessus le comptoir pour vérifier qu'ils étaient seuls. De toute façon, l'appareil est cassé. Il ne marche plus depuis le mois de juillet.

Le bureau du shérif et la prison du comté se trouvaient au premier étage du bâtiment. Joe grimpa l'escalier et poussa les portes en verre dépoli. Celle de Barnum était fermée et son bureau plongé dans l'obscurité, mais ses adjoints Reed et McLanahan étaient assis à leur bureau, les yeux fixés sur leur écran d'ordinateur.

– Lequel de vous a dit à Melinda Strickland que Nate Romanowski m'avait appelé ? demanda Joe.

Vu l'expression de Reed, il était clair que celui-ci ignorait de quoi il parlait. Ça laissait McLanahan. Lorsque celui-ci leva les yeux vers lui, Joe vit deux choses sur son visage : une expression de haine à peine contenue (regard de vipère et bouche serrée comme celle d'un cheval prêt à mordre) et des points de suture qui semblaient maintenir son nez en place.

– Que puis-je faire pour vous, monsieur Pickett ? demanda McLanahan d'un air blasé.

– Que vous est-il arrivé ? demanda Joe en enlevant sa veste pour l'accrocher à une patère, mais en gardant son chapeau de cow-boy sur la tête.

– C'est Nate Romanowski, répondit Reed depuis l'autre côté de la pièce.

McLanahan le foudroya du regard.

– Quand lui a-t-il fait ça ?

– Il y a deux jours, répondit à nouveau Reed en ignorant son collègue.

– T'arrêtes de répondre à ma place, merde ! lança McLanahan en se levant. (Il se tourna vers Joe.) Quand j'ai regardé dans sa cellule, il était sur son lit en train d'essayer de s'étouffer, une main appuyée sur la bouche. Je lui ai dit d'arrêter ces conneries, et comme il n'écoutait pas, j'y suis allé pour le faire obéir.

Il parlait d'une voix nasillarde à cause de sa blessure.

– Et Romanowski l'a envoyé au tapis, ajouta Reed. Il lui a flanqué une belle raclée et l'a viré de sa cellule à coups de pompe avant de refermer sa porte. Je crois que le prisonnier n'aime pas beaucoup l'agent McLanahan.

– Ta gueule ! lâcha McLanahan entre ses dents.

Reed se détourna, probablement pour cacher un sourire.

Joe regarda tour à tour les deux hommes. McLanahan était cramoisi et la colère avait fait perler des gouttelettes de sang sous les points de suture.

– Il n'a pas essayé de s'enfuir ? demanda Joe. En vous voyant à terre, il aurait très bien pu vous enjamber et se tirer.

McLanahan fit signe que non.

– Peut-être savait-il ce que j'aurais fait s'il avait essayé.

– Ça doit être ça, dit Joe, pince-sans-rire.

Joe ne voyait que le profil de Reed, mais il savait que celui-ci souriait à cause du renflement de ses joues.

La remarque de Joe laissa McLanahan perplexe. Il avait l'air prêt à se battre – contre Joe, ou contre Reed, n'importe. C'est le genre de mec qui est au mieux de sa forme quand il est entouré d'agents armés et que son opposant est sans défense, se dit Joe. Comme l'avait été Nate Romanowski.

– A-t-il avoué le meurtre ? demanda Joe.

– Il nie tout, répondit McLanahan. Il n'a même pas demandé d'avocat. Au lieu de ça, c'est vous qu'il a appelé.

– Peut-être auriez-vous dû lui flanquer un autre coup de crosse en travers de la figure.

Reed se retourna, attendant de voir ce qui allait se passer. McLanahan essaya de grimacer, mais manifestement son visage était trop douloureux.

– Pourquoi vous a-t-il appelé, exactement ? demanda-t-il.

– Je n'en sais rien.

– Pourquoi le garde-chasse et pas un avocat ? demanda Reed.

Joe répondit d'un haussement d'épaules.

– Vous allez le voir ? demanda McLanahan en regardant Joe d'un air soupçonneux.

– C'est pour ça que je suis ici.

McLanahan et Reed échangèrent un regard, chacun attendant que l'autre prenne une décision.

– Romanowski est fini, dit Reed d'un ton dédaigneux. S'il veut parler au garde-chasse, rien ne l'en empêche.

McLanahan croisa les bras sur sa poitrine.

– Quelque chose ne me plaît pas dans tout ça.

– Moi non plus, avoua Joe. Je ne le connais pas, après tout.

– Vous en êtes bien sûr ?

Joe leva les yeux au ciel.

– Évidemment que j'en suis sûr.

Reed se leva en faisant cliqueter son trousseau de clés et fit signe à Joe de le suivre.

– Vous avez laissé votre arme et tout le reste à Stovepipe, n'est-ce pas ?

– Faites gaffe avec ce connard, lui lança McLanahan. S'il vous saute dessus, je risque de ne pas entendre.

Au moment où ils allaient s'engager dans le couloir, Reed regarda Joe par-dessus son épaule.

– Moi, j'entendrai, dit-il.

Nate Romanowski était étendu sur sa couchette, une main dans la bouche – exactement comme l'avait dit McLanahan – et un bras replié sur les yeux. Il avait un pied sur le sol en ciment de la cellule, l'autre dépassant largement au bout du lit. Il portait la combinaison bleu ciel des prisonniers et les chaussures basses réglementaires – ni ceinture ni lacet, considérés comme dangereux.

La cellule – à peine plus de quatre mètres carrés – était équipée d'une couchette, de toilettes ouvertes, d'un bureau et d'une chaise fixés au mur et au sol et d'un lavabo en inox dont le robinet laissait échapper un mince filet d'eau. L'unique fenêtre était munie d'une épaisse vitre de verre armé opaque.

Joe n'était jamais entré dans la prison elle-même. Il était déjà venu dans le bureau attenant, où par deux fois il avait amené des ivrognes ou des drogués qu'il ne voulait pas prendre le risque de laisser en liberté. A la différence de Lamar Gardiner, ceux-ci étaient restés bien sagement assis dans son pick-up.

Malgré la chaleur ambiante, les murs nus et les meubles en métal donnaient une impression de froideur à la pièce. Joe se demanda ce qu'il faisait ici – il s'était posé la question plusieurs fois dans la journée – et pourquoi diable il était venu. Il n'était pas sûr de pouvoir raisonner clairement après sa rencontre avec Wade Brockius et les Souverains. Peut-être aurait-il dû en parler à Trey Crump, son supérieur.

Lorsque la porte se referma sur Joe, Nate Romanowski se redressa sur sa couchette, planta ses deux pieds par terre et posa sur lui le regard dur et froid de ses yeux verts. Il avait la tête légèrement penchée en avant et observait son visiteur par-dessous un front protubérant qui lui donnait un air encore plus menaçant. Il était grand et anguleux, avec de longs bras aux coudes pointus prolongeant de larges épaules, un nez en bec d'aigle et une mâchoire anguleuse. Il avait des cheveux blonds et légèrement clairsemés sur le dessus du crâne.

– Merci d'être venu, parvint-il à articuler sans enlever la main de sa bouche.

– Je ne suis pas sûr de bien comprendre la raison de ma présence ici, avoua Joe.

Romanowski lui adressa un sourire avec les yeux et retira très lentement ses doigts de sa bouche. Joe vit qu'il bougeait doucement sa langue dans sa bouche pour tester la solidité de ses dents. Et tout d'un coup, il comprit : il essayait de maintenir en place les dents que la crosse du fusil avait arrachées de leurs alvéoles. Il espérait qu'ainsi elles pourraient se remettre en place.

– Vous croyez que ça va marcher ? demanda Joe, impressionné.

– Ça en a l'air, répondit Romanowski en haussant les épaules. Elles bougent encore, mais les deux de devant se sont remises en place. Elles devraient pouvoir se consolider si je ne m'en sers pas...

– Vous voulez dire... pour manger ?

Romanowski acquiesça d'un hochement de tête.

– La soupe ça va, mais le bouillon, c'est mieux.

– Il y a quand même des dentistes à Saddlestring. On pourrait en faire venir un, proposa Joe.

Le prisonnier haussa à nouveau les épaules.

– Ça me donne quelque chose à faire. Et, de toute façon, je ne pense pas que Barnum ait envie de m'aider.

Sa voix était grave et il parlait doucement. Sa façon de s'exprimer, avec une pointe de sarcasme dans ses intonations, faisait penser à Jack Nicholson. Joe devait tendre l'oreille pour saisir ses paroles.

Romanowski avait l'air étrangement à l'aise dans ce lieu. C'était le genre d'homme, pensa Joe, qui était bien dans sa peau où qu'il soit. Il était détendu, sûr de lui et fascinant. Et aussi accusé de meurtre, il ne fallait pas l'oublier.

– Pourquoi avez-vous dérouillé McLanahan ? lui demanda Joe.

Romanowski laissa échapper un petit ricanement et tira sur le col de sa combinaison de prisonnier. Sur son cou, Joe aperçut deux petites traces de brûlure semblables à une morsure de serpent. Il reconnut les marques laissées par le pistolet paralysant Taser que McLanahan portait à la ceinture. Il se dit que l'adjoint du shérif ne s'était pas contenté de passer voir le prisonnier dans sa cellule comme il l'avait dit. Il l'avait aussi harcelé, essayant sans doute de lui extorquer des aveux.

– Je ne vais pas y aller par quatre chemins, dit Romanowski. J'ai deux choses à vous demander. Si vous pouvez en faire une, je vous en serai redevable, mais si vous pouvez faire les deux, je vous devrai une vie. La mienne, en l'occurrence.

Joe hocha la tête. Qu'est-ce que c'était que cette histoire ?

– D'abord, vous devriez essayer de me sortir d'ici.

– Et pourquoi ferais-je une chose pareille ?

– Parce que ce n'est pas moi qui ai tué Lamar Gardiner, répondit Romanowski en grimaçant un sourire. J'aurais très bien pu le faire si l'occasion s'était présentée et vu les circonstances… J'ai entendu parler du massacre de tous ces wapitis. N'importe quel connard qui flingue sept wapitis mérite une ou deux flèches en travers du cœur. Mais je suis innocent sur ce coup-là.

– Pourquoi n'en parlez-vous pas à votre avocat ?

Romanowski braqua son regard sur Joe.

– L'avocat commis d'office est un gars de vingt-six ans qui

s'appelle Jason. Il a encore ses notes de cours dans le bloc-notes qu'il apporte avec lui. Je suis le deuxième client de sa carrière. Pour engager la conversation, il m'a demandé si j'aimais le hip-hop.

Joe l'écoutait d'un air ébahi.

— Mon avocat est un môme de vingt-six ans qui s'appelle Jason, répéta Romanowski en élevant la voix pour la première fois.

C'était comme s'il avait dit tout ce qu'il avait à dire sur le sujet et qu'il s'attendait à ce que Joe acquiesce. Mais celui-ci n'en fit rien.

— Peut-être devriez-vous parler à un spécialiste du droit pénal au lieu de vous adresser à moi.

Romanowski bougea très légèrement et ferma un œil comme s'il voulait voir Joe sous un autre angle.

— Mais je ne l'ai pas fait. C'est vous que j'ai appelé.

Joe se tortilla sur sa chaise, mal à l'aise.

— Comment puis-je prouver que vous n'êtes pas l'assassin de Lamar Gardiner ? demanda-t-il. Vous possédez un arc et des flèches, quelqu'un vous a vu descendre de la montagne cet après-midi-là et vous avez un mobile. Il faut me donner quelque chose sur quoi m'appuyer.

Romanowski poussa un petit grognement.

— Je descendais vers la vallée. Je revenais du ranch des Longbrake, où j'étais allé rapporter un certain vêtement à Mme Longbrake.

— Un « certain » vêtement ?

— Un string noir que j'avais trouvé chez moi, sous un genévrier. Je suppose qu'il y était resté depuis l'été. (Romanowski marqua une pause.) Y avait un truc spécial entre Mary Longbrake et moi. Elle venait me voir quand Bud était en voyage. Je l'attendais nu dans mon arbre. Quand elle arrivait dans sa camionnette, je descendais et j'allais la chercher. On faisait ça dehors. Sur la table de jardin, au bord de la rivière ou carrément dans l'eau. Elle se sentait seule et j'essayais de l'aider. J'aime autant vous dire que je la faisais chanter, la poulette.

Joe ne savait pas s'il devait rire ou appeler Reed pour qu'il le fasse sortir.

– Vous avez raconté ça au shérif ?

– Oui, dit Romanowski en ricanant. Il dit avoir appelé Mary, mais qu'elle lui a juré n'avoir jamais entendu parler de moi. Quand il l'a interrogée, elle était en train de faire ses bagages. Elle partait pour une croisière autour du monde et ne devrait pas rentrer avant plusieurs mois. Elle ment à mon sujet et je la comprends. Mais pas au sujet de la croisière. De toute façon, Bud lui aurait fait passer un sale quart d'heure si elle avait avoué quoi que ce soit.

– Je vois, dit Joe. Parlez-moi de votre arc et de vos flèches Bonebuster.

Romanowski acquiesça d'un hochement de tête.

– Il m'est arrivé de chasser à l'arc et je possède effectivement des flèches de cette marque. Mais ce n'est pas mon arme de prédilection. Même pour un pourri comme Gardiner, j'aurai utilisé mon arme préférée.

– C'est-à-dire ?

– Mon Casull .454, dit Romanowski avec un large sourire. C'est un revolver à cinq coups fabriqué par la Freedom Arms de Freedom, dans le Wyoming. C'est le revolver le plus puissant du monde. Quatre fois plus puissant qu'un .44 Magnum.

Joe se rappela en avoir entendu parler et avoir vu la crosse du revolver dépasser d'un holster trouvé chez Romanowski.

– Et le mobile ? demanda Joe en continuant de jouer le jeu.

– Je vous l'ai déjà dit : étant donné les circonstances j'aurais très bien pu dégommer Gardiner, mais je n'étais pas là. Ce n'était qu'une petite merde de bureaucrate, ce type. Il avait condamné les routes qui menaient aux endroits où j'allais poser des pièges pour les faucons et les réglementations et les restrictions qu'il avait imposées aux habitants de ce comté étaient arbitraires et dictatoriales. Honnêtement, je n'appréciais pas du tout ce fils de pute, mais c'est quelqu'un d'autre qui l'a eu en premier. Et c'est tant mieux.

Ça devait pouvoir convaincre un jury, se dit Joe. Nate avait une façon étrange de rythmer ses paroles – comme une série d'impulsions courtes et saccadées. Joe n'arrivait pas à savoir s'il pouvait le croire ou non.

– Quand nous avons débarqué chez vous, on aurait dit que vous nous attendiez. (Romanowski acquiesça.) Mais quand Barnum et Melinda Strickland ont commencé à vous accuser du meurtre de Lamar Gardiner, vous avez eu l'air perplexe. Pouvez-vous confirmer mon impression ?

— Tout à fait, répondit Romanowski en hochant la tête. Tout à fait.

— Alors expliquez-vous.

Romanowski soupira et détourna le regard.

— Disons simplement que j'ai eu quelques problèmes dans le Montana il y a un an et demi de ça. Je sais qu'un mandat d'arrêt a été émis contre moi, mais j'ignorais combien de temps ils mettraient à me retrouver. Et donc, quand j'ai vu débarquer votre convoi, je me suis dit que l'heure était venue de regagner le Montana.

— Qu'aviez-vous fait là-bas ?

Romanowski grimaça.

— Je ne vois pas en quoi cela pourrait m'aider de vous le dire.

— Vous avez probablement raison. Mais vous me demandez de vous faire confiance, et comment le pourrais-je si vous ne me dites pas la vérité ?

Un sourire se dessina lentement sur le visage de Romanowski. Joe attendit qu'il parle.

— J'étais dans les Forces spéciales, dit Romanowski en se tournant vers lui, une unité qui n'a aucune existence officielle. Essayez de vérifier et vous ne trouverez rien. Je participais à des missions à l'étranger. Nous étions en bons termes avec certains pays, mais dans d'autres nous étions en territoire ennemi. Nous vivions dans la clandestinité et faisions un sale boulot. Un jour, j'ai eu un désaccord avec un supérieur. (Il semblait peser et mesurer chaque mot pour pouvoir raconter son histoire sans donner trop de détails.) Je dois avoir un problème avec l'autorité en général, surtout lorsqu'il s'agit d'une différence d'ordre philosophique concernant un ordre. Comme lorsqu'on m'envoyait faire des choses à des gens simplement pour assurer l'avancement d'un supérieur et pas pour servir mon pays. En tout cas, c'est ce que je pensais.

Joe acquiesça et lui fit signe de poursuivre.

— Et donc, j'ai démissionné, et il faut savoir que ce n'est pas chose facile. Mais avant de partir j'ai envoyé quelques lettres au sujet de mon supérieur. J'ai balancé des noms et j'ai indiqué l'endroit où certains cadavres avaient été enfouis. Ça n'a pas été très bien vu par mes supérieurs et ils m'ont retrouvé. Je savais que ça risquait d'arriver.

Il s'interrompit et leva les yeux au plafond. Puis il baissa lentement son regard perçant et le posa sur Joe.

– Les gens qu'ils avaient envoyés pour me coincer ont rencontré quelques difficultés dans le Montana. Près de Great Falls. Un accident de voiture ou un truc comme ça. Quelqu'un a dit aux autorités que j'étais peut-être impliqué, que j'avais peut-être vu quelque chose. Mais ils ne m'ont pas retrouvé parce que j'avais quitté l'État.

Assis en silence, Joe réfléchit à ce qu'il venait d'entendre. Romanowski était un orateur convaincant, mais admettre qu'il avait « un problème avec l'autorité en général » n'allait pas vraiment l'aider. Lamar Gardiner était tout de même un représentant de l'autorité.

Comme s'il lisait dans ses pensées, Romanowski baissa la voix, se pencha vers lui et lui souffla :

– Oubliez Lamar Gardiner. Ce type n'était qu'un insecte même pas digne d'être écrasé. C'est de Melinda Strickland que vous devez vous méfier.

Surpris par sa remarque, Joe redressa la tête.

– Pourquoi ?

– Elle est complètement dingue. Elle va nous en faire baver.

– Vous la connaissez ?

Nate fit signe que non.

– Je l'ai senti dès qu'elle s'est approchée de moi. Ça émanait d'elle. En fait, elle me rappelle beaucoup mon ancien supérieur.

Joe poussa un soupir. Un instant, il s'était laissé convaincre.

Romanowski leva la main.

– Non, je n'ai pas dit que c'était mon ancien supérieur, juste qu'elle m'y faisait penser. Il suffit de la regarder dans les yeux pour savoir qu'on va en baver.

« Je connais ces gens-là, continua Romanowski en plongeant son regard dans celui de Joe sans la moindre suffisance cette fois. C'est à cause d'eux que je me retrouve ici, dans le Wyoming.

Aussi loin que possible de tous ces connards du gouvernement. Comment pouvais-je savoir que j'allais tomber sur quelqu'un comme elle ?

— Mais de quoi parlez-vous ? demanda Joe en s'appuyant sur le dossier de sa chaise.

Le regard de Romanowski se durcit.

— Ne vous y trompez pas, Joe. Melinda Strickland est une femme cruelle qui n'en a rien à foutre des autres. Il n'y a qu'elle qui compte. Je l'ai su tout de suite : cette femme est le mal incarné. Même si ce crétin de McLanahan m'a dégommé les dents, je sais très bien que ce n'est qu'un pauvre plouc débile. Le shérif, lui, est beaucoup plus dangereux, mais ce n'est rien à côté de Melinda Strickland. J'ai senti mon estomac se nouer quand elle a posé les yeux sur moi.

— Savez-vous qui a tué Lamar Gardiner ? lui demanda Joe de but en blanc, interrompant son monologue.

Il se rendit brusquement compte qu'il était passé de l'autre côté. Il était convaincu que Nate Romanowski disait la vérité. Il n'était pas sûr de vouloir le croire, mais il le croyait quand même.

— Aucune idée. Mais d'après ce que je sais, je pense que c'est quelqu'un du coin, peut-être une histoire d'argent ou une affaire de famille.

Joe essaya de ne pas réagir. Il ne voulait pas lui dire que c'était exactement ce qu'il pensait.

— Le salaud qui a fait ça court toujours, reprit Romanowski, et si ça se trouve c'est quelqu'un que vous connaissez.

Joe sentit son propre estomac se nouer. C'étaient ses propres pensées qu'il entendait.

— Croyez-vous vraiment que Melinda Strickland soit aussi malveillante que vous le dites ?

Nate soutint le regard de Joe pendant un long moment.

— Peut-être même pire. Elle piétinerait le cadavre de sa propre mère pour arriver à ses fins.

Joe regarda Nate Romanowski et réfléchit en silence. Il ne savait pas très bien que penser de cet homme dangereux et fascinant.

— Je crois au bien et au mal et je crois en la justice, enchaîna Romanowski. Je crois en mon pays. C'est avec les bureaucrates, les avocats et les procédures judiciaires que j'ai des problèmes.

– Eh bien, dit Joe en se levant et en se frappant sur les genoux, je crois que nous en avons terminé.

Il devait admettre qu'il éprouvait des sentiments contradictoires et qu'il ne savait pas vraiment que penser de tout ça. En entrant dans la cellule, il ne s'attendait pas à en ressortir convaincu de l'innocence du prisonnier.

Toujours dans la cellule, il dévisagea Romanowski comme il l'aurait fait d'un suspect, en essayant d'imaginer qu'il était coupable. Il chercha le petit tic nerveux, le regard fuyant, le mordillement des lèvres ou le coup d'œil furtif du menteur. Mais celui qui se tenait devant lui respirait le calme et même une certaine droiture morale. Ou bien était-ce de l'arrogance ? de l'aveuglement ?

– C'était quoi, la seconde chose que vous vouliez me demander ?

– Mes oiseaux. J'ai un faucon pèlerin et une buse à queue rousse chez moi. Je les ai abandonnés un peu vite, comme vous le savez. Ils sont probablement en train de tourner au-dessus de la maison, en m'attendant. Je les ai nourris juste avant de partir et il y a des lapins et des canards sauvages près de la rivière, mais je m'inquiète pour eux. Je pensais que vous pourriez peut-être aller les nourrir.

– Je crois pouvoir, oui. Mais je veux que vous compreniez que je fais ça pour les oiseaux et pas parce que je vous crois.

– Le pèlerin est très méfiant, mais il commence à changer. C'est juste qu'il ne sait pas à qui il peut faire confiance.

– Je connais ça, dit Joe en pensant à sa propre situation.

Romanowski lui adressa un sourire à la fois compréhensif et désolé.

– Connaissez-vous un certain Wade Brockius ? Ou un groupe qui se fait appeler les Citoyens souverains des Rocheuses ? demanda Joe sans lâcher Romanowski du regard.

– J'en ai entendu parler, répondit Romanowski d'un air détaché. Je n'en connais aucun en particulier, mais j'ai entendu les hommes du shérif parler d'un campement dans les montagnes.

Joe acquiesça d'un signe de tête. Il se retournait pour appeler Reed lorsqu'il pensa à une question à laquelle il n'avait toujours pas de réponse.

– Pourquoi m'avoir appelé, moi ?

– Je sais qui vous êtes, dit Romanowski en hochant la tête. Ça fait un bout de temps que je vous observe. J'ai suivi l'affaire des belettes de Miller[1] et ce qui s'est passé après dans le canyon de Savage Run[2].

Joe ne répondit pas. Ça ne lui plaisait pas d'avoir été observé comme ça.

– Vous aimez bien régler les affaires à votre manière et sans vous faire remarquer, reprit Romanowski sans le lâcher. Quand vous voyez quelque chose qui ne va pas, vous allez jusqu'au bout. Ça vous arrange qu'on vous sous-estime. En fait, vous faites tout pour ça. Et puis, si nécessaire, vous la jouez cow-boy et laissez tout le monde sur le cul.

– REED ! cria Joe en se tournant vers la porte.

– Je vous fais confiance. Je sais que vous ferez ce qui est juste, dit posément Romanowski dans son dos.

Joe lui jeta un coup d'œil par-dessus son épaule.

– Ne m'en demandez pas trop.

– Désolé, dit Romanowski en souriant comme s'il venait de toucher Joe en jouant à chat perché. Il n'y a plus que vous entre moi et l'aiguille.

Ce soir-là, Joe travailla dans son garage. Sous l'ampoule nue qui pendait du plafond, il remplaça les bougies et la courroie de la motoneige que l'État avait mise à sa disposition. Il voulait qu'elle soit prête au cas où il en aurait à nouveau besoin. La journée ensoleillée avait fait place à une nuit claire et terriblement froide. La dernière fois qu'il avait vérifié, il faisait moins vingt-six dehors et, même avec le chauffage au gaz qui sifflait dans un coin, un petit nuage de buée se formait à chaque respiration. Avec ses gros gants, il avait du mal à dévisser les bougies, mais quand il les enlevait l'acier gelé lui brûlait la peau.

Après le dîner, pendant qu'ils étaient en train de faire la vaisselle, il avait tout raconté à Marybeth : sa rencontre avec les Sou-

---

1. Cf. *Détonations rapprochées*, publié dans cette même collection *(NdT)*.
2. Cf. *La Mort au fond du canyon*, publié dans cette même collection *(NdT)*.

verains, les intentions présumées de Jeannie Keeley, le coup de fil de Melinda Strickland, la conversation avec Romanowski et la possibilité que le vrai assassin soit toujours en liberté. Elle l'avait écouté sans rien dire, son visage exprimant une inquiétude de plus en plus vive au fur et à mesure qu'il parlait. Elle en avait même lavé deux fois la même assiette.

– Je ne sais pas que penser de tout ça, Marybeth, lui avait-il avoué. Et je ne sais pas non plus ce que je dois faire.

– C'est dommage que Jeannie Keeley n'ait pas été là. Tu aurais pu savoir si ses intentions étaient vraiment sérieuses.

Marybeth se concentrait sur la chose la plus importante à ses yeux. Plus tôt dans la soirée, elle lui avait dit avoir parlé à un avocat : d'après lui ils avaient peu de chances de garder April si Jeannie Keeley voulait vraiment la reprendre.

– Pourquoi revient-elle maintenant ? Ça fait trois ans, Joe... Alors pourquoi maintenant, bon sang ?!

Joe avait contemplé le visage blême de sa femme, son expression de colère et de peur. Il aurait aimé pouvoir lui répondre.

La porte latérale s'ouvrit et Marybeth entra, emmitouflée dans sa parka. Elle avait les bras croisés et les mains enfouies sous les aisselles.

– Il ne fait guère plus chaud que dehors, dit-elle en fermant la porte et en resserrant ses bras autour d'elle. Tu as bientôt fini ?

– Tout le monde est couché ?

– Tu veux dire ma mère ? demanda-t-elle en soupirant. Oui.

– J'en ai pour une minute, dit-il en revissant une bougie. Je n'avais pas remplacé les bougies depuis un an.

– J'ai réfléchi à ce que tu m'as raconté ce soir. Brockius, Romanowski, Strickland et tout le reste. J'aurais aimé être avec toi.

Joe leva les yeux vers elle.

– Moi aussi, j'aurais aimé que tu sois là. Peut-être que tu aurais pu te faire une meilleure idée sur tous ces gens.

– Que penses-tu de ce que t'a raconté Nate Romanowski sur Strickland ? Crois-tu qu'elle puisse être aussi malveillante ? Ou est-ce seulement qu'elle lui rappelle quelqu'un qu'il déteste ?

La clé à bougies dérapa et Joe s'écorcha les articulations des doigts sur le bloc-moteur. Il lâcha un juron et leva les yeux vers sa femme.

— Je ne sais pas, Marybeth. Mais cette bonne femme me fiche la trouille. Elle a quelque chose de… bizarre.

— Alors, tu le crois ? Tu penses qu'il est innocent comme il le clame ?

Joe sortit la clé du moteur, retira ses gants et examina ses articulations écorchées. Ses doigts se raidirent tout de suite sous l'effet du froid.

— Soit il est innocent, soit c'est un menteur de première, dit-il.

— Il y a une chose sur laquelle il n'a pas menti, dit Marybeth en haussant les sourcils. Je sais que Mary Longbrake voyait un homme beaucoup plus jeune qu'elle. Ç'aurait pu être lui.

— Comment diable… (Joe se reprit et reformula sa question.) Comment l'as-tu su ?

— Je l'ai appris à la bibliothèque, répondit-elle en souriant. Deux de mes collègues connaissent bien Mary. Elles jouaient au bridge avec elle toutes les semaines. Je suppose qu'elles bavardent pas mal dans ce club. Et, apparemment, Mary aurait dit très clairement que sa vie avait changé depuis qu'elle avait rencontré cet homme.

12

La cérémonie funèbre à cercueil fermé de Lamar Gardiner se tint le matin du dernier jour de l'année, alors qu'un front venu du nord-ouest et un ciel encombré de nuages noirs annonçaient une autre tempête. Un vent froid et cinglant s'était levé. L'office eut lieu en ville, dans la chapelle Kenneth Siman de Main Street. Une cinquantaine de personnes y assistèrent – essentiellement des membres de la famille, des employés de l'Office des forêts et des représentants des forces de l'ordre.

Joe et Marybeth s'installèrent à l'avant-dernière rangée. Joe portait une veste et une cravate et avait accroché son chapeau au portemanteau. Carrie Gardiner, toute vêtue de noir, s'était assise au premier rang avec ses deux enfants. Derrière eux se tenait Melinda Strickland, entourée des employés de l'Office des forêts. Joe remarqua que ses cheveux avaient changé de couleur. Ils avaient maintenant une teinte fauve, presque blonde. Elle portait l'uniforme de l'Office des forêts. Le shérif Barnum et ses deux adjoints occupaient à eux seuls toute une rangée, mais avaient laissé des chaises vides entre eux. Elle Broxton-Howard, son calepin sur les genoux, était toute seule derrière eux.

Dehors, un vent violent fit claquer quelque chose sur le toit pendant que le pasteur parlait. Kenneth Siman, l'entrepreneur des pompes funèbres et coroner du comté, tout à fait sobre ce jour-là, apparut sur le seuil d'une porte donnant sur le chœur, leva les yeux pour vérifier que rien n'avait été endommagé et disparut sans un mot.

Lorsque le pasteur eut terminé, Melinda Strickland s'approcha de l'estrade et sortit une feuille de papier jaune de la poche de son uniforme. Étrangement théâtrale, elle prit soin de regarder tous les gens rassemblés devant elle avant de commencer.

– Le révérend Robbins vous a déjà parlé de la vie de Lamar et je suis ici pour vous dire qu'il n'est pas mort pour rien. Nom d'un chien !

Nom d'un chien ? Joe sentit que Marybeth se tortillait à côté de lui. Et quand Melinda Strickland s'interrompit pour décocher à l'assistance un sourire éclatant tout à fait inopportun, Marybeth fut encore plus mal à l'aise.

Joe sentit un frisson glacé lui parcourir l'échine. Était-ce juste Strickland, se demanda-t-il, ou bien Romanowski qui l'avait manipulé ?

– Cassie, reprit Strickland en s'adressant à Carrie Gardiner et se trompant de prénom, votre mari dévoué a été la victime d'une guerre que nous devons et allons arrêter. Que des citoyens se retournent contre le gouvernement fédéral est tout à fait inacceptable, pas vrai ?

Joe se dit que ses paroles, ses gestes et son attitude étaient sans doute dus à sa nervosité. En tout cas, ça le mettait lui aussi très mal à l'aise. Quant à Marybeth, on aurait dit qu'elle essayait de disparaître sur sa chaise.

– Cette petite guerre menée par quelques citoyens contre les employés fédéraux est allée trop loin, vous ne croyez pas ? reprit-elle avec un air de conspirateur, Joe ayant l'impression qu'elle le regardait droit dans les yeux. Savez-vous qu'un groupe d'extrémistes a établi un campement sur un terrain fédéral ? C'est quand même un peu fort, non ?

Elle poursuivit sa diatribe pendant cinq bonnes minutes de plus. Ses propos étaient parfaitement incohérents. Elle parlait à coups de petites phrases saccadées sans jamais venir à bout d'une idée. Joe l'écoutait à peine, mais entendit Marybeth qui grommelait.

Quand elle eut terminé, Strickland s'approcha de Carrie Gardiner et de ses enfants et serra les mains de la veuve dans les siennes.

– Je suis terriblement désolée, Cassie, dit-elle.

Joe aperçut Elle Broxton-Howard en train de gribouiller furieusement dans son calepin. Avant de rejoindre ses employés,

Strickland se retourna et tendit son discours à la journaliste qui l'accepta avec un sourire reconnaissant.

La réception qui suivit eut lieu dans le bâtiment de l'Office des forêts. Joe remarqua tout de suite que les Gardiner n'étaient pas venus. Il était désolé pour Carrie et encore plus pour ses enfants. Rassemblés dans le bureau d'accueil, les invités sirotèrent du punch dans des gobelets en carton et grignotèrent des biscuits disposés dans des assiettes. Les employés de l'Office des forêts, mal à l'aise, étaient postés derrière leurs bureaux et proposaient des biscuits avec un tel manque d'enthousiasme que Joe se demanda si leur supérieur direct, Melinda Strickland, les avait sommés de faire bonne figure.

Elle Broxton-Howard s'approcha de Joe et de Marybeth et se présenta. Elle portait une grosse veste en laine à col montant et un pantalon noir moulants. Elle tendit une carte de visite à Joe.

– *Rumour Magazine*, lut-il à haute voix.

A son tour, il lui donna sa carte, qu'elle glissa distraitement dans sa poche sans y jeter le moindre coup d'œil.

– C'est un magazine très connu au Royaume-Uni, expliqua-t-elle. C'est un mélange de *Maxim* et de *People*, avec une pointe de *The New Yorker* pour la touche intello. Je travaille aussi en free lance.

– Je crois bien que ma mère le lit, dit Marybeth pour faire la conversation.

Broxton-Howard adressa un signe de tête à Marybeth, mais se tourna à nouveau vers Joe. Il imaginait déjà la réaction de sa femme.

– Je suis en train d'écrire un article de fond sur la bataille que se livrent le gouvernement américain et certaines milices en milieu rural, reprit la journaliste, et Melinda Strickland en sera la protagoniste. Je vois en elle une femme déterminée et indépendante qui se bat dans un monde d'hommes. Une Barbara Stanwyck moderne.

Elle fut interrompue par Melinda Strickland qui vint se joindre à eux avec un grand sourire parfaitement déplacé. Son cocker ne la lâchait pas d'une semelle.

– Marybeth Pickett, l'épouse de Joe, dit Marybeth en tendant la main avec un sourire dans lequel Joe perçut une pointe de malice.

– Joe travaille en étroite collaboration avec nos équipes et nous lui en sommes très reconnaissants, dit Strickland en le regardant. Il nous a beaucoup aidés.

– Ce n'est pas l'impression que j'ai eue quand vous m'avez appelé sur mon portable.

Strickland réagit comme si Joe venait de la gifler.

– J'ignore totalement de quoi vous voulez parler, dit-elle.

Puis, son expression se radoucissant, elle retrouva son visage d'hôtesse souriante.

Pas mal, pensa Joe.

– Alors, dites-moi, Joe, reprit-elle, est-ce que les groupes extrémistes du coin ont affecté votre travail ?

Joe réfléchit un instant.

– Pour être honnête, je ne suis pas sûr de savoir ce que vous entendez par « groupes extrémistes ». Il y a quelques fauteurs de troubles, c'est vrai, mais dans l'ensemble les gens se montrent plutôt coopératifs.

Strickland inclina la tête d'un air sceptique.

– Ah, vous trouvez ? dit-elle d'un ton qui montrait clairement qu'elle n'en croyait pas un mot, mais qu'elle ne voulait pas faire d'esclandre.

Joe haussa les épaules.

– Certaines personnes peuvent se montrer un peu excentriques et butées quand il s'agit des lois et des réglementations qui touchent à l'aménagement du territoire. Mais je me suis rendu compte qu'il était possible de discuter avec elles, à condition de se montrer raisonnable et juste, bien sûr.

– « Excentrique » est un drôle de terme pour le meurtre d'un superviseur de l'Office des forêts, lui répliqua-t-elle en regardant Marybeth et Broxton-Howard pour avoir leur approbation.

Joe en profita pour aborder le sujet qui l'intéressait.

– Je voulais vous dire que j'ai rencontré un certain Wade Brockius il y a deux jours. C'est en quelque sorte le porte-parole des…

Mais avant qu'il ait pu continuer, Melinda Strickland, s'apercevant soudain qu'il n'y avait plus aucun biscuit sur le bureau le plus proche, s'excusa pour aller réprimander ses employés. Broxton-Howard s'évanouit elle aussi dans la foule.

Joe et Marybeth échangèrent un regard.

– C'est quelque chose, cette bonne femme ! s'écria Marybeth. Et pas quelque chose de bien.

– Tu te rappelles ce qu'a dit Nate Romanowski ?

– Joe, tu es en train de citer un homme soupçonné de meurtre, lui fit-elle remarquer avec un sourire.

– D'accord, je vais essayer d'arrêter, dit-il d'un air revêche.

– As-tu remarqué l'attitude de Melinda envers toi ? (Il fit non de la tête.) Elle ne te parlait pas vraiment et ne t'écoutait pas non plus. Elle était plutôt en train de t'évaluer.

– Pourquoi ?

– Pour voir si tu pouvais lui être utile personnellement, si tu entrais dans ses plans ou pouvais servir sa carrière, ou si au contraire tu risquais de lui nuire. Tu te souviens quand tu m'as dit qu'elle avait failli faire demi-tour dans la montagne ? A mon avis, quand elle s'est rendu compte que ça devenait dur physiquement, elle a regardé autour d'elle et s'est dit que dans ce groupe personne n'était vraiment important pour elle. Elle n'y voyait qu'une bande de ploucs et quelques agents de la DCI. Tous des ratés. La seule personne qui sortait du lot était la journaliste, et elle était déjà dans son camp. Tous les autres n'avaient aucun intérêt pour elle. C'est quelqu'un qui utilise les gens, Joe. Elle est dangereuse.

– Et tu as compris tout ça en lui parlant deux minutes ?

– Oui.

Elle fit un signe de tête en direction de la journaliste qui était en train de parler à McLanahan et Reed.

– Elle est jolie, reprit-elle d'une voix éteinte. Il faut des heures pour élaborer ce genre de coiffure naturellement ébouriffée.

Joe, sagement, préféra ne rien dire.

Pendant que Marybeth partait aux toilettes, il aborda le procureur du comté, Robey Hersig.

– Quels sont vos projets pour la soirée, Joe ?

Celui-ci leva les yeux au ciel. Leur réveillon du nouvel an était le même chaque année depuis la naissance de Sheridan, onze ans plus tôt. Ils se coucheraient de bonne heure. Missy avait demandé s'il y avait des fêtes ou des soirées organisées en ville et ils avaient compris qu'elle aimerait y aller. Joe lui ayant proposé de prendre le van, elle avait d'abord froncé le nez avant d'accepter.

– Vous avez une minute ? demanda Joe.

Hersig acquiesça d'un signe de tête et lui fit signe de le suivre dans un bureau juste derrière eux. Il entra, s'assit sur le bureau et desserra sa cravate. Joe ferma la porte doucement. Ils se trouvaient dans l'ancien bureau de Lamar Gardiner, apparemment occupé par Melinda Strickland. Une photo encadrée de son cocker trônait sur le bureau. Joe ne s'était pas rendu compte qu'elle s'était déjà installée.

Hersig venait d'une des plus anciennes familles d'éleveurs du Twelve Sleep County et, après une période passée à participer à des rodéos pour une équipe universitaire, il avait fini par étudier le droit à la fac du Wyoming. Son premier mandat de procureur prenait fin dans un an et personne ne savait s'il allait se représenter pour un deuxième. Bien qu'il fût toujours très circonspect dans le règlement des affaires, il avait à son actif un nombre impressionnant de condamnations. L'été précédent, Hersig et Joe avaient découvert qu'ils étaient tous les deux amateurs de pêche à la mouche et avaient descendu ensemble la Twelve Sleep River dans le McKenzie à fond plat du procureur. Ils s'étaient bien entendus et avaient décidé de refaire une sortie peu de temps après. Avoir pêché ensemble avait créé un lien spécial entre eux.

Au début de la semaine, Joe l'avait appelé pour lui parler d'April, mais leur conversation avait été très brève. A cause des dégâts causés par la tempête, des crépitements d'électricité statique parasitaient la ligne.

– On ne sait pas trop quoi faire pour Jeannie Keeley, dit Joe. Peut-on demander une ordonnance restrictive ou un truc comme ça ?

Hersig fit non de la tête.

– Joe, il faut d'abord qu'elle fasse quelque chose. Sa présence ne suffit pas. Et légalement, étant donné qu'April n'a pas été adoptée, elle a toutes les chances de pouvoir la récupérer.

Joe fit la grimace.

– Comment un juge pourrait-il la rendre à cette femme après ce qu'elle a fait ?

– Des trucs comme ça, les juges en font. La mère biologique a un poids indéniable, même s'il est clair que vous et Marybeth avez beaucoup d'affection pour April. Dans le Wyoming, si la mère garde le contact d'une certaine manière – même avec le juge – l'enfant n'est pas considéré comme abandonné.

– Nous l'aimons, dit Joe d'une voix ferme. Elle fait partie de la famille.

– C'est vraiment dommage que la procédure d'adoption ait traîné aussi longtemps, dit Hersig d'un ton compatissant. C'est ça, le vrai problème.

Joe lâcha un juron et détourna le regard un instant.

– Ce punch est un peu plat, dit Hersig d'un ton détaché en regardant le fond de son gobelet. (Il aurait préféré y voir du bourbon.) Après tout, c'est la Saint-Sylvestre.

– Comment se présente l'affaire Nate Romanowski ? demanda Joe. Vous savez qu'il m'a appelé l'autre jour ? Je l'ai vu et il m'a dit qu'il était innocent.

– On me l'a dit, oui, dit Hersig en hochant la tête. Un homme en prison qui clame son innocence… incroyable, non ?

Il avala d'un trait le fond de son gobelet.

– J'aimerais avoir un dossier plus solide contre lui, avoua-t-il. Tout le désigne comme coupable, mais il s'agit surtout de présomptions. Ça m'ennuierait d'avoir à présenter l'affaire devant un jury sans avoir davantage de preuves directes. Il vous a dit des choses intéressantes ?

Joe évoqua la liaison de Romanowski avec Mme Longbrake et lui rapporta les propos des collègues de Marybeth, mais il ne dit rien de ce que lui avait confié le prisonnier sur Melinda Strickland ou le prétendu incident dans le Montana. Il se demandait pourquoi il n'avait pas envie de révéler ce que lui avait raconté Romanowski. Il était quand même censé être du côté de Hersig et de la loi.

– Je dois admettre que je ne suis pas entièrement convaincu de sa culpabilité, dit-il.

Hersig se tourna vers lui pour le regarder.

– Pas convaincu de sa culpabilité ou convaincu par ses beaux discours ?

Joe haussa les épaules.

– Je n'en sais rien, reconnut-il.

– Mme Longbrake a quitté le pays, reprit Hersig. Le shérif a vérifié. Il nous est donc impossible de confirmer la version de Romanowski. Mais nous pourrions peut-être interroger les femmes avec qui elle jouait au bridge.

Joe acquiesça d'un signe de tête.

– Que savez-vous de Nate Romanowski ? Et de son passé ?

– C'est assez mystérieux, dit Hersig en haussant les sourcils. Il est du Montana, de Bozeman pour être précis. Il est entré à l'Air Force Academy et a joué dans leur équipe de football. Il était défenseur des Falcons…

– Les Falcons ? répéta Joe en pensant aux oiseaux de Romanowski.

Il n'avait pas encore eu le temps d'aller les nourrir. Il fallait absolument qu'il trouve un moment pour le faire.

– Puis il s'est littéralement évaporé de la surface de la terre de 1984 à 1998. Personne ne disparaît comme ça sans une aide spéciale des fédéraux.

– Les Forces spéciales ? demanda Joe. Il m'en a parlé quand je l'ai vu dans sa cellule.

Les dires de Romanowski – concernant sa liaison avec Mme Longbrake et son passé dans les Forces spéciales – semblaient désormais beaucoup plus plausibles.

– Vraiment ? C'est intéressant, ça, dit Hersig. Je n'étais pas au courant. Romanowski n'est pas très coopératif. Même avec son avocat.

– Je sais. Il m'a dit qu'il comptait sur moi pour l'aider, ajouta Joe d'un ton sec.

Hersig fronça les sourcils.

– Romanowski n'a été arrêté qu'une seule fois en 1999 – il aurait tabassé un éleveur dans l'Idaho. Il affirme que le mec avait abattu son faucon en plein vol. Il a passé quatre-vingt-dix jours à la prison du comté de Blaine suite à cet incident.

– Croyez-vous qu'il existe un lien entre Romanowski, les Souverains et Lamar Gardiner ? demanda Joe. Tout ça est bien simultané.

Hersig contempla le plafond pendant quelques instants.

– On se dit en effet qu'il doit y en avoir un.

– C'est possible, dit Joe.

La porte s'ouvrit et un des employés de l'Office des forêts passa la tête dans l'embrasure.

– Oh, désolé, dit-il.

Hersig lui fit signe qu'il ne dérangeait pas.

– Laissez la porte ouverte. Nous avons fini, n'est-ce pas ?

– Oui.

Hersig descendit lourdement du bureau et ils se retrouvèrent sur le pas de la porte. Elle Broxton-Howard se tenait au centre d'une horde de petits chefs de l'Office des forêts auxquels s'étaient joints Reed et McLanahan. Hersig pointa le menton dans la direction de la journaliste.

– Elle est portée sur les solides gaillards, simples et rudes… c'est ce qu'elle dit en tout cas, lâcha-t-il. Éleveurs, cow-boys, bûcherons. De vrais hommes, bien virils.

Joe le regarda.

– Comment le savez-vous ?

Hersig sourit et son visage s'empourpra.

– C'est elle qui me l'a dit. Et croyez-moi, elle en a harponné plus d'un depuis qu'elle est ici.

Comme si elle avait entendu les paroles du procureur ou lu dans les pensées de Joe, la journaliste fit brusquement volte-face, s'extirpa de son groupe d'admirateurs et fonça droit sur Joe d'un pas assuré.

– Vous étiez là quand M. Gardiner a été tué, dit-elle d'un air impassible.

Joe était étonné qu'elle ne l'ait pas su dès le premier jour.

– Oui.

– Vous avez aussi rencontré Wade Brockius et les Souverains.

– En quelque sorte.

Il sentit la chaleur lui monter dans le cou.

– Nous devons absolument faire une interview, dit-elle, les yeux braqués sur lui, la mâchoire serrée pour accentuer sa sincérité.

Sans le lâcher du regard, elle plongea la main dans sa poche et en sortit la carte de Joe qu'elle amena à hauteur de son visage.

– Joe Pickett. Garde-chasse, lut-elle avec un léger accent anglais.

Puis elle pivota sur les talons et retourna vers ses admirateurs.

Quittant un couloir sombre, Marybeth entra dans la pièce et chercha son mari du regard. Joe se sentait à la fois coupable et légèrement euphorique. Tandis que Marybeth se dirigeait vers lui, Hersig se pencha à son oreille en singeant la journaliste :

– Nous devons absolument faire une interview !

– Que t'a dit Robey pour April ? demanda Marybeth tandis qu'ils quittaient Saddlestring et s'engageaient dans Bighorn Road.

De gros nuages masquaient la lune et les étoiles et le vent soufflait sans relâche, de minuscules flocons de neige scintillant dans la lumière des phares.

– Il n'a pas été très encourageant. Mais il n'a pas dit non plus que Jeannie essayait de reprendre April.

– C'était vraiment une drôle d'expérience ce soir, dit-elle en soupirant. L'enterrement m'a mise mal à l'aise et la réception encore plus. Je suis surtout désolée pour Carrie Gardiner. Ou Cassie, comme Melinda Strickland l'appelle. Il me tarde presque de revoir ma mère.

Joe éclata de rire.

– Moi aussi !

Il repensa à Melinda Strickland et à Nate Romanowski. Et à Elle Broxton-Howard.

– Qu'est-ce qu'elle t'a dit ? demanda brusquement Marybeth.

– Qui ? répondit-il d'un ton où perçait la culpabilité.

Même lui l'entendit.

– Tu sais très bien de qui je parle, répondit sèchement Marybeth. La minette devant laquelle toi et Robey étiez en train de fondre quand je suis revenue des toilettes.

– Mlle Broxton-Howard.

A nouveau, Joe sentit la chaleur monter dans son cou.

– Elle veut m'interviewer.

– Je parie que c'est ça qu'elle veut, oui, dit Marybeth en ricanant.

Il ne répondit pas. Il avait appris que dans certaines situations, moins on en disait, mieux c'était.

Il sentit le regard de sa femme posé sur lui et se tourna vers elle.

– Chérie, je…

– Joe ! cria-t-elle.

Il regarda la route et aperçut la silhouette indistincte d'un homme dans le faisceau blanc des phares ; son visage aux yeux écarquillés était noir de sang et ses mains gelées tendues devant lui comme pour se protéger. Malgré l'effort violent qu'il fit pour dévier la voiture vers le fossé, il entendit un horrible bruit sourd et, jetant un coup d'œil dans son rétroviseur, il vit une espèce d'épouvantail baigné par la lueur rouge des feux arrière rebondir et se recroqueviller sur la surface glissante et gelée de la route. Il entendit sa femme hurler.

13

Il s'appelait Birch Wardell et travaillait pour le Bureau fédéral d'aménagement du territoire. De fait, Joe ne l'avait pas tué. La collision lui avait quand même fracturé le bassin, mais ce n'était qu'une des multiples blessures qu'il avait subies ce jour-là après que sa camionnette avait basculé dans une ravine du piémont tourmenté des Bighorn.

Le médecin des urgences reconnut Joe pour l'avoir vu amener le cadavre gelé de Lamar Gardiner.

– Je vous vois un peu trop souvent à mon goût, dit-il. Et chaque fois vous amenez des ennuis.

Joe en convint. Mais au moins, cette fois, l'homme était vivant.

Il s'installa sur une chaise en plastique dans le couloir de l'hôpital, juste devant la chambre de Wardell. Il était encore en veste et cravate et la journée du nouvel an était déjà bien avancée. Il avait appelé Marybeth pour lui dire que Wardell était vivant et qu'il allait se rétablir. « Dieu merci » avaient été ses premiers mots.

– Je n'arrive pas à croire que ce pauvre homme était en train de marcher au milieu de la route, dit-elle. Par une nuit pareille.

– Je vais essayer de comprendre pourquoi, dit Joe. Va te coucher et dors un peu.

– Comment vas-tu rentrer à la maison ?

Il n'y avait pas encore réfléchi. Marybeth avait ramené la voiture à la maison après les avoir déposés à l'hôpital.

– Je me débrouillerai, dit-il.

L'hôpital était plongé dans le silence et on avait baissé les lumières pour la nuit. Mme Wardell était venue voir son mari dès qu'il était sorti du bloc et avait remercié Joe de l'avoir conduit en ville.

– Mais c'est moi qui l'ai renversé, dit-il.

Elle lui tapota le bras.

– Je sais, dit-elle. (Ses yeux étaient rouges et gonflés.) Mais si vous ne l'aviez pas trouvé, le docteur dit qu'il serait mort de froid. Il fait moins vingt-huit dehors.

– J'aurais quand même préféré l'éviter.

– Ne vous en faites pas, monsieur Pickett, dit-elle gentiment. Il est vivant et il a repris connaissance. Le docteur dit qu'il va s'en tirer.

– Vous croyez que je peux lui parler ?

Elle regarda par-dessus l'épaule de Joe pour voir si elle apercevait un médecin ou une infirmière, mais le couloir était désert.

– Ils lui ont donné des cachets pour l'aider à dormir, dit-elle. Je ne suis pas sûre que ses propos soient bien clairs.

Birch Wardell, les yeux mi-clos, gisait sur son lit d'hôpital. Un étroit tube au néon fixé sur la tête de lit éclairait la moitié de son visage et projetait des ombres pointues sur les couvertures. En plus de sa fracture au bassin, Wardell avait le nez et une clavicule cassés. Des points de suture s'étiraient de son cou jusqu'à son crâne comme des rails de chemin de fer. Joe avait entendu une infirmière dire que le bout de trois de ses doigts et celui de quatre de ses orteils étaient sérieusement gelés.

L'homme allongé sur le lit avait une quarantaine d'années. Il était corpulent, avec une épaisse moustache et des yeux marron. Joe l'avait déjà rencontré au cours de ses patrouilles.

Les yeux de Wardell se posèrent sur lui, debout dans l'encadrement de la porte, et il leva légèrement sa main valide pour le saluer.

– Comment ça va ? demanda Joe doucement.

Wardell avait l'air d'avoir du mal à parler.

– Beaucoup mieux depuis qu'ils m'ont bourré de médicaments. En fait, je suis plutôt… content.

Joe s'approcha de lui. Une odeur de pansements et d'antiseptique flottait dans la chambre.

– Bonne année, dit Joe avec un sourire.

Wardell poussa un petit grognement et grimaça comme si ça lui avait fait mal aux côtes.

– Merci de m'avoir sauvé la vie. Le docteur dit que je n'aurais pas pu tenir beaucoup plus longtemps là-haut.

– Je suis désolé de vous avoir percuté, dit Joe. Que s'est-il passé exactement ? Vous avez fait tout le chemin à pied depuis là-haut après votre accident ?

– Je rentrais en ville. Il devait être aux environs de quatre heures et demie. Il me restait encore une demi-heure ou trois quarts d'heure avant la tombée de la nuit. Je voulais rentrer tôt parce que ma femme et moi avions des billets pour le dîner de réveillon « Spécial steak et crevettes » à la Elks Lodge.

Joe hocha la tête, le pressant de poursuivre.

– J'avais aperçu un pick-up blanc sur les terres du BLM[1], sur une corniche au-delà des panneaux qui indiquent que cette foutue route est bouclée pour l'hiver. Vous savez, dans le secteur géré par l'Office des forêts et le BLM ?

Joe avait effectué des patrouilles dans ce secteur. Étendue rocailleuse et dépourvue d'arbres, il était parcouru de ravines profondes et tortueuses où poussait l'armoise et s'étendait de la grand-route jusqu'au piémont boisé des Bighorn. Il était depuis peu réservé à la recherche et géré conjointement par les deux agences fédérales pour étudier la reproduction de l'herbe à bison locale en l'absence de bétail. Cette nouvelle attribution avait soulevé la colère de plusieurs éleveurs du coin qui y faisaient paître leurs troupeaux depuis des années, et de certains chasseurs et pêcheurs locaux qui en utilisaient les routes pour accéder aux

1. Ou *Bureau of Land Management*, institution chargée de l'exploitation des terres de l'État *(NdT)*.

petites rivières de printemps qui descendaient des montagnes. Wardell était le chef de projet.

— Bon et donc le mec au pick-up blanc était en train d'arracher mes panneaux « Route fermée » avec une chaîne. Quand j'ai vu ça, je me suis dit : « Mais qu'est-ce qu'il fout ? »

— J'ai entendu dire en effet que certains panneaux avaient été vandalisés.

Wardell hocha légèrement la tête. Il mit un petit moment avant de recommencer à parler – les sédatifs faisaient leur effet. Joe espéra qu'il pourrait finir son histoire avant de s'endormir.

— Ça fait plusieurs mois que ça dure. Des fois les panneaux disparaissent et d'autres fois ils sont juste renversés.

— Et donc, je me suis dit : « Mais qu'est-ce qu'il fout ? », répéta Wardell. Et j'ai pris moi aussi la route fermée pour le suivre.

— Je vois. Pourriez-vous me décrire le véhicule ?

— Il était blanc. Ou beige. En tout cas, c'était une couleur claire. Pas flambant neuf. Faut dire que le jour commençait à baisser quand je l'ai aperçu.

— Ford ? GMC ? Chevrolet ?

Wardell réfléchit un instant.

— Peut-être un Ford. Mais il était vraiment sale, ça, j'en suis sûr. Il y avait de la terre ou des traces de boue sur les portières.

— Retrouver un pick-up Ford dans le Wyoming, c'est comme rechercher un Mexicain au Texas, dit Joe avec un sourire amer.

— En tout cas…

Wardell déglutit et ses yeux papillonnèrent. Il était fatigué. Joe avait mauvaise conscience de lui imposer ça maintenant. Il consulta sa montre : trois heures trente.

— En tout cas, le conducteur du pick-up m'a vu arriver et a foncé au-delà de la colline, toujours sur la route fermée. Vous savez comment c'est là-haut, avec tous ces replis et ces escarpements… C'est drôlement facile de se paumer ou de partir dans la mauvaise direction… Mais, bon, je me suis quand même lancé à sa poursuite.

— Vous avez essayé de joindre quelqu'un ?

— Bien sûr que j'ai essayé. Mais les bureaux du BLM fermaient tôt à cause du nouvel an et le central ne répondait pas.

— Continuez.

– Je suis arrivé en haut de la colline et de là je pouvais voir tout le secteur. La route tournait à gauche et j'allais m'y engager quand j'ai vu le pick-up qui dévalait la pente au-dessous de moi. Il avait quitté la route et fonçait vers le bas de la ravine. Je me suis dit : « Mais qu'est-ce qu'il fout ? » et je l'ai suivi. Tout ce que je voulais à ce moment-là, c'était relever son numéro d'immatriculation.

– Je crois que ce patient a grand besoin de repos, dit sèchement une infirmière de nuit sur le pas de la porte.

– Nous avons presque fini, dit Joe en se tournant vers elle.

– Vous avez intérêt.

– Elle est gonflée, celle-là ! lâcha Wardell en la regardant s'éloigner, ses hanches larges faisant sautiller le bas de sa jupe.

Joe se tourna à nouveau vers lui.

– Et donc, vous avez vu le pick-up au bas de la ravine. Ce n'est pas un peu broussailleux par là-bas ?

Joe était pratiquement convaincu de connaître la route et la déclivité dont lui parlait Wardell.

Celui-ci acquiesça d'un hochement de tête et grimaça.

– Oui, c'est un sacré fouillis de broussailles là-bas. Il commençait à faire sombre, mais je suivais les feux arrière du pick-up et tout d'un coup je les ai vus disparaître dans les buissons. Bon sang, je ne savais pas qu'on pouvait franchir cette ravine en bagnole.

Joe se frotta la mâchoire. Lui non plus ne connaissait aucun moyen de franchir la ravine à cet endroit.

– Et tout d'un coup, j'ai vu le pick-up ressortir des buissons de l'autre côté et grimper la colline juste en face de moi. Je me suis dit…

– Mais qu'est-ce qu'il fout ?

Joe posa la question en même temps que lui.

– J'ai essayé de relever le numéro d'immatriculation avec mes jumelles, mais je n'y suis pas arrivé. Et j'ai pensé, bon Dieu, s'il a traversé, je peux le faire aussi.

– Et la neige ? demanda Joe tout d'un coup. Il y en avait beaucoup ?

Wardell lui fit signe que non.

– Ce coin-là est exposé plein sud. Le vent et le soleil avaient fait le ménage et on voyait l'herbe. Les grosses congères de neige sont plutôt vers le piémont.

— Je vois.

— Donc, j'ai suivi les traces jusqu'en bas, sans les lâcher. Jusque dans les gros buissons… et là, BANG ! j'ai fait un vol plané et je me suis retrouvé cul par-dessus tête. J'ai littéralement décollé avant de m'écraser au fond de la ravine. Un crash d'enfer ! Heureusement que j'avais attaché ma ceinture.

Joe acquiesça.

— Vous n'avez pas vu comment le pick-up avait pu traverser ?

Wardell lui dit que non, il ne voyait pas comment il était possible de franchir la ravine. La pente était abrupte des deux côtés et il y avait un petit ruisseau gelé tout au fond.

— Et comment il a fait, alors ? demanda Joe.

— Je n'en ai pas la moindre idée, dit Wardell, les yeux écarquillés et l'air stupéfait. Ça me dépasse complètement. Mais quand je me suis retrouvé suspendu par la ceinture de sécurité, avec du sang qui giclait de ma tête, j'ai entendu quelqu'un qui riait.

— Qui riait ?!

— Le salopard du pick-up était en train de rire tout fort. Je l'ai entendu redémarrer et ricaner comme un dingue. Il devait s'être assis en haut de la pente pour me regarder. Je suis sûr qu'il a pensé que j'allais crever sur place.

Joe se leva et croisa les bras. Cette histoire avait quelque chose de bizarre.

— J'ai finalement réussi à m'extraire de la cabine et j'ai commencé à marcher. Pour être honnête, je crois que mon ange gardien n'était pas loin parce que je ne savais même pas si je partais dans la bonne direction.

En fait, non, pensa Joe. Heureusement pour lui, il avait débouché dans Bighorn Road, et c'est là que Joe l'avait renversé.

Joe fixa les carreaux du plafond en essayant de comprendre ce qui avait bien pu se passer.

— Je parie que c'étaient ces crétins de Souverains, marmonna Wardell.

— Qu'est-ce qui vous fait dire ça ?

Wardell battit des paupières, mais ne répondit pas. Il dormait. L'infirmière était de retour.

– Bonne nuit, monsieur Pickett. Soyez prudent en rentrant chez vous. Il fait froid et c'est gelé dehors.

Joe se laissa reconduire à la porte.

Dans l'entrée, le médecin des urgences était en train de mettre son manteau. Il rentrait chez lui après le changement d'équipe.

– La nuit a été calme, sauf pour vous, dit le médecin en lui décochant un clin d'œil.

Il lui proposa de le ramener chez lui et Joe accepta volontiers.

Dehors, il faisait encore nuit et un vent glacial transperçait les vêtements. Le médecin conduisait une Jeep Cherokee, un véhicule très apprécié dans la région à cause de la rapidité de son système de chauffage.

Joe s'enfonça dans le siège de cuir et se sentit submergé par une grande fatigue. Il apprécia que le docteur ne se sente pas obligé de lui faire la conversation.

Puis il repensa à ce que Wardell lui avait raconté. Il trouvait extrêmement cruel de la part du conducteur du pick-up d'avoir abandonné Wardell dans l'état où il était. Il était impensable que le conducteur n'ait pas vu ou entendu le crash et qu'il ne se soit pas rendu compte que, si Wardell ne mourait pas sur le coup, il avait peu de chances de survivre par un froid pareil. En tout cas, c'était une façon terrible de mourir. C'est en parlant avec Wardell que Joe avait fait le rapprochement avec la manière, elle aussi horriblement cruelle, dont Lamar Gardiner avait été tué.

Si l'assassin de Gardiner et celui qui avait condamné Birch Wardell à mourir de froid en l'abandonnant étaient une seule et même personne, ça ne pouvait pas être Nate Romanowski. Que l'auteur du crime soit un membre des Souverains, comme l'avait suggéré Wardell, ne lui semblait pas logique dans la mesure où Gardiner avait été tué avant que les Souverains aient installé leur camp. Il lui paraissait peu probable qu'un membre des Souverains, y compris Jeannie Keeley, ait une connaissance suffisante du secteur géré par le BLM – le terrain y était particulièrement accidenté – pour emprunter la route secrète sur laquelle Wardell avait vu s'engager le pick-up de couleur claire. Joe haussa les épaules. Plus il réfléchissait et plus il était convaincu que les coupables n'étaient ni Nate Romanowski ni les Souverains. Et que le vrai tueur courait toujours.

Ils progressaient lentement le long de Main Street en attendant que le dégivreur élargisse les cercles de glace fondue sur le pare-brise. La ville était calme. A la lueur des réverbères, les nuages de fumée et de vapeur qui s'échappaient des bâtiments sombres scintillaient – on aurait dit qu'ils respiraient. Joe remarqua qu'il y avait quelques voitures de plus que d'habitude garées au centre-ville et se dit qu'elles appartenaient sans doute à des fêtards qui les récupéreraient dans la matinée.

Le Elks Club était le seul endroit encore éclairé devant lequel se trouvaient des voitures. Au moment où ils passaient devant, Joe fit rouler sa nuque sur l'appuie-tête. Un couple se tenait de profil devant l'entrée. Derrière eux, l'ampoule qui éclairait la véranda faisait ressortir leurs silhouettes en ombres chinoises. La femme tenait l'homme enlacé, le chapeau de cow-boy de celui-ci partant légèrement en arrière lorsqu'il se penchait pour l'embrasser.

Joe poussa un petit grognement et se redressa pour regarder la route droit devant.

– Ça va ? demanda le docteur.

– Oui. Je crois que je viens de voir ma belle-mère.

Joe remercia le docteur et avança avec précaution jusqu'à sa porte d'entrée, en faisant bien attention de ne pas glisser sur le sol gelé. Arrivé à l'intérieur, il constata en effet que le canapé-lit n'avait pas été ouvert.

Il se traîna jusqu'en haut de l'escalier en se demandant combien de temps il faudrait pour qu'on apprenne qu'un autre employé fédéral du Twelve Sleep County avait été agressé.

Cette nouvelle risquait fort de galvaniser la croisade menée par Melinda Strickland.

14

C'était le dimanche du jour de l'an et Joe était en train de mélanger de la pâte à pancakes avec un fouet en regardant la neige tomber par la fenêtre de la cuisine. Les flocons légers et duveteux voletaient au-dessus de la couche glacée qui recouvrait le sol depuis une semaine, pénétrant dans la moindre crevasse et anfractuosité. Sur le plancher du séjour, les filles, emmitouflées dans des robes de chambre et des couvertures, regardaient la Rose Bowl Parade à la télé – c'était un défilé fastueux de chars fleuris et de membres du Comité spécial de Pasadena en blazer assorti. Marybeth leur avait dégagé de l'espace en repliant le canapé-lit dès que Missy s'était réveillée. Leur grand-mère était montée à l'étage où elle se préparait pour la journée. Joe savait maintenant que cette opération lui prenait à peu près deux heures et dix minutes.

Tout en préparant la pâte à pancakes, déballant le bacon et faisant chauffer une bouteille « spéciale » de véritable sirop d'érable, il laissa son esprit vagabonder. Il était fatigué et avait prévu de faire une petite sieste dans l'après-midi. La nuit à l'hôpital, plus les heures sans sommeil passées à penser à Birch Wardell, Nate Romanowski, aux Souverains, à Lamar Gardiner, Missy Van-kueren et Melinda Strickland l'avaient épuisé. Il s'était réveillé soucieux, avec l'impression de ne plus trop savoir où il en était. Il était ravi d'avoir une journée de libre et la neige fraîche n'était pas pour lui déplaire.

Il avait entendu dire que les Inuits possédaient une grande quantité de mots pour décrire la neige et ça l'avait toujours impressionné jusqu'à ce qu'il réfléchisse au nombre de mots qu'il connaissait lui-même. La plupart décrivaient l'état de la neige : poudreuse, tassée, fondue, balayée, soulevée par le vent, duveteuse, tôlée, sale, croûteuse, vaporeuse et ondulée. Et encore rugueuse, craquante, moutonneuse, cristallisée, agglomérée, effritée et granuleuse. Lui aussi connaissait beaucoup de mots pour qualifier la neige.

Marybeth entra dans la cuisine et hocha la tête en signe d'approbation à la vue du petit déjeuner qu'il était en train de préparer. Puis elle jeta un coup d'œil par-dessus son épaule pour s'assurer que personne n'écoutait.

— Maman est rentrée à cinq heures et demie du matin, dit-elle d'un air incrédule. Je ne peux même pas m'imaginer être rentrée si tard chez moi quand j'étais jeune.

— Je t'avais bien dit que je l'avais vue hier soir. Elle va vite en besogne, ça, c'est sûr !

— Joe ! lâcha Marybeth sur un ton de reproche, mais sans réfuter ses dires. Je ne veux pas que les filles t'entendent.

— Je sais.

Marybeth se pencha vers lui avec un air de conspiratrice.

— Tu peux me dire qui elle embrassait ?

— Je n'ai pas bien vu, dit-il en versant des ronds de pâtes de la taille de la main sur la plaque en fonte. Mais ça pourrait bien être Bud Longbrake.

Marybeth laissa échapper un petit grognement. Elle savait que la femme de Longbrake – le supposé alibi de Nate Romanowski – était à l'étranger.

— Il a tout à fait le profil, reprit Joe. Un, il est sénateur d'État. Deux (il avait levé la main et comptait sur ses doigts en énumérant chaque point), il est riche. Trois, il est en quelque sorte célibataire pour le moment. Quatre, elle est, elle aussi, en quelque sorte célibataire pour le moment. Cinq, elle a apparemment besoin d'un homme « de secours » au cas où celui du moment lui ferait faux bond. (Il sourit d'un air contrit.) S'il allait en prison, disons, ou un truc comme ça.

Marybeth le regardait en hochant la tête d'un air légèrement désapprobateur.

— Qu'est-ce qui t'arrive ? demanda-t-elle.

– J'ai une question pour toi, dit-il. Je me demande bien comment tu as pu devenir une femme aussi merveilleuse ?

Elle lui sourit. Puis, apparemment ébranlée par le fait qu'il ait mentionné Mme Longbrake, elle lui demanda de la suivre dans son bureau.

– En t'attendant hier soir j'ai fait des recherches sur Internet, dit-elle par-dessus son épaule en allant s'installer dans le fauteuil de Joe. Je voulais voir si je pourrais trouver des informations sur un accident de voiture qui aurait eu lieu dans le Montana il y a un an et demi.

Joe haussa les sourcils et attendit qu'elle en dise plus. Elle lui tendit plusieurs feuilles de papier dissimulées sous un tas de dossiers.

Joe les prit et se mit à lire. C'étaient des articles parus trois jours d'affilée en juin dans le *Tribune* de Great Falls, dix-huit mois auparavant. Le titre du premier disait : UN ACCIDENT FAIT DEUX MORTS SUR L'US 87. D'après le journaliste, la police de la route du Montana avait reçu un appel signalant la présence d'un véhicule accidenté immatriculé dans un autre État, à trente-quatre kilomètres au nord de la ville, près de Fort Benton. L'identité de ses occupants était toujours inconnue, mais les autorités enquêtaient.

Sur la page suivante, un article plus bref identifiait les victimes de l'accident. Il s'agissait de deux hommes, âgés respectivement de trente-deux et trente-sept ans et originaires d'Arlington en Virginie et de Washington, D. C. Ils étaient tous les deux morts sur le coup. A en juger par les traces de pneus, la police avait déduit que le moteur du SUV dernier modèle avait dû lâcher – ils roulaient sur une route escarpée et sinueuse – et que le conducteur, incapable de négocier un virage extrêmement serré, avait enfoncé la glissière de sécurité. Le véhicule avait fait au moins sept tonneaux avant d'atteindre le fond du canyon. Le passager avait été éjecté et le conducteur écrasé par le volant.

– Le moteur a lâché. Plus de direction, plus de freins. Aïe ! dit Joe d'un air absent en continuant sa lecture.

Le titre du troisième article proclamait en lettres plus petites :

RECHERCHE TÉMOIN DANS ENQUÊTE ACCIDENT US 87. La police recherchait un témoin potentiel de l'accident qui avait eu lieu sur la route US 87 et dans lequel deux hommes venant d'un autre État avaient trouvé la mort après que leur véhicule eut effectué plusieurs tonneaux. Ils recherchaient plus précisément le conducteur d'une Jeep d'un modèle ancien et immatriculée dans le Montana, qui avait été aperçue à un poste de contrôle de vitesse près de Great Falls. Les autorités estimaient que la Jeep devait se trouver dans les parages au moment de l'accident et que le conducteur avait peut-être vu quelque chose.

Joe leva les yeux vers Marybeth et reposa les papiers sur le bureau.

— Nate Romanowski conduit bien une Jeep, non ? s'enquit Marybeth.

Joe acquiesça de la tête.

— C'est vrai.

— Intéressant, non ?

— Deux mecs venus de la capitale pour régler un problème interne et qui ont un accident de voiture sur une route déserte du Montana... Sauf que... qu'est-ce qu'il a pu faire ? Forcer le véhicule à quitter la route ?

— Si le moteur a lâché, il n'aura pas eu besoin de le faire, si ? demanda Marybeth qui, apparemment, avait déjà réfléchi à la question.

— Alors comment a-t-il pu faire lâcher le moteur d'une autre voiture ? lui renvoya Joe.

Mais avant qu'il ait fini de poser la question, il avait déjà trouvé la réponse.

Tout en prenant leur petit déjeuner, ils écoutèrent l'eau de la douche qui coulait à l'étage. Les filles s'empiffrèrent de pancakes sans laisser perdre la moindre goutte de sirop. Le véritable sirop d'érable était cher et ils le réservaient aux jours de fêtes et aux occasions spéciales.

— Grand-mère Missy reste bien longtemps sous la douche, fit remarquer Sheridan.

— Elle va nous prendre toute notre eau chaude ! grommela Lucy.

– J'aime bien le goût sucré du sirop et le goût salé du bacon, déclara Sheridan en se léchant les babines.

– Moi, je n'aime que le sirop, déclara Lucy. J'aimerais pouvoir le boire à la paille, dit-elle avec un grand sourire en faisant semblant d'aspirer avec une paille imaginaire.

– Tu te rappelles quand Maman t'a attrapée en train de lécher le sirop sur ton assiette, comme un chien ? lança Sheridan pour taquiner Lucy.

Lucy fit une grimace et Sheridan éclata de rire.

– Comme Maxine en train de lécher son bol !

– Arrête ! hurla Lucy.

Marybeth leur lança un regard désapprobateur qui mit fin à la dispute.

– Et toi, April, qu'est-ce que tu aimes ?

April n'avait pas prononcé une seule parole pendant qu'elle regardait la Rose Bowl Parade et pendant tout le petit déjeuner. Joe, debout près du fourneau, la regarda. Parfois, elle restait en retrait, comme si elle voulait disparaître à la vue de tous, alors même qu'elle était au cœur des choses – la petite fille invisible. D'autres fois, comme maintenant, elle avait l'air esseulée et hagarde. Joe voyait parfois en elle un gentil petit fantôme.

Elle marmonna quelques mots et se mit à fixer ses genoux.

– Qu'est-ce que tu dis, ma chérie ? demanda Marybeth.

April releva la tête. Elle avait les traits tirés et le regard dur.

– Que j'ai rêvé que mon autre maman me regardait la nuit dernière.

Tous se figèrent.

Marybeth se pencha vers la fillette. Sheridan et Lucy regardèrent à tour de rôle leur mère, puis April.

– Ça va maintenant ? demanda doucement Marybeth.

– Elle était dehors, devant ma fenêtre, et elle me regardait à travers les rideaux, dit April, l'air abattu. Elle frottait la vitre avec sa main pour enlever la buée. Elle n'arrêtait pas de dire : « Je t'aime, April, tu me manques, April. »

La fillette avait prononcé ces paroles avec un accent du Sud qui ressemblait tout à fait à celui de Jeannie Keeley et Joe, qui ne l'avait encore jamais entendue parler comme ça, en fut troublé.

Pour la première fois de la matinée, il sentit qu'il avait retrouvé tous ses esprits. La boule d'angoisse brûlante qu'il avait au fond de l'estomac depuis plusieurs heures venait de se réveiller.

Il s'aperçut que Marybeth essayait de capter son regard. Elle pointait discrètement le menton vers la porte de derrière pour qu'April ne puisse pas la voir faire. Joe comprit tout de suite : elle voulait qu'il aille dehors pour inspecter le jardin. Manifestement, elle prenait au sérieux les déclarations de la fillette. En tout cas, elle voulait dissiper ses doutes.

Tandis que Marybeth débarrassait la table — en laissant une assiette propre pour Missy quand elle ferait son entrée — et que les filles retournaient regarder la télévision, Joe enfila sa combinaison isolante dans l'entrée. Tout en laçant ses chaussures, il leva les yeux. Sheridan fut la seule à lui rendre son regard. Elle avait compris l'échange muet qui avait eu lieu entre ses parents et savait où il allait. Ses yeux glissèrent à nouveau vers l'écran de la télévision. Elle était complice.

Il sortit par la porte de devant et dut la pousser fort pour dégager un petit tas de neige qui s'était accumulé contre le battant. Il faisait horriblement froid et le vent mordait littéralement les parties exposées de son visage. De minuscules flocons de neige lui piquèrent les yeux. Enfonçant son bonnet sur ses oreilles, il fit péniblement le tour de la maison jusqu'au jardin de derrière. Ses bottes faisant craquer la croûte de neige, il était difficile d'avancer sans avoir l'air de Frankenstein.

La chambre des filles se trouvait au rez-de-chaussée. Les lits superposés d'April et de Lucy étaient contre le mur, près de la fenêtre, et le lit de Sheridan près de la porte. La neige qui recouvrait le jardin ne semblait pas avoir été piétinée, seules des traces de pattes récentes et une tache jaune signalaient la présence de Maxine. Joe avança jusqu'à l'arrière de la maison et, les paupières plissées à cause du vent, examina la couche de neige au-dessous de la fenêtre.

Le monde était blanc sur fond blanc — sol blanc, ciel blanc, neige blanche dans les yeux — et il était difficile d'y voir clair.

Et pourtant, elles étaient là — deux petites empreintes de pas sous la fenêtre, à peine plus grandes que celles d'un enfant. En tout cas, c'est ce qu'il crut voir. A cause de la neige fraîche qui s'y était accumulée et de la fine couche de poudreuse que le vent y avait déposée, c'était difficile à dire. Le vent qui tournoyait au ras du sol, comme l'eau s'échappant d'un barrage, avait franchi la clôture, poussant la neige à travers le jardin et l'entassant sous les fenêtres.

Joe s'immobilisa et ferma les yeux. Il espérait y voir plus clair en les rouvrant.

Quand il regarda à nouveau, les empreintes y étaient toujours. En quelque sorte. Si Jeannie Keeley était venue jusque sous la fenêtre d'April, elle avait dû se garer sur la route la nuit précédente, ouvrir le portail et contourner la maison dans l'obscurité jusqu'à l'arrière. Il avait fait extrêmement froid, il le savait. Et si elle était venue, ça ne pouvait être qu'après que Marybeth était revenue de l'enterrement et Missy partie en ville avec le van, et avant son retour ce matin-là. Joe se demanda à quel moment April pensait avoir vu sa mère, mais il comprit qu'il était peu probable qu'elle ait regardé l'heure. Il ne voulait pas la troubler davantage en lui posant la question.

Son appareil photo se trouvait dans la trousse servant à la collecte des preuves matérielles qu'il gardait dans son pick-up. Il regagna le devant de la maison pour aller le chercher. S'il avait la preuve formelle qu'on avait espionné sa fille, il pourrait peut-être s'en servir face au juge. En revenant vers la fenêtre, il se demanda si le déclencheur de l'obturateur serait trop froid pour que l'appareil fonctionne. Prendre des photos dans la neige était toujours difficile.

Mais ça n'avait aucune importance. Le temps qu'il aille chercher son appareil, les traces de pas sous la fenêtre – s'il y en avait jamais eu – avaient disparu sous les courants changeants de neige tourbillonnante.

Tandis qu'il tapait des pieds pour faire tomber la neige, Marybeth le rejoignit dans l'entrée.

– Alors ? demanda-t-elle.

Il renifla et haussa les épaules.

– Peut-être. C'est difficile à dire.

Marybeth frissonna, mais Joe se douta que ce n'était pas à cause du froid.

Cet après-midi-là, Joe lança son pick-up à l'assaut des congères qui s'étaient accumulées sur le chemin menant chez Nate Romanowski, au bord de la rivière. Le long de la grand-route, Joe ramassa quelques lièvres écrasés et les jeta sur le plateau du véhicule avec les deux faisans qu'il avait sortis de son congélateur. Des tourbillons de neige voltigeaient au-dessus des broussailles, masquant la maison de Romanowski et la volière.

Arrivé au bord de la rivière, Joe s'arrêta et entrouvrit sa portière. Un coup de vent la lui arracha des mains et elle s'ouvrit en grand toute seule. Penché contre le vent et la neige, il agrippa son chapeau et transporta le gros sac de toile contenant les lièvres et les faisans jusqu'à la rive. Il coinça les cadavres entre des grosses pierres rondes pour qu'ils ne s'envolent pas et scruta vainement le ciel déchaîné pour essayer d'y apercevoir les faucons. S'ils étaient là ou en train de l'observer depuis le canyon, il ne pouvait les voir.

Sur la route du retour, ses doigts se dégelant doucement, il espéra que les oiseaux n'étaient pas loin et qu'ils trouveraient la nourriture qu'il leur avait laissée.

Il s'était acquitté d'une des tâches que Romanowski lui avait confiées. Il fallait qu'il s'attaque à la seconde, maintenant qu'il en savait un peu plus. Maintenant qu'il savait que Nate lui avait dit la vérité.

15

Le lendemain matin, il reçut l'appel d'un éleveur local se plaignant qu'un petit troupeau de wapitis avait défoncé ses clôtures et était en train de manger les réserves de fourrage qu'il avait amassées pour nourrir son bétail en hiver. Lorsqu'il arriva sur les lieux, les wapitis avaient mangé tellement de foin que le tas penchait dangereusement, prêt à s'effondrer. Nonchalants et rassasiés, ils s'étaient éloignés et regroupés sous un bosquet d'arbres à l'abri du vent. Les animaux du Wyoming étant de la responsabilité de l'État, les éleveurs appelaient le garde-chasse chaque fois que des wapitis, des élans, des cerfs ou des antilopes venaient manger leur foin ou endommager leurs propriétés. Sa tâche consistait alors à chasser les coupables et à évaluer les dégâts. S'ils étaient significatifs, l'éleveur était indemnisé et Joe devait faire les papiers nécessaires.

Au volant de son pick-up et avec son .22 armé à blanc, il se dirigea vers les wapitis assoupis tout en tirant par la fenêtre. Les balles décrivirent un arc de cercle au-dessus du troupeau et éclatèrent en l'air. Le résultat fut concluant. Les wapitis quittèrent la prairie et reprirent le chemin des montagnes en repassant à l'endroit où ils avaient défoncé la clôture de fils barbelés. Éloigner les wapitis des tas de fourrage allait lui prendre du temps, cet hiver. A cause de la neige qui recouvrait tout, les animaux descendaient des montagnes pour trouver de la nourriture. Qu'est-ce que ç'allait être aux mois de mars et d'avril, où l'on enregistrait toujours les plus fortes chutes de neige !

Heureusement, les wapitis ne causaient en général pas trop de dommages.

Les élans étaient bien pires. Ils pouvaient franchir des clôtures à plusieurs rangées de fils barbelés comme si c'était du fil dentaire et les traîner derrière eux en faisant sauter les agrafes qui les attachaient aux piquets comme des boutons de chemise.

Après avoir fait fuir les wapitis, Joe s'arrêta devant la petite maison blanche du ranch. Herman Klein était un propriétaire terrien de troisième génération que Joe connaissait pour être un honnête homme. L'éleveur lui avait dit un jour après un incident similaire que ça ne le gênerait pas de nourrir les wapitis si ces sales bêtes ne bâfraient pas comme des goinfres.

Lorsque Joe arriva devant la maison, Klein sortit de la grange où il était en train de travailler à son tracteur. Il essuya ses mains pleines de cambouis sur sa combinaison Carhartt et invita Joe à prendre un café. Après le rituel de rigueur – l'hiver, dans un ranch, on enlève d'abord ses bottes et sa parka dans l'entrée avant de s'installer à la table de la cuisine en chaussettes –, Klein lui versa une tasse de café bien noir. Tandis que Mme Klein disposait des biscuits sur une assiette, Joe remplit un formulaire destiné à la commission du Département Chasse et Pêche et confirmant la perte de fourrage et les dommages à la clôture. Il ne voyait pas d'inconvénient à faire tout ça. Il estimait que Herman Klein prenait au sérieux le rôle qu'il jouait dans la gestion du milieu naturel et qu'il participait à l'amélioration de l'environnement sur ses propres terres et sur celles qu'il louait.

– Joe, je peux vous poser une question ? demanda celui-ci.

– Allez-y, dit Joe en finissant de remplir le formulaire.

Klein tapota le journal du jour – le *Saddlestring Roundup* – qui se trouvait sur la table.

– Bon sang, mais qu'est-ce qui se passe ces jours-ci à Saddlestring ?

UN DEUXIÈME EMPLOYÉ FÉDÉRAL AGRESSÉ, lisait-on en gros titre. Il y avait une photo de Melinda Strickland en train de donner une conférence de presse sur les marches du bâtiment de l'Office des forêts la veille et déplorant « l'horrible agression » par des « voyous locaux » dont avait été victime Birch Wardell, du BLM.

– Est-ce qu'il se trame vraiment quelque chose contre l'Office des forêts et le BLM ?

Joe leva les yeux sur lui.

– C'est ce qu'elle a l'air de penser, Herman.

La conférence de presse en elle-même était un événement dans le Twelve Sleep County.

– Elle est sérieuse ?

– Elle le croit, en tout cas.

– Des conneries, tout ça ! lâcha Klein en ricanant et hochant la tête.

– Herman ! gronda Mme Klein en posant les biscuits sur la table. Attention à ce que tu dis !

– J'ai entendu bien pire, dit Joe avec un sourire.

– Pas de la bouche de Herman.

Lorsqu'il grimpa dans son pick-up, son portable était en train de sonner. Il le décrocha de son support fixé au tableau de bord.

– Garde-chasse Joe Pickett.

– Joe Pickett ? demanda une voix féminine qu'il ne connaissait pas.

– C'est ce que j'ai dit.

– Veuillez ne pas quitter. Melinda Strickland va prendre la communication.

Joe réprima un mouvement d'humeur. Strickland était bien la dernière personne à qui il avait envie de parler. Et on l'avait mis en attente. Une musique de fond venait de s'enclencher. C'était *Last Train to Clarksville*[1] des Monkees. Il n'y a vraiment que l'Office des forêts pour avoir un truc aussi ancien, pensa-t-il.

Il attendit. Maxine le regarda et les minutes passèrent. Il se dit que ça devait se passer comme ça quand le président des États-Unis voulait parler au président de la Russie.

– Joe ?

C'était Melinda Strickland. Elle avait l'air très gaie.

– Oui.

1. Soit « Le dernier train pour Clarksville » *(NdT)*.

— Joe, mon ami, comment allez-vous ? Tout va comme vous voulez ?

On aurait dit une vieille copine qui s'inquiétait de sa santé et de son moral. Il n'en revenait pas.

— Je vais bien, dit-il, hésitant. Pourquoi me demandez-vous ça ?

— La presse me bombarde de questions pour savoir dans quelles circonstances vous avez trouvé Birch Wardell sur la route. Ils veulent savoir comment vous l'avez percuté avec votre voiture et tout ça.

Joe écarta le téléphone de son oreille et le regarda fixement. La presse la bombardait de questions ?

— J'ai percuté Birch Wardell parce qu'il était au milieu de la route, répondit-il, impassible. C'était un accident. Je l'ai ensuite conduit à l'hôpital et je suis resté avec lui jusqu'à ce qu'il soit hors de danger.

— Joe, ce n'est pas la peine de me parler sur ce ton, dit-elle très calme. Je suis de votre côté, vous le savez, n'est-ce pas ? Ils me demandent juste comment ça se fait que vous vous soyez trouvé là quand Lamar Gardiner s'est fait tuer et quand Birch Wardell a eu son accident.

Joe sentit une vague de colère l'envahir.

— Êtes-vous en train de suggérer que j'aurais quelque chose à voir avec ces deux incidents ?

— Oh, mon Dieu, non ! Je suis de votre côté.

— Et c'est qui exactement qu'on aurait de l'autre côté ? Qui vous bombarde de questions ?

A Saddlestring, il y avait le journal local, – le *Roundup* –, une station de radio FM et une station locale qui passait de la musique préprogrammée, donnait les cours de la Bourse et les bulletins d'informations de CNN.

Il y eut un long silence, puis elle se mit à parler précipitamment.

— Ce n'est pas pour ça que j'appelle, Joe. Lamar Gardiner avait prévu une réunion publique pour vendredi soir sur la politique de l'Office des forêts pour ce district... vous savez, les fermetures de routes. Cette réunion a été annoncée il y a plusieurs semaines et j'ai décidé de la présider. Je comptais sur votre présence et

votre soutien. Je sais que les décisions de Lamar étaient contro-
versées et votre aide me serait précieuse.

Le brusque changement de sujet le prit au dépourvu.

– Je peux y être, répondit-il en regrettant immédiatement ses
paroles.

– Super ! Merci, Joe ! (Sa voix était à nouveau pleine
d'entrain.) Faites attention à vous, mon ami. La situation risque
d'être un peu tendue tant qu'on n'aura pas réglé cette histoire
avec les Souverains... qui sait s'ils ne vont pas s'en prendre aux
représentants de l'État, après les agents territoriaux ?

– Les Souverains sont-ils soupçonnés d'être à l'origine de
l'embuscade tendue à Birch Wardell ?

– Je n'ai pas le droit de vous répondre sur ce point.

Elle raccrocha après lui avoir souhaité une bonne journée. Un
instant, Joe écouta le silence à l'autre bout du fil, sans comprendre vraiment ce qui venait de se passer.

Cette conversation l'avait dérouté. Il regrettait de ne pas avoir
pu l'enregistrer pour se la repasser plus tard et essayer de comprendre. Il avait l'impression que les propos de Melinda Strickland étaient pleins de sous-entendus – que Joe était sujet à
controverse et qu'on le considérait avec méfiance, que des forces
extérieures s'étaient liguées contre elle et que peut-être Joe en faisait partie –, alors qu'en même temps elle lui assurait que tout
allait bien et qu'ils coopéraient pour le mieux. Sa façon de
changer de sujet, quand il lui avait demandé des précisions, avait
comme une odeur de caoutchouc brûlé – celle que les pneus laissent sur la route quand on fait brusquement marche arrière.

Il éteignit son portable pour qu'elle ne puisse plus l'appeler.

Au lieu de rentrer chez lui et de retrouver son bureau, il
partit en direction de la zone réservée à la recherche gérée par le
BLM et l'Office des forêts. Il voulait voir de plus près l'endroit
où Birch Wardell avait eu son accident et inspecter la morpho-
logie du terrain. Il dut rouler presque une heure et demie sur
des pistes en mauvais état pour rejoindre le site où Wardell avait
aperçu le pick-up de couleur claire qu'il avait poursuivi jusqu'à
l'accident.

Joe s'arrêta sur la route et regarda vers le haut de la colline en pente douce, sur laquelle Wardell avait dit avoir aperçu l'autre véhicule pour la première fois. De l'armoise couleur vert-de-gris poussait à flanc de coteau, chaque buisson recouvert d'une mince pellicule blanche. Partout ailleurs, le vent avait balayé la neige et découvert le sol grisâtre et l'herbe jaune. C'était la première fois qu'il voyait de l'herbe depuis quinze jours.

De l'endroit où il se trouvait, assis dans son pick-up dont le moteur tournait au ralenti, il aperçut des traces de pneus dans l'herbe aplatie. Elles quittaient la route et montaient vers le haut de la colline. Ce devait être celles de Wardell. Tout en haut de la colline, contre le ciel, il distingua un panneau cassé. Exactement comme Wardell l'avait dit.

Il enclencha les quatre roues motrices et suivit les traces de Wardell jusqu'en haut de la colline. Près du panneau cassé, il s'arrêta. Devant lui et sur des kilomètres s'étendait le piémont tourmenté des Bighorn. Le paysage était trompeur. Au premier coup d'œil, c'était une vaste étendue plate et aride, parcourue d'ondulations semblables à celles d'un tissu de velours. Mais les replis du terrain abritaient d'obscures ravines creusées par de petits ruisseaux et d'étroits canyons aux parois escarpées. D'imposants bosquets de genévriers des Rocheuses ponctuaient ce paysage.

Avec ses jumelles, il inspecta le bas de la colline, là où Wardell lui avait dit avoir eu son accident. Effectivement, à travers un épais buisson, il aperçut le pare-chocs arrière d'un pick-up du BLM pointé vers le ciel. Le véhicule était tombé le nez dans la ravine. Ça faisait deux jours qu'il y était, le BLM n'ayant pas encore envoyé de dépanneuse pour le sortir de là. Pour une fois, Joe apprécia l'inertie de la bureaucratie.

Sur le versant opposé, il aperçut d'autres traces de pneus qui montaient et disparaissaient au sommet de la colline. C'étaient certainement celles du véhicule que Birch Wardell avait poursuivi. Il examina l'étroite ravine qui, véritable coup de poignard dans la roche, s'étirait de chaque côté du pick-up accidenté. Il ne vit aucun endroit où la franchir. Il était impossible de passer de l'autre côté. Et pourtant, l'autre conducteur avait réussi à le faire !

Il soupira et baissa ses jumelles. Comment avait-il pu y arriver ? Il se dit que l'homme avait peut-être une rampe ou une passerelle qu'il aurait transportée dans son pick-up et posée en travers de la ravine. Mais son idée était un peu tirée par les cheveux. Les bords de la ravine étaient trop éloignés et il était tout à fait improbable que l'homme ait pu transporter, déployer et retirer une rampe, alors même qu'il était poursuivi.

Joe s'assit et réfléchit. Maxine vint se blottir près de lui et posa sa grosse tête toute chaude sur ses genoux. Il examina la pente qui se dressait de l'autre côté de la ravine, les traces de pneus partant du bas de la colline et le pare-chocs du pick-up dressé de façon obscène vers le ciel.

Pendant qu'il réfléchissait, une antilope et ses deux petits traversèrent la route devant lui. Leur pelage offrait un camouflage parfait dans ce type de paysage – les petites taches brunes, blanches et noires délicatement dessinées se mêlaient parfaitement aux pentes herbeuses balayées par le vent et couvertes de buissons sombres et de neige terreuse. De loin, elles se fondaient si bien dans le paysage que des troupeaux entiers en devenaient pratiquement invisibles.

Joe donna un coup du plat de la main sur le volant.

– Bon sang, Maxine, dit-il tout haut, je crois que je viens de comprendre.

Il lui restait maintenant à retrouver le pick-up de couleur claire et à se laisser prendre au piège.

16

Cet après-midi-là, Marybeth partit aux écuries où l'occupait un emploi à mi-temps. Sa mère, qui n'avait pas quitté la maison depuis sa virée du nouvel an, était restée avec Lucy et April pendant que Sheridan assistait aux épreuves de sélection de l'équipe de basket de l'école. Joe, lui, était parti tôt le matin, suite à l'appel de Herman Klein.

Chacun des huit chevaux disposait d'un box à l'intérieur de l'écurie et d'un enclos de sept mètres de long à l'extérieur. Ils étaient dehors lorsqu'elle arriva au volant de sa voiture et se mirent à hennir doucement dès qu'ils l'aperçurent. Marybeth adorait la compagnie des chevaux. Il y avait là quatre alezans clairs, trois chevaux pie et un fauve. Leurs propriétaires payaient une pension mensuelle qui comprenait la location du box et son entretien, le fourrage et, dans certains cas, les soins et l'entraînement des bêtes. Tous avaient maintenant leur pelage d'hiver. Elle aimait les regarder avec leurs naseaux fumant dans l'air glacé et leurs robes épaisses à poils longs.

Elle portait sa grosse veste en toile et ses gants Watson, et avait glissé un bandeau en laine polaire autour de ses oreilles, sous ses cheveux blonds.

La propriétaire de l'écurie, Marsha Dibble, lui avait laissé une enveloppe accrochée au tableau d'affichage à l'intérieur du bâtiment. C'était un chèque correspondant à ses heures de décembre, une carte de vœux et une petite note lui rappelant qu'elle devait ajouter un complément alimentaire dans la ration d'avoine d'une des plus vieilles juments. L'arrivée de Marybeth signifiant qu'on allait bientôt leur donner leur ration du soir, tous les chevaux étaient rentrés dans leur box pour la regarder. A l'aide d'une longue fourche, elle attrapa deux balles de foin de trente kilos chacune en haut de la pile et trancha les fils de fer qui les entouraient. Elle sépara chaque balle en plusieurs morceaux — à peu près un cinquième pour chacun — tandis que les chevaux piaffaient d'impatience et battaient l'air de leurs queues.

Pendant qu'elle mélangeait les granulés à l'avoine dans un seau, elle remarqua que plusieurs chevaux avaient tourné la tête vers l'extérieur. Leurs oreilles étaient dressées et attentives. Puis elle perçut le grondement sourd d'un moteur et le crissement des pneus sur la neige. Le contact fut coupé et, un instant plus tard, une portière claqua.

Croyant que c'était Marsha, Marybeth fit rouler la porte de l'écurie sur ses rails pour la saluer. Ses mots lui restèrent en travers de la gorge.

Jeannie Keeley se tenait à quelques mètres d'elle, la fixant froidement derrière un nuage de fumée de cigarette et de buée. Derrière elle, Marybeth aperçut un vieux pick-up bleu de la marque Dodge. Un homme était assis derrière le volant, le regard fixé droit devant, en direction des montagnes.

– Savez-vous qui je suis ? demanda Jeannie Keeley avec un horrible accent du Mississippi.

Elle portait un manteau vert matelassé beaucoup trop grand pour elle et avait enfoncé ses petites mains dans les poches avant de son jean. Elle avait l'air plus frêle et plus chétive que dans le souvenir qu'en avait gardé Marybeth — elle l'avait brièvement aperçue trois ans auparavant dans le cabinet de l'obstétricien. A l'époque, elles étaient toutes les deux enceintes et April, âgée de six ans, accompagnait sa mère.

– Oui, je sais qui vous êtes, répondit Marybeth en essayant de garder une voix assurée.

Derrière elle, un des chevaux donnait des coups de pied dans la porte de son box pour attirer son attention. Elle l'ignora, concentrant son attention sur la petite femme qui se tenait devant elle.

– Moi aussi, je sais qui vous êtes, reprit Keeley. (Le bout de sa cigarette se balançait de haut en bas quand elle parlait.) Je veux récupérer ma fille.

Marybeth reçut ces mots comme une gifle. Jusque-là, elle ne s'était pas rendu compte à quel point elle espérait que l'arrivée de Jeannie Keeley à Saddlestring serait un événement anodin, que peut-être même elle ne faisait que passer et voulait seulement se manifester.

– April fait partie de la famille maintenant, Jeannie. Nous l'aimons autant que nos propres filles. (Elle déglutit.) Joe et moi sommes en train de faire les démarches nécessaires pour l'adopter.

Keeley lâcha un petit ricanement et leva les yeux au ciel.

– Les démarches, ça veut rien dire tant que c'est pas fini. Et c'est pas fini tant que la mère biologique donne pas son consentement.

– Elle est heureuse maintenant, dit Marybeth en espérant toucher l'instinct de mère de Jeannie. Si vous pouviez la voir… (Elle se rappela soudain les traces de pas dans la neige et sentit une bouffée de colère l'envahir.) Ou bien, ce serait déjà fait ? Jeannie, étiez-vous dans notre jardin il y a deux nuits ? Avez-vous regardé par la fenêtre ?

Keeley esquissa un sourire narquois et rejeta la tête légèrement en arrière.

– Dans votre jardin ? Ça devait être quelqu'un d'autre, ma p'tite dame.

Marybeth essaya de garder une voix calme et mesurée alors qu'elle avait envie de hurler à pleins poumons. Elle s'était préparée à cette confrontation depuis qu'elle savait que Jeannie Keeley était revenue. Mais elle dut faire un énorme effort pour ne pas la provoquer et tenta de l'amadouer en faisant appel à ses sentiments.

– Jeannie, vous avez déposé April à la banque avec les clés de chez vous quand vous avez quitté la ville. Je sais que la perte de votre mari et de votre logement a dû être extrêmement douloureuse. Mais vous avez choisi d'abandonner votre fille. Ce n'est pas nous qui vous l'avons enlevée.

Keeley posa sur Marybeth un regard de pur mépris.

– Vous ne comprenez rien. Je déteste les gens qui disent ça alors qu'ils ont rien compris du tout. (Ses yeux s'étaient réduits à des fentes.) Y a rien à comprendre, madame Marybeth Pickett, sauf que je veux récupérer la petite. Faut qu'elle soit avec sa vraie mère, celle qui lui a changé ses couches. Sa naissance a pas été facile, ma p'tite dame. Je pissais le sang, moi. J'ai bien failli y rester. (Elle baissa la voix.) Je veux ma fille... et tout de suite.

A son tour, Marybeth la foudroya du regard. Elle sentait la rage et la frustration la gagner. Cette femme la détestait. Cette femme idiote et minable la détestait vraiment.

– Nous aimons April, dit-elle d'une voix égale.

Ses mots restèrent en suspens.

– C'est très sympa à vous, dit Keeley avec un petit sourire narquois. Mais j'en ai rien à foutre. Elle est pas à vous. C'est ma fille.

Marybeth prit soudain conscience que Jeannie essayait de la faire réagir, de lui faire perdre patience ou prononcer des paroles qui lui feraient du tort si elles étaient rapportées devant un juge. Jeannie avait même amené un témoin avec elle.

Une fois de plus, Marybeth réprima sa colère et s'adressa à elle calmement.

– Jeannie, je comprends ce que c'est que de perdre quelqu'un. J'ai perdu mon bébé il y a trois ans. Vous le saviez ? Vous vous rappelez que nous nous sommes vues chez le docteur quand nous étions toutes les deux enceintes ? J'ai perdu mon bébé parce qu'un homme m'a tiré dessus. Le même que celui qui a tué votre mari. (Marybeth sonda le visage de Jeannie, espérant y lire un signe de compréhension ou de compassion, mais elle ne vit rien de cela.) Quand je suis sortie de l'hôpital, on a appris la situation d'April. Nous l'avons accueillie chez nous comme si elle faisait partie de la famille. Nous la considérons comme notre propre fille. Elle a deux sœurs merveilleuses qui lui sont très attachées. Joe et moi l'aimons beaucoup. Ne voyez-vous pas que... (Elle devait faire attention à ce qu'elle allait dire.) Ne voyez-vous pas qu'April est heureuse et qu'elle s'est bien adaptée ? Que le plus beau cadeau qu'une mère puisse faire à sa fille est de s'assurer qu'elle soit aimée et bien traitée ?

Jeannie Keeley détourna le regard et eut l'air de chercher quelque chose dans la neige. D'un air absent, elle fouilla dans la poche de son manteau et en sortit une cigarette qu'elle porta à ses lèvres sans l'avoir allumée.

Marybeth s'aperçut que l'homme au volant du pick-up avait enfin tourné la tête pour la regarder. Il avait l'air dur, quelques années de plus que Jeannie et une barbe naissante mal entretenue. Il portait une casquette John Deere crasseuse. Yeux sombres et enfoncés, regard implacable.

Une allumette s'enflamma et Marybeth regarda Jeannie en train d'allumer sa cigarette. Était-il possible qu'elle soit en train de reconsidérer la situation, qu'elle ait été touchée par ses paroles ?

Deux volutes de fumée s'échappèrent de ses narines.

– Va te faire foutre, princesse, siffla-t-elle. Je veux récupérer April.

Marybeth serra les dents et battit des paupières. Elle se dit qu'il lui suffisait de quatre enjambées pour se jeter sur cette horrible femme et la rouer de coups avec la fourche accrochée à un fer à cheval, juste là, derrière la porte.

Comme s'il avait pu lire dans ses pensées, l'homme assis derrière le volant ouvrit brusquement la portière et vint se placer devant le pick-up. Il s'immobilisa et entrouvrit négligemment son manteau pour que Marybeth puisse voir la crosse grise d'un gros pistolet en acier coincé dans son jean crasseux.

– Vaut mieux y aller, chérie, dit-il en s'adressant à Jeannie.

Celle-ci lâcha un petit ricanement sans quitter Marybeth du regard, les yeux emplis de haine. L'homme avança et posa une main sur l'épaule de Keeley qui la repoussa d'un mouvement brusque.

– Vaut mieux y aller.

– Regarde-moi cette salope ! lança Keeley d'une voix à peine audible. Elle se prend pour une putain de princesse. Elle a perdu son bébé, alors elle croit qu'elle peut me piquer le mien en échange.

Marybeth, déchirée de douleur, ne broncha pas. Quatre enjambées, pensa-t-elle.

L'homme s'approcha de Keeley et l'entoura de ses bras, puis, la serrant contre lui, lui murmura à l'oreille :

– Faut y aller, je te dis. On récupérera April. Le juge nous l'a dit.

Jeannie tenta de résister, mais elle ne faisait pas le poids. Elle se détendit et il relâcha son étreinte. Pendant tout ce temps, elle ne lâcha pas Marybeth des yeux.

— Qu'est-ce que vous avez dit pour le juge ? demanda Marybeth incapable de maîtriser le tremblement de sa voix.

Keeley lui décocha un sourire et hocha la tête au lieu de lui répondre.

— Peu importe, dit-elle, sans lâcher Marybeth des yeux jusqu'à ce qu'elle se cogne à la portière du pick-up. Contentez-vous de préparer ses affaires pour qu'elle soit prête quand on viendra la chercher pour la ramener à la maison.

Pivotant sur ses talons, elle grimpa à l'intérieur du véhicule et en claqua violemment la portière.

L'homme regardait Marybeth d'un air absent, le visage dépourvu d'émotion. Puis il tapota la crosse de son pistolet sans même le regarder, fit volte-face et se hissa derrière le volant. Ils s'éloignèrent sans lui jeter le moindre regard.

D'un pas mal assuré, Marybeth regagna l'écurie et fit glisser la porte sur ses rails pour la fermer. Ses jambes étaient si faibles qu'elle s'effondra sur une balle de foin et y resta assise, fixant la poignée de la porte et se remémorant la scène qu'elle venait de vivre, incrédule devant ce qui venait de se passer.

Un juge, se dit-elle. L'expérience que Joe avait eue avec le juge Pennock leur avait montré à quel point la justice pouvait être inepte dans ce genre de situation, surtout quand il fallait prendre des décisions impliquant une mère biologique.

Elle pouvait appeler le shérif et signaler l'incident, mais elle savait que ce serait sa parole contre la sienne et que ça n'aboutirait à rien. Elle n'avait pas été vraiment menacée et ne pourrait certainement pas le prouver. Peut-être Joe aurait-il une idée. Elle essaya de le joindre sur son portable. Elle lâcha un juron à voix haute en voyant qu'il ne répondait pas.

Il avait dû l'éteindre pour une raison quelconque. Il devait aller chercher Sheridan à l'entraînement dans un peu moins d'une heure et elle essayerait de le contacter plus tard.

La jument hennissant de manière agressive, Marybeth leva les yeux vers elle.

– Je vais te donner à manger, dit-elle d'une voix faible. Donne-moi juste une minute pour me remettre de mes émotions.

Après avoir nourri les chevaux, elle ouvrit à nouveau la porte de l'écurie. Elle regarda les traces de pneus laissées par le pick-up et vit le mégot et les allumettes que Jeannie Keeley avait abandonnés dans la neige. Elle eut l'impression de la voir à nouveau devant elle, plissant les paupières à cause de la fumée, pleine d'une haine féroce et vomissant des grossièretés, son compagnon à côté d'elle, le pistolet enfoncé dans la ceinture de son pantalon.

Ces deux dépravés, ces ordures, voulaient lui reprendre son April. Une telle injustice la remplissait d'un sentiment de fureur. Les enfants n'étaient pas des animaux de compagnie, des meubles ou des objets venus sur terre pour apporter du plaisir à leurs maîtres, pensa-t-elle, furieuse.

Elle serra les poings et les agita. Elle saisit le seau vide et le jeta à l'autre bout de l'écurie, où il heurta le mur avec fracas, faisant déguerpir les chevaux vers les enclos extérieurs. Ses yeux s'emplirent de larmes chaudes qui se mirent bientôt à couler sur ses joues glacées.

17

Sheridan Pickett se tenait dans le renfoncement en brique à l'entrée de l'école et attendait son père. Ses cheveux étant encore mouillés, elle avait rabattu sa capuche sur sa tête. Les épreuves de sélection de l'équipe de basket avaient eu lieu la veille de la rentrée et, demain, elle et ses camarades attendraient pleins d'espoir de voir figurer leurs noms dans la liste des membres de la future équipe.

Elle se disait que ça faisait bizarre d'être là quand il n'y avait pas école. Les bruits résonnaient plus fort dans le gymnase et les couloirs semblaient deux fois plus larges quand ils étaient déserts. Elle avait jeté un coup d'œil dans sa salle de classe et s'était aperçue que la maîtresse avait remplacé toutes les décorations de Noël par des posters destinés à motiver les enfants.

La plupart des filles étaient rentrées chez elles à pied, mais pour elle ce n'était pas possible. Elle attendait donc, espérant que ses cheveux n'allaient pas geler. Elle hocha la tête en repensant aux épreuves de sélection. Elle n'avait pas grande chance d'être sélectionnée. Elle s'était démenée sur le terrain – son père lui avait dit que même si elle n'arrivait pas à marquer des paniers les équipes avaient toujours besoin de joueurs qui bougeaient bien sur le terrain et jouaient la défense –, mais il fallait avouer qu'elle n'était vraiment pas douée pour marquer. Pendant les essais, elle avait tenté trois paniers et avait échoué les trois fois, une de ses tentatives maladroites se soldant par une envolée du ballon vers le plafond après qu'il avait percuté le haut du panneau. Pire encore, au cours d'une bousculade pour récupérer le ballon, elle avait perdu ses lunettes qui avaient glissé à travers le plancher. L'entraîneur avait dû siffler un arrêt de jeu. Tout le monde l'avait regardée et deux filles s'étaient mises à rigoler en voyant qu'elle avait du mal à retrouver ses lunettes et son entraîneur, à cause de sa mauvaise vue. Quand la partie avait repris – après qu'elle avait récupéré ses lunettes –, elle s'était fait siffler deux fois d'affilée. Lorsqu'une des filles qui s'était moquée d'elle avait tenté de marquer, elle lui avait balancé un coup de pied et en avait bousculé une autre.

Elle entendit les portes s'ouvrir derrière elle et l'entraîneur, M. Tynsdale – il était aussi professeur d'arts plastiques –, sortit du bâtiment en fermant à clé derrière lui.

– Quelqu'un vient te chercher ? demanda-t-il.

Elle essaya de deviner dans sa façon de la regarder s'il lui posait la question par gentillesse ou bien s'il voulait raccompagner chez elle une des futures joueuses de son équipe. Mais elle ne parvint pas à le savoir.

– Mon père doit venir me chercher.

M. Tynsdale acquiesça d'un hochement de tête.

– C'est le garde-chasse, n'est-ce pas ?

– Oui.

– Alors ça va, dit-il avec un sourire avant de se diriger vers le parking des professeurs.

– Merci quand même ! cria Sheridan dans son dos en se disant qu'elle aurait dû le remercier plus tôt.

M. Tynsdale agita la main. Au moment où il s'apprêtait à monter dans sa voiture, il fit un signe en direction de la rue et dit :

– Je crois que ton père arrive.

Sheridan s'avança et découvrit que le gros SUV dernier modèle qui venait de se garer le long du trottoir n'était pas celui de son père. Elle s'immobilisa lorsque le passager baissa la vitre du véhicule.

– Sais-tu où se trouve le bâtiment de l'Office des forêts ? demanda l'homme.

Il était maigre, presque squelettique, avec des cheveux gris et frisés coupés court. Il avait un long nez fin et portait des lunettes à monture argentée. Ses yeux étaient bleus et chassieux.

Le conducteur était dans l'ombre, mais il n'avait pas l'air aussi âgé que l'homme qui s'adressait à elle. Il avait les yeux rapprochés et une cicatrice qui faisait remonter sa lèvre supérieure comme s'il était en train de grogner.

Elle entendit le conducteur s'adresser à voix basse au passager pour ne pas qu'elle entende.

— Tu lui as fait peur, Dick.

Dick esquissa un sourire de ses lèvres minces, ignorant la remarque de son partenaire.

— C'est une école pour les sourds-muets ? demanda Dick.

Cette question fit rire son copain. Sheridan se dit que Dick ne craignait pas d'intimider les petites filles. Mais elle n'était pas du genre à se laisser intimider.

— Non, répondit-elle légèrement agacée. Ici, c'est l'école élémentaire de Saddlestring. Et le bâtiment de l'Office des forêts se trouve à trois rues d'ici, sur la droite.

Elle leur montra la direction de son doigt tendu.

— Si tu restes plantée là encore longtemps, tu vas attraper la crève, lui lança Dick sèchement.

Le conducteur éclata de rire.

— Et moi, si vous continuez de me parler, je vais appeler la police, lui renvoya aussitôt Sheridan, surprise elle-même d'avoir répondu de la sorte.

— Ouah ! s'écria le conducteur en riant.

Dick se tourna vers lui, puis à nouveau vers Sheridan. Il avait appuyé sur la fermeture automatique de la vitre qui commençait à remonter.

— Merci de ton aide, petite…

La vitre se ferma et elle n'entendit pas l'insulte. Mais elle vit les lèvres de l'homme prononcer le mot « conne ».

Le véhicule s'éloigna lentement du trottoir et poursuivit sa course. Sheridan le regarda partir. Elle remarqua que la plaque d'immatriculation n'était pas du coin. C'était une plaque spéciale du gouvernement fédéral.

Elle resta là quelques instants, encore sous le choc d'avoir été insultée par un adulte. Elle se sentait toute bizarre à l'intérieur.

Avant qu'elle ait pu retourner vers l'école, le pick-up vert de son père apparut. Soulagée et heureuse de le voir, elle courut vers lui.

– Qui c'était ? lui demanda celui-ci en hochant le menton en direction du SUV qui se trouvait deux rues plus bas.

– Deux hommes qui voulaient savoir où se trouvait le bâtiment de l'Office des forêts, dit-elle en s'installant sur le siège et en attachant la ceinture de sécurité. Deux imbéciles.

Maxine tapa de la queue sur le dossier de son siège en signe de bienvenue.

Elle ne dit pas un mot tandis qu'ils traversaient la ville. Tous deux jetèrent un coup d'œil vers le bâtiment de l'Office des forêts et virent les deux hommes descendre de leur véhicule. Joe ralentit au maximum en passant devant eux. Ils portaient de gros anoraks qui avaient l'air flambant neufs. Celui qui s'appelait Dick tenait un grand sac de voyage noir à la main. L'autre était en train de sortir une longue caisse métallique du coffre du véhicule.

– C'est un étui à fusils, dit Joe.

Elle le regarda pour savoir s'il avait l'air inquiet, mais son visage était impassible.

– Pourquoi on va par là ?

Leur maison était dans la direction opposée.

– Je voulais voir ces types, répondit Joe. Et je me demandais si tu voudrais bien m'aider. Il faut que j'aille voir des oiseaux dans une propriété près de la rivière.

– Des oiseaux ?

– Des faucons. C'est pour rendre service à quelqu'un.

Sheridan n'avait encore jamais vu un faucon de près, mais c'était quelque chose qu'elle avait toujours voulu faire.

– Pas de problème, papa.

Elle remarqua que son père ne la regardait pas. Il avait les yeux fixés sur le rétroviseur et observait les deux hommes en train de pénétrer dans les bureaux de l'Office des forêts.

– Oh, dit son père alors qu'ils s'engageaient sur la grand-route à la sortie de la ville, je suis désolé. Comment se sont passées les épreuves de sélection ?

– Mal, je crois.

– Tu t'es démenée sur le terrain ?

– C'est la seule chose que j'ai faite comme il faut, répondit-elle avec un sourire.

Il lui adressa un clin d'œil.

– C'est le plus important, Sheridan. Même si c'est en dedans que tu démènes et que les autres te voient calme. Il faut toujours être attentif à ce qui se passe autour de soi.

Ils roulaient vers l'ouest lorsque le vent se leva. La neige fraîche de la veille se mélangeait à celle plus dure de la première tempête et tourbillonnait en volutes kaléidoscopiques au ras du sol. Dans le Wyoming, la neige ne reste jamais au même endroit, pensa Sheridan. Elle n'arrête pas de bouger et de changer de place, comme si elle cherchait constamment un meilleur endroit où s'installer. Ils quittèrent la grand-route et parcoururent plusieurs kilomètres sur un chemin enneigé bordé de hautes congères.

– C'est là, dit son père en pointant le doigt devant lui.

– C'est la maison de l'homme qui est en prison ?

– Oui. C'est un fauconnier et il m'a demandé de venir nourrir ses oiseaux.

– Est-ce qu'il est méchant ?

– Il est accusé de meurtre.

Une grimace déforma le visage de Sheridan.

– Alors pourquoi on l'aide ?

– Ce n'est pas lui qu'on aide. Ce sont ses oiseaux. Ils n'ont aucune raison d'être punis. En tout cas, j'espère qu'on va pouvoir les aider. La dernière fois que je suis venu les nourrir, je ne les ai pas vus.

Au-delà de la clôture défoncée, on apercevait une petite maison en pierre et un genre de cabanon effondré. Ce n'était pas grand-chose, pensa-t-elle, même si la paroi rocheuse de couleur rouge qui se dressait de l'autre côté de la rivière resplendissait sous les derniers rayons du soleil. Son père s'avança dans la cour et arrêta le pick-up près de la maison. Avant de sortir, il prit une paire de gants en cuir.

– Il fait froid, mais ça ira, dit-il en ouvrant la portière et sautant du véhicule. Nate Romanowski a choisi un bel endroit pour vivre. C'est le seul coin de la vallée où le vent ne souffle pas.

Sheridan caressa Maxine et ferma la portière, laissant la chienne à l'intérieur. Pas la peine de lui dire de la laisser dans la cabine vu qu'ils allaient donner à manger à des oiseaux.

Son père, debout devant le pick-up, regarda la maison en hochant la tête de gauche à droite. La porte d'entrée était grande ouverte et des vêtements et des meubles avaient été jetés dehors. Des livres ouverts gisaient dans la neige ; ils avaient doublé de volume à cause des pages gonflées par l'humidité.

– La maison a été mise à sac, dit Joe. Ils ont tout saccagé pour trouver des preuves.

Sheridan acquiesça d'un hochement de tête. Elle se dit que son père devait avoir légèrement honte que des représentants de la loi aient pu agir de la sorte. Après tout, lui aussi représentait la loi.

Il ramassa quelques-uns des livres éparpillés dans la neige. *L'Art de la guerre, Les Révoltés du Bounty, La Richesse des nations, Les Aventures de Huckleberry Finn.* (Il lisait les titres sur la tranche des livres.) Sheridan en saisit deux et le suivit à l'intérieur de la maison. Les livres qu'elle avait ramassés traitaient tous les deux de l'art de la fauconnerie.

Une fois à l'intérieur, ils déposèrent les livres sur un plan de travail avant de jeter un coup d'œil autour d'eux. La pagaille était incroyable. Les portes des placards étaient ouvertes et les tiroirs bâillaient, leur contenu jonchant le sol. Dans la chambre, le matelas avait été éventré d'un coup de couteau, on en voyait la mousse et les ressorts. A certains endroits, les cloisons avaient été défoncées.

Sheridan regarda son père sortir de la maison et rapporter les meubles à l'intérieur. La plupart avaient été abîmés, même s'ils n'étaient pas en excellent état à l'origine.

– Le moins qu'on puisse faire, c'est de mettre tout ça à l'abri des intempéries, dit-il.

Il lui fallut huit allers-retours pour tout rapporter. Elle l'aida du mieux possible. Elle ne pouvait pas s'empêcher de regarder une photo encadrée dont le verre avait été brisé. La photo était décolorée, mais on y voyait quatre hommes côte à côte dans le désert. Ils portaient tous de longues robes blanches et derrière eux on apercevait un chameau. Trois d'entre eux avaient l'air arabes, le teint sombre et portaient une barbe. Le quatrième homme était blanc, avait des yeux perçants et un léger sourire.

Son père la vit en train de contempler la photo et la ramassa.

– Bon Dieu, mais c'est Nate Romanowski ! s'exclama-t-il en désignant le quatrième homme.

Il avait l'air surpris. Il hocha la tête et pinça les lèvres en regardant le cliché, comme si celui-ci confirmait quelque chose.

– Qu'est-ce qu'il y a ? demanda Sheridan.

– Rien.

A son ton de voix, elle sut qu'il ne voulait pas en parler.

Ils sortirent de la maison et son père ferma la porte derrière eux. Puis il scruta le ciel.

– En voilà un, dit-il en pointant le doigt vers la rivière.

Elle suivit la direction qu'il indiquait et elle l'aperçut. Il était bien là.

– C'est une buse à queue rousse, dit-il. Elle est encore jeune, elle a moins d'un an. Ça se voit aux plumes de sa queue encore brunes et à sa poitrine tachetée.

Elle regarda son père, qui lui sourit.

– Vas-y, approche-toi, mais laisse-lui assez d'espace. Elle a besoin d'une certaine distance entre elle et toi, sinon elle devient nerveuse. Je vais chercher leur nourriture et je reviens.

La buse s'était perchée sur un morceau de bois près de la rivière. Elle était parfaitement immobile et Sheridan pensa qu'il était facile de ne pas la voir si on ne faisait pas attention. Elle s'approcha. Les yeux du rapace étaient fixés sur elle.

Sa première impression fut que l'oiseau était plus petit que ce qu'elle avait imaginé. Immobile et ramassée sur elle-même, sans dévoiler son envergure, la buse avait l'air de la taille d'un grand corbeau. Mais, à la différence de celui-ci, se dit Sheridan, elle avait une certaine majesté dans son allure. Sa tête était légèrement inclinée vers l'arrière, comme si elle la regardait de haut. La couleur de son plumage était très délicate, poitrine beige et ailes mouchetées de brun-rouge. Ses grandes serres ridées agrippaient le bois et Sheridan remarqua ses ongles crochus d'un noir brillant.

Elle entendit son père approcher derrière elle. L'oiseau avait les yeux sur lui, maintenant. Elle comprit pourquoi dès qu'elle le vit s'avancer et déposer par terre un tétras mort.

La buse regarda tour à tour l'oiseau mort, Sheridan et son père. Ses mouvements étaient précis, presque mécaniques.

Puis, dans un léger froissement d'ailes, elle bondit vers le tétras et commença à manger.

– C'est un peu… dégoûtant, ma chérie, l'avertit son père.

Sheridan était fascinée. Elle regarda le rapace décortiquer méthodiquement sa proie et la dévorer dans son intégralité. Au fur et à mesure qu'elle mangeait, une boule grossissait au-dessus de sa poitrine.

– Ça s'appelle le jabot, lui expliqua son père. Il se remplit au fur et à mesure qu'elle mange. C'est là qu'elle stocke sa nourriture pour plus tard. C'est pour ça que ces oiseaux peuvent rester si longtemps sans manger.

Elle remarqua de minuscules gouttelettes de sang sur le bec pointu du rapace. Des petites plumes de duvet voletaient doucement dans l'air du soir. Elle observa la buse avec attention. En dépit de son regard dur et impassible, celle-ci avait l'air plus sereine. Elle était rassasiée et détendue.

– Cet oiseau est-il apprivoisé ? demanda-t-elle.

– Ce n'est pas comme ça que ça se passe. Les bons fauconniers ne dressent pas les rapaces et ne les apprivoisent pas non plus. Ils travaillent avec eux, comme avec un partenaire. Les faucons peuvent partir quand ils veulent.

Il ne restait plus du tétras qu'une paire de pattes griffues. Sheridan regarda la buse piquer du bec et commencer à en dévorer une. Le craquement qui s'ensuivit lui rappela le bruit sec des cacahuètes quand elle les cassait pour les manger.

– Voilà le faucon pèlerin, murmura son père.

Elle leva les yeux et aperçut une forme en « V » qui fendait l'air comme un missile et remontait la rivière au ras de l'eau et de la glace. Elle perçut même le bruissement léger de son vol lorsqu'il passa près d'eux.

– Ne bouge pas, lui dit son père en posant la main sur son épaule. Je crois qu'il va revenir.

– Tu as un autre tétras ? s'enquit-elle, inquiète.

– Oui.

Au bout de quelques minutes, le faucon reparut. Cette fois, il redescendit la rivière et vola un peu plus près de la rive.

– Quel oiseau magnifique ! s'écria Sheridan.

– Les pèlerins sont les meilleurs chasseurs qui soient. Ce ne sont pas les plus gros des faucons, mais ce sont les plus rapides et les plus doués. A une époque, ils étaient menacés de disparition, mais maintenant il y en a beaucoup à nouveau.

La fillette était en extase.

Et lorsque le pèlerin revint et se posa en repliant gracieusement ses ailes à quelques mètres d'eux, elle eut la sensation étrange que quelque chose de magique venait de se passer.

Son père déposa doucement l'autre tétras à ses pieds. Le petit faucon, plus sombre et d'une certaine manière plus audacieux et belliqueux que la buse à queue rousse, déchiqueta sa proie avec grâce.

— Je crois que je préférerais mieux connaître ces oiseaux que jouer au basket, s'entendit-elle dire.

A l'intérieur de la voiture, alors qu'ils quittaient la maison de Nate Romanowski dans le crépuscule de l'hiver, Sheridan prit soudain conscience du froid qu'il faisait. Elle claqua des dents en attendant que le chauffage lui envoie un peu de chaleur. Voir des faucons lui avait fait oublier le froid et elle ne s'était pas rendu compte qu'il était si tard.

Elle remarqua que le portable de son père accroché au tableau de bord était éteint et le lui fit remarquer.

— Merde, j'avais complètement oublié, dit-il en le rallumant.

Elle entendait rarement son père jurer.

Presque immédiatement, il se mit à sonner et Joe se précipita pour répondre. Elle le regarda. Son visage sembla d'abord s'affaisser, puis prendre une expression sévère.

— Je n'arrive pas à croire qu'elle ait pu dire ça !

— C'est Maman ? demanda Sheridan.

Mais elle savait très bien que c'était elle.

— Je serai à la maison dans une demi-heure, ma chérie. Je suis désolé pour ce qui est arrivé. Et je suis désolé que tu n'aies pas pu me joindre.

Sheridan était inquiète. Son père parlait d'une voix grave, calme et très sérieuse. Mais elle savait bien que, dans son cœur, c'était loin d'être calme.

18

Le lendemain matin, il faisait gris et froid et la radio lança une alerte météo aux éleveurs du nord du Wyoming. Pour le premier jour d'école, les filles avaient mis les vêtements qu'elles avaient reçus à Noël. Parce qu'elles s'étaient habituées à faire la grasse matinée pendant les vacances, Joe et Marybeth durent les presser de se préparer et de finir leur petit déjeuner avant que le bus arrive.

– Noël est fini, mesdemoiselles ! lança Joe. Tout le monde reprend le boulot.

L'air fatigué, Marybeth ne disait rien. Elle avait passé la majeure partie de la nuit à pleurer, sans pouvoir dormir après sa rencontre avec Jeannie Keeley. Joe l'avait tenue dans ses bras, partageant sa rage et sa frustration. Tous deux étaient douloureusement conscients du fait que ça risquait d'être leur dernier petit déjeuner « normal » avec les trois filles pour un bout de temps. Et ils étaient bien décidés à ce que ça se passe bien. Ils n'avaient pas dit aux filles que Marybeth avait vu Jeannie Keeley la veille. Mais on aurait dit qu'April sentait ce qui se passait, car elle semblait constamment en alerte. Au cours du petit déjeuner, elle ne cessa de jeter des coups d'œil furtifs à Marybeth et à Joe, comme si elle essayait de capter un regard ou de détecter un signe. Tout comme Maxine qui avait toujours l'air de savoir quand Joe allait quitter la maison, elle paraissait sentir instinctivement que quelque chose allait se passer. Sheridan et Lucy, frottant leurs yeux encore pleins de sommeil, ne s'étaient aperçues de rien.

Après qu'elles eurent enfilé leurs manteaux et passé leurs sacs à dos, Joe accompagna les trois fillettes jusqu'à l'arrêt du bus. Quand les portes du bus s'ouvrirent, April se retourna et jeta ses bras autour du cou de Joe en l'embrassant pour lui dire au revoir. C'était la première fois qu'elle montrait un tel élan d'affection envers lui. En rentrant à la maison, il comprit que Marybeth les avait vus par la fenêtre de devant. Elle était à nouveau en train d'essuyer ses larmes.

Avant qu'ils aient le temps d'en parler, la sonnerie du téléphone retentit. Marybeth décrocha et Joe vit son visage se transformer en masque d'ivoire.

– Qui est-ce ? dit-il du bout des lèvres.

– Robey Hersig, répondit-elle sèchement.

Joe n'entendait pas les paroles du procureur du comté, mais il se douta de ce qu'il était en train de dire rien qu'à voir la réaction de sa femme.

– Robey, je vous remercie de nous avoir avertis, dit-elle avant de raccrocher. (Elle leva les yeux vers Joe ; son regard était froid et distant.) Robey affirme que Jeannie Keeley a trouvé un juge à Kemmerer qui a signé le document lui permettant de reprendre April. L'ordonnance a été rendue la semaine dernière et Robey vient juste d'en recevoir la copie. Il va nous la faxer.

Kemmerer était une petite bourgade au sud-ouest de l'État. Joe était perplexe. Pourquoi Kemmerer ?

– D'après Robey, ce juge est un mec dangereux et incontrôlable, une espèce de dingue, poursuivit Marybeth d'un ton toujours aussi froidement détaché. Il m'a dit que l'ordonnance pourrait probablement être annulée, mais qu'en attendant nous devions remettre April à Jeannie si elle le demandait.

Joe ne bougeait pas d'un pouce, ne lâchant pas Marybeth des yeux.

– Joe, Robey a dit que si Jeannie venait chercher April et que nous l'empêchions de l'emmener, nous pourrions être poursuivis.

Joe hocha la tête comme s'il essayait de chasser toutes ces mauvaises nouvelles de son esprit.

Marybeth craqua et s'effondra dans ses bras.

– Qu'est-ce qu'on va faire, Joe ?

Dès qu'elle se fut ressaisie et eut réussi à camoufler ses émotions derrière un masque de glace, Marybeth partit travailler à la bibliothèque. Joe, frustré, passa la journée à patrouiller dans le secteur. Il avait largement de quoi faire, comme toujours, et il se jeta dans le travail avec une frénésie incontrôlée. Il valait mieux se lancer dans une tâche physiquement éprouvante, se dit-il, que de rester assis à réfléchir sur ce qui se passait chez lui.

Il embarqua sa motoneige et sa rampe de chargement à l'arrière du pick-up et remonta le bassin de drainage de la Crazy Woman Creek jusqu'à ce que l'enneigement de la route l'oblige à mettre des chaînes. Il continua aussi longtemps qu'il le put et atteignit le départ d'une piste. Il fit reculer la motoneige sur la rampe de chargement en faisant vrombir le moteur, puis il fonça dans les champs de neige vierge vers le sommet de la montagne. Il passa sur l'autre versant et descendit vers le refuge d'hiver des wapitis qu'il traversa tranquillement. A cause de la neige profonde, la plupart des animaux qui auraient dû se trouver là étaient descendus plus bas dans la vallée – bien qu'on leur ait apporté du foin jusque-là. De fait, au lieu de rester dans le refuge, les wapitis préféraient manger le fourrage de Herman Klein et celui des autres éleveurs de la vallée. Joe ne leur en voulait pas particulièrement, il aurait juste préféré qu'ils restent dans le coin. Les quelques rares animaux demeurés à cette altitude étaient très amaigris. Joe se dit qu'ils ne passeraient probablement pas l'hiver. Les tempêtes et les coyotes auraient raison d'eux. Ils avaient vraiment l'air pitoyables avec leur pelage sombre et miteux.

Il eut une envie soudaine et qui ne lui ressemblait pas du tout de les provoquer avec sa motoneige, de les charger et de les regarder s'enfuir. Mais au lieu de cela, il fit demi-tour et fonça vers les hauteurs d'où il était venu, se ruant à travers les arbres avec une audace aussi effrayante qu'excitante.

Il s'arrêta près de son pick-up et tenta de retrouver ses esprits. Il nota dans son calepin la population de wapitis du secteur – dix-sept bêtes malades et affamées. Il visiterait les autres secteurs dans la semaine et établirait un rapport pour Trey Crump. Il s'attendait à trouver les autres refuges dans le même état. Il se dit que beaucoup de wapitis allaient périr cet hiver et qu'il ne pourrait rien faire pour les protéger. Il y en avait vraiment beaucoup trop qui allaient mourir de froid !

Au cours de sa folle escapade dans la montagne, une idée avait pris forme dans son esprit. Il fallait qu'il parle à Jeannie Keeley. Il roulait en direction de Battle Mountain, vers le campement des Souverains, lorsqu'il fut arrêté par un véhicule du shérif qui bloquait le passage. Le Blazer était arrêté en travers de la portion de route qui avait été déneigée – ses pare-chocs avant et arrière touchaient pratiquement les murs de neige qui se dressaient de chaque côté.

Lorsque Joe s'arrêta, McLanahan émergea du Blazer et se dirigea vers lui. Il rabattit une capuche sur sa tête et s'approcha, serrant un fusil à canon court sous le bras.

Joe baissa la vitre.

Le nez abîmé de McLanahan avait pris une coloration bleu-noir absolument hideuse, des demi-lunes vert foncé marquant le dessous de ses yeux. Il avait l'air bien pire que dans le souvenir que Joe avait gardé de lui.

– Où allez-vous, garde-chasse ?

A la façon dont il avait posé la question, « garde-chasse » résonna comme une insulte aux oreilles de Joe.

– Je patrouille.

Ce n'était pas tout à fait exact. Il avait l'intention de se rendre au campement pour voir si Jeannie Keeley était revenue. Et pour dire à Wade Brockius qu'April ne devrait pas être un pion dans la partie cruelle que Jeannie était en train de jouer.

– Je croyais que la saison de chasse était terminée, lança McLanahan.

Joe vit bien que l'adjoint du shérif était dans une sale humeur et se dit qu'avoir été affecté à un barrage routier par le shérif devait y être pour quelque chose.

– Elle l'est. Mais je dois patrouiller plusieurs secteurs dans ces montagnes en hiver. Qu'est-ce qui se passe ici ?

A l'intérieur de sa capuche, le visage de McLanahan ressemblait à celui d'un raton laveur.

– Barrage routier. Je suis censé contrôler tous ceux qui passent par ici.

— A cause des Souverains ?

— Oui. A partir d'aujourd'hui, ils ne sont plus les bienvenus. La limite des huit jours est dépassée.

Joe ne comprenait pas.

— Quoi ?

— Les gens sont autorisés à camper huit jours à cet endroit de la forêt nationale. C'est tout. Après, ils doivent quitter les lieux. Non seulement ces enfoirés d'extrémistes ont dépassé la limite, mais en plus ils se sont branchés sur les lignes électriques et téléphoniques du comté. Et moi, je suis là à me geler le cul sur cette route pendant que ces connards sont là-haut en train de surfer sur Internet et de nous pomper notre électricité pour chauffer leurs caravanes. (Il voulut cracher, mais la salive glacée ne parvint pas à franchir ses lèvres.) Le shérif Barnum et Melinda Strickland veulent qu'ils se barrent de là. Ils ont affiché des mandats d'expulsion là-haut hier soir et je suis ici pour voir s'ils se tirent.

Ainsi donc Barnum et Strickland travaillaient ensemble. Voilà qui était bien étrange, pensa Joe.

— Et s'ils ne partent pas ?

McLanahan grimaça un sourire sinistre.

— S'ils ne partent pas, on a un plan pour s'occuper d'eux. On ne va pas tolérer d'autres incidents du genre de ce qui est arrivé à Lamar ou à ce type du BLM.

Joe se frotta les yeux. Il savait que c'était un tic, un geste qu'il ne pouvait réprimer quand la tension nerveuse était trop forte.

— Quel est le lien entre les Souverains et eux ? demanda-t-il. Ils pensent vraiment qu'il y a un lien entre les deux ?

Les yeux de McLanahan ressemblaient à deux flaques d'eau putride.

— Le jour où les Souverains ont débarqué est celui où Lamar s'est fait descendre, dit-il d'un air impassible. Le type du BLM, c'était une semaine plus tard. Tous les deux employés fédéraux. Y en a un en taule, mais les autres sont là-haut dans le campement. C'est pourtant pas difficile à comprendre, garde-chasse !

McLanahan avait prononcé « garde-chasse » sur le même ton que précédemment. Joe maîtrisa sa colère et lui demanda posément :

— Qu'est-ce qu'ils vont faire ?

– Vous voulez dire, qu'est-ce que nous allons faire, le reprit McLanahan toujours avec son sourire sinistre. Melinda Strickland a fait appel à deux experts. Ils ont pris la situation en main et eux, ce sont de vrais cow-boys.

Joe pensa aux deux hommes qui avaient questionné Sheridan avant de se rendre au bureau de l'Office des forêts, mais n'en dit rien.

– Alors, qu'est-ce que vous allez faire s'ils ne partent pas ? demanda-t-il à nouveau.

Le visage amoché et marbré de McLanahan se déforma un peu plus dans une expression de noire cruauté. Joe comprit qu'il n'avait pas la moindre idée de ce que Barnum, Strickland et les deux « vrais cow-boys » avaient concocté. Mais il ne voulait pas que Joe le sache.

– Disons simplement qu'on va pas rester là à rien foutre et à se gratter les couilles comme ils ont fait dans le Montana avec la bande des Freemen, finit-il par lâcher.

– Ce qui veut dire quoi, exactement ?

– Je ne suis pas censé divulguer ce genre d'informations, lui renvoya McLanahan d'un air suffisant. (Il s'éloigna de quelques pas.) Je me les gèle ici. Je retourne dans ma bagnole pour lancer le chauffage. Si vous voulez monter là-haut, faudra voir ça avec Barnum.

– Avez-vous vu passer un vieux pick-up Dodge de couleur bleue ? Immatriculé dans le Tennessee ? Avec un homme et une femme ?

– Non.

Joe regarda McLanahan s'éloigner. Son esprit bouillonnait d'idées nouvelles. Il se frotta les yeux.

Dans l'après-midi, il patrouilla le piémont des Bighorn. Il sillonna les routes du BLM à tombeau ouvert, en particulier celles qui grimpaient vers les hauteurs ou traversaient de vastes champs d'armoise, prenant bien soin de rouler à découvert. Il cherchait le pick-up Ford de couleur claire. Il espérait que celui (ou celle) qui avait attiré Birch Wardell vers le fond du canyon essaierait de faire de même avec lui. Il avait besoin d'action, de faire quelque chose pour s'occuper l'esprit et retarder l'inévitable.

Car l'inévitable se produirait plus tard dans la soirée, lorsque Marybeth et lui devraient dire à April que sa mère voulait la reprendre.

19

Jeannie Keeley, assise à l'intérieur de son pick-up sale et vêtue de sa plus jolie robe verte, était en train de fumer une cigarette. Le dégivreur marchait mal et toutes les minutes ou presque elle devait se pencher pour essuyer le pare-brise embué. Alors seulement elle apercevait la façade de brique rouge de l'école élémentaire de Saddlestring. C'était mercredi matin, le deuxième jour d'école après les vacances.

Une sonnerie retentit et, malgré le froid, les enfants jaillirent des doubles portes latérales et se précipitèrent dans la cour de récréation mouchetée de neige et de gravillons gelés. Jeannie nota la présence d'un surveillant, un enseignant probablement, qui parcourait la cour d'un pas raide.

Elle plissa les paupières et posa son regard sur une fillette blonde vêtue d'une doudoune rouge dont la capuche était bordée de fausse fourrure blanche. Elle se trouvait au milieu d'un groupe de trois autres fillettes serrées contre le mur du bâtiment.

Celles-ci, probablement des camarades de classe, discutaient et gesticulaient avec entrain.

– La voilà ! murmura Jeannie en posant son doigt contre la vitre. C'est mon April.

Clem, son compagnon, essuya un petit coin du pare-brise.

– C'est laquelle ?

– Près du bâtiment. Avec l'anorak rouge.

Clem hésita. Il était clair qu'il n'arrivait pas à la distinguer des autres.

– L'anorak rouge ? J'en vois une bonne vingtaine en anorak rouge.

Elle le fit taire d'un geste impatient.

– Bon Dieu, je sais quand même qui est ma fille ! s'écria-t-elle.

– J'ai pas dit le contraire, répondit Clem en cherchant manifestement à éviter toute confrontation.

Elle savait qu'il réagirait comme ça. En général, elle préférait carrément qu'il se taise. De toute façon, il disait rarement des trucs qui en valaient la peine. Elle voulait juste qu'il la boucle et qu'il conduise.

Elle avait fait sa connaissance dans l'est du Tennessee, dans un restaurant Cracker Barrel, où elle travaillait comme serveuse. Elle était prête à abandonner son boulot et à changer d'air. Il s'était assis dans sa section. Il était seul. Il l'avait rendu folle avec sa commande hyper longue et détaillée – comment il voulait que les œufs soient frits (à la poêle, mais pas trop cuits, avec un gros morceau de beurre sur le jaune), que la sauce soit servie (séparément, dans un bol et pas dans une tasse, avec tout plein de bouts de saucisse dedans), que les pommes cuites soient préparées (double ration avec de la cannelle en supplément), et que son pain soit grillé (bien dur d'un côté et tendre de l'autre). Il avait des cheveux bruns et fins et le teint pâle des prisonniers. Elle l'avait regardé avec des yeux ronds quand il lui avait demandé de répéter sa commande. Elle l'avait fait et lui avait demandé d'où il sortait pour avoir le culot de commander un petit déjeuner pareil et s'imaginer qu'on allait le lui servir. De l'est du Montana, lui avait-il répondu. De Jordan, plus exactement. Et ce n'était pas parce qu'il était impossible de commander un petit déjeuner pareil chez lui. C'était seulement qu'il avait passé trois ans au pénitencier de Deer Lodge dans le Montana à rêver à un petit déjeuner exactement comme celui-là. Il lui avait dit s'appeler Clem. Elle lui avait répondu qu'elle, c'était Suzy. Elle mentait toujours sur son prénom ; c'était devenu une habitude. Il avait avalé son petit déjeuner et lu le journal, puis il était resté là jusqu'à midi, jusqu'à ce qu'elle vienne à nouveau prendre sa commande.

– Comment ça se fait qu'il y a écrit « Jeannie » sur votre badge si votre prénom c'est Suzy ? lui avait-il demandé.

– Si vous voulez bouffer, vous avez intérêt à la boucler.

Son manager l'avait entendue répondre. Du genre jeune arriviste empressé, il n'avait même pas eu le courage de la virer lui-même et avait demandé au comptable de le faire.

Jeannie avait emballé ses maigres possessions dans un balluchon et quitté le Cracker Barrel. En plus de ses affaires, elle avait embarqué quelques couverts et quelques steaks congelés. La batterie de sa voiture étant morte, elle n'avait pas pu démarrer. Elle était vraiment en rogne contre la tournure que prenaient les événements, mais Clem l'avait attendue dans le parking et lui avait proposé de l'emmener.

Neuf mois s'étaient écoulés depuis lors. Ni l'un ni l'autre n'avait d'endroit où se poser ou de famille qui aurait pu les accueillir. Lorsque Clem avait entendu dire qu'un certain Wade Brockius envisageait de fournir un refuge à des gens comme lui, il en avait parlé à Jeannie et, avec le peu d'argent qu'ils possédaient, ils avaient acheté un vieux camping-car (vingt ans qu'il faisait de la route !) et avaient pris la direction du Nord-Ouest. Au départ, elle n'avait pas imaginé qu'elle reviendrait dans un endroit qu'elle connaissait bien, une ville qu'elle détestait, celle où son mari avait été assassiné et sa fille abandonnée.

– T'es belle comme un cœur avec cette robe, dit Clem.

Elle le fusilla du regard.

Voilà un mec, pensa-t-elle, un Montana Freeman, qui s'est planqué dans une ferme pourrie près de Jordan dans le Montana pendant des mois et a défié les forces de l'ordre locales et fédérales. Un mec qui a patrouillé ce coin désertique de l'est du Montana avec une cagoule sur la tête et un Ruger Mini-14 avec chargeur recourbé dans les mains. (Sa photo avait fait le tour du monde pendant la durée du siège.) Un mec qui a préféré passer trois ans dans le pénitencier d'État de Deer Lodge plutôt que de révéler aux autorités ce qu'il savait sur les responsables des Freemen. Et un mec qui a tellement les jetons devant moi qu'il tressaille quand je me tourne vers lui et se met à pleurnicher comme un eunuque dès que je menace de le quitter. Clem le Freeman, tu parles d'un homme libre !

La sonnerie retentit à nouveau. La récréation prenait fin. Jeannie regarda April et les autres fillettes se précipiter à l'intérieur du bâtiment.

– Cette femme, Marybeth Pickett, croit être une meilleure mère que moi, dit-elle d'un ton amer.

Clem poussa une espèce de grognement désapprobateur.

– Elle a profité de moi et de ma fille, cracha Jeannie. Elle m'a pris mon enfant quand j'étais au fond du trou, quand je ne pouvais pas m'en occuper. Et maintenant, elle veut la garder sous prétexte qu'elle a perdu son bébé à elle.

Clem poussa un autre grognement.

– Toute ma vie durant, les gens m'ont pris ce qui m'appartenait. Juste parce que je suis petite ou que j'ai été à l'école moins longtemps qu'eux, ils s'imaginent qu'ils peuvent tout me piquer. (Les yeux réduits à des fentes, elle alluma une autre cigarette.) Mon premier mari, Ote, m'a volé ma jeunesse et mon avenir en m'emmenant dans ce coin paumé pour pouvoir jouer à l'homme des montagnes. Et après, ce juge du Mississippi qui m'enlève mon petit garçon. Ce connard de juge soutenait que je l'avais abandonné, mais c'était qu'un putain de mensonge. Tout le monde a le droit de prendre des vacances et c'est tout ce que j'avais fait. Comment pouvait-il m'accuser moi alors que la baby-sitter, cette petite salope, s'était barrée en vacances elle aussi ? Mais il m'a quand même enlevé mon petit garçon.

La plus jeune de ses enfants, sa fille âgée de trois ans, était chez les parents d'Ote à Jackson, dans le Mississippi. Ils disaient qu'ils allaient la garder, mais elle avait d'autres projets.

Elle regarda Clem, les yeux brillants de colère. Lui hochait la tête lentement.

– C'est vraiment scandaleux, dit-il.

– T'as sacrément raison, lui répondit-elle en se retournant vers le pare-brise qui s'était à nouveau embué. Une fois qu'on aura April, on ira récupérer mon bébé.

Jeannie prit deux enveloppes dans son sac à main. Une vieille toute marron et une autre blanche et neuve. Elle sortit un petit paquet de photos de l'enveloppe brune. Clem la regarda passer en revue les clichés.

– Je vais les montrer à April pour lui rappeler d'où elle vient, reprit Jeannie. En voici une d'elle et de son frère quand ils étaient bébés. April avait l'habitude de sucer deux doigts à la fois au lieu du pouce. Ote disait que c'était pas naturel.

Elle regarda toutes les photos les unes après les autres, s'arrêtant sur certaines avec un sourire et ignorant les autres. Puis elle les remit dans l'enveloppe marron.

L'enveloppe blanche contenait le document officiel qui lui accordait la garde immédiate. L'ordonnance était signée du juge Potter Oliver de Kemmerer, Wyoming.

C'était Clem qui lui avait fait connaître le juge Oliver. Ils avaient traversé tout le Wyoming pour aller le voir, puis attendu plusieurs heures dans son bureau. Clem lui avait dit que le juge Oliver était un genre d'excentrique, mais qu'il avait bon cœur. Il voulait dire, elle s'en était aperçue plus tard, que c'était un sympathisant des Freemen et qu'il avait autorisé plusieurs montages financiers frauduleux pour procurer des fonds à leur milice. Malgré plusieurs pétitions, menaces de procès et d'enquêtes judiciaires pour le suspendre de ses fonctions, Oliver avait réussi à rester en poste. Il allait devoir prendre sa retraite d'ici un an, leur avait-il dit, à cause de son âge.

Le juge Oliver était gros et gras, avec une barbe effilée et des yeux aux paupières lourdes. L'abat-jour vert de l'unique lampe projetait une lumière crue à travers la pièce et sur son visage. Lorsqu'il les avait reçus dans son bureau, il portait un vieux costume trois-pièces luisant à force d'avoir été porté et maculé de taches de graisse. A cause d'une attaque de goutte, leur avait-il expliqué, il était obligé de porter des pantoufles. Jeannie les avait aperçues sous le bureau. Elles étaient énormes, de vraies pantoufles d'éléphant.

Jeannie avait plaidé sa cause pendant que Clem, assis près d'elle, lui tenait la main. Le juge l'avait écoutée d'un air impassible, les doigts croisés sur le ventre.

Jeannie en ayant terminé, il lui avait demandé de quitter la pièce pour pouvoir s'entretenir avec Clem.

Elle avait attendu dans le couloir et au bout d'une dizaine de minutes Clem était venu la chercher. Il avait hoché la tête en lui disant que tout allait bien se passer.

– Je vous ai accordé la garde de votre fille comme vous me l'aviez demandé, lui dit le juge d'une voix d'asthmatique. Ma secrétaire est en train de préparer l'ordonnance en ce moment même et nous la faxerons ensuite au Twelve Sleep County.

Jeannie avait pleuré des larmes de joie et s'était penchée par-dessus le bureau pour serrer sa grosse patte de crabe. Elle était si heureuse, et si reconnaissante envers le juge Oliver.

Oliver lui avait souri à son tour, mais ses yeux restaient fixés sur Clem.

Clem avait alors éloigné Jeannie vers le fond de la pièce pendant que le juge restait à son bureau. Elle voyait dans ses yeux qu'il avait fait quelque chose d'horrible.

– Le juge réclame une compensation, murmura-t-il nerveusement. Je lui ai dit qu'on n'avait pas beaucoup d'argent pour le payer.

– Espèce de connard, avait-elle marmonné furieuse. On peut rien payer du tout.

Clem avait hésité, puis, la gorge serrée, il avait tiré sur son col.

– Qu'est-ce qu'il y a, bordel ?

Elle avait posé la question suffisamment fort, pensait-elle, pour être entendue par le juge.

Clem continuait à regarder la pointe de ses chaussures. Et, tout d'un coup, elle avait compris.

Le juge voulait une compensation.

Elle s'était tournée vers lui et lui avait souri gentiment.

– Je t'attends dans la voiture, avait bredouillé Clem sans lever les yeux.

– T'as intérêt, ouais, lui avait-elle lancé par-dessus son épaule sans se départir de son sourire figé.

– Je ne comprends pas très bien pourquoi tu veux aller chercher ta fille à l'école, dit Clem. Avec le papier du juge, tu peux te pointer carrément chez eux pour la récupérer.

Jeannie poussa un soupir et leva les yeux au ciel.

– Clem, y a des fois où t'es encore plus con que d'habitude.

Vexé, il détourna le regard.

– Ça fait trois longues années, dit-elle. T'as envie de traîner derrière toi une gamine hurlante et larmoyante si on va la chercher chez eux ?

Clem fronça les sourcils.

– Mais tu es sa mère. Elle voudra partir avec toi.

Elle le fusilla du regard.

– Va savoir le genre de conneries qu'ils lui ont mises dans le crâne ! Va savoir ce qu'ils vont lui raconter ce soir, maintenant qu'ils savent que j'ai obtenu ce papier ?

Clem, troublé, secoua la tête. Il était clair qu'il voulait éviter la dispute.

– Ce papier, insista Jeannie, il veut dire que c'est eux qui ne peuvent pas la reprendre.

Clem baissa les yeux et fixa le plancher du pick-up.

– Je suis désolé de ce que tu as dû faire pour l'obtenir.

– J'ai fait pire, lâcha-t-elle en ricanant.

Pour une fois, elle avait de la chance. Elle se souvenait suffisamment bien de l'agencement de l'école pour pouvoir se rendre directement au bureau sans avoir à demander son chemin.

Ses talons claquaient sur le carrelage et sa robe verte se balançait en froufroutant le long du couloir. La plupart des salles de classe étaient ouvertes et les voix des enfants mêlées à celles des enseignants résonnaient à ses oreilles comme des stations de radio qui défilaient au fur et à mesure qu'elle avançait.

Le bureau était désert, à l'exception d'une secrétaire assise devant un écran d'ordinateur derrière le comptoir d'accueil. Jeannie avait longuement réfléchi. Saddlestring était une petite ville et pratiquement tout le monde s'y connaissait. La dernière fois qu'elle avait mis les pieds dans cette école, April était à la maternelle. Ça faisait déjà trois ans. Elle doutait fort avoir fait suffisamment impression pour qu'on se souvienne d'elle. Lorsqu'elle eut enfin décidé comment elle allait s'y prendre, tout devint simple. Elle s'était dit : « Comment agirait Marybeth Pickett ? » Lorsque la secrétaire leva les yeux sur elle, elle lui sourit.

– Rebonjour. Je suis la maman d'April Keeley, dit-elle avec tant d'assurance et de familiarité que la secrétaire dut se sentir gênée de ne pas la reconnaître. Classe de neuvième. Je suis venue la chercher pour l'amener chez le dentiste.

La secrétaire eut l'air complètement ébaubie et se plongea dans le cahier à spirale posé sur son bureau.

– Je remplace la secrétaire pour la journée. Elle a attrapé la grippe pendant les vacances, expliqua-t-elle. J'essaie de comprendre comment ça marche ici.

Jeannie dut se retenir de pousser un cri de joie. Elle espéra juste ne pas avoir l'air trop euphorique.

Comment agirait Marybeth Pickett ?

– Pas de problème, j'ai le temps, dit Jeannie. J'ai donné le papier d'autorisation à April ce matin, mais il se pourrait qu'il ne vous ait pas été remis. Je ne voudrais pas vous causer de problèmes.

La secrétaire feuilleta toutes les pages du cahier avant de lever les yeux. Très gênée, elle était devenue cramoisie.

– Je ne vois rien ici, mais ça ne veut pas dire que votre fille n'a pas donné son autorisation.

Jeannie fit un geste signifiant : « Qu'est-ce que vous pouvez faire ? »

20

Sheridan et Lucy attendaient sur le trottoir lorsque leur père venu les chercher s'arrêta devant l'école. Sheridan tenait Lucy par la main. Le ciel n'avait pas été aussi sombre de toute la journée et des tourbillons de brume descendaient du ciel comme de longs doigts glacés. Il ne neigeait pas encore vraiment, mais des cristaux de glace flottaient dans l'air.

— Où est April ? demanda Joe au moment où Lucy grimpait par-dessus la banquette pour se glisser sur l'étroit siège de derrière et que Sheridan s'installait à côté de lui.

— Maman est venue la chercher cet après-midi, répondit Sheridan en attachant sa ceinture de sécurité.

Joe acquiesça d'un hochement de tête. Il commençait juste à s'éloigner du trottoir lorsqu'il freina brutalement comme si quelque chose venait de lui traverser l'esprit.

— Papa ! s'écria Lucy sur un ton de reproche.

Sheridan pivota sur son siège pour faire face à son père.

— Sheridan, dit-il lentement en articulant clairement, chaque mot lourd de sens. Comment peux-tu savoir que Maman est venue la chercher ?

— J'ai entendu l'annonce au haut-parleur de l'école, dit-elle. C'était la secrétaire qui demandait à April de se rendre au bureau du principal. C'est comme ça qu'ils font.

Lucy vint au secours de sa grande sœur.

— Ils ont fait pareil pour moi quand Maman est venue me chercher pour m'amener chez le dentiste. Quand ils t'appellent au haut-parleur, ça veut dire que ton papa ou ta maman t'attend dans le bureau.

— Vous l'avez vue ? demanda Joe. Avez-vous vu votre mère ?

Les deux fillettes firent non de la tête. Sheridan avait vu une femme en robe verte passer devant la porte de sa classe. Elle ne voyait pas pourquoi son père avait l'air si inquiet. Tout d'un coup, elle comprit ce qui avait dû se passer : Jeannie Keeley avait dû venir chercher April pour l'emmener avec elle. D'un geste vif, elle porta sa main à sa bouche. Ça faisait déjà un moment qu'elle craignait que quelque chose de ce genre ne se produise. Ses parents ne lui avaient pas vraiment expliqué ce qui se passait avec April, mais elle savait qu'il y avait un problème.

— Votre mère a passé la journée entre la bibliothèque et l'écurie, reprit-il.

April avait disparu.

Sheridan se mit à sangloter, vite suivie par sa petite sœur. Elle se sentait vraiment mal. Elle était la plus grande et c'était elle qui était responsable d'April. Joe serra les paupières un instant et les rouvrit avant de prendre la route. Il ne leur dit pas : « Ne vous inquiétez pas, ce n'est pas de votre faute... »

— Il faut que j'appelle votre mère, dit-il seulement d'un air résigné.

Joe, déjà couché, attendait que Marybeth vienne le rejoindre. Il était tard et il était épuisé. Dans le miroir au-dessus du lavabo, il observait sa femme en train de se brosser les dents et de se laver le visage. Il percevait le bourdonnement sourd de la télévision à l'étage au-dessous – Missy Vankueren avait l'habitude de regarder des émissions jusque tard dans la nuit.

Une fois de plus, Marybeth l'avait impressionné. Le temps qu'il arrive chez lui, elle avait réussi à mettre de côté sa rage et sa frustration pour pouvoir agir de manière utile. Sa capacité à contrôler ses émotions et à réagir était absolument étonnante.

Elle avait fait de son mieux pour calmer Sheridan et Lucy et leur avait préparé le dîner. Pendant ce temps, elle avait appelé à la fois le principal de l'école et le shérif pour les informer de ce qui venait de se passer. Elle avait laissé plusieurs messages sur le répondeur du procureur et de trois avocats du coin en leur demandant de la rappeler dès le lendemain matin.

Pendant que les filles prenaient leur bain et regardaient la télévision avec Missy, elle avait rempli une valise et plusieurs cartons avec les vêtements et les jouets d'April. Dès qu'ils le pourraient, avait-elle déclaré, ils devraient remettre les affaires d'April à Jeannie. Elle l'avait dit sur un ton de froide détermination qui avait troublé Joe.

– Jeannie a emmené April sans nous laisser le temps de préparer notre petite fille ou de l'embrasser pour lui dire au revoir, dit-elle. Je ne le lui pardonnerai jamais.

Missy avait toujours pensé – et souvent dit – que Marybeth aurait fait une excellente avocate d'affaires si elle n'avait pas épousé Joe Pickett et commencé à avoir des enfants. Il était en train de voir le genre d'avocate efficace et sans pitié qu'elle aurait pu devenir.

Marybeth éteignit la lumière au-dessus de la glace avant de rejoindre Joe dans le lit. Il la serra dans ses bras.

– On va récupérer April, dit-elle entre ses dents. On va la récupérer, Joe.

Elle quitta la chambre à trois reprises pendant la nuit. Joe, qui ne dormait que d'un œil, se réveilla à chaque fois. Il savait ce qu'elle faisait. Elle allait voir si ses deux autres filles étaient toujours là.

21

Le vendredi soir, la réunion publique sur les fermetures de routes dans les forêts nationales se tint dans la cantine du lycée de Saddlestring, domicile des Wranglers. Joe Pickett arriva en retard. Il se gara dans la dernière rangée du parking et se dirigea lentement vers le bâtiment en contournant les voitures. Il faisait un froid glacial, mais le ciel était dégagé. Les étoiles brillaient d'un éclat vif, oscillant entre le blanc et le bleu. Il perçut le bourdonnement sourd d'un transformateur surmené, accroché sur un lampadaire. Quelques réverbères fluorescents projetaient des flaques de lumière crue sur la neige et le verglas qui recouvrait le parking gravillonné. La tempête annoncée par les services météorologiques nationaux avait contourné les Bighorn pour s'abattre plus à l'ouest, sur les massifs des Tetons, des Absarokas et des Wind River Mountains. La Twelve Sleep Valley n'avait reçu que très peu de neige, mais la température était descendue aux environs de moins quinze.

Avant de quitter son bureau, Joe avait envoyé un rapport à son supérieur, dans lequel il exprimait ses doutes sur la culpabilité de Nate Romanowski. Il disait aussi soupçonner l'existence d'un lien entre le meurtre de Lamar Gardiner et l'accident dont avait été victime Birch Wardell. Il ne disposait pas d'éléments suffisants pour pouvoir rapporter ses soupçons au shérif ou à Melinda Strickland, mais il espérait pouvoir piéger le conducteur du pick-up aperçu par Wardell. Il terminait son rapport à Trey Crump en disant que, pour des raisons personnelles liées à sa fille adoptive, il se pouvait qu'il demande des congés très bientôt. Il avait envoyé le document par e-mail, enfilé sa parka, traversé le jardin glacé jusqu'à son pick-up et quitté sa maison pour se rendre à la réunion.

Vu le nombre de véhicules garés dans le parking, il se dit que la salle devait être comble. Lorsqu'il ouvrit la porte de la cantine, il fut accueilli par une bouffée d'air chaud. La salle était remplie de gars du coin assis sur des chaises pliantes en métal. C'était incontestablement des hommes habitués à la vie au grand air, chasseurs, pêcheurs, guides, éleveurs. La plupart étaient barbus et portaient de lourdes vestes et de grosses chaussures. Melinda Strickland, debout sur un podium, était en train de parler. Des cartes étaient accrochées sur le mur derrière elle. Joe se dirigea vers le fond de la salle. Quelques-uns des hommes qu'il connaissait le saluèrent d'un hochement de tête.

Melinda Strickland, en train d'expliquer le déroulement de la réunion, s'interrompit.

– Ravie que vous ayez pu vous joindre à nous, Joe ! lança-t-elle d'une voix étonnamment enjouée.

Joe agita la main et sentit le rouge lui monter aux joues lorsqu'une centaine de têtes se tournèrent vers lui avant de revenir vers le podium. Un instant, il se demanda pourquoi elle l'avait accueilli si chaleureusement devant son auditoire. Mais lorsqu'il vit des regards hostiles s'attarder sur lui, il comprit. C'était sa façon à elle de déclarer devant tout le monde qu'il était de son côté. Cette découverte le laissa sans voix.

Plusieurs hommes étaient debout au fond de la salle, dos au mur et semblant surveiller l'assistance. Deux d'entre eux, bras croisés – un frisé aux cheveux grisonnants et un autre au regard belliqueux –, contenaient avec peine un sourire suffisant. Joe les reconnut tout de suite : c'étaient les hommes qui avaient demandé leur chemin à Sheridan. Elle Broxton-Howard, ravissante dans un ensemble noir avec veste en polaire, était là elle aussi. Elle n'arrêtait pas de prendre des notes dans son calepin. Robey Hersig, le procureur du comté, venu droit de son bureau et encore en costume-cravate, se tenait légèrement en retrait, contre le mur latéral. Il se poussa pour faire de la place à Joe.

– Du nouveau pour April ? murmura-t-il en tordant sa bouche vers lui.

– Non, dit Joe en secouant la tête.

– C'est une question de temps. C'est ce que j'ai dit à Marybeth. Si vous arrivez à faire inculper Jeannie pour maltraitance ou négligence, on pourra foncer et récupérer April.

Joe se tourna vers lui et le fixa droit dans les yeux. Il sentait la chaleur monter le long de son cou.

– C'est super, Robey. Espérons qu'April sera maltraitée ou abandonnée. Y a plus qu'à prier le ciel que ça arrive.

– Joe, vous savez très bien ce que je veux dire.

Joe ne répondit pas.

– Voyons, Joe. (Hersig se pencha vers lui et lui décocha un petit coup de coude dans les côtes.) Vous savez très bien ce que j'ai voulu dire.

Joe hocha la tête sans le regarder. Il savait qu'il était injuste envers lui, mais il s'en fichait. Le manque de sommeil et la frustration l'avaient rendu hagard.

Hersig était magistrat, et la piètre opinion que Joe avait du système judiciaire ne faisait qu'empirer depuis quelques jours. Il avait honte de la manière dont la justice était rendue et en voulait à ceux qui la servaient. Il savait que Robey voulait les aider mais qu'il ne pouvait pas faire grand-chose. La situation semblait pratiquement sans espoir. Même si l'ordonnance du juge Potter Oliver était scandaleuse, elle n'en était pas moins valide. Un des avocats que Marybeth avait mis sur l'affaire (ils ne savaient toujours pas comment ils allaient pouvoir régler ses honoraires) était en train de monter un dossier pour contester l'ordonnance. Si l'audience préliminaire leur donnait raison, une audience contradictoire serait prévue. Mais, sans compter les reports et les retards inévitables, l'audience n'aurait probablement pas lieu avant des semaines, voire des mois. Joe trouvait ce genre de lenteurs diabolique dans des circonstances pareilles. Comment savoir si Jeannie Keeley serait encore dans les parages au moment de l'audience ? Et qu'adviendrait-il d'elle entre-temps ? Marybeth avait appelé l'école pour savoir si elle y était et on lui avait dit qu'elle n'était venue ni le jeudi ni le vendredi. Personne ne l'avait vue. Jeannie la gardait avec elle sous prétexte que la fillette aurait attrapé un virus.

Chaque jour qui passait semblait les éloigner de la petite. Dans la maison, son absence se faisait plus criante. Mais cette impression finirait par s'estomper. Le plus terrible, se disait Joe, serait le jour où il se réveillerait sans penser à April parce que trop de temps aurait passé. Cette pensée lui donnant le cafard, il hocha la tête pour tenter de la chasser de son esprit. Il essaya de concentrer son attention sur la réunion en cours.

Melinda Strickland n'avait pas cessé de parler, s'attardant longuement sur la réglementation liée aux fermetures de routes. Sa voix lui sembla distante, détachée et chantante. La couleur de ses cheveux avait encore changé, elle était maintenant orangée.

– Qu'est-ce qu'elle raconte ? demanda Joe.

– Nous sommes en train d'assister à la plus incroyable explosion de conneries édifiantes, incohérentes et je couvre-mes-arrières que j'aie jamais entendue. Et si tu me cites là-dessus, je nierai tout, dit Hersig à voix basse et d'un air caustique.

Surpris, Joe se tourna vers Melinda Strickland pour l'écouter. Un électricien à la retraite avait pris la parole et voulait savoir pourquoi une certaine route des Bighorn avait été fermée à la circulation. Il ajouta qu'il l'empruntait depuis toujours pour aller chasser et qu'avant lui son père avait fait de même cinquante ans durant.

– J'aimerais avoir le choix, expliqua Strickland à son auditoire, mais ce n'est pas aussi simple que ça. Je comprends ce que vous dites, mais la réglementation est déjà en place et, dans les circonstances actuelles, nous ne pouvons pas faire grand-chose pour la modifier. Nous ne disposons ni du personnel ni des ressources nécessaires pour réévaluer les droits de pâturage ou d'exploitation forestière pour cette année fiscale…

Hersig avait raison. Strickland tenait des propos décousus et ponctuait son discours de digressions dont le seul but était de brouiller les esprits avant que le public ne comprenne vraiment ce qu'elle voulait dire. Joe savait pertinemment que, comme Lamar Gardiner avant elle, le pouvoir décisionnaire de Melinda Strickland était bien plus grand que ce qu'elle laissait entendre. Et, comme Lamar Gardiner, elle rejetait la responsabilité de toutes les mesures impopulaires qu'elle avait prises sur des entités sans nom, une hiérarchie invisible, de vagues documents ou des réunions publiques qui ne l'avaient jamais été ou n'avaient tout simplement jamais eu lieu.

–... trouver un équilibre entre la gestion des ressources, les activités de loisir, l'ordre et l'harmonie de l'écosystème lui-même...

Pendant qu'elle continuait à discourir d'une voix monocorde, plusieurs mains se levèrent dans l'assistance. Sans cesser de parler, elle survola la salle du regard comme si elle n'avait rien vu. Joe sentit monter la tension. Les hommes s'agitaient sur leurs chaises et se raclaient la gorge. Beaucoup s'étiraient sur leurs dossiers, bras croisés et regard au plafond.

–... nous devons procéder à une analyse méthodique et minutieuse pour déterminer les besoins liés à la biodiversité en tenant compte de la grande diversité des opinions, qu'elles soient d'ordre scientifique ou liées à des activités de loisir...

Un des hommes qui avaient levé la main finit par se mettre debout. Ce faisant, il renversa la chaise pliante sur laquelle il était assis. Le bruit attira l'attention de Strickland et une brève expression de terreur traversa son visage.

C'était Herman Klein, l'éleveur chez qui Joe avait pris un café la semaine précédente. Il déclina son identité pour Strickland et le reste de la salle.

– Toute intervention doit être soumise à l'avance pour qu'elle puisse être examinée, dit Strickland, et je ne pense pas que votre nom figure sur la liste. Si vous avez des remarques à faire, elles devront être consignées par écrit à la fin de la présentation. Je vous prie donc, monsieur, de bien vouloir vous asseoir.

Deux employés de l'Office des forêts qui encadraient Strickland sur le podium se levèrent pour appuyer sa déclaration. Mais Joe remarqua qu'ils le faisaient à contrecœur.

Klein enfonça les mains dans la ceinture de son jean d'un air agacé, mais ne se rassit pas.

– Madame Strickland, lança-t-il, j'ai assisté à suffisamment de réunions de ce type pour savoir qu'au moment de répondre aux questions des participants ou bien on n'a plus le temps, ou bien la décision a déjà été prise.

Des rires discrets parcoururent l'assistance. Joe observa attentivement Melinda Strickland. Son visage trahissait la peur et le mépris. Elle détestait ça. Elle détestait qu'on ose l'interrompre.

– Veuillez excuser ma bêtise, poursuivit Klein, mais je voudrais être sûr d'avoir bien compris ce que vous êtes en train de dire. Ceux d'entre nous qui ne sont pas habitués à manier la rhétorique gouvernementale ont un peu de mal à vous suivre.

D'autres rires fusèrent dans la salle.

Joe jeta un coup d'œil rapide autour de lui. Tous les visages s'étaient tournés vers Herman Klein. Joe reconnut davantage de participants qu'il ne l'aurait cru. Plusieurs éleveurs que connaissait Klein assistaient à la réunion. Les guides dont la principale activité consistait à chasser et à organiser des randonnées en forêt étaient venus en force. Les chasseurs du coin constituaient le reste de l'assistance. Dans une région de chasse, cela voulait dire des médecins, des avocats, des commerçants et des enseignants. Spud Cargill et Rope Latham, les couvreurs, portaient des blousons marqués à l'insigne de leur entreprise : un bardeau en forme de T. Joe se rappela les avoir vus à l'église First Alpine. Il ne semblait y avoir aucun membre des Souverains dans la salle. Il s'était demandé s'ils allaient venir.

Melinda Strickland était en train de tomber dans le piège que lui tendait Herman Klein. C'était la ruse classique – « J'suis qu'un pauv' plouc de la campagne » – que les gars du coin aimaient balancer aux gens de l'extérieur et en particulier aux représentants officiels du gouvernement. Joe les avait déjà vus à l'œuvre et reconnut la tactique.

– D'après ce que je comprends, pratiquement la moitié des terres de l'État du Wyoming sont la propriété du gouvernement fédéral et sont donc gérées par des employés fédéraux, poursuivit Klein. Qu'il s'agisse de l'Office des forêts, du BLM, du Service des parcs nationaux ou de n'importe quelle autre entité. Le fait est que la moitié de notre État est entre les mains de bureaucrates fédéraux. Pas que j'aurais quelque chose contre eux, bien évidemment.

Quelques gloussements fusèrent et même Joe ne put réprimer un sourire. Melinda Strickland, les mains sur les hanches, avait l'air peu aimable. Un des employés qui se tenait près d'elle tenta de se rasseoir, mais elle le fusilla immédiatement du regard. Il se redressa.

– D'après moi, le problème vient du fait que personne n'est responsable, continua Klein. Si toutes ces terres étaient gérées par l'État, ou même par des politiciens locaux, on pourrait ne pas voter pour eux si on le souhaitait. Si elles étaient gérées par une entreprise, on pourrait acheter des actions et assister aux conseils d'administration pour gueuler un bon coup. Mais comme elles sont gérées par des bureaucrates que personne n'a élus, tout ce qu'on peut faire, c'est assister à des réunions comme celle-ci pour s'entendre dire ce qui va être fait à nos forêts et à notre région.

Un murmure d'approbation parcourut l'assistance.

– Excusez-moi, l'interrompit Melinda Strickland. Excusez-moi. Notre agence gère les ressources dans l'intérêt du public. Nous ne sommes pas des dictateurs, tout de même !

Elle dirigea son regard vers le fond de la salle, guettant le moindre signe d'approbation.

– C'est peut-être vrai, admit Herman Klein avec un sourire, mais lorsque vous déclarez gérer les terres dans l'intérêt du public, au fond vous voulez dire que tous ceux qui sont présents dans cette salle et qui vivent ici ne sont pas le public, parce qu'on ne peut pas vraiment dire que vous nous ayez demandé notre avis sur quoi que ce soit.

– Mais c'est l'objectif de cette réunion ! lui renvoya Melinda Strickland, exaspérée.

– Si c'est le cas, comment se fait-il que vous m'ayez empêché de parler quand je me suis levé il n'y a pas plus d'une minute ?

– Parce que nous devons procéder dans les règles, s'écria-t-elle, le visage en feu. Nous ne pouvons pas nous laisser gagner par l'hystérie collective.

Herman Klein feignit la surprise. Il regarda lentement autour de lui.

– C'est pas vraiment l'hystérie collective ici, dit-il. On dirait plutôt un groupe de citoyens inquiets venus participer à une réunion publique par une nuit glaciale.

— Il l'a bien eue, murmura Hersig.

Joe acquiesça d'un hochement de tête.

— Voilà un parfait exemple du genre de problèmes auxquels nous devons faire face, dit Melinda Strickland en haussant la voix et en montrant Herman Klein du doigt. Un superviseur a été assassiné et un employé dévoué du BLM a été agressé à cause de ce genre d'attitude haineuse.

— Moi, haineux ? demanda Klein, véritablement outré. Mais qu'est-ce que j'ai fait ? !

— Rien du tout, autant que je sache. Mais c'est ce genre d'attitude antigouvernementale qui fait que des choses pareilles arrivent ! Ça déclenche pratiquement toujours ce genre de problèmes !

Hersig se tourna vers Joe et les deux hommes échangèrent un regard. C'était comme si tout d'un coup il n'y avait plus d'air dans la salle. En moins d'une minute, Melinda Strickland avait réussi à humilier l'assistance.

— Qu'allez-vous faire pour les Souverains ? demanda quelqu'un.

Elle bondit sur l'occasion de changer de sujet et continua sur sa lancée.

— Nous avons un plan pour les expulser, répondit-elle. Il ne m'est pas permis de vous expliquer les mesures qui ont été prises, mais je peux vous dire qu'un plan stratégiquement bien pensé a été mis en place et qu'il aboutira aux résultats souhaités.

Plusieurs personnes applaudirent en signe d'approbation. Pendant ce temps, Herman Klein se rassit en silence.

— Incroyable ! dit Hersig en enfilant son manteau.

Tandis que les gens quittaient la salle les uns derrière les autres, Melinda Strickland s'approcha à grands pas de Joe, resté au fond de la salle. Elle s'avança vers lui comme si elle était impatiente de lui serrer la main. Les deux hommes appuyés au mur les rejoignirent. Elle les présenta à Joe : Dick Munker et Tony Portenson du FBI.

— Je vous présente Joe Pickett, dit-elle en s'adressant aux deux hommes. C'est le garde-chasse dont je vous ai parlé.

Dick Munker, le maigre aux cheveux gris et à la voix grave, lui tendit sa carte de visite.

– Directeur, Unité d'intervention spéciale interagences du FBI, lut Joe. Ça veut dire quoi ?

– Que nous désamorçons les situations explosives. (Il souriait, mais son regard restait froid.) Nous sommes ici parce qu'on nous l'a demandé.

– Il me semble que c'est vous qui avez insulté ma fille, dit Joe. C'est elle qui vous a indiqué la direction des bureaux de l'Office des forêts.

Munker détourna prestement le regard, Portenson fixant Joe d'un air anxieux. Joe eut l'impression qu'il voulait éviter une confrontation avec Munker.

Melinda Strickland fit comme si de rien n'était.

– Ils connaissent pas mal de Souverains, dit-elle. C'est pour ça que je leur ai demandé de venir. Nous voulons éviter un incident du genre de Ruby Ridge ou de Waco.

Joe acquiesça.

– Dans l'Idaho, ils appellent ça la « Fièvre de Weaver[1] », ajouta Munker, enchaînant sur la remarque de Strickland. (Sa voix avait baissé d'une octave. Il ne voulait pas être entendu des participants en train de quitter la salle.) C'est quand la communauté et la presse se laissent gagner par la frénésie face à une situation sans issue et que les choses dégénèrent. Nous sommes ici pour nous assurer que rien de tel ne se produira.

– Je croyais que c'était à cause du FBI que les choses avaient dégénéré à Ruby Ridge, dit Joe.

Munker serra la mâchoire et le foudroya du regard.

– Vous avez mal compris, dit-il en se tournant vers Melinda Strickland. Il est de quel côté, de toute façon ?

– Bon Dieu, qu'est-ce que j'aimerais pouvoir porter un chapeau comme ça, lança Tony Portenson en essayant de changer de sujet et en désignant le Stetson usé de Joe d'un mouvement du menton. Mais je suis du New Jersey et on saurait tout de suite que j'suis pas un vrai cow-boy.

---

1. Allusion à la confrontation entre le FBI et Randy Weaver à Ruby Ridge, Idaho, en 1992 *(NdT)*.

– Je sais qui vous êtes, enchaîna Munker en réprimant un sourire. (La plaisanterie de Portenson n'avait pas réussi à détourner son attention.) Lamar Gardiner était sous votre surveillance quand il s'est échappé. Vous êtes le garde-chasse, pas vrai ?

Joe ressentit une bouffée de colère mêlée à un sentiment de honte.

– Joe, dit Strickland en posant la main sur son épaule, M. Munker et M. Portenson sont experts dans le genre de situation à laquelle nous sommes confrontés ici. On les demande partout dans l'Ouest. Ils sont venus nous conseiller sur la manière de procéder avec les Souverains. Ils vont travailler ici, mais aussi dans l'Idaho et dans le Nevada.

– Autres foyers d'insurrection, où des employés fédéraux ont été agressés ou menacés, précisa Munker.

Strickland ouvrit son sac à main pour que Joe puisse y jeter un coup d'œil.

– Ils m'ont conseillé de garder ça sur moi pour me protéger. (Il aperçut la crosse striée d'un Ruger semi-automatique 9 mm en acier chromé.) Je n'arrive toujours pas à croire que je porte une arme.

Son petit rire nerveux démentait ses propos, pensa Joe.

Il ôta son chapeau et se frotta les yeux. Melinda Strickland armée !

Il n'en revenait pas.

– Je pense que le terme « foyer d'insurrection » est un peu fort, dit-il. J'habite ici et franchement je ne vois rien de tel. Je ne dis pas qu'il n'y ait pas quelques personnalités particulièrement indépendantes dans le coin, voire quelques exaltés. Mais je ne crois pas qu'il s'agisse d'une bande organisée comme vous semblez le suggérer.

Tony Portenson et Dick Munker échangèrent un regard.

– Connaissez-vous vraiment les extrémistes qui se trouvent dans ce campement ? demanda Munker. Savez-vous de quel genre d'individus il s'agit ? Ce en quoi ils croient ? Nous, on les connaît et on connaît bien leur genre. Certains d'entre eux ont été impliqués dans des événements figurant parmi les pires qu'ait subis notre pays au cours des douze dernières années. Ce sont des ex-taulards, des conspirateurs et des ordures qui ne se sont pas encore fait prendre. S'ils sont arrivés jusqu'ici, c'est parce que jusqu'à présent on les a tolérés et ménagés. Il faut qu'ils sachent que tout le monde n'est pas prêt à supporter leurs conneries.

Joe regarda Munker d'un air incrédule et sentit son estomac se nouer en l'entendant.

— Mme Strickland nous a donné carte blanche pour régler la situation, reprit Portenson avec un sourire railleur. Pour une fois, on va pouvoir agir à notre façon avec ces connards.

Melinda Strickland lui rendit son sourire. Manifestement, elle aimait faire l'admiration de ses collègues. Joe eut comme un haut-le-cœur.

— Le shérif Barnum soutient totalement notre action, dit-elle à Joe. Il nous a offert sa coopération inconditionnelle.

— J'ai rencontré Wade Brockius, avoua Joe. Il m'a dit que tout ce qu'ils voulaient, c'était qu'on les laisse tranquilles. Ils ne veulent de mal à personne.

— Et vous l'avez cru ? demanda Munker en haussant les sourcils.

— Je n'ai aucune raison de ne pas le croire.

— Un superviseur de l'Office des forêts assassiné, ce n'est pas une raison peut-être ? Et un employé du BLM laissé pour mort ?

Joe sentit la colère l'envahir doucement.

— Sauf si vous êtes en mesure de m'éclairer sur la question, je ne vois pas le rapport entre ces crimes et les Souverains. Nate Romanowski est déjà derrière les barreaux pour le meurtre de Lamar Gardiner. Êtes-vous en train de suggérer que Romanowski aurait quelque chose à voir avec les Souverains ?

— Peut-être qu'il était en repérage pour eux dans les montagnes, dit Portenson en haussant un sourcil. Et si c'était lui qui avait trouvé l'emplacement du camp et les avait appelés pour leur dire de rappliquer dans ce trou paumé du Wyoming ?

Joe se tourna vers Portenson et le foudroya du regard.

— Avez-vous la moindre preuve de ce que vous avancez ? On dirait que vous venez d'inventer tout ça.

— Et votre petite fille ? demanda Munker. C'est pas un des Souverains qui l'a embarquée ?

Joe garda le silence. Il n'arrivait pas à croire qu'ils aient pu mentionner April. La blessure était encore trop récente.

— Peut-être que si vous nous donniez un coup de main, vous pourriez la récupérer plus vite.

– Comment ?

Sur le point de répondre, Munker se retint. Un sourire sarcastique apparut sur son visage.

– Au moins, on saura de quel côté vous êtes.

Joe dut faire un gros effort pour ne pas lui écraser son poing sur la figure. Au lieu de ça, il remit son chapeau et s'éloigna.

Assis dans son pick-up, Joe attendait que le chauffage se mette en marche lorsque Elle Broxton-Howard apparut dans la lueur des phares et s'approcha de la portière côté passager. Elle frappa un petit coup sur la vitre et Joe lui fit signe d'entrer. Elle grimpa dans la cabine et referma la portière.

– L'air n'est pas encore chaud, s'excusa-t-il. Le chauffage met quelques minutes à démarrer.

– Ce qu'il peut faire froid dans le coin, dit-elle en grelottant. (Elle était recroquevillée dans son manteau de laine sombre.) Je ne sais pas comment vous arrivez à supporter.

– Il m'arrive de me le demander moi aussi, dit-il pour faire la conversation.

– Melinda a été géniale ce soir, vous ne trouvez pas ? reprit-elle d'un ton admiratif.

Joe poussa un petit grognement – ni oui ni non. Il bouillait encore de rage après sa rencontre avec Munker.

La cabine commençant à se réchauffer, il sentit le parfum de la jeune femme. La lumière lointaine d'un réverbère dessinait son profil sur la vitre. Elle était ravissante.

Tout d'un coup, elle se pencha vers lui.

– Je commence à croire que vous êtes la clé de mon histoire, dit-elle.

– Quoi ? lâcha Joe, perplexe. Je croyais que vous écriviez un article sur Melinda Strickland.

– Oui, euh… ça parle d'elle. Mais on dirait que vous êtes un personnage central dans tout ça.

Elle lui parlait en le regardant fixement. Ses yeux brillaient. Ses lèvres étaient légèrement entrouvertes. Son parfum semblait soudain plus intense. Joe se sentait à la fois troublé et excité.

– Il paraît que vous avez tiré sur trois hommes ? Que vous en avez blessé deux il y a trois ans et tué un l'année dernière dans le canyon de Savage Run ?

Joe détourna le regard et fixa l'extérieur au-delà du pare-brise.

– Qui vous a dit ça ?

– Euh… des gens, en ville.

Il sentit sa gorge se serrer et tenta de se ressaisir.

– Il faudra que nous parlions… bientôt, dit-elle. On pourrait peut-être dîner ensemble ? demanda-t-elle avec un sourire qui dévoila des dents blanches et parfaites.

– Bien sûr, dit Joe en marquant une pause. Chez moi. Avec ma femme Marybeth et mes enfants.

La petite étincelle disparut de ses yeux et son sourire perdit en intensité. Elle le jaugea froidement.

– Ça devrait pouvoir se faire, dit-elle sur un ton professionnel. Même si j'avais pensé à quelque chose de plus… (Elle ne finit pas sa phrase et il ne la pria pas de le faire.) Je vous appellerai, ajouta-t-elle en reculant et en ouvrant la portière. Votre numéro est dans le merveilleux petit annuaire d'un centimètre d'épaisseur, je suppose ?

– C'est ça.

– Avez-vous un fax ? demanda-t-elle brusquement alors qu'elle était sur le point de sortir.

Il lui donna son numéro.

– Je vous faxerai la liste des choses que je ne peux pas manger, dit-elle avant de disparaître pour de bon.

Sur le chemin du retour, il essaya de mettre les événements de la soirée en perspective. Plus il réfléchissait, plus il se disait que tout ça allait tourner au tragique. Dick Munker l'inquiétait avec son tempérament de fanatique à la fois suffisant et aigri. Et en plus, Melinda Strickland l'avait à la bonne. Munker n'était pas vraiment le genre de type capable de « désamorcer » une situation, comme il le disait, mais plutôt celui à mettre le feu aux poudres. A verser de l'essence sur un feu de camp. Munker et Portenson semblaient avoir le plus grand mépris pour les Souverains, la communauté et Joe lui-même. Ils avaient l'air de prendre grand plaisir à jouer les caïds armés, les experts à qui on vient enfin de donner le feu vert pour faire ce qui leur paraît juste. Joe se dit que Munker était capable de tuer quelqu'un et de déclarer que c'était pour son bien.

Il entrouvrit la vitre, une lame d'air glacée lui fouettant aussitôt le visage. Il espérait que le parfum d'Elle Broxton-Howard s'échapperait de la cabine du pick-up.

Il avait l'impression d'avoir le crâne coincé dans un étau que quelqu'un resserrait d'un quart de tour chaque jour.

Installée sur le canapé, Missy était en train de regarder la télévision dans le noir lorsqu'il rentra chez lui. Ses yeux s'habituant petit à petit à la pénombre, il distingua les choses plus clairement. Une bouteille de vin vide gisait au pied du canapé et elle en tenait une autre – à moitié pleine – dans la main. Son visage était baigné de larmes.

– Ça va ? demanda-t-il timidement.

Elle leva la tête et son regard flou vint se poser quelque part à gauche du nez de Joe. Elle était dans un état d'ébriété avancé.

– Si ça va ? demanda-t-elle. Putain, ça va super bien !

Il regretta de lui avoir posé la question.

– C'est mon anniversaire, dit-elle. (Elle avait du mal à articuler.) Soixante-trois ans et je suis sans maison, sans mari et sans même un petit copain depuis la première fois de ma vie.

C'est vrai, t'es plus toute jeune, pensa Joe, en tout cas t'es suffisamment mûre pour ne plus te comporter de la sorte. Il entreprit de monter l'escalier.

– La soirée a été longue, dit-il en espérant qu'elle s'en tiendrait là.

– Je suis coincée ici au milieu de nulle part, je vieillis à chaque minute qui passe et ma petite April me manque. (Elle prit une gorgée dans son verre et une goutte de vin rouge lui coula sur le menton.) Même si je ne suis pas vraiment sa grand-mère.

Joe s'immobilisa et se tourna vers elle.

– C'est vrai, lâcha-t-il d'un ton sec. Même si vous n'êtes pas « vraiment » sa grand-mère. Comme c'est généreux de votre part ! Je vois bien que ça vous a fichu le cafard. En fait, vous êtes tellement bouleversée que vous avez ouvert une bouteille de vin.

Le visage de Missy s'effondra.

– Je n'arrive pas à croire ce que je viens d'entendre, dit-elle, les larmes aux yeux.

– Désolé, dit Joe d'un ton indifférent. Joyeux anniversaire.

Il se tourna et recommença à monter l'escalier.

– Vous vous en fichez complètement ! lança-t-elle dans son dos. Vous savez, Joe Pickett, si vous n'étiez pas mon gendre, je dirais que vous êtes un type très égocentrique.

Il hésita un instant sur les marches, mais se ravisa et continua à monter. Il entendit le tintement du verre à vin contre la dentition parfaite à six mille dollars de sa belle-mère.

Bien que la chambre soit plongée dans l'obscurité, Marybeth ne dormait pas.

– Joe, tu étais en train de te disputer avec ma mère ?

Il resta quelques instants immobile, essayant de réfréner la colère qui montait en lui. Au lieu de cela, les propos qu'il essayait de refouler depuis un moment jaillirent de sa bouche.

– Est-ce qu'elle va vivre avec nous ? Est-ce qu'elle va rester ici ?

Marybeth alluma sa lampe de chevet.

– Joe, c'est un moment difficile pour elle. Je n'arrive pas à croire que tu te comportes comme tu le fais.

Il ne pouvait plus s'arrêter.

– Ah bon ? C'est un moment difficile pour elle ? Et nous, Marybeth ? Tout ce qu'elle a à faire, c'est accrocher un autre mari et elle est sauvée. Mais nous, on a le problème d'April et, en plus, j'ai l'impression que tous ceux qui sont aux commandes autour de moi sont cinglés... Y a un mec qui attend que je lui sauve la vie, Dieu sait comment ! et je suis à peu près sûr qu'on a un criminel en cavale dans la région...

– Joe, ne parle pas si fort, lui répondit-elle sèchement.

– ... et en plus, j'ai une belle-mère à l'étage au-dessous qui pleurniche sur son sort.

– Joe !

Il se tut et se ressaisit.

– Je n'ai pas besoin que tu me rappelles ce qui se passe, dit-elle, ses yeux lançant des éclairs. Qu'est-ce que tu veux que je fasse ?

Que je la jette dehors dans la neige ? J'ai passé toute la journée à essayer de ne pas penser au problème d'April et de faire quelque chose de constructif. Et toi, tu te mets en colère et tu remets tout ça sur le tapis.

Joe la regarda et vit les larmes qui emplissaient ses yeux. Mais il était encore trop en colère pour s'excuser.

Il se prépara pour aller se coucher et se glissa dans le lit dans un silence pesant. Elle éteignit la lampe et lui tourna le dos. Il se dit qu'elle devait faire semblant de dormir. Il lui toucha l'épaule, mais elle ne réagit pas.

Tu as raison, voulait-il lui dire, je suis désolé.

Il roula sur le dos et fixa le plafond. Le vent glacé faisait vibrer la fenêtre.

Il se réveilla quelques heures plus tard, des images de cauchemar flottant encore dans sa tête. Il se glissa hors du lit en silence et s'approcha de la fenêtre. Le front appuyé contre la vitre froide, il se demanda comment tout avait pu dégénérer si vite.

Tout s'est accumulé, pensa-t-il. Sa famille était déstabilisée et c'était en partie sa faute. Quelque part, il fallait qu'il en fasse plus. Qu'il essaie d'arranger les choses. Qu'il agisse avant que tout explose.

22

Le lendemain matin, il était en train de prendre son petit déjeuner lorsque Marybeth le rejoignit en bas. A sa démarche, il savait qu'elle était encore en colère contre lui. Il la regarda se diriger en silence vers son bureau et en ressortir avec quelque chose dans la main et l'air furieux.

– Tu as reçu un fax, dit-elle d'un ton peu aimable. Je l'ai entendu arriver hier soir, tard.

Joe grimaça et prit le fax qu'elle lui tendait.

– C'est de la part d'Elle Broxton-Howard, dit-il en le parcourant des yeux.

– Je sais.

– Elle veut m'interviewer. Je l'ai invitée à dîner avec nous.

– Ça, j'avais compris.

– C'est la liste des choses qu'elle ne peut pas manger. Je suppose qu'elle a un tas de fax déjà prêts qu'elle envoie aux gens qui l'invitent à dîner.

– Apparemment.

– Elle dit qu'elle ne peut manger ni bœuf, ni volaille, ni porc, ni huile d'olive ou huile de colza, aucun sucre, aucune nourriture industrielle et aucun produit génétiquement modifié.

– Hum.

– Elle suggère même un menu. Truite au four, brocoli à la vapeur et riz complet. Bon sang, on n'a rien de tout ça.

– Non, c'est vrai. Mais je serais ravie de préparer tout ça pour toi et ton amie... pour votre petit dîner.

— Ce n'est pas la peine, Marybeth.

Elle pivota sur ses talons et grimpa l'escalier pour aller s'habiller.

Joe lâcha un juron et froissa le fax en boule avant de le lancer vers la poubelle de la cuisine.

Il quitta la maison de mauvaise humeur et prit la route des Bighorn en direction de Battle Mountain et du camp des Souverains. Le Blazer de McLanahan était toujours là, bloquant le passage. Joe ralentit et s'arrêta tandis que l'adjoint du shérif sortait lentement dans le froid pour venir à sa rencontre.

— Alors, toujours de corvée de barrage routier, hein ? demanda-t-il en baissant sa vitre.

— Ouais, c'est pas la joie, lâcha McLanahan en claquant des dents.

Deux petites volutes de buée s'échappaient de ses narines.

— Y a du passage ? reprit Joe. Les Souverains font beaucoup d'allers-retours ?

McLanahan fit non de la tête.

— De temps en temps, y a un camion qui passe. Mais ils utilisent aussi Timberline Road, de l'autre côté de la montagne, alors je ne les vois pas tous passer.

— Y a-t-il eu du passage ce matin ?

— Vous êtes le seul. La nuit, ça bouge un peu plus. Les deux mecs du FBI sont passés plusieurs fois. Ils avaient tout un tas d'équipement sono et j'imagine que ce soir ils vont passer à une nouvelle phase.

— Une nouvelle phase ?

McLanahan haussa les épaules.

— Pas la peine de me demander. Ils ne me disent rien et je ne suis pas là pendant la nuit. Tout ce que je sais, c'est que ce Munker est un vrai connard.

Joe tendit le pouce vers l'arrière du pick-up.

— J'apporte des vêtements et des jouets au campement pour notre fille April.

Marybeth avait préparé les cartons tôt dans la matinée, avant même que le jour soit levé. Ç'avait dû être très dur, mais elle n'en avait rien dit. Marybeth ne lui parlait plus, et Missy non plus d'ailleurs – mais ça, c'était une bénédiction.

McLanahan haussa les épaules.

– Je suis censé vérifier toutes les livraisons.

– Alors, allez-y.

McLanahan afficha un visage contrit et Joe le vit hésiter. Soit il fouillait tous ces cartons dans le froid glacial et ça lui prendrait un certain temps, soit il retournait dès maintenant dans son véhicule chauffé. Il recula et lui fit signe de passer.

Arrivé au campement, Joe s'arrêta devant le portail comme il l'avait déjà fait et descendit de son pick-up. Un barbu vêtu d'une grosse parka de l'armée sortit de la caravane la plus proche et s'avança vers lui de l'autre côté de la barrière. Il ne portait pas de fusil, mais Joe devina qu'il était armé. Il empila les cartons et la valise près des fils barbelés.

– Qu'est-ce que vous avez là ? demanda l'homme.

Joe lui expliqua que c'était pour April Keeley.

– Elle est ici ? demanda-t-il. Et Wade Brockius est dans le coin ?

– Je ne peux pas vous donner ce genre de renseignements, marmonna l'homme. C'est important ?

Il tendit la main à travers les fils barbelés et ouvrit le carton en haut de la pile pour vérifier qu'il s'agissait bien de vêtements.

– Oui, c'est important.

L'homme souleva le dernier carton de la pile, le fit passer par-dessus la clôture et l'emporta vers la grande caravane d'où Joe avait vu sortir Brockius la dernière fois.

– Il faut tout vérifier, dit l'homme par-dessus son épaule. Je reviendrai pour le reste. Je vais demander pour Wade et Jeannie.

– Je vous attends.

Joe se retourna pour grimper dans son pick-up et balaya du regard la forêt alentour. Quelque chose lui semblait bizarre et il essayait de savoir ce que c'était.

Quand il les vit, il fut surpris de ne pas les avoir remarqués plus tôt. Quatre haut-parleurs argentés se dressaient haut dans le ciel au-dessus de la cime des arbres. La partie métallique évasée était orientée vers le campement. Ils étaient fixés sur des pylônes apparemment attachés à des troncs d'arbres. Pour l'instant, ils étaient silencieux.

Munker et Portenson n'avaient pas perdu leur temps.

Wade Brockius sortit de la caravane et se dirigea lentement vers la barrière. Sa démarche suggérait un problème d'arthrite ou une blessure à la jambe. Joe s'avança à sa rencontre.

— Je suis tout raide à cause du froid, marmonna Brockius. C'est gentil d'avoir apporté les vêtements. Merci.

— Il y a encore deux cartons, dit Joe. J'ai aussi apporté quelques-uns de ses jouets.

Brockius acquiesça d'un hochement de tête. Il avait l'air gêné.

— C'est gentil, répéta-t-il.

Joe jeta un coup d'œil vers les caravanes et les camping-cars. Il espérait apercevoir April, ou même Jeannie Keeley, derrière une fenêtre.

— Puis-je la voir pour m'assurer qu'elle va bien ?

— Elle est avec sa mère en ce moment, monsieur Pickett.

— Sait-elle que je suis ici ?

Sous ses épais sourcils, Brockius observait attentivement le visage de Joe.

— Non, elle l'ignore.

— Pouvez-vous le lui dire ?

Brockius secoua sa grosse tête.

— Je suis désolé. Je ne veux vraiment pas me mêler de ça.

Joe déglutit.

— Je veux qu'April sache qu'elle nous manque et que nous l'aimons beaucoup.

Brockius parut réfléchir un instant. Puis il hocha à nouveau la tête.

— Non, je ne crois pas que ce soit une bonne idée, dit-il d'un ton ferme.

— Dites-moi juste si elle est ici et si elle va bien. C'est très important pour ma femme.

— Elle est ici, dit Brockius d'une voix à peine audible. (Joe comprit qu'il ne voulait pas que quelqu'un dans une caravane ou dissimulé derrière un buisson puisse l'entendre.) Et elle a l'air d'aller bien.

— Je vous remercie, dit Joe.

— Il vaudrait mieux y aller maintenant, monsieur Pickett, dit Brockius d'une voix revenue à la normale. Nous ferons bon usage des vêtements et des jouets.

Manifestement, pour Brockius, la conversation était terminée. Joe lui fit passer les cartons restants et Brockius les emporta. Ils échangèrent un long regard silencieux. Brockius semblait préoccupé par la situation d'April. Mais son regard semblait dire : Je ne veux pas être impliqué dans ce genre de situation.

— Que diffusent ces haut-parleurs ? demanda Joe en se préparant à partir.

Brockius marqua une pause et leva les yeux vers les haut-parleurs au-delà du pick-up de Joe.

— Je ne sais pas encore, grommela-t-il. Mais j'imagine que nous le saurons bientôt.

— Est-ce que vos gens ont quelque chose à voir avec cette mauvaise plaisanterie sur les terres du BLM ? demanda Joe de but en blanc.

Joe voulait savoir comment Brockius allait réagir.

Son visage se durcit, comme il l'avait déjà vu faire. La question ne sembla pas l'étonner et Joe en conclut que soit les Souverains communiquaient avec quelqu'un de l'extérieur, soit ils étaient impliqués dans l'embuscade. Brockius fit demi-tour et partit en direction de sa caravane.

— Je vous suggère de regarder un peu plus près de chez vous, monsieur Pickett, lança-t-il par-dessus son épaule.

L'occasion se présenta peu de temps après, alors qu'il descendait des montagnes enneigées. Il y avait encore beaucoup de neige et sur une trentaine de kilomètres devant lui s'étendaient les terres tourmentées du BLM. Au-delà, la ville de Saddlestring scintillait au soleil du matin.

Sa radio de bord se mit à grésiller.

— Je crois qu'on a un problème. (C'était une voix féminine et il l'entendait très clairement.) Ici Jamie Runyan pour les bureaux du BLM. Est-ce que vous me recevez ?

Joe entendit un chuintement d'électricité statique et se dit que quelqu'un tentait de répondre à Jamie Runyan depuis la ville.

– Je n'ai rien entendu, dit-elle. Veuillez répéter.

Il y eut un autre grésillement.

– Merde ! lâcha-t-elle. Je ne sais pas si quelqu'un me reçoit, mais je suis dans le secteur géré par le BLM et l'Office des forêts et j'aperçois un pick-up de couleur claire sur une hauteur. Je crois qu'il pourrait s'agir de celui que Birch Wardell nous a décrit. Je ne sais pas si je dois le suivre ou pas.

Établir le contact, pensa Joe. Il saisit le micro et attendit que Jamie Runyan ait répété encore une fois son message au central.

– Ici le garde-chasse Joe Pickett, dit-il dès qu'elle eut terminé. Je vous reçois cinq sur cinq. Restez où vous êtes. Je vous rejoins dans une quinzaine de minutes.

Il accéléra et fonça vers la vallée aussi vite qu'il pouvait sans risquer de quitter la route.

Le pick-up beige marqué du logo du BLM était garé sur le bord de la route gravillonnée et le moteur n'avait pas été coupé. Joe s'arrêta juste derrière et bondit à l'extérieur. Il saisit sa carabine Remington WingMaster qu'il avait sortie de l'étui placé derrière son siège quelques minutes plus tôt et s'approcha.

Solidement bâtie, Jamie Runyan n'était pas une beauté. Elle avait un visage large et quelconque. Elle baissa sa vitre en le voyant.

– Où avez-vous aperçu le pick-up ? lui demanda Joe en scrutant l'horizon.

Comme elle s'était garée dans une dépression, il serait difficile de voir son véhicule de loin.

Elle fit un geste vers le haut de la route, au-delà de la colline.

– Je grimpais cette colline quand je l'ai vu. C'était un pick-up assez ancien et de couleur claire et il était arrêté sur une hauteur. J'ai eu l'impression que le type était en train d'arracher notre barrière avec une chaîne.

– Est-ce qu'il vous a vue ?

– Je n'en sais rien, répondit-elle en hochant la tête. Dès que je l'ai vu, je suis redescendue en marche arrière pour me planquer.

– Est-ce que quelqu'un de chez vous a répondu à votre appel ?
Elle fit non de la tête.

– Je crois que je suis hors de portée radio dans ces foutues montagnes. Vous êtes le seul que j'aie entendu.

Joe acquiesça d'un signe de tête.

– Ça vous ennuie si j'emprunte votre véhicule ? Vous pouvez attendre ici dans mon pick-up et rester au chaud.

Elle scruta son visage en réfléchissant.

– Qu'allez-vous faire ? demanda-t-elle.

– J'ai une idée sur ce qui s'est passé, dit-il. Si vous me laissez emprunter votre voiture, j'aurais l'air d'être du BLM et je pourrais tester ma théorie.

Elle hésita.

– Je ne sais pas. Seuls les employés fédéraux autorisés ont le droit de conduire ces véhicules.

– Je suis autorisé, lui répondit-il en mentant. Le département Chasse et Pêche a un accord interagences avec le BLM.

Il se trouva convaincant et son astuce sembla fonctionner.

Elle descendit de la cabine sans oublier d'emporter le sac contenant son déjeuner.

Joe chargea une cartouche dans la chambre de sa carabine, enclencha la sécurité et fit glisser l'arme sur le plancher, canon vers le bas. Il plissa les paupières et lança le véhicule à toute allure sur la piste gravillonnée.

Arrivé en haut de la colline, il aperçut le pick-up de couleur claire dont lui avait parlé Runyan. Elle avait dit vrai – le type était en train d'arracher une barrière en fils barbelés à l'aide d'une chaîne attachée à son pare-chocs. La barrière avait été mise en place par le BLM et l'Office des forêts pour interdire l'accès à la zone réservée à la recherche.

Le véhicule se trouvait à quelque huit cents mètres de Joe. A la vitesse à laquelle il progressait, il serait bientôt sur la route au-dessous de lui. Dans sa tête, il rejoua le scénario que Wardell lui avait décrit la nuit où il était à l'hôpital. Comment le pick-up avait disparu au sommet de la colline après que Wardell l'avait pris en chasse. Joe ne connaissait pas très bien la configuration du terrain au-delà de la colline, mais se dit qu'elle devait être similaire.

Malgré le froid, il baissa sa vitre pour mieux entendre l'autre véhicule. Le pick-up du BLM piquant du nez et se cabrant sur la piste verglacée, il le perdait régulièrement de vue. Bientôt, il perçut le grincement d'un moteur dans le silence du matin. Il se dit que, d'une minute à l'autre, il serait assez proche pour apercevoir le conducteur, peut-être même la plaque minéralogique.

Mais lorsque le pick-up fut à nouveau en vue, il le vit s'éloigner à toute vitesse. Arrivé au sommet de la colline, il se détacha un instant sur le bleu profond du ciel avant de passer de l'autre côté.

Exactement comme l'avait fait Wardell, Joe donna un coup de volant et quitta la piste, pointant le nez massif du pick-up vers le sommet de la colline où il avait aperçu le véhicule pour la dernière fois. Il franchit avec fracas deux congères de neige durcie et faillit perdre le contrôle de son véhicule à l'approche du sommet. Les roues arrière projetaient des gerbes de neige sale tandis que le pick-up dérapait sur la terre et le verglas. Enfin elles accrochèrent la roche et le propulsèrent vers le haut de la colline, qu'il franchit aussitôt.

Son cœur battait fort lorsqu'il atteignit le sommet et plongea sur l'autre versant. Les traces de pneus de l'autre pick-up descendaient la pente et disparaissaient dans la vaste étendue broussailleuse qui masquait le fond de la ravine.

Joe se pencha pour attraper sa carabine qui avait glissé vers la portière côté passager pendant la montée pleine de cahots. Il la rapprocha de lui tout en poursuivant sa descente.

Quelques instants plus tard, un pick-up de couleur claire émergea des hautes broussailles et commença à gravir le versant opposé, directement en face de lui. Il peinait lui aussi dans la montée, dérapant sur le sol argileux et projetant des cailloux derrière lui. A l'allure à laquelle il fonçait vers le bas de la ravine, Joe aurait vite fait de le rattraper.

Il appuya plusieurs fois sur le frein pour ralentir sa course effrénée et agrippa fermement le volant. Les traces qu'il suivait allaient bientôt disparaître dans un enchevêtrement de branches et de broussailles.

Tout d'un coup, le pick-up du BLM fut littéralement englouti par le fouillis végétal, les branches griffant les portières comme des ongles sur un tableau noir. Un résineux gifla le pare-brise dans une pluie d'aiguilles et de petites baies gris-bleu qui explosèrent sur la vitre. Puis Joe distingua une ouverture à travers les branchages.

A cet instant précis, il fit quelque chose que Birch Wardell n'avait pas fait. Il freina brutalement, puis enclencha la marche arrière et donna un grand coup d'accélérateur en braquant à fond vers la droite. Le moteur rugit et les pneus mordirent la poussière. Le pick-up bondit sur le côté en marche arrière à travers les broussailles dans un fracas de branches cassées.

BOUM !

Il avait percuté une masse métallique avec une telle violence que sa tête partit en arrière et rebondit sur la vitre. Il s'effondra sur le volant, des éclairs orange vif passant devant ses yeux. Puis de la fumée, ou de la vapeur, plongea la cabine dans l'obscurité. Il leva la tête pour essayer de reprendre ses esprits. L'odeur âpre du liquide de refroidissement lui emplit les narines.

Les éclairs s'étaient réduits à de petites étincelles qui voletaient lorsqu'il tomba à quatre pattes dans la poussière et la neige par la portière ouverte. Son chapeau s'étant complètement écrasé sur sa tête, il dut le remonter pour y voir clair.

La calandre défoncée du pick-up de couleur claire crachait une vapeur verte. Une flaque de liquide de refroidissement fumait sur le sol et faisait fondre la neige en coulant doucement vers lui. Il se releva et saisit sa carabine posée sur le siège. Il contourna le pick-up par l'arrière et se dirigea vers le véhicule qu'il avait percuté.

A l'endroit où la tête du conducteur avait dû heurter le pare-brise se dessinait un réseau de craquelures en forme d'araignée. Joe agita la main pour dissiper la vapeur et jeta un coup d'œil dans la cabine. Un homme était affaissé sur le volant, une casquette dissimulant à moitié son visage. Des filets de sang rouge foncé coulaient sous sa casquette jusque dans le col de son blouson. Joe reconnut le blouson et le logo peint sur la portière – on avait essayé de le masquer avec une épaisse couche de boue.

C'était un bardeau ailé en forme de T.

Joe ouvrit la portière et Rope Latham, le couvreur, poussa un grognement en laissant rouler sa tête vers lui.

– Vous êtes grièvement blessé, Rope ? demanda-t-il.

– J'ai l'impression, oui. Je crois que je suis aveugle.

Joe se pencha à l'intérieur de la cabine et souleva la casquette de base-ball qui avait glissé sur les yeux du conducteur. Une entaille de presque dix centimètres de long s'ouvrait au-dessus de ses sourcils. Il lui faudrait certainement des points de suture, mais la blessure n'avait pas l'air si terrible.

– Non, j'y vois ! s'écria Rope.

– Sortez de là, lui ordonna Joe en lui donnant des petits coups dans les côtes avec sa carabine. Tournez-vous, mains en l'air et jambes écartées.

Latham obéit en grognant.

Joe lui saisit les bras et le menotta dans le dos. Puis il l'obligea à se retourner et le poussa à l'intérieur du pick-up. Sur le siège, Joe aperçut le talkie-walkie Motorola Talkabout que Rope avait manifestement utilisé pour communiquer avec l'autre véhicule.

– Deux pick-up, dit Joe, deux véhicules identiques de la société Bighorn Roofing. Le premier descend vers le fond de la ravine et se planque dans les broussailles à la dernière minute, et le deuxième, parfaitement identique, se lance vers le sommet, sur l'autre versant, où il attendait, bien caché. On dirait que le même véhicule a franchi la ravine avant de remonter de l'autre côté. Et le pauvre type du BLM croit qu'il peut traverser lui aussi, comme ce véhicule vient de le faire. Pas mal, l'astuce, même si le mec n'est pas mort comme vous l'aviez espéré.

Latham grimaça. Le sang qui dégoulinait sur son visage lui coulait dans les yeux.

– Il y a un dénivelé de deux mètres là-dessous dès qu'on sort des broussailles, pas vrai ? demanda Joe.

– C'est Spud qui y a pensé, dit Latham. Mais on a dû attendre deux jours avant que le mec du BLM tombe dans le panneau. Ç'avait plutôt bien marché avant.

Joe ne lui dit pas que c'était de voir deux jeunes antilopes identiques qui lui avait fait comprendre comment ils avaient procédé.

Tout en gardant Rope Latham dans son champ de vision, Joe recula de quelques pas et jeta un coup d'œil rapide vers le versant opposé. Spud Cargill, l'associé de Rope, s'était arrêté au sommet et regardait le fond de la ravine avec ses jumelles. Joe saisit le talkie-walkie de Spud et l'approcha de ses lèvres.

– On te tient, espèce de salaud, dit-il avant de jeter le talkie-walkie à l'intérieur du pick-up.

Il leva le bras, pointa son index vers Cargill – toujours derrière ses jumelles – et fit semblant de lui tirer dessus.

Le pick-up de Spud démarra aussitôt et disparut au sommet de la colline.

Tandis que Joe attendait l'arrivée de Jamie Runyan dans son pick-up, Rope Latham se mit à trembler. Pourvu que ses blessures ne soient pas pires que je le pense, se dit Joe.

Il lut ses droits à Rope, puis il alluma le minimagnétophone qu'il avait dissimulé dans la poche de sa chemise.

– Pourquoi vous en prenez-vous aux gars du BLM ? demanda-t-il.

Il s'était appuyé contre un arbre et braquait vaguement sa carabine sur Rope Latham. Il commençait à avoir des élancements à l'arrière de la tête, là où il avait heurté la vitre.

– Ils nous devaient de l'argent, répondit Latham d'un air abattu. Et l'Office des forêts aussi.

– Ils vous devaient de l'argent ? répéta Joe, perplexe.

– Ces salauds nous devaient de l'argent depuis l'été dernier. Douze mille dollars de travaux qu'on avait faits pour eux sur leurs bâtiments. Il fallait remplacer tous les toits et on a dû avancer l'argent pour les matériaux. C'était y a six mois et on n'a toujours pas été payés. (Il cracha de la salive sanguinolente dans les buissons.) Y a eu un problème avec la demande de chèque envoyée à Cheyenne par le BLM et, moi et Spud, on veut notre pognon. Quand c'est l'heure de payer les factures, notre gouvernement est vraiment pourri. « Peut-être le mois prochain », qu'ils nous disent. Merde, est-ce que ça leur plairait à tous ces connards du BLM d'être payés avec une semaine de retard, sans parler de six mois ?

Joe se redressa. Il avait des picotements dans la nuque et ça ne venait pas du choc contre la vitre.

– Ces mecs-là gaspillent l'argent comme si c'était un jeu. Y a qu'à voir les trois millions de dollars dépensés juste pour aligner quelques clôtures et planter quelques panneaux dans cette connerie de zone « gérée conjointement » par le BLM et l'Office des forêts.

– Qu'est-ce que vous avez dit tout à l'heure sur l'Office des forêts ?

La voix de Latham s'étrangla.

– Rien.

– Non, vous avez dit que l'Office des forêts vous devait aussi de l'argent.

– Les salauds, lâcha Latham dans une quinte de toux. Ce sont les pires de tous. Ils nous doivent quinze mille dollars pour un travail qu'on a fait l'été dernier.

– Il devait donc s'agir de Lamar Gardiner, dit Joe froidement.

– C'était lui, ouais, dit Latham, avec un sourire mauvais. (Ses dents étaient roses à cause d'une entaille qu'il avait dans la bouche.) Il ne prenait même pas la peine de nous rappeler et il avait dit à Spud que si on n'arrêtait pas de l'emmerder, il nous virerait de la liste des sociétés auxquelles il envoyait les appels d'offres du gouvernement et qu'il porterait plainte !

– Poussez-vous, ordonna Joe.

Latham glissa le long du pick-up en s'écartant de la cabine.

Joe se pencha à l'intérieur et fit glisser la banquette vers l'avant. Il découvrit un arc en composite coincé entre le siège et la paroi de la cabine et, juste à côté, un petit carquois rempli de flèches.

Joe en saisit une et l'observa attentivement.

– Des Bonebuster, dit-il.

Latham ouvrit grand les yeux et blêmit brusquement. Du sang jaillit de sa blessure au front.

Joe était complètement abasourdi.

– Tout ça pour des factures impayées ? Vous avez tué un homme et failli causer la mort d'un autre parce que leur employeur vous devait de l'argent ?

Latham acquiesça d'un hochement de tête. La terreur se lisait sur son visage.

– Je devrais vous flinguer tout de suite et vous abandonner aux coyotes, lança Joe d'un ton glacial. Est-ce que vous vous rendez compte du bordel que vous avez failli déclencher avec vos conneries ?

Le shérif O. R. Barnum, dit « Bud », était sous le choc lorsque Joe Pickett laissa tomber dans un grand fracas l'arc et les flèches sur son bureau après avoir remis Rope Latham à son adjoint Reed.

– J'en ai eu un, dit Joe. Spud Cargill est le deuxième et il a réussi à s'enfuir. C'est Rope qui a tiré les flèches et Spud qui a tranché la gorge de Lamar.

Barnum lui lança un regard furieux.

– Rope a tout avoué sur le chemin du retour, précisa Joe. J'ai enregistré ses aveux.

– Vous lui avez lu ses droits ?

– C'est sur la cassette.

– Et il est où, Spud ?

– Je n'en sais rien. Pourquoi n'allez-vous pas le chercher ? C'est vous le shérif, non ?

Barnum ne le lâchait pas du regard. Ses yeux étaient de plus en plus sombres.

– Je sais que vous êtes occupé avec les Souverains, Melinda Strickland, la « Phase Un » et tout et tout, mais Spud conduit un pick-up beige portant le logo de la société Bighorn Roofing sur les portières et des plaques du Wyoming. Ça devrait pas être trop dur à trouver.

Il posa ses deux mains à plat sur le bureau et se pencha vers lui.

– Ceci n'a rien à voir avec un quelconque mouvement anti-gouvernemental. C'est une histoire de couvreurs qui n'ont pas été payés alors qu'ils auraient dû l'être, poursuivit-il en foudroyant le shérif du regard. Et tout ça à cause du boulot d'enquête bâclé par le bureau du shérif.

Les veines se gonflèrent sur les tempes de Barnum, mais il ne répondit pas.

– Quand vous relâcherez Nate Romanowski, n'oubliez pas de lui dire que je suis impatient de lui parler. Enfin... si votre adjoint a fini de lui bourrer la gueule.

Il pivota sur ses talons et quitta la pièce.

Cette nuit-là, Marybeth réveilla Joe en le secouant. Lorsqu'il ouvrit les yeux, elle le regardait.

— Je suis désolée pour hier soir et pour ce matin, dit-elle. Tu ne méritais pas ça.

— Si, je le méritais. Tu avais parfaitement raison, dit-il soudain de meilleure humeur. Ce n'est pas grave, nous sommes un peu sous pression depuis quelque temps.

Elle sourit sans mot dire.

— Quoi ? finit-il par demander.

— Joe, des fois, tu m'épates. Deux antilopes identiques ?

Il se mit à rire.

23

Le lendemain matin, il se fit confirmer l'histoire de Rope Latham par Carrie Gardiner. Il la trouva debout devant chez elle, emmitouflée dans un gros manteau, les bras serrés autour d'elle. Un gros camion de déménagement avait reculé à travers le jardin juste devant sa porte d'entrée et une équipe de déménageurs transportait des meubles et des cartons jusqu'à la rampe d'accès à l'arrière de la remorque.

— On m'a dit que vous partiez, dit Joe en inclinant le bord de son chapeau en direction du camion. Vous allez où ?

— Mes parents habitent dans le Nebraska, répondit-elle en soupirant. Toujours à la ferme. Ils ont de la place pour nous.

— Désolé de vous voir partir.

Ses yeux lancèrent des éclairs.

— Pas moi.

— Vous êtes au courant pour Rope ?

— Oui. Le shérif a appelé ce matin. Merci de l'avoir arrêté.

— Oui.

— Dites-moi ce qui s'est passé.

Elle l'écouta, les yeux fixés sur ses bottes d'hiver tandis qu'il lui rapportait tout ce que Rope avait dit.

Lorsqu'il eut terminé, elle acquiesça.

— Tout ça, je le crois, dit-elle.

— Vraiment ?

Elle hocha tristement la tête.

— J'aurais préféré que toute cette histoire soit fausse, mais c'est pas le cas. Les couvreurs ont même appelé chez nous plusieurs fois pour se plaindre. Un jour, j'ai parlé à Spud Cargill et il m'a tout raconté, alors le soir, quand Lamar est rentré, j'ai voulu en savoir plus.

« L'été dernier, Lamar a traversé une période très difficile. Je crois qu'il venait de comprendre qu'il n'avait aucun avenir à l'Office des forêts et ça l'embêtait. Il avait postulé dans d'autres districts au cours des trois dernières années et aussi pour du boulot dans les bureaux régionaux, mais on ne lui avait donné aucun signe d'encouragement. Je crois qu'il s'est rendu compte qu'il n'obtiendrait jamais un poste à responsabilités et, parfois, ça lui pesait. C'était dur pour moi et les enfants.

Joe l'écoutait, jetant de temps en temps un coup d'œil aux déménageurs qui sortaient de la maison les bras chargés avant de disparaître à l'arrière du camion.

– Je ne cherche pas à excuser Lamar pour ce qu'il a fait là-haut dans la montagne, dit-elle. Le massacre de tous ces wapitis me rend malade. Mais je sais qu'il se sentait extrêmement frustré. Pour la première fois depuis que nous étions mariés, il se montrait cassant avec moi et les enfants. Il buvait trop. Je pensais le quitter juste avant que... vous savez...

– Carrie, parlez-moi des couvreurs.

– Oui, dit-elle en rougissant. D'après Lamar, au printemps, il avait lancé un appel d'offres pour remplacer les bardeaux sur les toits de tous les bâtiments. Bighorn Roofing, la société de Spud et de Rope, avait proposé le meilleur tarif. Lamar leur avait donné son accord verbal pour commencer les travaux, puis il avait envoyé la demande au bureau régional de Denver. D'après lui, il s'était toujours agi d'une simple formalité. Mais cette fois-là, au bout de deux mois, le bureau régional lui a renvoyé le dossier en disant qu'il n'avait pas correctement rempli certains formulaires. Lamar était furieux. Il a dû refaire les papiers et renvoyer le dossier, mais il n'en a rien dit aux couvreurs.

– C'était quand ?

– Au mois d'août, je crois. Le travail était pratiquement terminé et les couvreurs étaient en colère de devoir avancer l'argent des matériaux et de pas être payés pour leur travail. Après, le bureau régional a encore une fois renvoyé le dossier en refusant de donner son accord ; pour lui, Lamar s'était engagé avant d'y être autorisé.

Joe hocha la tête.

– Lamar était furieux de s'être fait avoir comme ça.

– Ça se comprend.

– Ils l'ont laissé se débrouiller tout seul. Ils n'ont pas pensé un seul instant aux difficultés qu'il allait rencontrer ici. Ils s'en fichaient qu'il ait à regarder les gens en face pour leur annoncer qu'ils ne seraient pas payés pour leur travail.

C'était vraiment… incroyable, pensa Joe. Et frustrant. Ça n'aurait pas dû arriver.

Il la remercia et lui répéta encore une fois qu'il était désolé de la voir partir.

Comme il approchait de son pick-up, elle le rappela.

– Oh, monsieur Pickett… je ne vous ai pas dit le nom de la personne du bureau régional qui renvoyait sans cesse le dossier.

Il se tourna vers elle.

– C'était Melinda Strickland, dit-elle d'un ton amer. La femme qui croit que je m'appelle Cassie.

Les forces de l'ordre du Twelve Sleep County et des environs se démenaient pour retrouver Spud Cargill, toujours en cavale. Tout en rédigeant le rapport qu'il aurait déjà dû envoyer à son supérieur, Joe suivait les progrès de l'enquête sur la radio de son bureau. Une jeune recrue du bureau du shérif déclarait avoir retrouvé le pick-up de Cargill près de la décharge municipale de Saddlestring. Le véhicule était vide, la portière côté conducteur ouverte et des traces de pas dans la neige indiquaient que Spud était parti en courant vers la grand-route. « Les traces de pas du suspect s'arrêtent au niveau de la chaussée, avait déclaré l'agent. Soit il avait un autre véhicule, volé ou non, soit quelqu'un l'a pris en stop sur la grand-route. En tout cas, impossible de savoir où il est passé. » Un habitant de la ville avait soi-disant aperçu quelqu'un lui ressemblant qui courait sur le terrain de foot du lycée et la police s'était rendue sur place pour vérifier. En fait, c'étaient les garçons de l'équipe de basket qui s'étaient fait punir et étaient en train de faire des tours de terrain. Le shérif Barnum avait diffusé des messages radio à toutes les patrouilles et la police de la route avait dressé des barrages sur les quatre routes permettant de quitter la ville avec ordre de vérifier conducteurs, passagers et tout ce qui pouvait paraître suspect. Barnum avait aussi envoyé des hommes à Bighorn Roofing, chez Spud (il vivait seul à l'exception d'un blaireau en cage dans le garage) et au Stockman's Bar où il aimait aller prendre une bière après le boulot.

Mais Spud Cargill restait introuvable.

Finalement, c'est une belle journée pour une chasse à l'homme, se dit Joe en regardant par la fenêtre. Après sa visite à Carrie Gardiner, il était rentré chez lui. Le vent s'était calmé, le ciel était dégagé et le soleil brillait de tous ses feux. La neige fondait doucement et une kyrielle de gouttelettes d'eau dégringolait du toit, creusant des petits sillons mouillés le long de la maison. Les gargouillis de l'eau courant dans les conduits d'écoulement extérieurs étaient une véritable mélodie à ses oreilles. Il aimait l'eau comme les vrais habitants de l'Ouest peuvent l'aimer. Pour lui, il n'y en avait jamais assez. Il détestait voir le vent se lever et emporter la neige au loin. Ça lui paraissait injuste.

Il termina son rapport et l'envoya par e-mail à Trey Crump. Il lui disait que maintenant que Rope Latham était en prison et que Spud Cargill n'allait pas tarder à l'y rejoindre, la tension qui régnait depuis un moment sur le Twelve Sleep County devrait diminuer.

En tout cas, il l'espérait. Pour la première fois depuis des jours, il n'avait plus de douleurs sourdes au fond de l'estomac.

Il aurait aimé être là quand on avait expliqué à Melinda Strickland, Dick Munker et Tony Portenson que le mobile du meurtre de Lamar Gardiner et de l'agression de Birch Wardell n'avait rien à voir avec une action haineuse et fanatique organisée contre le gouvernement, mais qu'il s'agissait simplement d'entrepreneurs en colère qui n'avaient pas été payés par des agences fédérales. Joe ne pouvait pas s'empêcher de hocher la tête en pensant à tout ça. Il se demandait si Munker et Portenson allaient quitter la ville discrètement et si Melinda Strickland allait leur emboîter le pas.

Il pourrait alors se concentrer sur ce qui lui importait : April.

– Joe, il y a quelqu'un dehors, dit Missy sur le seuil de son bureau.

L'inquiétude perçait dans sa voix.

Joe s'était assoupi dans son fauteuil, les pieds sur le bureau et le chapeau rabattu sur les yeux. La semaine avait été éprouvante.

Il se leva, se frotta le visage et regarda sa belle-mère à travers ses doigts écartés. Son visage et sa coiffure étaient... parfaits, le résultat d'au moins deux bonnes heures de travail. Elle portait un grand pull en cachemire fauve, un rang de perles, un pantalon moulant noir et brillant et des talons aiguilles à lanières. Ce n'était manifestement pas une tenue pour dîner à la maison.

Puis il se rappela pourquoi il s'était réveillé si soudainement. Elle s'écarta pour le laisser passer et il souleva un coin du rideau dans la salle de séjour.

– Qui est cet homme ? reprit-elle. Il n'a pas frappé ni rien. Il est juste planté là.

Dehors, Joe aperçut une vieille Jeep Willys, le nez en l'air – sa calandre et ses phares grillagés lorgnant par-dessus la clôture comme un voyeur. Des lambeaux de toile accrochés à l'armature tordue du toit pendaient à l'intérieur du véhicule. Assis sur le capot, ses grosses bottes posées sur le pare-chocs avant, Nate Romanowski attendait. Les derniers rayons du soleil qui disparaissaient doucement entre deux sommets l'auréolaient d'un halo ardent parfaitement irréel. La buse à queue rousse, enchaperonnée, était perchée sur son épaule, le faisant ressembler à un pirate avec son perroquet. Le faucon pèlerin était agrippé à son poing fermé, les ailes légèrement écartées pour garder l'équilibre.

– Je ne sais pas depuis combien de temps il est là, enchaîna Missy, inquiète. Marybeth et Sheridan devront passer à côté de lui pour arriver à la maison.

Joe se souvint que Marybeth était partie chercher Sheridan à son entraînement de basket.

– C'est Nate Romanowski, dit-il.

Missy porta la main à sa bouche.

– C'est celui qui… dit-elle d'une voix hachée.

– Il n'a rien fait, lui renvoya-t-il sèchement.

Il lâcha le rideau et partit chercher sa parka. Si le soleil avait agréablement réchauffé l'après-midi, la température allait changer dès qu'il disparaîtrait derrière les nuages.

Il était en train d'enfiler sa parka lorsqu'il se rendit compte que Lucy était sortie de sa chambre et se tenait à côté de Missy. Devant l'étrange vision qui s'offrait à lui, il marqua un léger temps d'arrêt. Lucy était la version miniature de Missy Vankueren. Le pull, le pantalon, le rang de perles et les chaussures qu'elle portait étaient parfaitement identiques à celles de sa grand-mère, sauf que le pull était en coton et les perles en plastique. Même sa coiffure balayée en arrière était la même.

Il leva les yeux, attendant une explication. Le visage de Missy était rayonnant.

– N'est-elle pas adorable ? lança-t-elle avec exubérance. Cette tenue est un cadeau de Noël tardif de ma part. Ce soir, ma petite-fille et moi allons dîner en ville.

– En ville ? Comme ça ? demanda Joe, incrédule.

– Montre-lui, dit Missy.

Lucy se mit à balancer ses petites hanches et tourna lentement sur elle-même en levant les bras au-dessus de sa tête. Elle ressemblait tellement à Missy, y compris dans sa façon de bouger, que Joe eut un mouvement de recul.

– Pourquoi avez-vous fait ça ? demanda-t-il en retenant le « Nom de Dieu ! » à cause de Lucy.

Missy le regarda d'un air outré.

– Viens, ma chérie, dit-elle en pivotant sur ses talons. Ton père ne connaît rien à la mode.

Lucy fit elle aussi volte-face, emboîtant le pas à Missy en direction de la salle de bains. A la différence de sa grand-mère, Lucy jeta un coup d'œil par-dessus son épaule avant d'entrer dans la salle de bains et décocha un clin d'œil à son père. Pour elle, c'était une plaisanterie, même si ça ne l'était pas pour sa grand-mère.

Joe ne savait pas s'il devait rire ou s'enfuir en courant.

– Je vous dois une fière chandelle, dit Nate en voyant Joe approcher.

– Mais non.

Nate posa son regard perçant sur lui.

– Je vous avais demandé deux choses et vous les avez faites toutes les deux. Je savais que je pouvais vous faire confiance.

Joe enfonça les mains dans ses poches en donnant quelques coups de pied dans la neige, gêné.

– N'y pensez plus. Je suis ravi qu'on ait pu retrouver les coupables.

– Spud Cargill est-il toujours en cavale ? demanda Nate.

– Autant que je sache.

Nate hocha la tête et eut l'air de réfléchir un instant.

– Pourquoi ? Vous savez quelque chose ?

– J'en sais suffisamment pour être dangereux, dit Nate en esquissant un sourire. J'ai entendu un tas de choses dans cette prison, des bribes de conversation entre Barnum et ses adjoints et entre lui et Melinda Strickland. Et rien qu'aux questions qu'ils me posaient, je savais ce qu'ils pensaient. Les choses sont en marche pour expulser les Souverains. Le shérif et Strickland sont convaincus que je fais partie de leur groupe, vous savez. Dick Munker a même essayé de me faire admettre que j'étais soldat dans une de leurs milices. Cette bande de malades est carrément déçue de savoir que tout ce dont les Souverains sont coupables à ce jour est de détester le gouvernement fédéral, ce qui n'est pas un crime, et d'être restés quelques nuits de trop dans un camping. Ils font tout leur possible pour trouver un truc pour les coincer.

– Peut-être que maintenant les choses vont se calmer, dit Joe, optimiste.

– N'y comptez pas.

– Non, non. Il faut vraiment qu'elles se calment.

Des phares apparurent sur la route en direction de la ville. L'air absent, Joe regarda le véhicule approcher et le faisceau lumineux s'élargir sur la route verglacée. C'étaient Marybeth et Sheridan.

– C'est ma femme qui arrive, dit Joe. Voulez-vous entrer ? Il fait froid dehors.

Au lieu de répondre, Nate étudia le visage de Joe, ses yeux réduits à des fentes.

– Quoi ? demanda Joe, agacé.

– Vous êtes vraiment un mec bien, pas vrai ?

Joe haussa les épaules.

– Bon, arrêtez avec ça.

– Je ne plaisante pas, dit Nate doucement. J'ai passé la plus grande partie de ma vie entouré d'hypocrites et de salauds. Du genre de McLanahan et de Barnum. Les trois quarts d'entre eux n'avaient pas une once d'intégrité. C'est pour ça que ça me réchauffe le cœur de voir qu'il y a encore des mecs bien.

Joe était heureux que le crépuscule dissimule son visage empourpré.

– Vous avez bu, Nate ?

– Un peu, ouais, dit-il en riant. Quand j'ai vu ce qu'ils avaient fait chez moi…

– C'est vrai qu'ils ont fichu une sacrée pagaille. Sheridan m'a aidé à remettre une grande partie de vos affaires à l'intérieur.

Dès qu'il eut prononcé ces paroles, il les regretta. Il savait ce qui allait suivre.

– Vous voyez ! s'exclama Nat. (Il leva son bras et décrivit un mouvement circulaire comme pour exhiber Joe devant son faucon.) C'est ça que je veux dire ! Vous êtes vraiment un type bien. Avec une femme bien et des enfants bien.

Après ce qui sembla une éternité à Joe, Marybeth arriva et gara sa voiture près de la Jeep. Elle en sortit les bras chargés de provisions. Sheridan contourna le véhicule, les yeux rivés sur Romanowski et ses oiseaux. Joe vit tout de suite qu'elle était fascinée.

Joe présenta Marybeth et Sheridan à Nate Romanowski.

– J'étais justement en train de dire à votre mari qu'il avait une bien jolie petite famille, dit Nate. Je suis ravi de rencontrer des gens comme vous.

Joe et Marybeth échangèrent un regard.

– Ravie de faire votre connaissance, monsieur Romanowski…

– Appelez-moi Nate, dit-il en l'interrompant.

–… Nate, se corrigea Marybeth. Il faut que j'apporte tout ça à la maison et que je commence à préparer le dîner.

Nate hocha la tête tristement.

– Et que je commence à préparer le dîner, répéta-t-il. Comme c'est charmant.

– Vous voulez vous joindre à nous ? demanda Marybeth.

– Oh, oui, s'il vous plaît, supplia Sheridan. J'aimerais vous poser des questions sur les faucons et la fauconnerie.

Tous les regards se tournèrent vers Joe.

– Je l'ai déjà invité à entrer, marmonna-t-il.

Pendant que Marybeth préparait le dîner dans la cuisine, Joe écouta Nate Romanowski parler de ses oiseaux à Sheridan dans la salle de séjour. Nate étala du papier journal sur le sol et emprunta deux chaises. Il baissa le bras et les oiseaux vinrent se percher sur le haut des chaises, de dos, le plumage de leur queue se déployant le long du dossier. Missy avait pris le van pour emmener Lucy dîner en ville. Si la vision d'une fillette et de sa grand-mère plus âgée d'une cinquantaine d'années vêtues de manière parfaitement identique avait pu paraître étrange à Nate, il n'en avait rien dit.

La présence de Nate et des faucons dans la salle de séjour semblait occuper tout l'espace. Les oiseaux ne mesuraient pas plus de trente centimètres, mais ils projetaient une aura bien plus grande. Tout comme Nate, ils semblaient appartenir à un monde différent, plus sauvage et violent.

Devant Sheridan en extase, Nate expliqua à quoi servaient les différents accessoires : les chaperons en cuir repoussé qui couvraient leurs yeux (mais pas leurs becs crochus) et les liens de cuir souple, les jets, attachés à leurs tarses. Ceux-ci permettaient au fauconnier de tenir l'oiseau au poing sans qu'il s'échappe. Il souleva délicatement le faucon sur son poing ganté et montra à Sheridan comment il avait enroulé les jets autour de ses doigts. Le faucon, fermement tenu, avait un meilleur équilibre et une plus grande stabilité. Il ne risquait pas de s'envoler ou de se déplacer le long de son bras. Une longe était fixée aux jets par un touret.

– Que se passe-t-il s'ils essaient de s'envoler ? lui demanda Sheridan.

– Ils agitent leurs ailes sans pouvoir décoller, comme un poulet qui voudrait s'envoler, répondit Nate. Tu serais surprise de voir avec quelle puissance ils s'élèvent dans les airs. Un faucon effrayé qui bat des ailes pourrait presque te soulever du sol.

Il approcha le faucon pèlerin de Sheridan pour qu'elle puisse l'examiner de plus près.

— Je le plains d'avoir à porter ce masque, dit-elle en caressant doucement le poitrail de l'oiseau du dos de la main.

— Eh bien, on va le lui enlever, dit Nate en tirant sur deux petits liens et en faisant glisser le chaperon.

Le faucon inclina la tête vers Sheridan et l'examina attentivement avec des petits mouvements rapides, presque mécaniques. Ses yeux étaient extraordinairement alertes et son regard perçant. Nate expliqua à Sheridan que les yeux des faucons possédaient une plus grande surface interne que l'œil humain et que, grâce à ça, ils étaient capables de voir dans l'obscurité et de détecter des mouvements aussi infimes que ceux d'une souris à presque deux kilomètres de distance.

— On dit que si tu plonges ton regard dans celui du faucon, tu peux y voir très loin, dit-il doucement avec son étrange intonation saccadée. On dit aussi que ça porte malheur parce que regarder dans les yeux du faucon, c'est comme regarder dans son propre cœur noir et cruel.

A ces mots, Sheridan écarquilla les yeux et regarda son père. Joe haussa les épaules.

— Je n'ai jamais entendu dire ça.

Nate sourit d'un air mystérieux.

— Une chose dont je suis sûr, c'est qu'on peut voir la différence entre un faucon sauvage et un faucon dressé rien qu'en regardant ses yeux. Dans les volières d'élevage ou dans les zoos, ils vous observent, mais il leur manque quelque chose dans le regard.

— Et si on lui remettait son chaperon ? demanda Sheridan au bout d'un moment.

Nate lui obéit.

— Où avez-vous eu ces oiseaux ? demanda la fillette.

— Il m'arrive de les capturer jeunes, dit-il avant d'expliquer comment il escaladait des falaises à la recherche d'aires ou de nids où installer ses filets, et attendait ensuite sur place, prêt à bondir si un oiseau tombait dans le piège. J'en ai aussi sauvé plusieurs qui avaient été percutés par une voiture ou électrocutés par des fils à haute tension.

– Au Moyen-Orient, la fauconnerie est considérée comme le sport des rois, ajouta Joe en hochant la tête.

– Combien de temps peut-on les garder ? demanda Sheridan.

– Ce n'est pas combien de temps on les garde. C'est combien de temps ils veulent bien rester avec vous. Ils peuvent partir quand ça leur chante et disparaître à jamais. C'est pour ça que, chaque fois qu'ils reviennent, c'est un magnifique cadeau.

– Qu'est-ce qu'ils chassent ?

Nate lui expliqua que si les faucons étaient des rapaces, tous les rapaces n'étaient pas les mêmes. Chaque oiseau avait ses particularités et les fauconniers les choisissaient souvent en fonction de ça. Les buses à queue rousse, par exemple, comme celle qui était sur la chaise, excellaient à la chasse aux lapins et aux écureuils. Les faucons, eux, étaient les plus doués pour attraper les tétras, les canards et les faisans, et tout le gibier à plume d'altitude. Il suffisait qu'ils aperçoivent la silhouette d'un faucon dans le ciel pour que les canards se figent sur place ou cherchent immédiatement un abri – en vol, ils seraient immédiatement interceptés et détruits. Ils savaient d'instinct et dès leur naissance qu'il fallait craindre les faucons.

– Le pèlerin, lui, est unique en son genre. Il est capable de chasser à peu près n'importe quoi. C'est pour ça qu'il est si prisé et qu'il a été protégé pendant de longues années, quand on croyait qu'il était en voie de disparition. Il n'a pas vraiment de spécialité, il chasse toutes les proies : le gibier à poil, le gibier à plume d'altitude ou le gibier d'eau.

« On n'est pas un vrai fauconnier si on dresse un rapace comme un animal domestique, continua Nate. L'art de la fauconnerie, ce sont des heures de patience, d'entraînement et de communication avec l'oiseau. Ils doivent être entraînés quotidiennement et maintenus au meilleur de leur forme... pour pouvoir chasser efficacement et aussi au cas où ils partiraient. Il faut apprendre à penser comme un faucon, comme un prédateur, mais en même temps ne pas vouloir dominer l'oiseau. Le dominer, c'est le domestiquer. Et s'il est domestiqué, il est fichu. Il s'enfuira à coup sûr, mais ses défenses ne seront plus jamais aussi bonnes. En essayant de domestiquer un faucon, on le condamne à mort. Quand on le respecte, on l'aide à garder la force et la puissance qu'il possède à l'état sauvage.

Nate hocha le menton vers un gant de cuir qu'il gardait dans sa fauconnière.

– Vous voulez que je mette ça ? demanda Sheridan.

– Tu ne veux pas le tenir ?

– Papa, je peux ?

Joe ne savait pas très bien que dire. Les yeux de sa fille brillaient et Romanowski continuait à sourire d'un air énigmatique.

– Bien sûr, finit-il par répondre.

Nate retira le chaperon et approcha son poing fermé de la main gantée de Sheridan avec un léger mouvement de pivot pour inciter le faucon à avancer d'un pas. Ce qu'il fit avec grâce. Sous le poids de l'oiseau venu se percher sur son poing, Sheridan baissa légèrement le bras. Nate l'aida à enrouler les jets autour de ses doigts en les tenant plus serrés vers le bas. Ce moment d'une étrange intimité mit Joe mal à l'aise. Nate était un homme imposant dont la présence rassurante était à la fois apaisante et magnétique. Sheridan, elle, n'avait que onze ans. En observant le fauconnier, Joe se dit qu'il y avait chez lui ce même naturel sauvage et violent qu'il décrivait chez ses oiseaux.

Nate est un rapace, pensa-t-il. C'est un chasseur et un tueur et il vit plus près de la nature que tous les gens que j'ai jamais connus. D'une certaine façon, cet homme était terrifiant. Mais il pouvait aussi être un allié inestimable.

Au grand dépit de Joe, Marybeth servit un pain de viande. Ce n'était pas sa faute si elle ajoutait encore au stéréotype de la famille idéale telle que se l'imaginait Nate – couple heureux, clôture en bois, famille aimante, labrador et, pour couronner le tout, pain de viande au dîner.

Nate, souriant d'un air comblé, se resservit deux fois. Il mangeait en grognant de plaisir, d'une façon presque obscène. Joe et Marybeth avaient du mal à réprimer leur sourire. Personne n'avait jamais autant apprécié son pain de viande, en tout cas pas si ouvertement. Sheridan mangeait du bout des dents, occupée qu'elle était à observer Nate ou à regarder par-dessus son épaule pour jeter un coup d'œil aux deux oiseaux perchés sur les chaises dans le séjour.

La sonnerie du téléphone retentissant, Marybeth quitta la table pour aller répondre. Très vite, elle passa le combiné à Joe.

– Veuillez ne pas quitter, Melinda Strickland veut vous parler, dit Marybeth en imitant la voix féminine qu'elle venait d'entendre.

Joe grimaça et s'excusa en quittant la table. Il sentit les yeux de Nate dans son dos tandis qu'il se dirigeait vers la salle de séjour.

Au bout d'un moment, la voix de Strickland résonna dans le téléphone.

– Joe ! Vous avez réussi à coincer un de ces salopards ! Bien joué, Joe !

– Merci, marmonna-t-il.

Il savait que Nate et Marybeth ne perdaient pas un mot de ce qu'il disait.

– Dommage qu'il n'ait pas eu un accident en revenant vers la ville.

– Pardon ?

– Dommage qu'il n'ait pas essayé de s'enfuir ou un truc comme ça.

Il savait pertinemment ce qu'elle sous-entendait, et il voulait le lui entendre dire. Mais elle était trop bonne bureaucrate pour se risquer à une chose pareille.

– Des nouvelles de Spud Cargill ? demanda-t-il.

Ce qu'elle lui répondit alors le figea sur place. Il resta planté là, le téléphone encore à l'oreille, bien après qu'elle eut dit au revoir et raccroché. La douleur sourde qui lui avait tiraillé l'estomac pendant des jours venait de reparaître et une fois de plus il sentit l'étau se resserrer autour de lui.

– Qu'est-ce qui se passe ? demanda Marybeth lorsqu'il vint se rasseoir à la table.

– Joe ?

Il leva les yeux.

– Ils n'ont toujours pas trouvé Spud, mais Melinda Strickland affirme que quelqu'un l'aurait vu dans un véhicule volé sur la route de Battle Mountain et McLanahan dit qu'un véhicule correspondant à ce signalement aurait franchi le barrage il y a environ deux heures.

– Y a pas déjà quelqu'un qui l'a vu traverser le terrain de foot ? demanda Marybeth d'un air sceptique.

– C'est vrai.

– Alors pourquoi réagis-tu de la sorte ?

Joe remarqua que Sheridan l'observait attentivement.

Nate se renversa dans sa chaise et parla d'une voix à peine audible.

– Ça veut dire que maintenant Strickland et sa bande de tueurs du FBI peuvent attaquer le campement des Souverains. Elle dira qu'ils hébergent un fugitif soupçonné du meurtre d'un employé fédéral.

– Et moi qui pensais que tout ça allait se calmer, dit Joe. Melinda Strickland a décidé de prouver qu'il y avait une guerre et, maintenant, elle a une bonne raison pour déclencher les hostilités.

Marybeth comprit immédiatement.

– Elle ne ferait pas ça, n'est-ce pas ? dit-elle, ses yeux lançant des éclairs. April…

Dans l'obscurité, Joe raccompagna Nate Romanowski jusqu'à sa Jeep. Le ciel était clair et parsemé d'étoiles. La neige qui avait commencé à fondre avait recouvert la route et le trottoir d'une épaisse couche de verglas.

Nate posa ses faucons sur le dossier de la banquette arrière et attacha les jets à des tourillons métalliques qu'il avait installés à cet effet sur l'armature du toit. Joe l'observa, son souffle montant en volutes de vapeur, son esprit vagabondant à trente kilomètres de là, dans la neige profonde de Battle Mountain.

Lorsqu'il eut terminé d'attacher ses oiseaux, Nate se pencha et sortit de sous son siège un paquet qui contenait un holster d'épaule et son énorme revolver. Il en fit passer une des sangles par-dessus sa tête et se l'attacha sous le sternum. Une autre sangle lui enserrait la taille. La crosse noire courbée du Casull .454 en acier chromé était maintenant bien visible.

– Pourquoi portez-vous une arme pareille ? demanda Joe.

Nate esquissa un sourire.

– Parce que je sais m'en servir et que je n'ai besoin de rien d'autre. Il m'offre la mobilité d'une arme de poing avec une puissance de feu et une vitesse de sortie bien supérieure. C'est le modèle 83 de chez Freedom Arms, avec canon de vingt centimètres. J'ai fait des recherches et suis allé directement chez le fabricant à Freedom dans le Wyoming. Je l'ai eu pour deux mille cinq cents dollars. Il tire des projectiles de quatorze grammes et peut littéralement transpercer une voiture.

Joe laissa échapper un sifflement admiratif.

– Je peux aussi tirer dans le coffre et atteindre le conducteur. Et avec une seule balle je peux transpercer trois mecs alignés les uns derrière les autres à trois cents mètres de distance.

Joe avait attendu cet instant pour intervenir.

– Je suppose que vous pourriez même bousiller le moteur d'un SUV roulant sur l'autoroute 87 près de Great Falls, Montana.

Nate se retourna et s'appuya contre la Jeep en croisant les bras sur sa poitrine. Il posa son regard extraordinairement perçant sur Joe.

– Théoriquement, oui, dit-il d'un ton calme. Ça pourrait arriver. Maintenant, je vous suis vraiment redevable.

– Vous ne m'êtes aucunement redevable, je vous l'ai déjà dit.

– Voulez-vous que je vous ramène votre petite fille ?

Joe réfléchit un instant. Il hésitait. La question était inattendue. Nate avait remarqué la chaise vide à la table du dîner – comme ils la remarquaient tous chaque jour.

– Nous avons un avocat qui s'occupe de l'affaire, dit Joe. C'est notre seul recours pour le moment.

Nate ne fit aucun commentaire désobligeant, mais son silence en disait long.

– Je m'inquiète pour elle, Nate. Elle a déjà été abandonnée une fois, puis retirée de son école. Si vous intervenez pour l'emmener avec vous, ça risque de la perturber encore davantage. Nous l'aimons trop pour lui faire subir ça en ce moment. Et en plus, on risque d'être accusés d'enlèvement. La loi n'est pas de notre côté sur ce coup-là.

Nate acquiesça d'un hochement de tête.

— Vous avez bien réfléchi.

— Pendant des jours.

— Ça va mal finir là-haut, au campement. Je crois que nous le savons tous les deux.

Joe se frotta les yeux et soupira, mais il garda le silence.

— Peut-être qu'il pourrait arriver un truc à Melinda Strickland, dit Nate.

Joe leva les yeux vers lui, stupéfait. Nate était parfaitement sérieux. Et, en proférant une menace directe contre Strickland alors que Joe avait le devoir et l'obligation de réagir, il avait dépassé les bornes. Nate savait tout ça.

— Ne me dites jamais plus un truc pareil, Nate, dit Joe d'une voix grave et dure.

Nate ne réagit pas.

— Joe, je vous remercie pour le dîner et la très agréable soirée. Vous avez une femme et une fille merveilleuses. Sheridan est une enfant peu ordinaire. Je crois qu'elle ferait un bon fauconnier.

Joe acquiesça de la tête, n'écoutant qu'à moitié. Il imaginait tout ce qui pouvait se passer et les conséquences qui s'ensuivraient.

— Je me tiens à votre disposition si vous avez besoin de moi, reprit Nate. Vous m'entendez, Joe ?

Joe eut l'impression que la température avait brusquement baissé au cours des deux dernières minutes.

— Joe ?

— Je vous entends, oui.

24

Au même moment, sur Battle Mountain, un convoi de véhicules arrivait en vue du campement des Souverains. Jeannie, Clem et April avaient ouvert les rideaux de leur camping-car et le regardaient s'approcher de la barrière dans un grondement de moteurs. Clem avait éteint toutes les lumières pour qu'ils puissent voir dehors sans être vus.

Il y avait six ou sept véhicules au total. Au fur et à mesure qu'ils arrivaient, ils se plaçaient face à la barrière comme s'ils s'apprêtaient à la franchir. Quatre véhicules s'immobilisèrent ainsi côte à côte, leurs phares inondant la neige d'un flot de lumière. La suite du convoi se gara derrière la première rangée. Baignée dans le halo laiteux des gaz d'échappement qui montaient dans les airs, la première rangée de véhicules semblait sortir d'un chaudron fumant. Les conducteurs se détachaient à contre-jour dans l'habitacle de leurs voitures. Jeannie aperçut le shérif Barnum au volant de son Blazer. Une femme tenant un petit chien dans ses bras était assise à côté de lui. Puis un mégaphone grésilla et une voix demanda Wade Brockius.

Brockius, qui était sorti de sa caravane, avança d'un pas lourd en direction des phares.

— Pas un pas de plus !

Deux projecteurs s'allumèrent et l'enveloppèrent d'un flot de lumière.

Il s'immobilisa.

— Ici Dick Munker du FBI. Nous avons des raisons de croire

que vous hébergez un dangereux fugitif du nom de Spud Cargill, soupçonné de meurtre dans une enquête de police. Nous aimerions avoir votre autorisation pour procéder à une fouille complète des lieux.

Brockius leva un bras pour protéger ses yeux de l'éclat des projecteurs. Sa voix profonde résonna dans la nuit glacée. Il n'avait aucun besoin de porte-voix.

– Autorisation refusée. J'ignore de quoi vous parlez.

– Nous pouvons revenir demain avec un mandat de perquisition.

– Ça ne changera rien, monsieur Munker. Vous ne trouverez rien ici. M. Cargill n'est pas chez nous et certaines personnes pourraient considérer cette intrusion forcée comme une attaque armée.

Wade Brockius marqua une pause et baissa son bras pour tenter d'apercevoir l'homme qui lui parlait dans le mégaphone.

– Nous savons ce qui s'est passé à Waco, monsieur Munker. Je sais que vous y étiez. Je me souviens de votre nom. Vous étiez un des tireurs embusqués, si je me rappelle bien. Vous étiez aussi à Ruby Ridge. Vous devriez être enfermé dans une prison fédérale, monsieur Munker.

Jeannie scruta l'obscurité autour d'elle, mais elle était éblouie par les phares et les projecteurs. Elle savait qu'il y avait des Souverains armés derrières les caravanes, dans les buissons et dans les arbres. Il y avait probablement aussi une demi-douzaine de tireurs qui tenaient Munker dans leur ligne de mire, plus d'autres prêts à faire feu sur le shérif Barnum.

Munker parla encore dans le mégaphone, bien que ce ne soit pas vraiment nécessaire.

– Les hommes du shérif du Twelve Sleep County et les agents du FBI ont bloqué tous les accès au campement. Vous êtes piégés ici et Cargill n'a aucun moyen de s'enfuir. Nous avions prévu de vous laisser l'accès aux lignes électriques et téléphoniques pour que vous puissiez communiquer et coopérer avec nous, mais ça ne semble pas être le cas.

Il avait baissé son mégaphone pour s'adresser à quelqu'un d'autre, mais on l'entendit quand même ajouter d'une voix étouffée :

– Coupez la lumière, les mecs.

Un instant plus tard, l'électricité fut coupée dans le campement. Les lumières s'éteignirent. Les appareils de chauffage cessèrent de bourdonner. Les réfrigérateurs s'arrêtèrent. Presque immédiatement, le froid commença à pénétrer à l'intérieur des camping-cars et des caravanes.

Jeannie savait que tous les véhicules étaient équipés de bouteilles de propane pleines, en plus de la grande cuve communautaire qui trônait au milieu du campement. Il y avait aussi des générateurs à gaz, des téléphones et des émetteurs sans fil sous des bâches, dans les bois. La coupure d'électricité était donc purement symbolique, une façon de montrer qui contrôlait la situation.

– Nous vous avons réservé un petit intermède musical pour plus tard, monsieur Brockius. Je l'ai préparé moi-même et il est unique en son genre. En fait, nous allons vous le passer en boucle.

Ils avaient tous remarqué les haut-parleurs dans les arbres et savaient que quelque chose dans ce goût-là risquait d'arriver. Wade les avait préparés.

– Nous avons des enfants ici, lança Brockius.

– Dans ce cas, vous pouvez peut-être reconsidérer la question, dit Munker d'une voix empreinte de mépris. Si vous changez d'avis, contactez-moi personnellement. C'est pour ça que nous n'avons pas coupé les lignes téléphoniques. Appelez Police Secours et le central fera le nécessaire pour me joindre à n'importe quelle heure du jour ou de la nuit. Dans le cas contraire, je reviendrai chercher Spud Cargill demain matin avec un mandat.

– Je vous ai dit qu'il n'était pas ici.

Un après l'autre, les véhicules firent marche arrière et commencèrent à quitter les lieux. Le dernier à partir fut le SUV de couleur sombre dans lequel se trouvaient Dick Munker et un autre homme, assis au volant.

Jeannie comprit ce qui était en train de se passer. Les braves gens de Saddlestring, soutenus par les fédéraux, essayaient de les faire déguerpir. Exactement comme il l'avait fait avec elle. Et pour arriver à leurs fins, ils allaient leur en faire baver.

Sa bouche se tordit dans une expression de haine.

– Qu'ils aillent tous se faire foutre, lâcha-t-elle avec hargne.

Après le départ de Munker et de sa bande, April mit des heures à se calmer. Lorsqu'elle demanda pourquoi on n'avait pas donné à ces gens ce qu'ils voulaient, Clem lui dit de la boucler. Jeannie se tourna vers lui et lui balança une claque en travers de la bouche, du revers de la main. Il la foudroya du regard et sortit un moment. A son retour, il était à moitié soûl et beaucoup plus docile. April réussit enfin à s'endormir.

Tard dans la nuit, à l'intérieur d'une grosse boîte noire posée au pied d'un arbre du côté de Battle Mountain, il y eut un petit bruit sourd, à peine audible, impossible à percevoir à quelques mètres de là. Au milieu du paysage enneigé, deux témoins lumineux orange s'allumèrent et un enregistrement se déclencha. De gros câbles électriques à double isolation partaient de la boîte jusqu'au tronc d'arbre sur lequel on les avait sommairement agrafés. A trente mètres de distance et sept mètres de haut, deux haut-parleurs se mirent à grésiller. Le silence des montagnes fit place à un rythme entraînant – son des trompettes suivi par la voix d'un jeune Wayne Newton qui chantait :

> *Danke schön, darling,*
> *Danke schön,*
> *Thank you for walks down Lover's Lane…*

Dans son camping-car couvert de givre, Jeannie Keeley s'assit d'un bond sur son lit. Elle tendit l'oreille et comprit que la chanson qu'elle entendait ne faisait pas partie de ses rêves. Elle se tourna vers l'arrière du véhicule plongé dans l'obscurité, là où était April. La fillette dormait sur une mince couchette pliante en contreplaqué. Chaque fois qu'elle bougeait dans son sommeil, son lit grinçait. Et il grinçait en ce moment même.

La chanson se termina enfin. Mais au bout de quelques secondes, elle recommença. La même exactement, *Danke Schön* par Wayne Newton, sauf que cette fois le volume était légèrement plus fort. Clem, qui dormait à côté de Jeannie sur le lit double – chaque soir, avant de se coucher, ils devaient rabattre le plateau de la table au niveau des deux banquettes –, n'avait pas bronché. Le volume de la musique augmentant encore, April se mit à pleurer.

Jeannie était folle de rage. C'était la première nuit qu'April s'était endormie sans pleurer. Depuis qu'elle était avec elle, Jeannie trouvait que par bien des côtés sa fille était redevenue un bébé. Elle avait manifestement été trop dorlotée. Elle pleurait pour un rien. Elle avait l'air de croire que la vie était censée être facile, pas rude. Mais Jeannie, elle, en savait quelque chose. April apprendrait. Elle s'endurcirait. Elle y serait bien obligée, de toute façon.

En fait, Jeannie commençait à en avoir marre d'elle. Trois fois au cours des derniers jours elle avait pensé la ramener chez les Pickett et la laisser à la porte. Chaque fois qu'April parlait des filles Pickett, Sheridan et Lucy, en disant « mes sœurs », ça lui portait sur les nerfs. Elle avait même répété son petit discours dans sa tête : « Tenez, vous pouvez la reprendre. »

Mais quand April dormait, elle était adorable. Les sentiments maternels de Jeannie refaisaient surface. Quand elle était assoupie, son visage était calme et détendu et elle ressemblait à une photo que Jeannie avait vue d'elle-même à l'âge de neuf ans. Et elle se rappelait alors qu'April était bien à elle. Et maintenant cette horrible musique, cette chanson plutôt agréable a priori mais qui devenait effrayante et monstrueuse, parfaitement déplacée.

– Pourquoi ils repassent sans arrêt la même chanson ? demanda April dans son lit d'une petite voix entrecoupée de sanglots.

– Parce qu'ils essaient de se débarrasser de nous, ma chérie.

Danke schön, auf Wiedersehen,
Danke schön...

Dès que la chanson était finie, elle recommençait. Jeannie l'avait déjà entendue six fois. Et toujours le volume qui augmentait. Les basses résonnaient dans l'habitacle métallique et elle avait l'impression que c'étaient les battements du cœur du diable en personne.

– Pourquoi ils la repassent sans arrêt ? On ne peut pas les en empêcher ? demanda April.

Au-dessous de la mélodie entraînante montait un autre bruit. Une sonorité d'abord distante, celle d'un couteau qu'on aiguise. Puis un petit craquement sec, suivi d'un bruit de tissus qu'on déchire et accompagné d'un hurlement suraigu qui mit les nerfs de Jeannie à fleur de peau. April se mit à pleurer encore plus fort en tremblant de tout son corps. La puissance du cri vrillait littéralement les tympans et se superposait à la chanson de Wayne Newton jusqu'à prendre le dessus.

– Tu sais ce que c'est ? demanda Clem qui s'était réveillé. C'est un lapin en train d'être écorché vif.

Jeannie ne lui demanda pas comment il le savait.

Enfin le cri cessa. Le lapin haleta faiblement, puis il rendit l'âme dans un râle d'agonie.

April tremblait de la tête aux pieds, les mains plaquées sur les oreilles, les yeux fermés et les paupières serrées.

Puis ce fut la musique qui recommença, encore plus fort. Puis à nouveau le son d'un couteau qu'on aiguise.

Danke schön, darling
Danke schön.
Thank you for walks down Lover's Lane…

TROISIÈME PARTIE

BROUILLARD BLANC

25

A cinq heures cinq, lorsque le téléphone qui se trouvait près du lit se mit à sonner, Joe décrocha immédiatement. C'était le procureur du comté, Robey Hersig.

– Je vous réveille ?

– Ce n'est pas grave, dit Joe. Je n'ai pratiquement pas fermé l'œil de la nuit.

Une fois de plus, Marybeth avait dormi d'un sommeil agité. April lui manquait. Joe avait essayé de la calmer et y avait en partie réussi. Après qu'elle s'était rendormie, il avait repensé à sa conversation avec Nate Romanowski. Il se demandait ce qui se serait passé s'il lui avait dit qu'il avait besoin de son aide. S'il l'avait laissé agir à sa guise.

– Joe, est-ce qu'on vous a averti pour la réunion de ce matin dans les bureaux de l'Office des forêts ?

– Non.

– C'est bien ce que je pensais. Melinda Strickland et le shérif Barnum nous ont convoqués pour sept heures et demie. Tous les représentants des forces de l'ordre sont tenus d'être présents. Ils ont aussi demandé à tous les fonctionnaires d'État de venir et j'imagine que ça inclut la police d'État et vous.

Joe ferma les yeux et prit une profonde respiration.

– Qu'est-ce qui se passe ?

– L'enfer se déchaîne.

La tasse de café qu'il avait emportée pour descendre à Saddlestring avait un goût amer et métallique. Il faisait étonnamment sombre pour sept heures du matin et il mit un moment à se rendre compte que la couverture nuageuse était si dense et si étendue qu'elle bloquait les premiers rayons du soleil. On aurait dit qu'un couvercle de suie recouvrait la vallée. La seule brèche était une étroite bande de lumière orange longeant l'horizon au-delà des champs d'armoise qui s'étendaient vers l'est.

Joe savait qu'une violente tempête se préparait.

Il se rappela ce qu'il avait ressenti juste avant les coups de feu de Lamar Gardiner dans la dépression boisée – l'impression que toute une artillerie était en train de se mettre en place avant le tir de barrage. Ce matin, il éprouvait la même sensation, mais en pire.

Il fut stupéfait par le nombre de véhicules de police rassemblés autour du bâtiment de l'Office des forêts, de part et d'autre de Main Street. Il se gara un peu plus loin dans la rue et longea le trottoir en ciment déformé qui menait au bâtiment. Il n'y avait pas un souffle de vent, mais l'air était chargé d'humidité et la pression atmosphérique avait chuté. Il faisait encore anormalement sombre, cette semi-obscurité lui rappelant même l'éclipse solaire de l'été précédent. Il consulta sa montre. Il était juste à l'heure pour la réunion.

Le hall d'entrée – qui faisait office de salle de réunion – avait été complètement transformé depuis sa dernière visite, la veille du nouvel an. Les bureaux – modèles standard fournis par le gouvernement – avaient été déplacés et poussés contre les murs pour dégager l'espace. Les hommes du shérif, les officiers de police de la ville et les agents de la police d'État étaient tous là, en train de siroter leur café. Joe n'avait jamais vu un tel rassemblement de bedaines proéminentes tendues sous les chemises d'uniforme. Étant donné l'heure matinale, les conversations étaient réduites et l'on entendait surtout le martèlement sourd des bottes sur le sol et le crissement du cuir des holsters et des ceinturons Sam Browne. Les adjoints du shérif, McLanahan et Reed, n'étant pas dans la salle, Joe se dit qu'ils devaient être en poste sur un des barrages routiers. Il parcourut l'assistance à la recherche de Robey Hersig et l'aperçut vers le fond, près de la fontaine à café.

– Merci d'avoir appelé, lui dit-il. Enfin, je suppose.

Hersig avait l'air inquiet.

– Joe, avez-vous reçu un fax ce matin ?

Joe lui répondit que le dernier fax qu'il avait reçu contenait la liste des aliments qu'Elle Broxton-Howard ne pouvait pas manger.

– Vous êtes un des rares à ne pas l'avoir reçu, dit Hersig en plongeant la main dans la poche intérieure de son blazer pour en sortir une liasse pliée qu'il lui tendit.

La page de couverture était adressée à Robey et l'en-tête indiquait que le fax avait été émis par les Citoyens souverains des Rocheuses. Suivaient plusieurs pages de jargon juridique. Plusieurs textes de loi y étaient cités, y compris le Uniform Commercial Code[1]. Joe, perplexe, leva les yeux vers Hersig.

– C'est quoi, ce truc ?

Hersig esquissa un sourire amer.

– Deux choses, en fait. La première, c'est une assignation à comparaître devant le juge pour répondre à l'accusation de s'être fait passer pour un représentant de l'État. La seconde est un droit de gage sur le tribunal du comté, le bureau du shérif et ma maison pour 27,3 millions de dollars.

– Quoi ?!

Hersig acquiesça d'un hochement de tête et déglutit difficilement.

– Des assignations en justice et des droits de gage ont été faxés un peu partout la nuit dernière. (Lorsqu'il leva la main et se mit à compter sur ses doigts, Joe remarqua qu'il tremblait légèrement.) Le maire, le conseil municipal, les commissaires du comté, le chef de la police, le directeur du BLM, Melinda Strickland, le gouverneur du Wyoming...

– Le gouverneur Budd en a reçu un ?

Hersig acquiesça avant de poursuivre.

– Le ministère de l'environnement chargé des parcs nationaux, le directeur de l'Office des forêts, le directeur du FBI, et je ne sais

1. Ce code régit le droit commercial américain *(NdT)*.

plus qui d'autre au niveau national. Et je ne cite que ceux qui nous ont appelés ce matin, c'est-à-dire les gens de la côte Est qui ont deux heures d'avance sur nous. On ignore encore combien de personnes vont appeler dans l'Ouest.

– Qu'est-ce qui a déclenché tout ça ? demanda Joe qui n'avait jamais vu Hersig aussi secoué.

Les yeux de Hersig se réduisirent à deux fentes. Joe crut qu'il était sur le point de lui lâcher un nom lorsque le porteur probable de ce nom pénétra dans la pièce.

Melinda Strickland, vêtue de son uniforme de l'Office des forêts, tenait son cocker au bout d'une laisse. Elle se dirigea d'un pas résolu vers le devant de la salle et s'installa derrière un podium. Elle était entourée du shérif Barnum et de Dick Munker. Celui-ci tirait sur une cigarette avec la même intensité qu'un asthmatique sur son inhalateur.

– Merci à tous d'être venus, dit-elle d'une voix étrangement agréable. (Joe remarqua que ses cheveux étaient redevenus d'un châtain fadasse.) Comme vous le savez, nous avons dû faire face à certaines difficultés au cours de la journée d'hier, difficultés qui se sont encore amplifiées cette nuit. J'aperçois notre garde-chasse au fond de la salle – on l'a donc mis au courant de cette réunion. Nous pouvons tous remercier notre ami Joe d'avoir arrêté au moins un des assassins !

Joe aurait aimé pouvoir disparaître dans le mur tandis que les policiers, les hommes du shérif et les agents de la police d'État se tournaient vers lui et le dévisageaient. Ces derniers, fonctionnaires comme lui, applaudirent avec enthousiasme, mais ils furent bien les seuls. Joe savait que les autres, et surtout les adjoints du shérif, voyaient probablement là une humiliation publique. Son impression fut confirmée lorsqu'il vit les regards furieux que lui lançait le shérif Barnum à l'autre bout de la salle. Un de ces jours, pensa-t-il, il faudra qu'on ait une petite explication tous les deux. Nous avons quelques vieux comptes à régler.

– Le plus important, reprit Strickland par-dessus les applaudissements inexistants comme si elle voulait lancer un avertissement à la salle silencieuse, le plus important, c'est que nous avons su anticiper les problèmes et que nous maîtrisons absolument tous les aspects de la situation. Je voudrais maintenant passer la parole à Dick Munker du FBI, qui dirige l'opération en mon nom.

Munker éteignit sa cigarette et se tourna vers le podium, mais Strickland pensa à autre chose et ne lui céda pas la place tout de suite. Elle saisit une grosse liasse de papiers et l'agita en l'air. C'étaient des feuillets similaires à ceux que Hersig avait montrés à Joe.

— J'ignore lesquels d'entre vous ont reçu des fax cette nuit, mais vous savez désormais le genre de tordus auxquels nous avons à faire, pas vrai ?

Munker alluma une autre cigarette et lui laissa le temps de quitter le podium. Puis il jeta un regard amusé sur la salle avant de prendre sa place. Il portait un pull gris par-dessus un col roulé noir et un holster d'épaule. Un talkie-walkie était accroché à sa ceinture.

Il commença par désigner Joe d'un hochement de tête.

— Un employé fédéral a été assassiné alors qu'il était sous la garde de cet homme. Et il s'est fait tuer parce qu'il a réussi à lui filer entre les doigts. Ensuite notre garde-chasse, un volant menotté à ses poignets, a poursuivi le fugitif dans la neige pour le retrouver embroché sur un tronc d'arbre, deux flèches en travers du corps. (Son ton était accusateur, son regard froid et caustique.) C'est lui, notre héros du jour. Bien joué, garde-chasse !

Joe eut l'impression d'avoir reçu une gifle. Même les adjoints du shérif qui s'étaient abstenus d'applaudir eurent l'air surpris par la virulence de Munker et ils évitèrent de se retourner pour ne pas embarrasser Joe davantage. Seul Barnum, un sourire suffisant aux lèvres, lui décocha un regard noir.

Munker prit un malin plaisir à laisser s'installer le silence, l'écho de ses paroles suspendu dans les airs, puis il redressa la tête et changea de sujet.

— Messieurs, nous sommes en guerre et ceci sera désormais notre quartier général.

Portenson poussa un grand tableau à roulettes dans la salle. On y voyait un plan à grande échelle du campement des Souverains et les deux routes qui y menaient.

— Nous avons bloqué toutes les routes conduisant au campement, reprit Munker en montrant des croix rouges sur la carte.

Ce sont les seuls accès possibles, sauf si on s'enfonce dans la neige, mais ça ne mène nulle part. Dès que cette réunion sera terminée, nos hommes retourneront à leurs postes sur les barrages routiers. Pour le moment, tout est calme là-haut après une nuit entière d'enregistrement audio, ce que nous désignons sous le terme d'action psychologique. Nous attendons un mandat signé du juge avant de pouvoir augmenter encore la pression. Malheureusement, le juge a reçu un des documents que Mme Strickland vous a montrés tout à l'heure et il est un peu perturbé.

Il eut un petit sourire satisfait et inspira profondément.

– Ces demandes de gages et ces assignations en justice ne sont rien de nouveau, messieurs. Les Montana Freemen nous ont déjà fait le coup en 1995. Ces ratés se sont rendu compte qu'ils pouvaient paralyser la communauté locale et tous les fonctionnaires de l'État du Montana rien qu'en envoyant ces fax. Y a rien qui fasse plus chier un politicien que la menace d'une action judiciaire. Comme certains d'entre vous le savent déjà, il y a de cette racaille de Freemen là-haut dans le campement et ils savent très bien ce qu'ils font.

Joe entendit à peine ce que Munker disait. Il était encore sous le coup de l'attaque injustifiée dont il venait de faire l'objet. Les propos de Munker ne semblaient pas prémédités, mais Joe savait très bien que tout ça était calculé. Dans quel but exactement, il n'en savait trop rien, mais ça faisait mal.

En levant les yeux, il s'aperçut que Elle Broxton-Howard se tenait près de lui. Elle le regardait avec un mélange de sympathie forcée et de pitié. Il détestait ça.

– Shérif, que pouvez-vous nous dire sur Spud Cargill ? demanda Munker en se tournant vers Barnum.

– Quelqu'un a déclaré l'avoir vu hier après-midi au volant d'un véhicule volé et roulant vers Battle Mountain comme s'il avait le diable aux trousses, déclara Barnum en faisant circuler des photos de Cargill.

Joe en prit une. Le cliché avait paru deux ans auparavant dans le *Saddlestring Roundup* suite à un concours de pêche que Cargill avait gagné en attrapant une truite de deux kilos cinq à Saratoga.

– On l'a vu foncer vers la montagne sans s'arrêter au barrage routier, mais on ne l'a pas vu repasser. Il est possible qu'il soit redescendu entre deux changements d'équipe, mais rien ne nous permet d'en être sûrs. Il y a beaucoup trop de routes forestières là-haut pour qu'on puisse les surveiller toutes, mais depuis aujourd'hui nous avons renforcé la surveillance sur les axes principaux. Nous pensons qu'il se trouve à l'intérieur du campement et que les Souverains l'hébergent. La nuit dernière, comme beaucoup d'entre vous le savent, ils ont refusé de nous le livrer ou même de nous laisser le voir. Cela conduit à penser que Cargill était de mèche avec eux depuis le début.

— Leur raisonnement est un peu tiré par les cheveux, murmura Joe à l'oreille de Hersig qui fit comme s'il n'avait rien entendu.

— L'associé de Cargill, Rope Latham, est actuellement détenu. Il a avoué avoir été complice de Cargill dans le meurtre de Lamar et l'embuscade tendue à l'employé du BLM.

— A-t-il aussi avoué être de mèche avec les Souverains ? murmura Joe en se penchant vers Hersig.

A sa grande surprise, le procureur lui décocha un regard furieux. Apparemment, il était plus perturbé par le fax qu'il avait reçu que Joe ne l'avait supposé. Il n'avait pas la moindre envie de rigoler.

— Et la presse dans tout ça ? demanda Munker en s'adressant à Melinda Strickland pour la forme.

Elle fit un pas en avant comme l'avait fait Barnum avant elle.

— Ils n'ont pas arrêté d'appeler depuis hier soir ; on est carrément submergé d'appels.

Joe réprima un sourire.

— Les journaux de Casper et de Cheyenne, les stations de radio des quatre coins de l'État et les correspondants de Billings et de Denver nous ont appelés, dit-elle avec une certaine fierté. CNN et la Fox nous ont aussi contactés. Ils veulent tous savoir où se trouve Saddlestring et comment y arriver avec un camion équipé d'antennes paraboliques.

— Est-ce qu'ils sont au courant pour la tempête de neige ? demanda un adjoint du shérif.

Strickland acquiesça d'un hochement de tête.

— Je les ai avertis, mais la plupart d'entre eux avaient déjà vu la météo. Il paraît que la tempête qui se prépare va être énorme, bien pire que celle de Noël.

Un brouhaha parcourut l'assistance lorsque tous se mirent à commenter l'annonce de la tempête qui devait amener entre un mètre et un mètre cinquante de neige dans les montagnes.

– Ce qui constitue pour nous une occasion unique, messieurs, ajouta Munker. On ne tient pas du tout à ce que cette histoire nous entraîne dans un putain de bourbier et fasse la une de toutes les chaînes de télé du pays. Nous ne pouvons pas laisser les Souverains se servir des médias pour attirer la sympathie, et c'est ce qu'ils feront si on leur en laisse la possibilité. Pas question de leur laisser une tribune libre pour promouvoir leurs théories tordues et leurs délires antigouvernementaux. Et je sais de quoi je parle, vous pouvez me croire. J'étais à Waco et à Ruby Ridge. J'étais aussi dans le comté de Garfield, Montana, quand les Freemen ont refusé de se rendre. Si les médias débarquent, on va perdre notre avantage tactique. Et fini la possibilité d'une action efficace !

Écarlate, il s'exprimait avec hargne.

– J'ai déjà vécu ça. Je les ai vus, moi, ces connards de Freemen encagoulés en train de déambuler dans leur ranch devant les caméras en nous faisant passer pour une bande de nullards. J'étais là quand l'incendie faisait rage à Waco et que les minettes de l'info ont débarqué pour nous demander si les forces mises en œuvre n'étaient pas un peu excessives. La tempête annoncée est censée durer au moins trois jours. Il y a de fortes chances pour que les pistes d'atterrissage et les routes soient fermées. Si les équipes télé ne peuvent pas arriver jusqu'ici, ça veut dire qu'il n'y aura aucun reportage sur cette histoire. C'est comme ça que ça marche. Et donc, nous disposons d'un petit créneau de temps à l'intérieur duquel nous devons agir. Il est arrivé trop souvent que ce type de situations dégénère complètement. Nous devons absolument éviter que cela se produise ici, messieurs… et madame, ajouta-t-il en s'adressant à Melinda Strickland.

– Mesdames ! lança Elle Broxton-Howard en levant la main à côté de Joe.

Quelques gloussements parcoururent l'assistance. La plupart des hommes qui s'étaient retournés pour la regarder avaient encore les yeux braqués sur elle lorsque Melinda Strickland reprit la parole.

– Lorsque je suis arrivée ici, j'ai dit que nous allions tenir tête à ces hors-la-loi qui s'opposent au gouvernement, lança-t-elle en regardant Broxton-Howard pour s'assurer que la journaliste avait bien noté ses propos. Certains se sont moqués de moi. Certaines personnes ont sous-estimé le problème. Aujourd'hui, nous savons combien la situation est grave.

L'assistant de Robey Hersig, un ancien clerc du nom de Bud Lipsey qui portait un Stetson gris et des lunettes à monture de corne, fit irruption dans la salle.

– Le mandat de perquisition a été signé par le juge Pennock, annonça-t-il en montrant un dossier qu'il tenait à bout de bras.

Munker sourit. Une expression mauvaise passa dans son regard.

– On se retrouve à midi, dit-il. Le shérif, Mme Strickland et moi-même allons mettre au point une stratégie et répartir les tâches.

Joe s'appuya contre le mur et se frotta le visage. Il n'arrivait pas à croire ce qui était en train de se passer. Tous les représentants de l'ordre réunis dans la salle se sentaient justifiés à agir. Ils se tapaient dans le dos et se décochaient des coups sur les épaules. Une petite armée avait été rassemblée. Elle serait menée par Munker, Strickland et Barnum, et partirait à l'assaut du campement des Souverains. Il avait l'horrible sensation qu'ils se trompaient du tout au tout. Il faisait beaucoup trop chaud dans cette pièce. Quelqu'un devait baisser le thermostat ou ouvrir une fenêtre.

Lorsqu'il rouvrit les yeux, il vit Elle Broxton-Howard debout devant lui.

– Vous avez reçu mon fax ? demanda-t-elle.

Oh non, pas maintenant, se dit-il.

– Nous n'avons pas de riz complet.

Elle sourit.

– Je peux en apporter. Ou même mieux, je peux vous interviewer ailleurs que chez vous. J'ai juste besoin de quelques explications sur la façon dont vous avez arrêté un des coupables. Et je voulais en savoir un peu plus sur ce que M. Munker a dit à propos du volant menotté à votre poignet. C'est vrai, cette histoire ?

Joe dut se contenir pour ne pas l'envoyer sur les roses.

– Oui, c'est vrai.

Melinda Strickland les rejoignit. Elle était manifestement inquiète, mais Joe se dit que son expression était aussi calculée que toutes les émotions qu'elle affichait en public. C'était comme si elle s'était dit : « Maintenant, tu prends l'air renfrogné. »

– Joe, il faut vraiment qu'on parle.

Il leva les yeux vers elle. Elle Broxton-Howard s'écarta. Munker et Barnum, restés sur le podium, les observaient pour voir ce qui allait se passer – ils en avaient très probablement déjà discuté ensemble.

– Joe, nous vous sommes très reconnaissants d'avoir arrêté Rope Latham, mais il y a quelques petits problèmes.

Du coin de l'œil, il aperçut Broxton-Howard en train de gribouiller la phrase dans son carnet. Ainsi donc, c'était pour elle.

– Quels problèmes ? demanda-t-il.

– Il est intéressant de constater que vous n'avez pas reçu de demande de gage ou d'assignation en justice comme le reste d'entre nous, dit-elle. Mais je me trompe peut-être...

Il fit signe que non.

– Joe, n'avez-vous pas l'impression d'être impliqué dans cette affaire d'une manière un peu trop personnelle ? L'histoire avec cette petite fille, par exemple ? Peut-être, voyez-vous, peut-être que vous êtes un peu trop proche des Souverains ? et peut-être serait-il plus sage que vous ne participiez pas à notre opération là-haut, au campement ?

Il la fixa du regard. Broxton-Howard prenait des notes.

– Cette triste affaire a malheureusement commencé lorsque vous avez laissé échapper Lamar Gardiner. L'arrestation de Rope Latham, c'était bien, mais il vaudrait peut-être mieux que vous preniez un peu de vacances et que vous laissiez faire les professionnels.

Il sentit une bouffée de colère monter le long de son cou sous le regard de Melinda Strickland et de Munker, un peu plus loin derrière elle. La sensation brûlante envahit sa poitrine, parcourut ses bras et monta jusque derrière ses yeux. Il ne les lâchait pas du regard, comme s'il portait des œillères, et le sang bouillonnait dans ses veines.

– Je vois très bien ce qui est en train de se passer, dit-il d'un ton forcé. Il s'agit d'une véritable fixation, exactement comme pour Lamar Gardiner devant plus de wapitis qu'il n'en avait jamais vus auparavant. Comme quand il chargeait sa carabine avec des cigarettes pour pouvoir tirer et en tuer encore.

– Joe…

– Pour vous, c'est une occasion d'écraser des gens, comme vous avez toujours voulu le faire. Vous êtes face à une situation qui vous permet de justifier vos actes. Vous avez tant de haine que vous en oubliez de penser. Nous avons effectivement quelques gros problèmes ici. Le premier, c'est que vous avez fait venir un psychopathe pour diriger les opérations. (Il désigna Munker d'un mouvement de tête.) Le deuxième, c'est que, moi, j'ai une enfant là-haut, dans ce campement. Comme vous le savez, d'ailleurs.

A l'autre bout de la salle, Dick Munker lâcha d'un ton méprisant :

– D'après ce que j'ai cru comprendre, ce n'est même pas la vôtre.

Il les écoutait depuis le début.

Joe bouillait de rage. Il détestait que Munker et Strickland aient pu discuter de sa vie privée et de la situation d'April aussi librement. Même si, étant donné les circonstances, il ne s'agissait pas d'une affaire privée, il pensait qu'elle devait être traitée comme telle. Lorsqu'il ferma les yeux, un feu d'artifice d'étincelles rouges jaillit sous ses paupières closes. Il sentit que quelqu'un – Hersig – lui prenait le bras et se dégagea d'un mouvement brusque.

Il ne s'agit pas de savoir si cette enfant nous appartient, hurla-t-il dans son for intérieur, ni qui appartient à qui. Il s'agit de principes d'éducation, si l'on veut que nos enfants deviennent des êtres humains dignes de ce nom et pas des gens comme ceux qui sont devant moi en ce moment.

– Joe ? s'enquit Hersig.

Joe ne s'était pas rendu compte que le procureur était si près de lui.

Il rouvrit les yeux. Melinda Strickland avait reculé de quelques pas et Elle Broxton-Howard aussi. Sans le vouloir, elles lui avaient ouvert un chemin vers un Dick Munker en train d'allumer une cigarette derrière le podium.

— Munker, lança Joe d'une voix rauque.

Celui-ci se contenta de hausser un sourcil en guise de réponse.

— Si vous faites quoi que ce soit qui puisse faire du tort à April, je vous jure que c'est moi qui peindrais les arbres avec votre sang.

— Ah mon Dieu ! s'écria Melinda Strickland en regardant Broxton-Howard d'un air inquiet afin que celle-ci note bien sa réaction.

— Et vous, c'est pareil, lança Joe à Melinda Strickland en la foudroyant du regard. Vous vouliez la guerre… et bien, vous allez l'avoir !

— Bon sang, Joe, rentrez chez vous ! lui murmura Hersig à l'oreille. Rentrez avant que Munker lance un mandat d'arrêt contre vous pour les menaces que vous venez de proférer et que nous avons tous entendues.

Il régnait un silence pesant dans la pièce.

Joe se laissa reconduire vers la porte par Robey Hersig qui sortit avec lui.

— Vous êtes allé trop loin, dit Hersig en secouant la tête. Qu'est-ce que vous faites, Joe ?

Joe s'apprêtait à répondre, mais le voile de colère rouge qu'il avait devant les yeux commençait à s'estomper.

— Je ne sais pas, Robey.

— Rentrez chez vous. Ne vous mêlez pas de tout ça.

— April est là-haut.

— Spud Cargill aussi.

— Ça, on n'en sait rien. Et franchement, je n'en suis pas convaincu. Ça n'a aucun sens.

— Joe…

— On se fie à McLanahan qui déclare avoir vu un individu qui pourrait être Cargill en route vers Battle Mountain hier après-midi. Et à cause de ça, c'est l'enfer qui se déchaîne, ceci pour reprendre vos propres termes.

— Je sais, je sais, dit Hersig d'un ton las.

— Et on ne va rien faire pour empêcher ça ?

Hersig commença à dire quelque chose, puis s'interrompit.

– Peut-être que ça ne va pas trop mal se passer, Joe. C'est pas vraiment la crème de l'humanité là-haut.

Les yeux de Joe lançaient des éclairs.

– Dégagez, Robey, je ne veux plus vous voir.

Il pivota sur ses talons et s'éloigna à pas lourds dans la neige. Il savait que s'il ne quittait pas les lieux immédiatement, les choses allaient empirer très rapidement.

Il quitta Saddlestring et prit la route des montagnes en se dirigeant vers… où ? Il n'en savait plus rien. Il avait l'impression d'être sous l'eau. Ses pensées et ses mouvements étaient lents et mous. Comme si c'étaient ceux d'un autre.

Il s'arrêta au bord de la route. D'énormes flocons de neige s'écrasaient sur le pare-brise, instantanément transformés en gouttelettes étoilées au contact de la vitre. Il neigeait fort. Il ouvrit sa vitre et passa la tête dehors. Froide au contact de sa peau, la neige lui fouetta le visage.

Les yeux grands ouverts, il fixa le ciel. Les flocons tourbillonnaient aussi loin qu'il pouvait voir. Quelques-uns lui piquaient les yeux. Il essaya de ne pas battre des paupières.

26

La neige tombait maintenant à un rythme impressionnant. En reprenant la direction de Saddlestring, dégivreur et essuie-glaces à plein régime, Joe se sentit envahi d'un désespoir de plus en plus profond. La neige fraîche crissait sous ses pneus et les traces qu'il avait laissées sur la route en quittant la ville avaient pratiquement disparu. Des chevreuils, ombres furtives dans la tempête, montaient en silence de la plaine, regagnant le couvert de la futaie. Sur la rivière, les oies sauvages cherchaient l'abri des saillies rocheuses ou des buissons. L'imposante silhouette des Bighorn Mountains qui délimitait d'ordinaire l'horizon avait disparu derrière un rideau d'une pâleur mortelle. Seules les balises de métal sombre qui bordaient la route à deux voies lui permettaient de ne pas quitter la chaussée.

Il essaya de réfléchir, de mettre les choses en perspective et de réprimer la colère qui lui brûlait la gorge. Il s'était suffisamment calmé pour avoir honte des paroles qu'il avait prononcées dans les bureaux de l'Office des forêts. Il avait carrément perdu les pédales, ce qui lui arrivait rarement. La faiblesse dont il avait fait preuve face à Strickland et à Munker et les propos qu'il avait tenus le hanteraient longtemps. Strickland, Munker ou même Robey pouvaient très bien déposer une plainte auprès de ses supérieurs. Ils pouvaient même le faire arrêter. Jeannie Keeley, elle, pouvait se servir de cet accès de violence s'il essayait de prouver qu'April serait mieux traitée chez lui que chez elle.

Il lâcha un juron et frappa le tableau de bord du plat de la main. Réfléchis. Calme-toi et réfléchis.

Strickland et Munker allaient lancer l'assaut contre le campement des Citoyens souverains parce qu'ils pensaient que Spud Cargill s'y trouvait. Le juge avait signé un mandat de perquisition malgré l'absence de preuves formelles. Joe se doutait que Wade Brockius et les autres Souverains n'allaient pas se contenter de regarder pendant que des agents du gouvernement saccageaient leur « nation souveraine ». Ils allaient défendre leur camp et les choses risquaient de dégénérer.

Spud Cargill était au cœur du problème. Si Joe arrivait à le retrouver, à l'arrêter ou à prouver d'une manière ou d'une autre qu'il ne se trouvait pas dans le campement, l'assaut serait repoussé jusqu'à ce que Munker trouve une autre excuse. A ce moment-là, il se pourrait que suffisamment de temps se soit écoulé pour que la situation ait perdu de son intérêt. Peut-être que la tempête serait passée. Exposer l'affaire au grand jour – les médias pouvant soit aider, soit interférer dans la résolution de l'affaire – risquait de retarder ou de compromettre les projets immédiats de Munker. Peut-être les Souverains feraient-ils alors leurs bagages et quitteraient-ils les lieux, emportant leurs problèmes, leurs années de misère affective et leurs théories irrationnelles et violentes avec eux. Ce serait à d'autres de gérer le problème. L'idée lui plaisait, même s'il en ressentait une pointe de culpabilité.

Mais Spud Cargill était la clé du problème. La seule manière d'éviter d'exposer April au danger, de retarder les choses suffisamment longtemps pour que le tribunal fasse son travail était de le trouver.

Et pour cela, Joe allait avoir besoin d'aide.

Il franchit un des trois feux rouges de la ville sans même le voir.

Le parking de la bibliothèque municipale du Twelve Sleep County était vide à l'exception de quatre véhicules déjà recouverts de vingt centimètres de neige. Le van de Marybeth était l'un d'eux.

Joe se gara juste à côté et bondit de son pick-up en laissant tourner le moteur.

La porte de la bibliothèque était verrouillée, un petit panneau écrit à la main et scotché sur la double porte indiquant que le bâtiment était fermé pour la journée à cause du mauvais temps. Joe appuya son visage contre la porte vitrée et frappa vigoureusement. A l'intérieur, les lumières avaient déjà été baissées. Une des collègues de Marybeth l'aperçut et lui jeta un coup d'œil. Elle lui faisait signe de partir lorsque Marybeth arriva et s'approcha de la porte en souriant, un trousseau de clés à la main.

— La bibliothécaire a renvoyé tout le monde à la maison, dit-elle en lui ouvrant la porte. Les enfants ont quitté l'école plus tôt et, à mon avis, les routes et l'aéroport sont déjà fermés.

Joe secoua la neige qui recouvrait son anorak et son chapeau avant de pénétrer dans le bâtiment. D'un signe de tête, il salua les employés en train de mettre leurs manteaux et leurs gants avant de rentrer chez eux.

— Marybeth, il faut qu'on parle.

Immédiatement, le visage de sa femme prit une expression inquiète. Son regard s'emplit de tristesse, une tristesse qui n'était jamais loin de la surface depuis qu'on leur avait enlevé April.

Consciente que les autres employés pouvaient les entendre, Marybeth conduisit Joe vers une salle de conférences, étroite et sombre. Elle dit aux autres de partir sans l'attendre, qu'elle fermerait.

Dès qu'elle eut poussé la porte, il lui raconta ce qui s'était passé pendant la réunion.

— Tu as vraiment dit ça ? Joe !

— Je sais, mais ça sentait le meurtre dans cette salle, Marybeth. J'ai perdu mon sang-froid.

Elle soupira et s'appuya contre une table, scrutant son visage et attendant qu'il poursuive. Il fut ému par sa profonde tristesse. Ça lui faisait mal de la voir comme ça. Il fallait faire quelque chose. Il se devait d'arranger ça.

— Je suis venu te demander ton accord, dit-il.

— Pour quoi faire ?

— Ce qu'il y a de mieux.

— Quoi ? Tu n'as pas besoin de ma permission pour ça.

— J'ai longuement réfléchi, reprit-il en hochant la tête. Ça fait un mois que j'y pense sans arrêt.

Elle ne comprenait pas.

– Marybeth, j'ai été un mauvais mari et un mauvais père. Je n'ai su protéger ni April, ni toi, ni notre famille. J'ai laissé les avocats s'en occuper. J'ai demandé conseil à Robey en espérant qu'il ferait quelque chose. J'ai pris le chemin le plus facile, la voie légale.

– Mais Joe…

– Personne n'aime April autant que nous. Le juge s'en fiche, les avocats aussi. Pour eux, c'est juste un dossier de plus, des papiers à remplir. Robey essaie de s'y intéresser, mais il a autre chose à faire. Et maintenant, il se passe des trucs pour lesquels les avocats ne nous seront d'aucune utilité.

Il fit un pas en avant et la saisit tendrement par les épaules.

– Je ne suis pas sûr de pouvoir arranger les choses, ma chérie. Mais je peux essayer.

Elle garda le silence un instant, puis elle s'adressa à lui d'une voix douce :

– Tu n'as été ni un mauvais mari, ni un mauvais père, Joe.

Il fut content de le lui entendre dire, même s'il n'était pas sûr d'être d'accord avec elle.

– Le plus important, c'est qu'April soit saine et sauve, enchaîna-t-il. Peu importe qu'elle soit avec nous ou avec cette horrible femme. On s'occupera de tout ça plus tard. Pour l'instant, il faut s'assurer qu'elle ne court aucun danger.

– Je suis d'accord, murmura Marybeth avec un regard attendri.

– On ne peut compter ni sur le shérif ni sur les avocats pour ça. En fait, on ne peut compter sur personne.

– Qu'est-ce que tu vas faire ?

– Je ne sais pas encore très bien, mais ce que je sais, c'est que Melinda Strickland et son équipe de choc vont s'attaquer aux Souverains parce qu'ils croient que Spud Cargill se cache chez eux. Si j'arrive à le retrouver ou à prouver qu'il n'est pas avec eux, ils n'auront plus aucune raison de lancer l'assaut.

– Je te fais confiance, dit-elle. Je te fais confiance plus qu'à n'importe quelle autre personne que j'ai jamais connue. Fais ce que tu dois faire.

– Tu es sûre ? Je ne suis pas sûr moi-même de me faire confiance.

– Vas-y, Joe.

Il l'embrassa et ils quittèrent les lieux ensemble. Pendant qu'elle faisait démarrer sa voiture, il enleva la neige de son pare-brise et s'assura qu'elle pouvait sortir du parking sans encombre. Il lui dit de garder son portable allumé et de l'appeler si elle avait la moindre difficulté sur la route.

Au moment où elle s'apprêtait à quitter le parking, il courut dans la neige pour l'arrêter. Elle baissa sa vitre. Il se pencha et lui prit la main.

– Marybeth…

Il avait du mal à trouver ses mots.

– Dis-moi, Joe.

– Marybeth, je ne peux pas te promettre que j'arriverai à la sauver.

Elle quitta le parking et s'engagea sur la route couverte de neige. Joe la regarda jusqu'à ce que ses feux arrière disparaissent dans un tourbillon blanc.

Il lui sembla que jamais Saddlestring n'avait été aussi silencieux qu'à cet instant. Le seul bruit qu'il entendait venait du tuyau d'échappement de son pick-up.

Les gens s'étaient calfeutrés chez eux, près de leur poêle à bois. Les magasins, les écoles et les bureaux étaient fermés. La neige absorbait tous les sons et tous les mouvements. Il n'y avait pas un seul véhicule dans les rues.

Il dut réprimer l'horrible pressentiment qu'une tragédie inévitable se préparait.

Puis il grimpa dans son pick-up et quitta le parking en faisant ronfler le moteur.

27

Réfléchis.

Il ne savait pas vraiment où aller ni comment procéder. Il traversa Saddlestring en empruntant des rues qui allaient très vite devenir impraticables. C'était le genre de tempête qui avait lieu tous les cinquante ans et pour lesquelles il ne servait à rien de sortir les chasse-neige tant que la neige continuerait à tomber.

Il passa devant les bureaux de la Bighorn Roofing, fermés et plongés dans l'obscurité. Même chose pour la maison de Spud Cargill. Il n'y avait là rien de nouveau.

Il se dit qu'il pourrait retourner interroger Mme Gardiner, juste au cas où elle mentionnerait quelque chose de nouveau, mais il abandonna l'idée, jugeant la démarche inutile. Il ne savait pas si elle était encore en ville ou déjà en route pour le Nebraska.

Il pensa que Rope Latham, lui, savait peut-être quelque chose et qu'il pourrait peut-être lui dire où son ami avait pu aller se cacher. Barnum et Munker avaient certainement dû l'interroger avant lui, mais s'il leur avait dit quelque chose, ça n'avait servi à rien. Pour le moment, Latham était détenu à la prison du comté, sous la garde des hommes du shérif et, si Joe se présentait, il était fort probable qu'on lui refuse l'autorisation de le voir ou qu'on le fasse attendre toute la journée. Or, il ne voulait pas perdre de temps. En plus, Rope Latham risquait de ne pas se montrer particulièrement aimable avec celui qui l'avait arrêté et, s'il devait parler, ce ne serait probablement pas à lui.

Il appela Marybeth sur son portable pour vérifier qu'elle était bien rentrée. Elle était à la maison, mais lui dit que la route avait été fermée juste après son passage. Et son van était bloqué dans l'allée.

À tout hasard, il composa un autre numéro.

— Bureau du procureur du comté.

— Robey ? Vous êtes là ?

— Ah, Joe, dit celui-ci d'une voix qui laissait entendre qu'il aurait préféré que ce soit quelqu'un d'autre qui appelle.

— Robey, j'ai besoin de votre aide.

Silence.

— Robey ?

— Je ne devrais même pas vous parler, Joe, après ce que vous avez dit ce matin. Et la façon dont vous m'avez traité ! Je vais donc supposer que vous êtes un peu à côté de la plaque en ce moment. Je me trompe ?

Joe acquiesça d'un signe de tête, même si Hersig ne pouvait pas le voir.

— Non, vous ne vous trompez pas. J'imagine que c'est ce qui m'arrive quand je sens qu'un bain de sang va se produire.

— Oh, bon Dieu, Joe…

— Robey.

— Quoi ?

— Strickland et Munker sont-ils en train de rassembler les troupes ? Vu le temps qu'il fait, je veux dire…

— Joe, vous ne devez pas vous mêler de ça. Vous risquez de vous faire arrêter si vous pointez votre nez là-haut.

— Donc, ça veut dire oui.

— Oui !

Joe ralentit et s'arrêta au milieu de la rue. Il ne risquait pas de gêner la circulation.

— Comment vont-ils aller là-haut ? Je viens de parler à Marybeth et elle m'a dit que Bighorn Road était déjà fermée.

— Je ne suis pas au courant des détails, Joe. Ce n'est pas exactement mon rayon. Mais il paraît que Barnum a demandé à utiliser à nouveau les autoneiges. Et le bureau du shérif en a déjà plusieurs. D'après moi, ils partiront dès qu'ils auront rassemblé assez de véhicules.

Réfléchis.

La première fois que Joe avait vu Latham et Spud Cargill ensemble, c'était à l'église First Alpine, la veille de Noël. Ce soir-là, la présence des Souverains l'inquiétait davantage et il avait prêté peu d'attention aux deux hommes.

Deux célibataires associés en affaires qui allaient à l'église ensemble, c'était tout de même un peu étrange. Et même s'il ne les connaissait pas très bien ni l'un ni l'autre, on ne pouvait pas dire qu'ils affichaient les signes extérieurs d'une profonde religiosité. C'est vrai qu'on ne sait jamais avec ces choses-là, mais aucun des deux hommes ne semblait avoir une approche des affaires ou de la vie en général qui ait beaucoup à voir avec Dieu. Un meurtre injustifié et une agression pour factures impayées n'étaient pas vraiment des actes chrétiens.

Mais l'église First Alpine était plus qu'une simple église. Elle était « non conformiste ». Joe avait entendu dire que les sermons hebdomadaires du révérend B. J. Cobb relevaient à parts égales du gospel et de « Dieu maudit le gouvernement ». C'était probablement ce côté-là qui avait attiré Spud Cargill.

Joe fit demi-tour au beau milieu d'une rue déserte, l'arrière du pick-up se mettant à déraper dans la neige. Dès qu'il eut repris le contrôle de son véhicule, il accéléra et quitta la ville en prenant vers l'est.

Un des avantages de la tempête, se dit-il, c'était que les gens s'étaient calfeutrés chez eux. Dans des circonstances normales, partir à la recherche du révérend B. J. Cobb l'aurait obligé à visiter plusieurs chantiers sur lesquels son équipe de soudeurs pouvait se trouver. Mais aujourd'hui Cobb serait sûrement chez lui, comme tout le monde. Il vivait dans un mobile home, derrière l'église.

Joe se gara devant celle-ci et avança péniblement dans la neige jusqu'au mobile home. Il n'y avait pas la moindre trace récente alentour. Une motoneige avait été sortie du garage et garée près de la route – sage précaution en cas d'urgence.

Il frappa à la porte métallique et attendit.

Ce fut B. J. Cobb qui vint lui ouvrir, vêtu d'un peignoir en éponge miteux qu'il avait passé par-dessus un sweat-shirt et d'un pantalon de peintre blanc. Il n'était pas rasé. Une odeur de chili parvint aux narines de Joe.

— Bonjour, monsieur, dit Cobb, plutôt amical.

Joe le salua d'un signe de tête et lui dit qu'il espérait ne pas le déranger.

— Puis-je vous poser quelques questions ?

Cobb sourit et regarda par-dessus la tête de Joe la neige qui continuait à tomber.

— Vous devriez être chez vous avec votre famille au lieu d'être là sous la neige.

— Si vous me laissiez rentrer, je n'y serais plus, lui renvoya Joe.

Cobb baissa les yeux vers lui. Il ne l'invita pas à entrer et Joe en fut quelque peu agacé.

— En quoi puis-je vous aider ?

— Spud Cargill était un membre de votre congrégation. Je l'ai vu ici la veille de Noël.

Cobb acquiesça d'un signe de tête et serra son peignoir autour de sa poitrine.

— B. J., peux-tu fermer la porte, s'il te plaît ? (C'était Mme Eunice Cobb qui s'adressait à lui de l'intérieur du mobile home.) Tu laisses sortir toute la chaleur !

— C'est le garde-chasse, lui cria Cobb par-dessus son épaule. Il a des questions sur Spud.

Cela fit taire Mme Cobb, qui ne répondit pas. Cobb se tourna à nouveau vers Joe.

— Oui, Spud était membre de notre congrégation. Il venait consciencieusement à l'église à peu près deux fois par an, trois dans les bonnes années. Ce n'était pas exactement un fidèle. Vous savez, monsieur Pickett, le shérif m'a déjà posé toutes ces questions.

Joe hocha la tête.

— Vous a-t-il demandé si vous saviez où pouvait se cacher Spud ?

— Bien sûr qu'il l'a fait.

— Et votre réponse était…

— Que ce n'était pas ses oignons.

Joe poussa un petit grognement et détourna le regard. Quelle tempête ! pensa-t-il.

– Vous savez que Spud a tué un homme.

– Vous voulez parler d'Elmer Fedd[1] ? demanda Cobb en gloussant.

– Lamar Gardiner, le corrigea Joe, impassible.

– C'est ce qu'on m'a dit, ajouta Cobb en rattachant la ceinture de son peignoir. Bon, monsieur Pickett, je ne veux pas me montrer borné. J'admire votre ténacité et vous avez une réputation d'honnête homme, ce qui est rare. Mais j'ai certaines convictions en ce qui concerne l'interférence de l'État dans les affaires privées. Je ne suis aucunement tenu de porter assistance à l'État. Celui-ci, par contre, se doit de me servir en tant que contribuable et citoyen. Je m'oppose au type de pouvoir que les agences fédérales exercent par ici.

– Cela ne justifie pas le meurtre de Lamar Gardiner.

Cobb réfléchit un instant.

– Vous avez probablement raison.

– Et vous savez quoi ? reprit Joe en secouant la neige de sa parka. (Il leva la tête et regarda Cobb droit dans les yeux.) Je ne suis pas ici pour discuter de cette question avec vous, monsieur Cobb. Je ne m'intéresse pas particulièrement à Spud Cargill, si vous voulez savoir. Je suis ici parce que j'ai une petite fille là-haut, au campement des Souverains, et qu'elle sera en danger si les agents du FBI et de l'Office des forêts décident de lancer l'assaut parce qu'ils pensent que Cargill y est aussi. Bref, si je peux savoir où est Spud, je pourrais peut-être aider ma petite fille.

L'expression de Cobb changea. Joe nota un certain trouble dans son regard, comme si le pasteur était face à un dilemme. L'homme d'Église scruta le visage de Joe avant de le regarder à nouveau dans les yeux.

– Je l'ignorais, dit-il doucement.

– Ne vous méprenez pas. Nous n'avons pas les mêmes idées, vous et moi. Mais, dans ce cas précis, je veux arrêter les fédéraux autant que vous. Juste pour une raison différente.

Cobb semblait réfléchir à quelque chose.

1. Voir note 1, p. 18 *(NdT)*.

– Chéri, dit doucement Mme Cobb de l'intérieur du véhicule. Je suis désolée, mais j'ai vraiment très froid.

Cobb commença à parler, puis s'interrompit. Il serra les lèvres et frotta sa coupe de cheveux en brosse de la paume de sa main.

– Est-il là-haut, monsieur Cobb ? demanda Joe.

Cobb fit un pas en arrière et chercha en tâtonnant la poignée de la porte.

Il va me la fermer au nez ? se demanda Joe.

– Vous êtes un homme de Dieu. Essayez de convaincre Spud de se rendre.

– Je le suis en effet, mais il ne le fera pas.

Joe essaya de masquer sa joie. Ça voulait dire que Cobb était – ou avait été – en contact avec Spud Cargill. Ça voulait aussi dire que Cobb pouvait être arrêté pour avoir porté assistance à un fugitif. Les deux hommes le savaient.

– Ça s'appelle un sanctuaire, monsieur Pickett, dit Cobb. Spud y croit. Et moi aussi. Je ne peux pas vous aider davantage.

– Il est donc ici, dit Joe doucement.

Cobb fit non de la tête.

– Il était ici. Mais il n'y est plus.

Avant qu'il referme la porte et que Joe entende le claquement du verrou, Cobb leva les yeux et regarda par-dessus les épaules de Joe dans la direction des montagnes.

La route qui menait chez Nate Romanowski était quasiment impraticable, même avec les chaînes que Joe avait fixées sur ses pneus avant de s'y engager. Quatre fois il dut s'arrêter, bloqué par la neige. Ce qui aurait dû lui prendre une heure lui en prit trois. C'était le milieu de l'après-midi, même s'il était impossible de s'en rendre compte en regardant le ciel ou le soleil. Il faisait sombre et la neige continuait de tomber sans relâche.

Joe avait essayé de téléphoner avant de venir, mais il avait eu un message lui disant que la ligne était hors service. Il se souvint plus tard que le téléphone avait été endommagé pendant la fouille de la maison et qu'il l'avait vu en morceaux sur le comptoir de la cuisine. Il lâcha un juron en dégageant avec une pelle la neige qui s'était encore une fois amassée sous l'essieu avant et qui l'empêchait d'avancer. Il était furieux de perdre tant de temps. Chaque heure qui passait était une heure gagnée par Munker et Strickland qui se préparaient à rassembler leur équipe d'assaut.

Après sa visite au révérend Cobb, Joe avait réfléchi et décidé de demander à Nate s'il voulait bien l'accompagner au campement. D'expérience, il savait que, dans certaines situations explosives, il est essentiel d'avoir du renfort. L'absence de renfort dans le canyon de Savage Run avait failli lui coûter la vie et d'autres étaient morts à sa place. Il s'était juré de ne plus jamais se trouver dans ce genre de situation sans demander de l'aide. Et Nate et son gros pistolet pouvaient lui en fournir une précieuse.

Il finit par dégager le pick-up de la congère et à lui faire franchir la montée qui séparait la route de la rivière.

La maison de Nate était plongée dans l'obscurité et soigneusement fermée. Aucun signe de sa Jeep. L'absence totale de trace laissait penser qu'il avait quitté les lieux depuis au moins la veille.

Joe jura à nouveau et frappa le siège avant du plat de la main. Il tira son carnet de sa poche, écrivit un mot à l'intention de Nate et le fixa à la porte d'entrée avec un canif rouillé trouvé dans sa boîte à gants. Il y accrocha aussi sa carte de visite sur laquelle figuraient ses numéros de portable et de fixe.

Nate :
Vous aviez proposé de m'aider. J'ai besoin d'aide maintenant.

Joe Pickett.

« Merci pour tout, Nate », grommela-t-il en faisant demi-tour au volant de son pick-up. Et il s'engagea dans les traces qu'il avait laissées à l'aller.

28

Pour Sheridan Pickett, il n'y avait généralement rien de plus stimulant ou de plus exaltant que d'être libérée de l'école avant l'heure à cause de la neige. L'annonce à l'interphone que les cours étaient finis pour la journée avait été accueillie par une explosion de hourras et de sifflements et suivie d'un remue-ménage de livres et de sandwichs intacts jetés à la va-vite dans les sacs à dos.

Mais Sheridan n'arrivait pas à partager l'enthousiasme général. Une journée libérée n'avait aucun sens depuis que sa sœur April était partie.

Dehors, la flottille de bus s'était alignée le long de la rue, moteurs ronflant et gaz d'échappement montant à la rencontre de la neige toujours aussi dense.

Elle était chez elle maintenant, à l'abri et au chaud. Recroquevillée sur le canapé et vêtue de son survêtement, elle était en train de lire un manuel d'introduction à la fauconnerie. Le livre était arrivé la veille dans leur boîte aux lettres, dans une enveloppe qui lui était adressée. Accroché par un trombone à la couverture, elle avait trouvé un petit mot écrit sur un dessous de verre pour une marque de bière étrangère.

Sheridan :
On ne choisit pas l'art de la fauconnerie comme on choisit un sport ou un passe-temps quelconque. C'est la fauconnerie qui nous choisit. Depuis que je t'ai rencontrée, je pense que tu as été choisie. S'il te plaît, lis ce livre avec

attention et, si tu es toujours intéressée, je peux t'enseigner ce que je sais.

Nate Romanowski.

Elle porta le dessous de verre à son nez pour la quatrième fois de l'après-midi et le renifla. Il sentait encore un peu la bière. Elle tenta d'imaginer où il avait bien pu se le procurer. Le texte qui y était imprimé était un mélange d'anglais et d'arabe.

Elle ouvrit le vieux livre usé et observa les planches de photos représentant des faucons et des aigles. Ces oiseaux la fascinaient.

Lorsque le téléphone sonna, Missy fit irruption dans le couloir et décrocha au moment où Sheridan tendait la main vers le combiné. Sheridan regarda sa grand-mère d'un air contrarié.

– C'est pour toi, c'est une petite fille, dit-elle en lui tendant le téléphone.

Tandis que Sheridan saisissait le combiné, Missy se pencha vers elle.

– J'attends un appel de Bud Longbrake, alors ne sois pas trop bavarde.

Sheridan fit une grimace et tourna le dos à sa grand-mère.

– Sherry ?

Sheridan eut la sensation d'être traversée par une décharge électrique. Elle reconnut immédiatement la petite voix distante que Missy n'avait pas identifiée.

– April ?

– Salut.

– Je ne sais pas quoi dire !

Sheridan jeta un coup d'œil autour d'elle. Elle se rappelait que sa mère lui avait dit qu'elle sortait pour s'occuper de leurs chevaux. Lucy était dans leur chambre, devant la glace, en train de jouer à se maquiller.

– Comment vous allez tous ? demanda April. Vous me manquez.

– Tu nous manques à nous aussi. Où es-tu ?

– Ici, dans la montagne. Dans la neige. Il fait vraiment froid.

– Alors, rentre à la maison ! lança Sheridan avec un petit rire nerveux.

April soupira.

– J'aimerais bien.

Puis il y eut un silence. Sheridan entendait le chuintement de l'électricité statique sur la ligne. La communication était mauvaise.

– Je ne suis pas censée utiliser le téléphone. Ma mère sera furieuse si elle apprend que je t'ai parlé.

– Où est-elle ?

– Oh, ils sont tous à une réunion. Maman, Clem…

– C'est qui, Clem ?

– Un type qui habite avec nous. Je ne l'aime pas beaucoup, mais c'est le seul qui sache faire marcher le chauffage.

Sheridan remarqua qu'April avait retrouvé son accent du Sud. Elle avait oublié qu'elle avait cet accent lorsqu'elle était venue vivre chez eux, au début.

– Vous me manquez vraiment beaucoup, reprit April d'un ton pathétique.

– April, est-ce que tu vas revenir à la maison ?

La fillette soupira.

– J'aimerais beaucoup. Je pleure souvent. J'aime ma maman et tout ça, mais…

– C'est comment là-haut ?

Elle était dans la cuisine maintenant. Elle écarta les rideaux. La neige continuait de tomber si fort que l'enclos et l'abri des chevaux avaient pratiquement disparu. Elle ne voyait sa mère nulle part.

– Il fait froid ici. Vraiment froid. Je passe toutes mes journées à l'intérieur. La nuit dernière, il y a eu des bruits horribles qui nous ont empêchés de dormir. Clem a dit que c'était des lapins qu'on écorchait vifs.

– Tu rigoles !

– Non. Où est Lucy ?

Sheridan essayait de s'imaginer April en train de lui parler. Elle la voyait dans un coin, en haillons. Étrangement, elle ne parvenait pas à voir son visage, seulement la masse de ses cheveux blonds emmêlés. La vision d'April sans visage la fit tressaillir.

– Lucy va bien. Elle est toujours aussi fofolle. Elle s'habille chic et sort dîner avec Grand-Mère Missy. En ce moment, elle est dans la chambre en train de se maquiller.

April laissa échapper un petit rire.

— C'est notre petite fifille, pas vrai ?

Sheridan sentit les larmes lui monter aux yeux. April avait l'air si proche et pourtant elle ne l'était pas.

— Tu veux que j'aille la chercher ? Tu veux lui parler ?

Dans le téléphone, Sheridan entendit des adultes qui parlaient en arrière-plan. Leurs voix étaient comme assourdies.

— Oh, non, y a quelqu'un qui arrive ! cria April d'une voix suraiguë. Salut, Sherry. Dis à Lucy qu'elle me manque. Dis à Papa et Maman que je les aime…

La communication fut coupée et Sheridan resta plantée là, des larmes roulant le long de ses joues.

— Au revoir, April, dit-elle dans le combiné muet.

Sheridan entendit le vrombissement aigu d'une motoneige. Elle se précipita à travers la salle de séjour pour regarder par la fenêtre. Son père était rentré. Il avait garé le pick-up dans l'allée et poussait la motoneige qu'il venait de sortir du garage vers la rampe posée contre le plateau du pick-up.

Sans prendre le temps d'enfiler son manteau ou ses chaussures, elle sortit sur le perron dans la neige profonde. Bien qu'elle ne soit qu'en chaussettes, elle ne sentait pas le froid.

Dès qu'il l'aperçut, Joe éteignit le moteur de la motoneige. Il était debout à l'arrière du pick-up et la regardait comme si elle avait perdu la tête.

— Il faut rentrer et refermer la porte, Sheridan ! Qu'est-ce qui se passe ?

— Papa, je viens juste de parler à April.

— Quoi ?

— Il faut la sauver, Papa. Il le faut.

29

Joe Pickett avançait sans bruit dans la forêt sombre. Bien que la lune ait disparu derrière les nuages, il y avait suffisamment de lumière pour distinguer le bleu sombre du manteau neigeux. Le tronc des arbres s'y détachait nettement tandis que leurs branches se fondaient dans le ciel obscur. Il neigeait toujours, mais beaucoup moins fort. De minuscules flocons saupoudraient la forêt, tellement légers qu'ils semblaient parfois en suspension dans l'air. La température était tombée au-dessous de moins dix et il faisait si froid qu'on entendait les craquements et les gémissements occasionnels des arbres en train de geler.

Il s'approchait du campement des Souverains par le côté nord. Il n'était pas encore assez près pour en distinguer des lumières ou entendre des voix. Il était venu arrêter Spud ou sauver April, ou les deux à la fois. Ses idées n'étaient pas très claires.

Deux choses l'avaient empêché de rejoindre le campement par la route. La première, c'était la neige – Bighorn Road était littéralement impraticable. Et la seconde, c'était le Blazer de McLanahan, l'adjoint du shérif, garé dans la montée vers Battle Mountain. Les barrages routiers avaient été déplacés plus bas sur la route, mais ils n'en étaient pas moins là et Joe n'était pas sûr de pouvoir convaincre McLanahan de le laisser passer. Il n'était même pas sûr d'avoir envie d'essayer. Il était clair que l'assaut n'aurait pas lieu avant le lendemain au plus tôt, vu les conditions météo. Même Munker n'était pas assez fou pour déclencher l'offensive de nuit. Les autoneiges qu'ils avaient regroupées étaient alignées près du Blazer. Joe les avait aperçues avec ses jumelles. Il avait vu Munker et Portenson vérifier les motoneiges à l'arrière des véhicules empruntés à l'Office des forêts. Au volant de son pick-up, il s'était éloigné en espérant ne pas avoir été vu et avait pris l'autre route.

Alors que le jour commençait à baisser, Joe avait roulé aussi longtemps que possible dans Timberline Road avant d'être obligé de s'arrêter à cause de la neige – il avait bien failli rester bloqué plusieurs fois. Avec la nuit qui tombait, il avait décidé de ne pas progresser plus avant. Il avait tiré la rampe d'accès et fait descendre la motoneige de l'arrière du pick-up. Puis il l'avait enfourchée et s'était lancé à toute allure à travers le sous-bois obscur. Il avait coupé à travers la forêt au lieu de la contourner, traversant une vaste zone boisée sombre et sauvage qui avait été déclarée fermée par le responsable de l'Office des forêts, Lamar Gardiner. La traversée n'avait pas été facile. La neige, immaculée, était tellement fraîche et profonde que plusieurs fois la machine s'était enlisée dans des congères. L'avant se cabrait vers le ciel tandis que les skis arrière s'enfonçaient dans la poudreuse. Chaque fois, un flot d'adrénaline lui parcourait le corps et il devait basculer violemment son poids vers l'avant ou l'arrière, sans perdre le contrôle, pratiquement debout au-dessus du siège pour permettre à l'engin d'accrocher la neige et de le propulser vers l'avant. Il savait que s'il restait bloqué dans une neige aussi profonde, avec des températures aussi basses, il avait peu de chances de s'en sortir vivant. Personne ne savait où il était et les Souverains ne s'attendaient pas à le voir débarquer.

Si je reste coincé ici, se répétait-il comme un mantra, je meurs.

Impossible de ralentir. Dès qu'il décélérait sans s'en rendre compte pour choisir son chemin à travers le sous-bois sombre que seul éclairait son unique phare, il sentait la machine s'enfoncer dans plus d'un mètre de poudreuse. La seule façon de continuer à avancer sans être englouti par la neige était de foncer à toute allure à sa surface. Il avait dû maintenir une vitesse bien supérieure à ce que la prudence autorisait, la lumière du phare pointée vers le sud, frôlant de si près les arbres qu'une pluie d'écorce et de neige s'envolait sur son passage.

Miraculeusement, il avait traversé la forêt sans encombre et était ressorti de l'autre côté. Pour que les Souverains ne puissent pas l'entendre arriver, il avait coupé le moteur à l'approche du sommet et s'était arrêté au-dessous d'une saillie granitique qui avait partiellement protégé le sol de la neige. Avant de partir, il avait fait le plein avec un bidon d'essence fixé à l'arrière de la motoneige. Il avait attaché des raquettes ovales à ses chaussures et abandonné la motoneige et son moteur trop bruyant pour se diriger sans bruit vers le sud.

Une mince pellicule de transpiration recouvrait son corps, première protection entre sa peau et ses sous-vêtements en polypropylène. Marcher avec des raquettes dans de la neige profonde n'était pas tâche facile. Il essayait de contrôler sa température intérieure en ouvrant ou fermant la fermeture Éclair de sa parka. Tant qu'il bougerait, le froid ne serait pas un problème, mais s'il s'arrêtait, ça risquait fort de le devenir.

Il sentit plus qu'il ne vit une présence sombre devant lui, entre les arbres, et se figea sur place. Il pensa immédiatement à l'arme qu'il avait dans sa parka fermée. Il aurait bien du mal à s'en saisir. Il était en train de scruter les ténèbres lorsqu'il perçut des mouvements et entendit un bruit de pas. Sous son chapeau, des frissons lui parcoururent le crâne. Puis, dans son champ de vision, apparut le profil d'un élan femelle avançant d'un pas gracieux dans la neige en levant haut ses longues pattes – parfaites pour se déplacer dans ces conditions.

Il souffla et se détendit. Il ne s'était même pas aperçu qu'il avait cessé de respirer.

Il avait l'intention de s'approcher assez près du campement pour savoir si Spud Cargill s'y trouvait. Il pensait même frapper à la porte de la caravane de Wade Brockius et lui poser carrément la question. Il ne savait pas vraiment s'il devait parler aux Souverains de l'assaut imminent dont ils allaient faire l'objet ou s'il valait mieux ne rien leur dire. Il se disait que s'il les avertissait et que Cargill s'échappe, Munker veillerait personnellement à ce qu'il finisse derrière les barreaux. Peut-être l'aurai-je mérité, se dit-il.

– Quel con, ce Romanowski ! lâcha-t-il. C'est maintenant qu'il aurait pu m'être utile !

Il repensa au coup de fil d'April à Sheridan. L'expression sur le visage de sa fille l'avait bouleversé. Les mots qu'elle lui avait lancés, « Il faut la sauver, Papa ! », lui avaient déchiré le cœur. Comme Marybeth, Sheridan lui faisait entièrement confiance. Mais si sa femme conservait quelque espoir, elle était aussi plus réaliste. Sheridan, elle, était sa fille et il existait un lien spécial entre eux. Elle était sûre qu'il pourrait sauver April. Après tout, c'était son papa. Cette pensée le fit tressaillir et il poussa un profond soupir. Il avait toujours fait de son mieux pour ne pas la décevoir, mais cette fois il n'était pas certain d'y arriver.

Un peu plus loin devant lui, il entendit un son de voix étouffé et s'accroupit immédiatement dans la neige profonde, tous ses sens en alerte. Il resta immobile jusqu'à ce que, les battements de son cœur se calmant, il puisse retrouver son souffle. Aussi doucement qu'il le put, il baissa la fermeture Éclair de sa parka, dégagea la fermeture de son holster et saisit son Beretta .40 de service. Puis, en se servant de ses vêtements pour amortir les bruits, il introduisit une cartouche dans la chambre, rabaissa délicatement le chien, fit glisser le Beretta dans la poche avant de sa parka, où il pourrait l'atteindre plus facilement que dans le holster dissimulé sous ses vêtements et se redressa. Il fourra ses moufles dans son autre poche, ne gardant que les gants légers qu'il portait audessous. Si les Souverains avaient pu se douter qu'il était aussi mauvais tireur, ils ne se seraient pas inquiétés le moins du monde.

Des volutes de vapeur s'échappaient de sa bouche lorsqu'il arriva en vue du campement. A travers les arbres, il distinguait désormais les carrés de lumière jaune des fenêtres, mais ne reconnut pas l'éclat habituel de l'éclairage électrique. Ils doivent utiliser des lampes à gaz, pensa-t-il. Puis il se rappela que Munker avait coupé l'électricité.

A l'approche du campement, il perçut le sifflement du propane qui s'échappait d'une vingtaine de bouteilles de gaz. Il repéra un gros sapin d'où partait une branche en forme de V et derrière laquelle il pourrait se cacher. En temps normal, la branche aurait été trop haute pour qu'il puisse voir par-dessus, mais, avec l'épaisse couche de neige qui recouvrait le sol, il put appuyer sa poitrine contre le tronc et observer le campement par l'ouverture.

Pas la moindre silhouette à proximité des camping-cars et des caravanes. A force de passages successifs, la neige avait été piétinée et des chemins s'étaient formés entre les différents véhicules et les points stratégiques du campement. Il lui sembla que ces sillons avaient presque un mètre de profondeur, peut-être même plus. Au centre du campement, dans la zone où étaient stockées les bouteilles de propane, on avait sommairement dégagé la neige. Ce n'est qu'après avoir observé le campement dans ses moindres détails qu'il se rendit compte qu'il y avait au moins une moto-neige, parfois deux, garée près de chaque caravane ou camping-car. La plupart étaient protégées (ou dissimulées) sous des couvertures ou des bâches recouvertes d'au moins trente centimètres de neige fraîche. Ainsi donc, pensa-t-il, les Souverains ont les moyens de s'enfuir s'ils s'y trouvent contraints, même avec toute cette neige. Intéressant.

Le claquement d'une porte métallique retentit à travers le campement. Quelqu'un venait de sortir d'une caravane et Joe entendit le bruit de la neige crissant sous des pas. Une silhouette avançant entre les carrés de lumière, il distingua le profil d'un homme barbu au nez cassé. Ce n'était pas Spud Cargill. L'individu avançait vers le centre du camp, en direction des toilettes extérieures mises à disposition par l'Office des forêts. Au bout de quelques minutes, l'inconnu en ressortit et regagna sa caravane.

Bon, se dit Joe. C'est l'endroit où ils iront tous faire un tour ce soir.

Deux heures s'écoulèrent. Le froid commençait à le gagner. Malgré ses bottes polaires Sorel et ses deux paires de chaussettes, il sentait ses pieds se refroidir. Il remua les orteils pour faire circuler le sang.

Douze personnes, essentiellement des hommes, avaient quitté leurs caravanes ou leurs camping-cars pour se rendre aux toilettes. Dans le silence de la nuit, il les entendait tousser, se cogner et faire des bruits dégoûtants, mais toujours pas de Spud Cargill. Ni de Wade Brockius et d'April non plus.

Et puis, tout d'un coup, il l'aperçut. Il avait failli s'endormir en dépit du froid et de sa position inconfortable. Mais lorsqu'il vit la frêle silhouette de Jeannie Keeley sortir d'une caravane avec une petite fille blonde à côté d'elle, il sut immédiatement que c'était April.

Il les suivit des yeux et tendit l'oreille. Leurs pas étaient plus légers que celui des hommes dans la neige. Lorsqu'elles passèrent devant la fenêtre la plus proche, il oublia Jeannie et fixa le fin profil de la fillette qui se découpait à contre-jour. Mais ce coup d'œil rapide ne lui permit pas d'apprendre grand-chose. Impossible de distinguer d'éventuelles contusions ou la moindre expression de tristesse sur le visage de la fillette. Elle avait l'air absente, le regard vide. Elle avançait en traînant les pieds. Jeannie lui donnait la main et la conduisait vers les toilettes extérieures.

April entra et referma la porte derrière elle. Jeannie l'attendit dehors en fumant une cigarette.

Lorsque la fillette ressortit, sa mère lui prit la main et elles repartirent en sens inverse. En passant devant une fenêtre éclairée, April leva son visage vers Jeannie et lui dit quelque chose qui la fit rire. A son tour, celle-ci se pencha vers la fillette pour lui murmurer des paroles qui la firent rire, de ce rire rauque et profond que Joe adorait. Mais ce soir-là, en l'entendant, il fut envahi par des sentiments aussi violents que contradictoires.

Elles pénétrèrent dans la caravane et refermèrent la porte. April avait disparu. Joe cligna des paupières.

S'il n'avait pas su qui elles étaient, ou les circonstances qui les avaient réunies, il aurait vu dans cet instant une scène qui faisait chaud au cœur. Manifestement, la mère, Jeannie, se souciait assez de sa fille pour l'accompagner aux toilettes. Elles se tenaient par la main et April avait levé la main vers sa mère quand elle était sortie des toilettes. La plaisanterie de la fillette, quelle qu'elle fût, avait été appréciée par sa mère. Et celle-ci s'était inclinée vers elle pour lui dire quelque chose qui les avait fait pouffer toutes les deux.

Joe ne savait pas trop si c'était ce qu'il souhaitait voir. Il s'était imaginé une April en pleurs, traînée de force à travers le campement. S'il avait vu ça, il se serait probablement précipité au secours d'April écartant Jeannie sur son passage et emportant la fillette à travers la forêt jusqu'à sa motoneige, sur laquelle ils auraient dévalé la montagne à toute allure. Mais rien de tout ça ne s'était produit. Bien au contraire.

Il avait du mal à croire qu'April puisse être mieux ici. C'était inconcevable. Mais à moins de débouler littéralement dans la caravane et de s'emparer de la fillette – de la kidnapper –, il ne pouvait pas faire grand-chose.

Il était gelé et désemparé. Comme il ne pouvait rien faire pour le moment, il secoua la neige de sa parka et s'apprêta à rejoindre sa motoneige.

Dès les premières mesures de *Danke Schön*, Joe, surpris, fit volte-face et laissa tomber un gant dans la neige. Il n'était qu'à quelques pas du sapin, derrière lequel il s'était caché lorsque la chanson avait retenti dans la nuit, le faisant sursauter. Il tendit l'oreille, perplexe. D'où venait cette musique ? Puis il se rappela les haut-parleurs qu'il avait vus la dernière fois qu'il était monté.

A l'intérieur des caravanes, on hurlait des jurons. Quelqu'un venait de lancer quelque chose de lourd contre un mur. Si le but de la manœuvre était de rendre fous les Souverains, pensa-t-il, c'était réussi.

Une porte s'ouvrit brusquement et un homme que Joe ne connaissait pas apparut dans l'encadrement éclairé par une lampe à gaz. Il tenait un fusil automatique entre les mains et se pencha dessus. Une série de coups de feu retentit dans la nuit. Bien que le tireur s'en prenne manifestement aux haut-parleurs et pas à Joe – il avait dû les atteindre à en croire le bruit de ricochets métalliques qui suivit –, celui-ci s'accroupit et saisit son Beretta.

Une autre série de détonations perfora les haut-parleurs sans toutefois parvenir à les faire taire.

La chanson se termina et, après une brève pause, recommença. Mais cette fois, encore plus fort.

Joe entendit soudain un bruissement tout proche, derrière lui, mais, engourdi par le froid, il ne fut pas assez rapide pour réagir. Un coup violent au-dessus de l'oreille le fit s'affaler de tout son long, de la neige lui entrant dans le nez et la bouche.

Il ne perdit pas complètement connaissance, mais les éclairs orangés qui explosaient devant ses yeux et les élancements violents qui lui martelaient le crâne l'empêchant de réagir, il fut traîné jusqu'au campement.

Deux hommes vêtus d'amples treillis blancs et portant des fusils à lunette SKS recouverts d'adhésif blanc le tiraient par les bras. La neige et la glace lui rentraient dans le col et dans le haut du pantalon. Un des hommes lui avait confisqué son arme.

Glissant plus facilement sur la neige damée du campement, Joe essaya de se dégager d'une torsion. Ses ravisseurs le lâchèrent immédiatement pour lui décocher des coups de pied dans les côtes avec leurs grosses chaussures.

Le premier coup fut violent et lui coupa le souffle, le laissant pantelant dans la neige. Il se rendit compte qu'il était étonnamment lucide. Il était parfaitement conscient de ce qui se passait et avait la sensation d'assister à la scène de loin. Il était simplement dans l'impossibilité d'y faire quoi que ce soit. Il n'aurait pas été autrement surpris que quelqu'un appuie le canon glacé d'un fusil sur sa nuque et tire. Étrangement, il n'éprouvait aucune peur. Il lui semblait que ça faisait tout simplement partie du scénario.

– Arrête, je crois que je le connais.

C'était Wade Brockius. Sa voix était aisément reconnaissable.

Joe perçut le crissement de la neige à l'autre bout du campement.

Un des hommes lui décocha un autre coup de pied, mais moins fort. Joe parvint à le bloquer partiellement et absorba le coup avec ses avant-bras.

– Connard ! lâcha l'homme.

Joe roula sur lui-même et cligna des yeux lorsque Brockius lui braqua une torche électrique en plein visage.

– Je le connais. C'est le garde-chasse.

– On l'a coincé en bordure du campement, prêt à filer quand Clem a commencé à tirer dans les haut-parleurs.

Joe se rendit compte brusquement que la musique continuait à jouer, toujours plus fort. Et toujours la même chanson, *Danke Schön*. Mais elle était maintenant accompagnée d'un hurlement épouvantable.

Il tenta de s'asseoir, mais, la douleur lui revenant dans le crâne, il s'effondra sur un coude et attendit que la sensation de nausée s'estompe. Il garda son bras libre en l'air pour se protéger d'éventuels coups de pied. Brockius s'agenouilla près de lui et l'entoura de son énorme bras pour l'aider à s'asseoir, à son grand soulagement. Il avait la bouche pleine de sang tiède et de neige fondue. Il cracha un filet sombre entre ses genoux.

– Ne vous éloignez pas tout de suite, les gars, reprit Brockius à l'adresse des deux hommes.

– Vous devez écouter ça tous les soirs ? demanda Joe en testant sa voix qui lui parut tremblotante.

– Depuis hier soir, oui, répondit Brockius. Je crois que nous allons avoir droit à une sérénade de Wayne Newton tous les soirs.

– Clem a tiré sur ces saloperies de haut-parleurs, dit un des hommes en blanc. Mais ça n'a pas suffi.

– Va falloir sectionner les fils, dit l'autre homme.

Brockius hocha la tête distraitement, mais sans lâcher Joe du regard.

– Est-ce que je peux rentrer ? demanda Joe. On se gèle ici.

Brockius réfléchit un instant et fit non de la tête.

– Vous êtes le deuxième aujourd'hui qui refuse de me faire entrer chez lui, dit Joe d'un air absent. Je ne sais pas qu'en penser.

Brockius afficha un léger sourire.

– Il y a certaines choses dans ma caravane que je ne tiens pas à montrer à quiconque.

Joe pensa qu'il s'agissait d'armes. Le BATF avait lancé des assauts pour moins que ça. Ou bien, son fax était prêt à envoyer tout un tas d'assignations en justice et de demandes de droit de gage. Ou les deux.

– Qu'est-ce que vous faites ici, bon sang ? demanda Brockius.

Joe réfléchit un moment avant de répondre. Les deux hommes en blanc le serraient de près et lui bloquaient carrément la lumière.

– Je voulais m'assurer par moi-même qu'April était ici et en bonne santé.

– Elle l'est. Je vous l'ai déjà dit.

Joe leva les yeux et ajouta :

– Et je voulais savoir si Spud Cargill était ici.

Brockius jura et hocha la tête.

– Nom de Dieu, mais qu'est-ce que vous avez tous à croire qu'il est ici ?

– C'est parce qu'on nous l'a signalé ! Et si c'est vrai, vous allez avoir… quelques problèmes.

– Les problèmes, on sait s'en occuper, dit un des hommes en blanc.

L'autre homme laissa échapper un petit ricanement.

– Écoutez, dit Brockius d'un ton impérieux en se penchant vers Joe qui sentit son haleine chargée d'oignons. Je vais vous dire la vérité parce que je ne veux plus jamais vous revoir ici. Vous auriez très bien pu vous faire tuer.

– Ça, c'est bien vrai, ajouta l'odieux bonhomme en blanc.

L'autre ricana à nouveau.

– Spud. Cargill. N'est. Pas. Ici.

Joe scruta le visage de Brockius, plongeant son regard dans ses yeux expressifs.

– Cet homme a voulu nous rejoindre hier soir. Il est effectivement venu ici. Je lui ai parlé et je l'ai renvoyé d'où il venait.

– Pourquoi ne pas l'avoir dit aux fédéraux ?

Brockius leva les yeux au ciel et rugit :

– Je le leur ai dit !

– Oui, mais ils ne vous ont pas cru.

– Pas étonnant de leur part, cracha Brockius.

– Où est allé Spud quand vous lui avez dit de partir ?

Brockius haussa les épaules.

– Il est retourné d'où il venait, sans doute.

Joe se sentit tout d'un coup complètement éreinté. Il n'avait pas progressé d'un pouce, n'ayant toujours pas la moindre idée d'où se trouvait Spud. La douleur dans son crâne s'était réduite à un battement régulier dans la tempe droite. Il souleva sa main libre et retira la neige accumulée dans son oreille.

– Vous m'avez entendu ? demanda Brockius.

– Oui. Et je vous crois, dit Joe.

– Bande de brutes impérialistes, grogna l'odieux bonhomme en blanc. Des gens qui se cachent derrière leurs règlements et leurs badges pendant qu'ils étripent un lapin sur une bande magnétique !

Oui, se dit Joe. C'était bien ça, cet horrible braillement qui accompagnait la chanson *Danke Schön*.

Pendant un long moment, personne ne dit mot. Le hurlement du lapin lui faisait l'effet d'un métal glacé courant le long de sa colonne vertébrale. Au bout d'un moment, le cri finit par cesser.

– Ça va recommencer, dit l'odieux. Vous êtes d'accord pour que j'aille couper cette saloperie de fil ?

Brockius leva les yeux vers lui.

– Fais gaffe, les arbres sont peut-être piégés. Ça ne m'étonnerait pas qu'ils aient planqué des fils de détente.

D'un coup sec, l'odieux alluma la lampe torche qu'il avait attachée avec du ruban adhésif au canon de son fusil et s'éloigna vers la barrière et la route.

– Ça vous ennuierait que j'aille dire bonjour à April ? demanda Joe. Je l'ai aperçue tout à l'heure.

– Vous voulez dire que vous l'avez espionnée.

– Oui, c'est vrai, reconnut-il en hochant la tête.

– Est-ce qu'elle vous a paru heureuse ?

Joe hésita.

– Elle n'avait pas l'air malheureuse.

– Vous venez de répondre à votre question. Vous pouvez partir maintenant.

Brockius l'aida à se relever. Joe se sentait faible sur ses jambes et avait perdu une de ses bottes. Tandis que la douleur continuait à lui marteler le crâne, un élancement de plus en plus violent lui cisaillait les côtes. Avec chaque respiration, il avait l'impression de recevoir un coup de poignard.

– Je crois que vos hommes m'ont cassé une côte.

– Vous avez eu de la chance qu'ils ne vous aient pas défoncé la tête.

– Elle n'a pas été épargnée non plus, dit-il, pris d'une vague sensation de vertige.

Brockius le raccompagna jusqu'aux abords du campement, à l'endroit où on l'avait assommé et traîné dans la neige. Le second homme en blanc resta là un moment, puis tendit le pistolet de Joe à Brockius avant de rejoindre son acolyte occupé à couper des fils. Manifestement, il n'avait pas encore réussi à les localiser parce que la chanson venait de recommencer.

— Pouvez-vous rentrer tout seul ? demanda Brockius. Vous allez y arriver ?

— Je crois que oui, dit Joe en grimaçant.

— Les routes sont barrées et surveillées. Nous ne pourrions pas vous ramener, même si nous le voulions. La neige nous a bloqués ici.

— Est-ce que vous partirez quand la neige s'arrêtera ?

Brockius s'immobilisa. Joe le regarda. Il avait un visage aimable. Il ne pouvait s'empêcher de le trouver sympathique.

— C'est possible, dit Brockius doucement. Nous avons eu une réunion pour en parler cet après-midi. Mais je ne peux pas encore me prononcer pour tout le monde.

— Ce serait une bonne idée, dit Joe qui ne voulait pas révéler les intentions de Munker à Brockius.

Il n'en dirait pas plus. Mais si les Souverains s'en vont, pensa-t-il, April partira avec eux.

— Ma femme et moi allons essayer de reprendre April avec nous, dit-il.

— Je n'en doute pas une seconde, dit Brockius avec un sourire.

— Ma femme est quelqu'un de très déterminé.

Brockius hocha la tête, mais garda le silence. Il dirigea le faisceau de sa lampe vers l'endroit où ses hommes avaient traîné leur proie dans la neige. Dès qu'il aperçut la botte que Joe avait perdue, il braqua sa lampe dessus.

Tandis qu'il la rattachait, Joe lui dit qu'un de ses hommes lui avait pris son arme.

— J'en ai besoin.

Une fois de plus, Brockius fit non de la tête.

— De toute façon, je n'atteins jamais la moindre cible, marmonna Joe.

Brockius laissa échapper un petit rire.

– C'était plutôt gonflé d'entrer dans le campement comme vous l'avez fait. Je suis sacrément impressionné. Je n'aurais jamais pensé que quelqu'un puisse arriver comme ça, à travers la forêt.

Joe haussa les épaules.

Tout d'un coup, la musique s'arrêta. Des applaudissements montèrent des caravanes et des camping-cars à travers le campement.

– Dieu merci, dit Brockius en soupirant.

Joe se redressa. Ses deux bottes étaient bien attachées. Tout semblait immensément calme maintenant. La neige continuait à tomber doucement des arbres, tellement légère qu'elle dessinait un halo autour des éclairages.

– Je pensais vraiment que Spud Cargill était ici, dit Joe. En ville, le révérend Cobb m'a parlé d'un sanctuaire qu'il lui aurait offert. Je crois qu'il pensait en trouver un ici aussi.

L'espace d'un instant, Brockius eut l'air perplexe.

– Ce n'est pas un sanctuaire, ici.

– Mais il a dit…

– Une église est un sanctuaire. Ici, ce n'est pas une église. C'est juste une étape sur la route de l'enfer.

Immédiatement, Joe oublia le froid et la douleur lancinante dans son crâne et dans son flanc.

– Maintenant, je sais où il se trouve ! dit-il d'une voix plus forte. Il est temps de mettre fin à tout ça.

Un sourire triste se dessina sur le visage de Wade Brockius.

– Alors vous risquez d'avoir besoin de ça, dit celui-ci en tendant son arme à Joe, crosse en avant.

Joe le remercia d'un hochement de tête, rengaina le pistolet dans son holster et se retourna vers la forêt sombre d'où il était venu.

30

Il était quatre heures trente du matin lorsque, pris de panique, Joe se dit qu'il s'était peut-être perdu. Il était en route vers la vallée, les yeux fixés sur les traces à peine perceptibles imprimées dans la neige. Il pensait savoir où il se trouvait et espérait apercevoir les lumières diffuses de Saddlestring au pied des montagnes, mais celles-ci restaient invisibles. Avait-il pu se tromper de route ? Il avait du mal à se repérer dans l'obscurité avec les énormes flocons qui tourbillonnaient follement dans le faisceau des phares. Ce ne fut qu'en jetant un coup d'œil à l'écran du GPS fixé sur le tableau de bord qu'il sut qu'il allait dans la bonne direction. Il soupira, mais le sentiment de panique ne le quitta pas complètement. C'était comme si les lumières de la ville avaient été absorbées par la tempête de neige, laissant à peine quelques taches pâlottes dans la nuit noire et blanche.

Épuisé et frustré, il souffrait de ses blessures. S'il n'avait pas été obligé de se concentrer pour suivre exactement les traces qu'il avait laissées dans la neige à l'aller, il n'aurait sans doute pas réussi à redescendre. Étant donné les conditions et le manque de visibilité, il roulait beaucoup trop vite, mais, chaque fois qu'il ralentissait, il sentait les roues s'enfoncer dans la neige profonde. Même en roulant vite et en suivant ses propres traces, il était resté bloqué deux fois à cause de l'épaisse couche de neige au milieu de la route. La première fois, il avait réussi à dégager la neige accumulée sous les différentiels avant et arrière, la tête bourdonnant à la pensée d'avoir vu April et d'avoir manqué Spud Cargill, et le crâne endolori par les coups qu'il avait reçus. La deuxième fois, il était tellement épuisé qu'il avait eu du mal à soulever la pelle posée sur le plateau du pick-up. Il avait sérieusement pensé à grimper dans la cabine et laisser le moteur et le chauffage allumés pour dormir jusqu'au matin. Mais, au rythme où tombait la neige, il avait calculé que le tuyau d'échappement serait recouvert au bout de quelques heures. Les gaz d'oxyde de carbone envahiraient la cabine pendant son sommeil et c'en serait fait de lui. Cette perspective avait bien quelque chose de tentant, mais il s'était ressaisi et avait écarté cette idée. Il s'était giflé plusieurs fois pour rester éveillé, grimaçant à cause de sa côte cassée (il en était sûr maintenant) et avait réussi à dégager son véhicule.

Les heures passaient. L'équipe d'assaut devait être en train de se préparer. Mais les conditions et les circonstances empêchaient Joe d'aller plus vite. Ça lui rappelait les rêves qu'il faisait quand il était petit et que ses parents, complètement ivres, se disputaient. Il s'endormait au milieu des invectives et des bruits de verre brisé. Dans ses rêves, il courait, nageait ou roulait sur son vélo aussi vite qu'il pouvait mais sans jamais avancer. Plus il courait, nageait ou pédalait, plus il se rapprochait de la maison qu'il voulait fuir. Il se réveillait en larmes, oppressé par un sentiment d'absurdité et de frustration. Il éprouvait cette même sensation maintenant, sauf qu'elle était bien pire que tout ce qu'il avait pu rêver jadis.

Il n'arrêtait pas de revoir April et Jeannie. Si seulement celle-ci s'était mal comportée ou si April s'était rebellée ou avait tenté de s'enfuir, les choses auraient été différentes. Maintenant, son seul espoir était de gagner du temps pour trouver une solution et la seule façon d'y parvenir était de retrouver Spud Cargill et d'empêcher l'assaut contre le camp des Souverains.

Il finit par quitter la forêt et la neige profonde et par se rapprocher de la vallée. Les rangées d'arbres s'estompèrent dans son rétroviseur. L'armoise qui tapissait les collines disparaissait complètement sous la neige et, sans la présence des arbres et des buissons, on avait du mal à distinguer les formes du relief. Joe sentit ses pneus s'enfoncer dans la neige et agripper le sol gelé pour la première fois depuis des heures. Enfin il eut l'impression de reprendre le contrôle de son véhicule. Pourtant, il était toujours en pleine nature et la seule chose qui s'offrait à sa vue était le blanc immaculé qui recouvrait le sol. Au moindre souffle de vent, la poudreuse monterait en congères et crêtes neigeuses et il serait impossible d'avancer.

Il était dans un tel état de fatigue qu'il faillit ne pas remarquer la forme sombre d'une Jeep recouverte de neige bloquée sur le bas-côté. Ce n'est qu'en s'arrêtant près d'elle et en baissant sa vitre qu'il reconnut le véhicule et s'aperçut que le moteur tournait toujours.

L'intérieur des fenêtres en plastique était couvert de buée et la neige s'était accumulée sur la capote en toile, perforée et déchirée à plusieurs endroits. De la vapeur montait des ouvertures – comme de la fumée d'une cheminée – et se dissipait dans la nuit froide. Joe baissa la vitre côté passager et se pencha par-dessus le siège.

— Nate ? lança-t-il par la vitre ouverte.

Sa question resta sans réponse. Au bout d'un moment, il appuya sur le Klaxon.

Une main gantée essuya la buée qui s'était formée à l'intérieur des fenêtres et Joe aperçut deux grands yeux ensommeillés qui se posaient sur lui.

— Joe ! lança Nate de l'intérieur de la Jeep. Je ne vous avais pas entendu. Je dormais.

La porte s'ouvrit et Nate Romanowski grimaça un sourire. Une petite couche de neige, comme le glaçage d'un gâteau, recouvrait son bonnet. Il tenait le message de Joe dans sa grande main et l'agitait dans sa direction.

— J'ai eu votre mot. Je suis passé chez vous et votre femme m'a dit où vous étiez. J'ai réussi à arriver jusqu'ici avant d'être bloqué par la neige. Alors… vous avez toujours besoin d'aide ?

— Oui.

Joe ne savait pas très bien de quel genre d'aide il avait besoin, ou de ce que Nate pouvait faire pour lui. Mais, quoi qu'il décide, il vaudrait toujours mieux que Nate soit avec lui dans son pick-up.

— Montez, dit Joe. Mes quatre pneus sont équipés de chaînes et je suis face à la pente. Je devrais pouvoir arriver jusqu'en ville. On pourra revenir plus tard pour dégager votre véhicule.

Nate acquiesça d'un rapide hochement de tête, puis sortit un petit sac à dos de la Jeep et, s'enfonçant dans la neige jusqu'à mi-cuisses, se dirigea péniblement vers le pick-up et grimpa dans la cabine.

– Bon sang, mais qu'est-ce qui vous est arrivé ? demanda Nate en examinant Joe.

– Deux Souverains me sont tombés dessus et m'ont fichu une raclée, dit-il. Je l'avais mérité.

Joe enclencha une vitesse et le pick-up fit un bond en avant et s'arrêta net dans la neige profonde.

– Oh, non ! grommela Nate.

Sans un mot, Joe actionna la marche arrière et accéléra un grand coup, reculant de quelques mètres. Puis il repassa très vite en première, fit ronfler le moteur et fonça à nouveau sur l'épaisse couche de neige qu'il parvint cette fois à franchir.

– Je ne m'arrête plus, dit-il. Quoi qu'il arrive.

– Joe, j'ai appris beaucoup de choses sur Melinda Strickland et Dick Munker dans l'Idaho. Rien de bon, vraiment.

– C'est là que vous étiez ? Dans l'Idaho ?

– Je ne savais pas que vous auriez besoin de moi ici, dit Nate sur la défensive. Vous ne m'aviez rien dit. Et, oui, j'étais dans l'Idaho. Là-bas soixante-dix pour cent des terres sont gérées par l'État fédéral, qui en est également propriétaire. S'il y a un endroit où les habitants connaissent bien les agents territoriaux, c'est l'Idaho. J'ai des amis là-bas et je voulais en savoir plus sur Strickland et Munker.

Il s'interrompit un moment.

– Continuez, dit Joe.

Il voulait entendre l'histoire, mais il tenait aussi à ce que Nate continue de parler pour l'aider à rester éveillé et vigilant.

– Je ne veux pas vous faire peur, Joe, mais vous allez avoir besoin de tous vos amis contre ces deux-là.

Joe poussa un vague grognement. Tout ça n'était pas vraiment encourageant.

– Vous voulez du café chaud ? demanda Nate en plongeant dans son sac à dos.

Joe acquiesça d'un hochement de tête.

– Melinda Strickland est encore pire que ce que je croyais, reprit Nate en versant du café fumant dans la tasse de voyage de Joe. Les gens à qui j'ai parlé là-bas disent qu'elle est à la fois vicieuse et cinglée. Ce qu'ils ne savent pas, c'est si elle a d'abord été vicieuse et est devenue cinglée, ou si elle a toujours été cinglée et ne se rend pas compte de ce qu'elle fait.

Joe avala son café sans se soucier qu'il lui brûle la langue. Il avait mal partout et de plus en plus de courbatures dans le dos. Il ne savait pas combien de temps encore il arriverait à supporter l'effort qu'il devait faire pour ne pas quitter la route et empêcher le pick-up de foncer dans une congère. Il savait qu'il aurait dû demander à Nate de conduire, mais il était trop tard maintenant ; il n'allait pas s'arrêter et risquer de rester bloqué à nouveau.

– Contentez-vous de me donner les faits, Nate, pas de les analyser, aboya-t-il. Pas besoin de jargon de psy. Nous n'avons pas beaucoup de temps et je ne sais pas encore comment nous allons pouvoir nous y prendre.

Nate lui remplit à nouveau sa tasse et la plaça dans son support. La cabine commençant tout juste à se réchauffer, il ouvrit la fermeture Éclair de sa parka.

– Melinda Strickland est la fille d'un sénateur de l'Oregon. Une fille à papa, enchaîna Nate. Son paternel a dû graisser quelques pattes pour qu'elle puisse bosser pour le gouvernement fédéral après s'être baladée sur les côtes nord du Pacifique et être passée dans plusieurs agences de Washington, D. C. Apparemment, elle a aussi passé quelques années dans certaines institutions. Problèmes d'alcool et de drogue. D'après ce qu'on dit, c'est une vraie parano.

Joe lui lança un regard furieux en espérant lui signifier de s'en tenir aux faits.

– Même si elle peut faire bonne impression sur certaines personnes à première vue, elle agit toujours en franc-tireur et est incapable de collaborer avec qui que ce soit. Bref, elle a toujours traité ses collègues et ses collaborateurs comme de la merde en disant des trucs sur eux, en les montant les uns contre les autres et autres manigances pourries du même genre. Elle a été impliquée dans plusieurs procès quand elle travaillait pour le ministère de l'Agriculture, à cause de ce qu'elle disait et faisait aux gens. Pour elle, avoir un poste à responsabilités consiste à faire pleurer ses subalternes. Ah oui, j'oubliais… elle ne peut pas s'empêcher de mentir.

Joe jeta un coup d'œil à Nate et remarqua que, sous sa parka, il portait son holster d'épaule.

– Dès qu'elle est entrée à l'Office des forêts, elle a commencé à se balader aux quatre coins du pays. Partout où elle passait, il y avait des merdes. Elle fout le bordel dès qu'elle touche à quelque chose. On ignore les véritables problèmes qui l'ont menée jusqu'ici, mais l'Office des forêts la gère comme on gère beaucoup de choses dans les grandes agences gouvernementales.

– En la mutant ailleurs pour qu'elle devienne le problème de quelqu'un d'autre ? demanda Joe.

Il connaissait les règles du jeu.

– Exactement, dit Nate. (Il parlait lentement, toujours sur le même rythme et en haussant rarement la voix.) Elle est passée par l'Oregon, le Montana, le Nouveau-Mexique, le Nevada, le Dakota du Sud, l'Idaho – deux fois – et ensuite quelque part dans le Colorado. Vous savez comment ça marche, nous le savons tous. Il est très difficile de virer des employés fédéraux de longue date, et plus particulièrement les femmes d'un certain âge qui menacent d'intenter une action en justice et qui sont filles de sénateurs. Ses supérieurs sont nommés par des politiques qui savent très bien que s'ils arrivent à enterrer le problème pendant quelque temps, ce sera l'administration suivante qui devra y faire face. En attendant, c'est aux communautés locales de la supporter, elle et ses façons de faire.

– Et plus précisément ? demanda Joe.

– Eh bien, dans le Nevada, par exemple, elle était persuadée que deux éleveurs locaux bénéficiant de droits de pâturage avaient l'intention de lui tuer son chien. Elle les a donc fait suivre vingt-quatre heures sur vingt-quatre par les rangers de l'Office des forêts. C'était dans un village de trois cents habitants où il n'y avait que deux restos où manger. Partout où allaient ces éleveurs, il y avait deux rangers en uniforme qui les suivaient. Pour finir, un des deux éleveurs a bu un coup de trop et a déclenché une fusillade. Bilan : deux éleveurs et un agent fédéral sur le carreau.

Joe hocha tristement la tête et le regretta immédiatement lorsqu'il sentit une douleur lancinante lui percuter l'arrière du crâne.

– Bref, reprit Nate, l'Office des forêts ne savait plus que faire d'elle et était prêt à la faire tomber pour harcèlement... Ils allaient enfin la faire payer parce qu'elle avait traité un entrepreneur hispanique de « sale métèque » devant témoin. Mais son petit papa s'en est mêlé et ils lui ont trouvé ce nouveau job. En fait, ils l'ont créé juste pour elle. Le poste a un titre ronflant, mais ni employé ni budget. C'était l'endroit parfait où la fourguer et elle ne risquait pas d'y faire des conneries. Mes informateurs m'ont dit que même ça c'était une erreur, parce que quand l'administration a changé elle a convaincu quelqu'un de revoir le budget et de lui trouver des fonds. Et tout d'un coup, elle s'est retrouvée avec un budget pour ses déplacements et dans son esprit une étoile était née. Lorsque ses employeurs se sont rendu compte de ce qu'elle avait fait, il était trop tard : une journaliste, Elle Je-ne-sais-trop-quoi, avait décidé d'écrire un article sur elle. Portée aux nues comme elle l'était par cette journaliste, ils ne pouvaient plus la virer, et donc, disons qu'ils ont laissé tomber.

– Et maintenant, c'est nous qui en avons hérité, dit Joe.

Le manque de sommeil lui brûlait les yeux et plus ils approchaient de Saddlestring, plus il se sentait tendu.

– Ils prennent une bonne femme qui hait les gens et la nomment responsable d'une unité spéciale chargée de s'occuper d'une bande de ploucs qui détestent le gouvernement, dit Nate. C'est ça que j'adore avec les fédéraux !

Joe demanda à Nate de lui laisser une minute pour passer un coup de fil à Marybeth sur son portable. Quand elle décrocha, il eut l'impression qu'elle ne s'était pas couchée de la nuit.

– Je suis revenu des montagnes et Nate est avec moi, dit-il. Oui, je vais bien, ajouta-t-il en mentant effrontément.

– Et Dick Munker ? demanda Joe. C'est quoi son histoire ?

Nate poussa un sifflement.

– Ça serait une bonne chose s'il disparaissait.

– Ce qui veut dire ?

– Que c'est un sale con, cruel et sadique. Ils le connaissent bien dans l'Idaho. C'était un des tireurs d'élite du FBI que l'État a voulu coffrer après Ruby Ridge. Un de ceux qui ont déclenché l'assaut. Le premier à tirer, à ce qu'il paraît. Malheureusement, l'affaire a été classée pour des histoires de juridiction. Munker a été rétrogradé et, comme Melinda Strickland, on l'a envoyé se balader aux quatre coins du pays en espérant qu'il prendrait sa retraite, ce qui évitait d'avoir à lui imposer des sanctions administratives. Le FBI déteste se faire remarquer à cause d'agents comme lui – surtout ces temps-ci – et fait tout son possible pour calmer le jeu quand il y a un cinglé dans ses rangs. (Nate hocha la tête.) Melinda Strickland et Dick Munker sont faits pour s'entendre.

Joe garda le silence. L'angoisse qui lui contractait les entrailles depuis quelques heures l'étreignit un peu plus fort. Il agrippa le volant et fonça dans les tourbillons de neige, en priant le ciel qu'il ne soit pas déjà trop tard. Il fallait élaborer un plan et il ne lui restait pas beaucoup de temps.

Quand ils arrivèrent à Saddlestring le jour n'était pas encore levé, mais on distinguait une lueur gris clair vers l'est. La ville était entièrement prise dans la neige et la glace. Les chaînes crissaient sur la route à cause de la quantité de neige accumulée dans les moyeux des roues. Joe n'en revenait pas d'être arrivé jusque-là sans encombre.

Il mit Nate au courant de la situation et lui présenta le plan qui venait de germer dans son esprit. Il lui expliqua en particulier qu'il avait besoin de sa présence uniquement pour assurer ses arrières si cela s'avérait nécessaire. Nate acquiesça d'un signe de tête et lui adressa un petit sourire entendu qui le mit mal à l'aise.

Bien avant d'atteindre le centre-ville, Joe bifurqua et s'engagea dans le parking de l'église First Alpine.

L'église était un sanctuaire… pour Spud Cargill. Maintenant Joe le savait.

31

En pénétrant dans l'étroit parking attenant à l'église et au mobile home du révérend B. J. Cobb, Joe fit remarquer à Nate qu'aucune fumée ne s'échappait de la petite cheminée en fer-blanc qui surmontait le toit de l'église.

– Il fait trop froid pour pouvoir rester là-dedans sans faire de feu, dit-il en réfléchissant tout haut. Ce qui veut dire que si Spud est ici, il doit être chez le révérend.

Nate poussa un grognement exprimant son approbation.

Joe s'arrêta devant le mobile home et se dit que quelque chose n'allait pas, même s'il n'arrivait pas à mettre le doigt dessus. Et tout d'un coup, il se souvint.

– Hier, quand je suis venu, dit-il, il y avait une motoneige au bord de la route. Elle n'y est plus.

– Vous croyez que c'est Spud qui l'a prise ? lui demanda Nate en remontant la fermeture Éclair de sa parka.

Il était sur le point d'ouvrir la portière.

– On devrait le savoir bientôt, répondit Joe en sautant dans la neige.

Il laissa son Beretta .40 dans son holster et saisit la seule arme avec laquelle il se sentait à l'aise, sa carabine Remington Wing-Master calibre .12 logée derrière la banquette. En se dirigeant vers le mobile home, il la fit pivoter, canon vers le bas, pour vérifier qu'elle était chargée. Le laiton brillant d'une cartouche double zéro lui renvoya son éclat.

Tandis qu'il s'approchait de la porte d'entrée, Nate Romanowski s'enfonça dans la neige profonde et fit le tour vers la porte
de derrière. Joe attendit une minute avant de grimper les marches.

Il frappa suffisamment fort pour faire dégringoler une ligne de
stalactites accrochées au bord du toit. A l'arrière du mobile home,
une lumière jaune filtrait derrière les rideaux tirés. Ça devait être
la chambre. Il fit un pas de côté, au cas où Cobb ou Spud aurait
envie de tirer à travers la porte fermée.

Il perçut un bruit de pas lourds à l'intérieur et observa la poignée qui tournait. La porte s'ouvrit avec un bruit de succion, brisant la fine pellicule de glace et de neige qui la scellait au
chambranle. Joe leva le canon de sa carabine, la crosse fermement
appuyée contre sa joue, et braqua son arme droit devant, là où il
s'attendait à voir surgir le visage de Cobb.

La porte s'ouvrit et la tête massive du révérend apparut dans la
faible lueur de l'aube — il regardait la neige en plissant les paupières. Le canon de la carabine de Joe n'était qu'à quinze centimètres de son oreille.

— Jetez votre arme si vous en avez une, lui dit Joe doucement
tandis que le regard de Cobb se posait sur la gueule noirâtre de la
carabine.

Un 9 millimètres tomba avec un bruit mat devant la porte, disparaissant dans la neige mais y laissant le contour bien net de sa
forme.

— Ce n'est pas nécessaire, Joe, dit Cobb, impassible.

— Veuillez faire un pas dehors que je vous voie !

Il craignait que Cobb n'ait une autre arme sur lui ou qu'il ne
fasse un bond en arrière et ne lui claque la porte au nez.

— Joe, vous n'avez pas le droit d'entrer chez quelqu'un sans
motif valable, l'avertit Cobb.

— Je ne le ferai pas. Je vous demande de sortir. Et si vous
n'obéissez pas, nous allons avoir un problème.

Cobb esquissa un sourire et ferma les yeux un instant. Son
visage était encore rose et chaud de sommeil et les flocons fondaient sur ses joues.

— D'accord, dit-il en rouvrant les yeux. Je vais sortir, les mains
en l'air. Faites attention à ce que vous faites.

– C'est moi qui décide, dit Joe infiniment soulagé que Cobb accepte de coopérer.

Cobb franchit le seuil en pantoufles. Il portait le même peignoir que la veille. Il avait les mains en l'air et, malgré son air fatigué, arborait une expression de grand calme. Seules ses épaules voûtées témoignaient d'un certain abattement.

– Je me demandais ce que vous avez fait hier, après notre petite discussion, dit-il.

– Je suis monté jusqu'au campement, répondit Joe, légèrement sur la défensive. Mais je suis arrivé trop tard pour y trouver Spud. Les Souverains l'avaient déjà renvoyé après avoir refusé de le cacher chez eux.

Cobb hocha la tête.

– Je pensais bien qu'ils refuseraient de l'héberger. Mais j'hésitais à vous en dire plus. Je n'approuve pas ce qu'il a fait. Je ne peux même pas dire que Spud me soit particulièrement sympathique. Mais je n'apprécie pas du tout la façon dont les fédéraux se conduisent. Nous n'avons pas besoin d'une autre Gestapo.

Joe dut se retenir de lui balancer un coup de crosse dans la figure.

– Bon sang, Cobb, oubliez un peu vos discours antigouvernement, lâcha-t-il, furieux. J'ai déjà entendu tout ça et franchement, je n'en ai rien à foutre. Tout ce qui compte pour moi maintenant, c'est ma petite fille. Vous venez de me faire perdre douze heures alors que vous vous doutiez qu'il allait revenir ici.

Il arma sa carabine et en appuya le canon sur l'oreille de Cobb.

Celui-ci tressaillit au contact du métal glacé sur sa peau nue, les yeux agrandis par la peur. Mais Joe s'en moquait.

– Je vous ai toujours trouvé sympathique, B. J., dit-il en appuyant un peu plus le canon de son arme contre l'oreille du révérend. Je ne sais pas pourquoi. Mais si vous ne me dites pas la vérité tout de suite, et sans en oublier une miette, ça va très mal se passer.

Cobb ferma les yeux un instant et Joe entendit sa respiration saccadée. Il appuya encore plus sur le canon de la carabine – Cobb avait maintenant le visage coincé entre le montant de la porte et le canon de l'arme enfoncé dans son oreille.

– D'accord, Joe, dit-il doucement.

Joe se sentit immédiatement soulagé, malgré le sentiment de honte qu'il éprouvait pour ce qu'il venait de lui faire. Il relâcha la pression de son arme.

– Il est à l'intérieur ? demanda-t-il.

Le révérend fit non de la tête et se frotta l'oreille.

– Il est resté quelques jours dans l'église. Mais je ne l'ai pas revu depuis qu'il est parti.

– Alors il…

Joe fut interrompu par le cri de Nate, derrière la caravane.

– Joe ! Il est là !

Joe fit volte-face et regarda en direction de l'église à travers les tourbillons de neige. Une porte était ouverte et une silhouette sombre tentait de s'enfuir à travers champs dans la direction opposée. Il se trouvait probablement à l'intérieur de l'église quand Joe et Nate étaient arrivés, recroquevillé dans le froid, sans la moindre source de chaleur, et il venait juste de sortir par la porte de derrière.

– Oui, c'est bien lui, dit Cobb d'un air résigné. Il devait savoir que je ne le laisserais pas rentrer chez moi.

Joe jeta un coup d'œil à Cobb. Le révérend hochait tristement la tête tout en continuant de se frotter l'oreille, les épaules courbées en avant comme s'il avait abandonné la partie. Il n'avait plus la moindre envie de lutter. Joe se dit qu'il ne risquait pas de s'enfuir et qu'il ne représentait plus une menace : en fait, il lui avait déjà indiqué où se trouvait Spud.

Il baissa le canon de son arme et bondit dans la neige en tournant le dos à Cobb.

– Rentrez chez vous et n'en bougez plus, lui cria-t-il par-dessus son épaule. Ne vous occupez pas de la suite.

– Ne lui faites pas de mal, l'implora Cobb. C'est un imbécile, mais il n'y a aucune raison de lui faire du mal.

Joe ne répondit pas. Nate le retrouva entre le mobile home et l'église, respirant bruyamment d'avoir marché vite dans la neige profonde. Joe passa devant lui et se dirigea vers son pick-up.

Il abaissa la rampe et fit démarrer la motoneige. Il plissa les paupières et vit que Spud Cargill n'était plus qu'une ombre au milieu d'un champ de neige.

– Spud Cargill, arrêtez ! cria-t-il. Ne nous obligez pas à aller vous chercher !

Joe l'interpella encore plusieurs fois en manœuvrant la motoneige pour la faire descendre du pick-up en marche arrière. Cargill ne répondait pas. Il avançait péniblement dans la neige profonde, obligé de faire de grandes enjambées et trébuchant souvent. Plusieurs fois il tomba vers l'avant, disparaissant un instant.

Joe s'approcha de Nate en laissant tourner la motoneige au ralenti.

– Je peux l'avoir d'ici, dit Nate en faisant glisser le .454 hors de son holster.

– Non ! cria Joe. Je vais le chercher.

– Je pourrais lui tirer dans une jambe pour l'obliger à s'arrêter.

– Nate !

Celui-ci esquissa un sourire et haussa les épaules.

– Je vous couvre au cas où il serait de mauvais poil.

– Ça marche.

En passant près de lui sur sa motoneige vrombissante, Joe vit du coin de l'œil son gros pistolet posé sur un rondin de bois, braqué sans aucun doute sur l'arrière du crâne de Spud Cargill.

Très vite, il gagna du terrain et se rapprocha de Cargill. Il conduisait de la main droite et tenait sa carabine dans la main gauche. Spud Cargill qui s'enfonçait sans arrêt jusqu'à mi-cuisses dans la neige profonde était cramoisi et en sueur. Il avait l'air hagard et ne portait ni gants ni bonnet. Joe n'arrivait pas à voir s'il était armé ou pas. Il décrivit un grand cercle afin de se retrouver face à lui et lui braqua sa carabine sur la poitrine.

– Ça suffit, dit-il.

Cargill s'immobilisa en respirant bruyamment, ses narines se gonflant comme un soufflet à chaque bouffée d'air qu'il prenait. Lentement, il se pencha en avant et s'appuya sur les genoux pour reprendre son souffle.

– Faites demi-tour et dirigez-vous vers l'église.

Tout d'un coup, Cargill se redressa, un minuscule Derringer à canon double dans la main. Joe bascula en arrière sur son siège au moment où la détonation retentit. Cargill l'avait manqué. Toujours sur le dos, il saisit la poignée de la motoneige et, du pouce, appuya sur l'accélérateur. La moto rugit et bondit vers Cargill. La collision fit exploser le pare-brise en plastique et fissura le capot en fibres de verre. Cargill s'affala avec un bruit sourd et Joe sentit son corps sous les skis de la moto lorsqu'il lui passa dessus.

Joe se rassit sur son siège et fit demi-tour.

Il vit d'abord une main, puis un genou. Il s'approcha et saisit la main qui dépassait. Il dut fournir un effort colossal pour dégager Spud Cargill de la neige. Lorsque enfin il en émergea, Cargill en avait plein la bouche, les yeux et les oreilles, mais pas le moindre pistolet entre les mains. Les skis de la motoneige lui avaient déchiré le devant de la parka.

Ce n'est qu'à ce moment-là que Joe comprit que Cargill était complètement terrorisé et qu'il avait réagi de manière instinctive et pas préméditée.

Tandis que Spud toussait et crachait, Joe avança la main vers lui et le saisit par le col de sa veste.

— Vous avez le droit de garder le silence[1], commença Joe qui n'avait ni le temps, ni l'énergie, ni même l'envie d'en dire plus pour le moment.

Spud ouvrit la bouche pour parler, mais, resserrant son étreinte, Joe accéléra et partit en direction de l'église, traînant derrière lui un Cargill hurlant et gesticulant. Il aperçut le pick-up de Spud garé sur le côté du bâtiment, invisible depuis la route et recouvert d'une bâche croulant sous la neige.

Nate s'approcha en voyant arriver Joe qui lâcha Cargill, celui-ci roulant dans la neige et se retrouvant à plat ventre aux pieds de Nate.

— Beau boulot, dit celui-ci avec un sourire.

— Je croyais que vous deviez me couvrir, lâcha Joe d'un ton sec, toujours sous l'effet de l'adrénaline.

— Si j'avais tiré, je vous aurais touchés tous les deux, répondit Nate d'un ton revêche. Vous étiez en plein dans ma ligne de tir.

Joe voulut rétorquer, mais il savait que Nate avait raison.

— De toute façon…

— … vous l'avez eu, compléta Nate.

---

1. Première phrase des « droits Miranda » (liste des droits élémentaires qui doit être lue à toute personne en état d'arrestation aux États-Unis) *(NdT)*.

Il s'approcha de Spud Cargill, le retourna de la pointe de sa chaussure, s'agenouilla près de lui et entreprit de le fouiller consciencieusement des pieds à la tête. Il trouva un couteau Buck à lame pliante dans la poche de son pantalon et un couteau de lancer extraplat glissé dans un étui à l'intérieur de ses bottes. Il les mit tous les deux dans la poche de sa parka.

– Plus d'armes pour vous.

– Quel imbécile, dit Joe.

Puis, se tournant vers Spud, il ajouta :

– Vous nous avez causé, à moi et à ma famille, plus de chagrin et de douleur que vous ne pourrez jamais l'imaginer. Je suis vraiment ravi de vous voir, Spud.

– Mais de quoi vous parlez, bordel ? marmonna celui-ci, manifestement troublé. Je ne m'en suis jamais pris à vous... ni à aucune agence d'État.

Joe n'avait pas le temps de lui expliquer et de toute façon, pour lui, Cargill ne méritait pas d'explication.

Ils étaient encore dans le parking de l'église, serrés dans la cabine du pick-up, Spud assis entre Joe et Nate.

Cargill, tout mouillé et en loques, se plaignit que les menottes étaient trop serrées. Pour toute réponse, Nate lui décocha un coup de coude en plein sur la bouche, projetant sa tête vers l'arrière.

– La ferme ! lui lança-t-il.

Cargill garda le silence. Joe décocha un regard furieux à Nate, mais ne dit pas un mot.

Le moteur tournait et le chauffage était allumé. Respirant plus librement, Joe saisit le micro de sa radio de bord pour appeler le central.

Il y avait maintenant assez de lumière pour voir... à peu près rien du tout. La neige continuait de tomber, toujours aussi fort, et d'énormes flocons tourbillonnaient dans l'air.

– Ici, le central.

C'était Wendy, employée du comté depuis longtemps et connue pour son goût de la conspiration.

— Ici, le garde-chasse Joe Pickett. Pouvez-vous me passer le shérif Barnum ?

— Impossible.

Joe attendit qu'elle s'explique, mais rien ne vint.

— Pardon ?

— Impossible.

— Alors, passez-moi n'importe qui. Pas besoin que ce soit Barnum.

— Impossible.

— Wendy, bon sang…

Une autre voix prit le relais. Joe reconnut Tony Portenson, le coéquipier de Munker.

— Rappelez-moi d'un poste fixe, dit Portenson.

Furieux, Joe abandonna Cargill et Nate dans le pick-up.

— Ne me laissez pas avec lui ! hurla Cargill tandis que Joe claquait la portière.

Joe frappa à nouveau à la porte du mobile home et demanda au révérend Cobb s'il pouvait se servir de son téléphone.

— Je vois que vous avez attrapé Spud, dit celui-ci en jetant un coup d'œil par-dessus son épaule.

— Oui.

Le révérend fit un pas de côté pour lui céder le passage. Il était clair qu'il se méfiait encore de lui et il s'écarta beaucoup plus qu'il n'était nécessaire pour le laisser entrer.

— Vous m'avez fait peur tout à l'heure, dit-il en portant la main à son oreille.

Joe aperçut la petite empreinte ronde du canon sur le lobe de son oreille.

— Je suis désolé, dit-il, sincère.

Cobb hocha la tête et fit un signe du menton vers la fenêtre.

— Il a essayé de se faire héberger par les Souverains, mais ils ont refusé. Je les comprends, mais d'un autre côté ça m'aurait débarrassé.

— C'est ce qu'ils m'ont dit.

Quelque chose clochait. Il repensa aux quelques marches qui menaient à la porte du mobile home. Ce matin-là, en venant rendre visite à Cobb, il n'avait vu aucune trace de pas dans la neige. Comment Spud avait-il pu dire à Cobb ce qui s'était passé ? Joe avait l'impression que Spud était entré dans l'église en secret.

— C'est Spud qui vous l'a dit ?

Cobb fit non de la tête.

— Alors, vous êtes en contact avec les Souverains. Comment ? Par téléphone ?

Tout en sirotant son café, Cobb hocha la tête en direction du PC installé dans un coin sombre. Il était allumé et l'écran de veille était affiché.

— Par e-mail, dit-il.

— Avec qui ? Wade Brockius ?

Cobb détourna le regard.

— Ça fait des années que nous correspondons, Wade et moi. C'est un homme brillant et un bon ami.

— C'est vous qui leur avez suggéré de venir ici ?

— Oui. Je pensais qu'ils seraient en sécurité dans notre comté. Mais j'aurais préféré qu'ils n'y mettent jamais les pieds.

Joe soupira.

— Vous n'êtes pas le seul.

Cobb tendit le combiné à Joe et se dirigea en traînant les pieds vers l'ordinateur pour le laisser seul. Joe entra dans la cuisine plongée dans la pénombre, aussi loin que le lui permettait le fil du téléphone. Il composa le numéro du bureau du shérif.

— Ici Portenson.

— Joe Pickett. Pouvez-vous me dire ce qui se passe ?

Portenson avait l'air fatigué.

— Tous les représentants des forces de l'ordre du comté ont reçu la consigne de maintenir le silence radio.

C'était bien la première fois que Joe entendait une chose pareille.

— Pourquoi ?

Portenson hésita.

— L'équipe d'assaut est partie ce matin avec les autoneiges. L'agent Munker craignait que les Souverains n'aient des scanners qui leur permettent d'intercepter nos conversations et de savoir qu'on arrivait.

Joe fut parcouru par un frisson glacé.

– Ils sont déjà partis ?

– Ils se sont rassemblés à quatre heures ce matin et sont partis à cinq.

Joe réfléchit un instant. Il ne leur fallait pas plus d'une heure pour arriver au campement.

– Portenson, pouvez-vous les joindre ?

– Je vous l'ai déjà dit, ils ont éteint leurs radios.

Joe écarta le combiné de son oreille et le contempla un moment. D'un geste brusque, il le rapprocha de son oreille en hurlant :

– Spud Cargill est avec moi ! Je l'ai arrêté dans une église il y a un quart d'heure. Il n'est pas au campement.

– Oh, merde !

– Oui, comme vous dites ! Comment peut-on les contacter pour empêcher l'assaut ? Réfléchissez !

– Oh, merde, merde, merde ! répéta Portenson, l'affolement perçant dans sa voix.

– Une minute, dit Joe brusquement. Pourquoi n'êtes-vous pas avec eux ?

– Je n'ai pas pu y aller.

– Que voulez-vous dire ?

– Je n'ai pas pu me convaincre d'y aller, bordel ! hurla Portenson. J'abandonne ! Cette opération va nous amener un gros tas d'emmerdes, exactement comme à Ruby Ridge et à Waco. Je leur ai dit qu'il valait mieux attendre l'accord de notre supérieur avant de prendre d'assaut le campement, mais le patron est à l'étranger et ne rentrera pas avant lundi. Munker et Melinda Strickland ont refusé d'attendre trois jours parce qu'ils craignent que la presse ne soit sur le coup avant eux !

Joe écoutait en silence. Il était à nouveau envahi par un sentiment de rage et de désespoir.

– Melinda Strickland, cette cinglée, n'a même pas voulu discuter et attendre samedi, vous savez pourquoi ?

Joe ne répondit pas.

– Parce qu'elle ne voulait pas bosser pendant le week-end ! Putain, j'en ai pas cru mes oreilles ! Elle ne tue les gens que pendant les heures ouvrables ! Vous auriez dû la voir ce matin, c'était incroyable. Elle était assise à l'arrière de l'autoneige, emmitouflée dans des couvertures comme si elle partait pour une balade en traîneau, bordel ! Et elle avait ce pauvre clébard avec elle. Elle est carrément cinglée, je vous dis, et c'est pareil pour Munker. Je déteste cette opération. Je déteste ce bled. Je déteste cette neige, nom de Dieu !

Joe raccrocha au milieu de ses vitupérations.

A peine quelques heures plus tôt, alors qu'il dévalait Timberline Road pour rejoindre la ville, le convoi d'autoneiges et de motos était déjà en train de s'acheminer doucement vers le campement, le long de Bighorn Road. Non seulement il avait manqué Cargill en redescendant, mais il avait aussi manqué l'équipe d'assaut qui montait. Il frappa le comptoir du plat de la main et fit trembler la cafetière électrique.

Puis il ouvrit la porte et se tint un instant sur le seuil. Nate l'aperçut à travers le pare-brise et baissa sa vitre.

– Ils sont déjà en route vers le campement, dit Joe froidement.

Si Nate avait perçu son inquiétude, il n'en laissa rien paraître.

– Nate, pouvez-vous vérifier que Spud a son portefeuille sur lui ? Il va me falloir une pièce d'identité pour prouver à Munker et à Strickland qu'il est entre nos mains.

Nate acquiesça d'un hochement de tête.

– On va essayer de les rattraper ?

– Je vais essayer, oui. Pour eux, vous avez encore moins de crédibilité que moi. J'aimerais que vous conduisiez Cargill jusqu'au bâtiment des services du comté pour vous assurer qu'ils le bouclent. Vous n'avez qu'à demander Tony Portenson. Je viens de lui parler, il y est.

Tout d'un coup, branle-bas de combat dans la cabine du pick-up : Spud Cargill venait d'essayer d'assommer Nate pendant que celui-ci parlait à Joe. La tête de Nate partit en arrière sous l'effet du coup qu'il venait de recevoir. Mais, au lieu de paniquer, il fit signe à Joe que tout allait bien et referma la vitre avant de se tourner vers Spud Cargill.

Joe était stupéfait.

– Joe ?

C'était B. J. Cobb qui l'appelait de l'intérieur de la caravane. Il fit volte-face, pensant que Cobb allait lui demander de refermer la porte.

– Il faut que vous veniez voir ça, poursuivit Cobb, parfaitement impassible.

Joe entra de nouveau dans le mobile home et suivit Cobb à travers la pièce principale, où régnait le plus grand désordre. Cobb s'assit devant l'ordinateur.

Un programme de messagerie était affiché à l'écran. Dans la boîte de réception, il y avait un message de W. Brockius.

Le titre de l'e-mail était le suivant :

ILS SONT ICI.

Le message était bref :

NOUS SOMMES ENCERCLÉS. AIDE-NOUS, MON AMOUR.

Joe était sur le point de demander à Cobb ce que signifiait « mon amour », lorsqu'il entendit un hurlement qui lui fit dresser les cheveux sur la tête.

Il se précipita dehors et referma la porte en se demandant d'où venait ce cri. Nate Romanowski était descendu du pick-up et se frottait les mains dans la neige.

– C'était quoi ? demanda Joe.

D'un geste, Nate désigna le pick-up de Joe. Dans la cabine, Spud Cargill se tenait la tête entre les mains ; il avait les yeux révulsés et la bouche grande ouverte. Il ressemblait au tableau d'Edward Munch. Il hurla à nouveau.

– Je lui ai pris son portefeuille, mais j'ai pensé que ça ne suffisait pas, dit Nate. Munker aurait pu penser que vous l'aviez trouvé chez lui ou dans son bureau.

Oh, non... pensa Joe. Nate...

Romanowski tendit sa main vers lui.

– Je lui ai aussi pris son oreille.

32

Bouillant de rage, Joe arrima sa carabine à l'arrière de la moto-neige avec des tendeurs. Il n'arrivait pas à croire que l'équipe d'assaut ait pu partir par un temps pareil et il était furieux d'avoir perdu autant d'heures à courir après Spud pour finir par revenir à son point de départ.

Nate voulait l'accompagner au campement.

– Vous risquez d'avoir besoin de moi, dit-il.

Encore sous le choc d'avoir empoché l'oreille de Spud, Joe lui lança d'une voix rageuse :

– Vous lui avez arraché l'oreille !

– Dès que vous aurez réfléchi cinq minutes, vous verrez que c'était une bonne idée. Vous l'avez bien prise, non ? Il le méritait, ce petit con. Pensez un peu à tout ce qu'il a déclenché dans cette vallée.

Respirant un grand coup, Joe retrouva son calme. Nate avait raison, mais tout ce qui venait de se passer – son comportement et celui de Nate – l'avait perturbé. Il enfila son épaisse combinaison de moto et tira sur les fermetures Éclair des manches et du pantalon.

– Nate, il faut que vous conduisiez Spud en prison pour que nous sachions où le trouver. Je ne peux pas perdre plus de temps et l'emmener moi-même.

Nate ouvrit la bouche pour protester, mais Joe lui coupa la parole.

– Allez voir Portenson et racontez-lui toute l'histoire. Peut-être trouvera-t-il un moyen d'intervenir. Peut-être pourra-t-il joindre son supérieur ou raisonner Melinda Strickland ou Munker.

– Je ne crois pas que vous vous rendiez bien compte du genre d'individus dont il s'agit.

Ne sachant que répondre, Joe enfila son casque noir.

– Ne vous inquiétez pas, Joe. Je vais le conduire en prison. Et je passerai un coup de fil à Marybeth.

– Bien, dit Joe en mettant le contact. Merci. Vous m'avez été d'une aide précieuse aujourd'hui.

Nate le salua et grimaça un sourire. Joe se demanda si Spud Cargill arriverait entier à la prison. En fait, il devait admettre qu'il s'en fichait royalement.

Chevauchant sa motoneige, il traversa Saddlestring à toute allure et atteignit les rues désertes et enneigées de l'autre côté de la ville. Malgré le casque et la visière en plexiglas, la neige et le vent glacé lui fouettaient le visage. Le pare-brise s'était brisé dans la collision avec Cargill. La fissure dans le capot l'inquiétait, mais le moteur ne semblait pas avoir été endommagé. Le réservoir était plein et il avait probablement assez d'essence pour arriver jusqu'au campement. Dans la poche de sa parka, il avait le portefeuille de Spud Cargill, son permis de conduire et… son oreille.

Les autoneiges ayant damé la neige sur la route menant au campement, Joe put accélérer l'allure. Des arbres sombres défilaient sur les côtés. Il jeta un coup d'œil au compteur : cent dix kilomètres à l'heure. Même en été, la vitesse était limitée à soixante-dix sur la partie de Bighorn Road qui traversait la forêt.

« Aidez-moi à la sauver », implora-t-il le ciel.

Mon Dieu, qu'il était fatigué !

Le bruit strident et métallique du moteur servait de fond sonore à ses muscles endoloris, sa côte cassée et son mal de tête lancinant. Au bout de vingt heures sans sommeil, il fonçait au milieu d'hallucinations multicolores, où tout tourbillonnait et vacillait devant ses yeux dans les premiers rayons de l'aube. Plus d'une fois il se pencha pour aborder ce qu'il croyait être un virage et se rendre compte à la dernière minute que la route tournait dans l'autre sens.

En dépit du vent glacial qui lui brûlait le visage et lui piquait les yeux, brouillant sa vision, ses pensées se bousculaient dans sa tête.

Il repensa au message qu'il avait lu sur l'écran de l'ordinateur de Cobb :

NOUS SOMMES ENCERCLÉS. AIDE-NOUS, MON AMOUR.

Mon amour ?

Cobb avait parlé de son admiration pour Brockius, mais…

Joe chassa cette idée de son esprit. Au point où il en était, il ne savait plus très bien si c'était important. Peut-être plus tard, quand April serait saine et sauve. Il n'avait pas le temps d'y penser maintenant.

Pour gagner une heure, il aurait été prêt à payer n'importe quoi.

Le permis de conduire de Spud devrait faire l'affaire, pensa-t-il encore. L'oreille en tout cas serait une preuve, même si ce n'était pas très orthodoxe. Même si Munker et Strickland refusaient de faire marche arrière, le shérif Barnum ferait sûrement quelque chose pour suspendre ou retarder l'assaut… non ? Pas parce qu'il se soucierait le moins du monde des Souverains. Mais il s'inquiétait de l'opinion publique et les prochaines élections au poste de shérif avaient lieu dans un an. De fait, il s'était beaucoup moins investi dans cette opération que Strickland et Munker. Il pourrait même s'en tirer avec le beau rôle s'il faisait acte d'autorité en empêchant l'assaut et en rappelant ses hommes. Après tout, c'était comme ça qu'il avait l'habitude de procéder. D'abord sauver les apparences. Tout d'un coup, Joe repensa à Robey. Peut-être était-il lui aussi là-haut, avec eux. Et lui pouvait certainement mettre très vite fin à tout ça, voire menacer Strickland et Munker de poursuites s'ils refusaient d'obéir. Même si elle se fichait pas mal de la loi, Strickland écouterait peut-être Robey s'il arrivait à convaincre Barnum de retirer ses hommes.

Il n'avait pas vraiment réfléchi à ce que Romanowski lui avait raconté sur Melinda Strickland et Dick Munker, mais il savait qu'avec ces deux-là les choses risquaient de mal tourner. Imaginer

Melinda Strickland assise – comme la lui avait décrite Portenson – emmitouflée dans des couvertures et caressant son chien en ordonnant à ses laquais de gravir la montagne le glaçait de fureur.

Par manque d'attention, il faillit rater un tournant et voltiger par-dessus le talus... pour terminer au fond d'une crevasse profonde. Il se ressaisit au dernier moment et se pencha plus avant vers les sillons creusés dans la neige.

Pense à autre chose, se dit-il. A quelque chose de mieux.

Il essaya d'imaginer comment ce serait de redescendre tout à l'heure par la même route en tenant April bien serrée contre lui. Sous son casque, un sourire se dessina. Et il se promit de faire son possible pour que ce scénario puisse se réaliser.

Un homme, assis sur une motoneige, bloquait la route qui menait au campement. Joe se dit qu'il avait dû l'entendre arriver d'assez loin. Vêtu d'une grosse combinaison noire et serrant un fusil d'assaut sous le bras, l'homme lui fit signe de s'arrêter. Joe ralentit et se redressa sur son siège. Sa côte cassée et les muscles de son dos le faisaient souffrir le martyre après cette course effrénée. Il s'immobilisa à quelques mètres de l'homme. Les premières lueurs de l'aube filtraient entre les hautes branches des sapins, aussitôt absorbées par le rideau neigeux et donnant au jour une teinte grisâtre.

– Coupez le moteur ! ordonna l'homme en désignant la moto-neige qui continuait de pétarader.

Ignorant son injonction, Joe souleva la visière de son casque. Elle grinça en brisant la fine pellicule de glace qui s'était formée sur les côtés. Après l'effort qu'il venait de fournir, Joe vit son souffle chaud monter en volutes dans l'air glacé.

– Ah, c'est vous ! dit l'homme. Je vous ai vu à la réunion de l'Office des forêts.

– Ils sont là-haut ? demanda Joe, inquiet.

L'homme acquiesça d'un hochement de tête. Joe ignorait son nom, mais il le connaissait de vue : il faisait partie de la police de Saddlestring.

– Il se passe quelque chose ?

– Je n'ai rien entendu. Aucun coup de feu en tout cas. On a éteint nos radios et j'ignore s'ils sont en train de négocier ou quoi.

Joe respira un grand coup. Dieu merci, pensa-t-il, je n'arrive pas trop tard.

– J'ai un message urgent pour le shérif Barnum.

– Je ne peux pas vous laisser passer, dit le policier.

– J'ai dit qu'il s'agissait d'une urgence, officier. (Joe s'était adressé à lui sur un ton agressif qui ne lui était pas familier.) Personne n'a réussi à le joindre, justement parce que vos radios sont éteintes.

Le policier hésita.

– Je ne peux pas vraiment les appeler pour leur poser la question.

– Ça, c'est sûr, dit Joe. C'est pour ça que je vais y aller moi-même.

– Mais…

Joe rabaissa sa visière et contourna le policier en faisant rugir le moteur. Dans son rétroviseur, il le vit lever les bras au ciel et balancer des coups de pied dans la neige en signe de frustration.

Les autoneiges étaient garées en file indienne sur la route devant l'entrée du campement, véritable ligne d'escarmouche de verre et d'acier. Les motoneiges, elles, étaient réparties tout autour. Joe ralentit et se dressa sur son siège pour tenter d'évaluer la situation à travers les larmes qui lui piquaient les yeux et la neige qui tombait si fort que le paysage disparaissait comme derrière un écran de fumée.

En s'approchant de la flottille de véhicules, il constata que tous les membres de l'équipe d'assaut portaient des combinaisons et des casques noirs semblables aux siens. Il y avait là des agents de la police de la route, des rangers de l'Office des forêts, les adjoints du shérif, la police de Saddlestring et peut-être même d'autres agents du FBI. Mais impossible de savoir qui était qui. Il voulait parler d'abord aux gars du coin qui pouvaient le connaître et lui faire confiance, mais il ne savait vraiment pas par où commencer. Cachés derrière leurs casques et leurs uniformes, ces hommes étaient capables de tout.

La plupart étaient tapis derrière le mur d'acier des autoneiges, armes en appui sur les capots et pointées vers le campement. Un homme en combinaison noire lui fit signe – il ne savait pas qui c'était –, un autre sortant du rang pour lui bloquer le passage.

– Vous êtes qui, nom de Dieu ! ? demanda l'homme en s'avançant vers lui et en soulevant la visière de son casque.

Furieux, Joe se pencha en avant sur le guidon et fit de même. L'homme recula de quelques pas comme s'il venait d'être giflé. C'était l'adjoint du shérif, McLanahan. Joe reconnut ses petits yeux de rongeur et les bleus sur son visage.

– Où est Barnum ?

– Qu'est-ce que vous foutez ici ?

– Je vous ai posé une question, McLanahan.

L'adjoint du shérif bomba le torse, prêt à bondir.

Instinctivement, Joe tendit la main vers sa carabine, fixée derrière lui sur le siège. McLanahan hésita.

– Arrêtez vos conneries, dit Joe. Il faut que je parle au shérif immédiatement ! Spud Cargill n'est pas ici et j'en ai la preuve.

L'air de dur à cuire de McLanahan fit place à une expression de perplexité.

– Quoi ?

– Il était à l'église pendant tout ce temps. La First Alpine. Il a essayé de venir ici, mais ils ont refusé de l'héberger. Je l'ai arrêté et il est dans votre prison. Maintenant, laissez-moi passer.

– N'importe quoi !

– Je peux le prouver ! hurla Joe en tournant la poignée d'accélération, la pointe des skis directement sur McLanahan.

Puis il enclencha une vitesse et fit ronfler le moteur. McLanahan en savait assez sur les motoneiges pour savoir que Joe était prêt à foncer sur lui s'il ne répondait pas.

– Alors, où est Barnum ?

McLanahan fit un pas de côté et tendit le doigt. Joe aurait dû la voir plus tôt – une seule autoneige se tenait en retrait, derrière la ligne d'escarmouche. Manifestement, c'était là que se trouvaient les chefs, pensa-t-il – à l'écart de la ligne de tir. Il fit rugir le moteur et parcourut une cinquantaine de mètres en un éclair.

Il coupa le moteur, sauta du siège et se précipita vers l'autoneige. Le tuyau d'échappement ronronnait dans l'air glacé. Joe

ouvrit la portière d'un geste brusque et plongea la tête à l'intérieur. Il lui fallut un moment pour que ses yeux s'adaptent à la
pénombre.

Le shérif Barnum était assis sur le siège avant, derrière le
volant. Elle Broxton-Howard était à côté de lui dans sa parka
doublée de fausse fourrure. Melinda Strickland, elle, occupait
toute la banquette arrière — exactement comme Portenson l'avait
décrite —, son cocker pelotonné contre elle sous les couvertures.
Elle tenait un petit talkie-walkie dans sa main gantée. Tous
furent stupéfaits de le voir.

— Vous m'avez fait peur ! s'écria-t-elle. Je ne m'attendais pas à
vous voir ici.

— Bon Dieu, Pickett, qu'est-ce que vous foutez ici ? grogna
Barnum. Cette affaire ne relève pas de vos compétences.

— Robey est ici ? demanda Joe.

— Non, dit Barnum.

— Écoutez, reprit Joe en essayant de rester calme et en se disant
qu'il aurait préféré que Robey soit là. (Il était essoufflé et encore
tout tremblant après sa course effrénée.) Spud Cargill est à la
prison du comté. Je l'ai arrêté il y a environ une heure et demie.

Les trois occupants du véhicule se regardèrent d'un air incrédule.

— Nous n'avons pas pu vous appeler à cause d'un truc vraiment
idiot : pas moyen d'avoir le moindre contact radio, dit Joe en
regardant tour à tour Barnum et Strickland pour voir leur réaction.

Tout d'un coup, Joe se demanda où était Dick Munker. Probablement à l'autre bout du talkie-walkie de Strickland, se dit-il.

— Vous n'êtes pas en train de nous faire marcher, tout de
même ? demanda Barnum.

Joe eut envie de lui balancer un coup de poing dans les dents.
Mais il se retint et détourna un instant le regard avant de revenir
sur lui. Un de ces jours, se dit-il en le fusillant du regard, on va
régler nos comptes tous les deux.

— Non, il est en prison, répondit-il seulement. Regardez. En
voici la preuve.

En plongeant la main dans sa poche, il leur raconta comment
il avait trouvé Cargill à l'église et comment il l'avait attrapé.

Il extirpa le vieux portefeuille noir et usé de sa poche et l'ouvrit pour leur montrer le permis de conduire de Cargill délivré dans le Wyoming.

– Je lui ai pris ça.

Melinda Strickland tendit la main et regarda le permis avec dégoût.

– Je ne sais pas quoi penser, dit-elle.

Joe se réjouit du léger embarras qui troublait son visage.

– Vous êtes sûr que vous n'avez pas trouvé ça chez lui ou dans son bureau ? demanda Barnum en haussant les sourcils comme si une brillante idée venait de surgir dans son esprit.

A nouveau, Joe dut se retenir. Nate avait raison.

Avec son gant, il replongea dans la poche de sa parka. L'oreille de Cargill était comme une tranche de pomme fine et poisseuse. Il la fit sauter sur les genoux de Barnum comme un jeton de poker.

– C'est son oreille.

– Oh, mon Dieu ! s'écria Melinda Strickland.

– C'est absolument dégoûtant ! dit Broxton-Howard en se cachant le visage dans les mains.

Barnum eut un sourire sardonique et hocha la tête, comme admiratif.

– Où est Munker ? demanda Joe.

Melinda Strickland regarda le shérif d'un air désarmé.

– Il est en position de tir, dit celui-ci.

– Où ?

Barnum fit un geste vague en direction de la barrière.

– Rappelez-le.

Melinda Strickland regarda à nouveau Barnum, avec le même air perplexe. Il hocha la tête, elle approcha le talkie-walkie de ses lèvres. Pourquoi regarde-t-elle Barnum, se demanda Joe, si c'est elle qui dirige l'opération ?

– Dick, vous m'entendez ?

Joe remarqua qu'elle n'utilisait aucun protocole radio officiel.

Tous avaient maintenant les yeux rivés sur elle.

– Dick ? A vous, Dick.

– Il avait dit qu'il garderait sa radio allumée, grommela Barnum.

Au bout d'un moment, il y eut comme un grésillement dans la radio de Strickland.

– Ça veut dire qu'il nous entend, mais qu'il ne veut pas parler, expliqua-t-elle à Joe. Là où il est, ils ne peuvent pas le voir et il ne veut pas donner sa position.

Joe faillit bondir sur la banquette arrière pour l'étrangler.

– Passez-moi la radio, dit-il en tendant la main vers elle.

A contrecœur, elle la lui tendit.

Il s'en empara et enclencha le micro.

– Munker, où que vous soyez, ici Joe Pickett. Votre petit spectacle est terminé. Spud Cargill est à la prison de Saddlestring sous la garde de l'agent Portenson. Je répète, Spud Cargill n'est pas ici.

Joe parlait aussi clairement que possible en essayant de contenir sa colère.

Silence.

Joe sortit la tête de l'habitacle et regarda par-dessus le capot du véhicule voisin. A travers le rideau neigeux, il aperçut les silhouettes lointaines des caravanes et des camping-cars. Il était debout derrière la portière ouverte et sentait la chaleur qui montait de la cabine. Le silence était impressionnant. Le moteur tournait au ralenti et la neige étouffait tous les bruits. Il remarqua que deux membres de l'équipe d'assaut – impossible de savoir qui c'était – avaient dû l'entendre parler à Munker parce qu'ils se tournèrent vers lui avant d'échanger un regard. Ils se demandent ce qui se passe, se dit-il, si l'opération va être annulée.

Il balaya du regard l'ombre des arbres et les alentours à la recherche de Dick Munker. Entre la rangée d'autoneiges et la barrière, il aperçut un fossé.

Il songea que Munker avait pu s'y cacher pour surveiller le campement, le canon de son arme en appui sur le talus opposé. Les buissons couverts de neige suffisaient à le dissimuler et il était probablement dans sa tenue blanche spéciale pour la neige.

Le talkie-walkie se mit à grésiller.

– Ici Munker. Ils ont un otage.

Joe, incrédule, fixa le récepteur. Qu'est-ce qui se passait encore ?

Puis il l'approcha de sa bouche en continuant de scruter la clairière silencieuse à la recherche de Munker.

– De quoi parlez-vous, Munker ?

– Rendez-moi ça, gémit Strickland à l'intérieur du véhicule.

Puis elle poussa son chien de côté et tendit la main vers le talkie-walkie.

Joe lui tourna le dos.

– Quel otage ? demanda-t-il.

La voix de Munker n'était qu'un murmure. Joe se dit qu'il devait l'appuyer contre ses lèvres pour que le son soit encore plus atténué.

– C'est la femme de ce révérend cinglé de Saddlestring. Mme Cobb. Je la vois à l'intérieur d'une caravane.

Joe comprit immédiatement. Son sang ne fit qu'un tour. Il comprit pourquoi Eunice Cobb n'était pas avec B. J. ce matin-là. Il comprit le sens de ce « mon amour ». Il comprit où était passée la motoneige garée près de chez eux. Mme Cobb était montée au campement la veille au soir après la visite de Joe pour les avertir en personne plutôt que par e-mail. Peut-être voulait-elle leur dire qu'ils feraient mieux de ne pas héberger Spud. Et, quelle qu'en fût la raison – le mauvais temps ou le fait qu'un convoi de véhicules des forces de l'ordre soit en train de monter par la route –, elle avait été contrainte d'y passer la nuit. Elle était probablement dans la caravane de Brockius lorsque Joe était monté et c'est pour ça que Brockius avait refusé de le laisser entrer.

– Comment savez-vous qu'ils la gardent en otage ? demanda-t-il. Et si elle était simplement en visite ?

– Vous êtes vraiment un connard ! lâcha Munker de sa voix grave et éraillée par le tabac.

– Donnez-moi ça ! cria Melinda Strickland en tendant la main vers Joe et en lui arrachant le talkie-walkie avant de se rasseoir sur la banquette arrière.

Un voile de rage passa devant les yeux de Joe et il eut le plus grand mal à ne pas plonger à l'intérieur de la cabine. Il inspira une grande bouffée d'air glacé et de neige pour s'obliger à garder son sang-froid. Lorsqu'il leva les yeux, Barnum était en train de l'observer comme s'il attendait de voir ce qu'il allait faire. Joe fut pris de panique en regardant à l'intérieur du véhicule et en voyant

Melinda Strickland qui serrait le talkie-walkie contre elle. Impossible de le lui reprendre sans lui briser les doigts.

Il se tourna vers Barnum.

– Ce n'est pas un otage, bon sang ! Mme Cobb et son mari sont en contact avec les Souverains depuis le début. Ils font tous partie de la même bande. C'est logique, si vous y réfléchissez.

Barnum écarquilla les yeux et haussa les épaules d'un air de dire « Qui sait ? ».

– Barnum, il faut rappeler vos hommes, dit Joe, furieux face au visage impassible du shérif. Rappelez-les et annulez l'opération.

– Bon Dieu, Joe, je ne sais même pas lesquels sont mes hommes, lui renvoya Barnum. Ils se ressemblent tous.

Joe était tellement stupéfait qu'il en resta bouche bée.

– De toute façon, reprit Barnum en tendant la main vers la poignée de la portière, il sera intéressant de voir comment ça va se passer.

Il claqua la portière avant que Joe ait pu l'en empêcher et la verrouilla de l'intérieur. Joe n'arrivait pas à comprendre ce qui se passait. Il était maintenant debout à côté de l'autoneige, furieux et désespérément seul.

Réfléchis.

Il était hors de lui. Quoi qu'il fasse, ce ne serait pas suffisant. Il ne s'était jamais trouvé dans une situation à la conclusion aussi… inévitable.

Soudain, un grésillement d'électricité statique rompit le silence qui avait envahi les lieux après son coup de colère. Par l'interstice d'une vitre laissée entrouverte pour éviter l'accumulation de buée à l'intérieur, il entendit clairement la voix qui parlait dans le talkie-walkie.

– J'aperçois Wade Brockius par la fenêtre de la caravane, dit Munker à la radio. Il fait les cent pas.

– L'otage est-elle visible ? demanda Strickland.

– Non, pas depuis quelques minutes.

– Si vous le liquidez, est-ce que nous pouvons foncer sur la caravane et sauver la femme ?

– Non. Il y a beaucoup trop de Souverains planqués dans les arbres.

Joe n'en croyait pas ses oreilles. Affaissé contre la carrosserie du véhicule abritant le poste de commandement, il se redressa et se frotta vigoureusement le visage. Il ignorait les procédures à suivre en cas de prise d'otage – ce n'était pas quelque chose qu'on enseignait aux gardes-chasses –, mais il savait que ça n'avait rien à voir avec ce qui était en train de se passer. Ça, c'était de la pure folie.

Il plongea la main dans une poche de sa combinaison et en sortit ses minijumelles. Il s'éloigna du véhicule du shérif et balaya le campement du regard. Le devant de la caravane de Brockius faisait face à la route. A travers les rideaux légers, il aperçut Brockius, comme Munker l'avait dit.

Puis il vit quelqu'un d'autre.

Jeannie Keeley venait de s'approcher de la fenêtre et de soulever les voilages pour regarder dehors. Elle avait l'air tendue et en colère. Juste au-dessous de son menton, un petit visage apparut, plus pâle.

April.

– Tirez un coup de feu d'avertissement, lança Melinda Strickland à Munker.

– Un coup de feu d'avertissement ? hurla Joe. Qu'est-ce que vous...

Avant qu'il ait pu réagir, quelque chose bougea dans le fossé, derrière un enchevêtrement de broussailles. Le canon noir et étroit d'un fusil se détacha sur la blancheur aveuglante de la neige et se tourna lentement vers la fenêtre de la caravane. Joe hurla « NON ! » et, quittant sans réfléchir la protection des autoneiges, se précipita en direction du tireur. Avant de pouvoir l'atteindre, il vit avec horreur le canon s'immobiliser sur sa cible et le coup partir. La détonation retentit à travers la montagne, ébranlant violemment cette matinée blanche et irréelle.

Immédiatement après le coup de feu, Joe se rendit compte de ce qu'il venait de faire : s'exposer à découvert entre l'équipe d'assaut et les Souverains embusqués quelque part devant lui. Peut-être ceux-ci étaient-ils aussi choqués que lui, parce qu'ils ne répliquèrent pas au coup de feu.

Mais dans le silence ouaté résonnant encore du faible écho de la détonation, il perçut un sifflement aigu. Il lui fallut un moment pour se concentrer sur ce bruit, mais, lorsqu'il y parvint, il comprit qu'un conduit connectant une grosse bouteille de gaz stockée à l'extérieur et la caravane elle-même venait d'être endommagé. Le petit tuyau de cuivre se dressait dans la neige et se tordait vers la caravane comme un serpent prêt à mordre. Joe distingua clairement l'espace entre le bout cassé du tuyau et l'emplacement sur le côté de la caravane auquel il aurait dû être rattaché. Le gaz sous pression s'engouffra dans les bouches d'aération latérales de la caravane.

Oh, non ! se dit-il. Munker n'aurait quand même pas…

Il leva les yeux et aperçut un léger mouvement derrière les rideaux de la caravane un quart de seconde avant que retentisse une horrible déflagration qui sembla aspirer tout l'air de la montagne. L'explosion était venue de l'intérieur de la caravane, soufflant les vitres et faisant éclater deux pneus, le véhicule se mettant à tanguer d'un côté comme un animal blessé. Le gaz qui s'échappait en sifflant du conduit endommagé s'embrasa et se transforma en un véritable chalumeau braquant ses flammes sur le mince revêtement métallique de la caravane.

Tout d'un coup, une silhouette en feu sortit en courant du véhicule et tourbillonna un instant dans les flammes avant de s'écrouler dans la neige.

Joe était cloué sur place, les yeux rivés sur la fenêtre derrière laquelle il avait aperçu April. Ce n'était plus qu'un gouffre envahi par les flammes.

Il ne bougea pas d'un pouce lorsque des cris montèrent du campement devant lui et de l'équipe d'assaut derrière lui et que les Souverains embusqués derrière les arbres et cachés sous la neige se mirent à hurler des injures et à tirer à leur tour, les balles faisant exploser des vitres ou rebondissant sur les carrosseries métalliques des autoneiges. Leur sifflement tout autour de lui était assourdissant.

Les bouteilles de gaz qui se trouvaient à proximité de la caravane s'embrasèrent et explosèrent, projetant vers le ciel des boules de feu orange mêlées de fumée noire. La caravane était maintenant un véritable brasier, ses parois se consumant si vite que le squelette noirci du châssis métallique commençait déjà à apparaître.

Les bras de Joe pendaient mollement le long de son corps. Malgré la distance, il sentait la chaleur des flammes sur son visage. Des larmes coulèrent sur ses joues, se mêlant aux flocons de neige fondus.

Quelque part devant lui, il entendit la voix de Munker :

– Bingo !

Pris d'une rage folle, il fonça droit vers le campement, balayant du regard les arbres et le terrain à la recherche de Munker. Il plongea littéralement dans le fossé et se débattit dans la neige profonde jusqu'à ce qu'il l'aperçoive enfin, debout au milieu d'épais troncs d'arbres de l'autre côté de la tranchée, le dos tourné aux autoneiges. Munker, fusil le long du corps, observait le campement en fumant une cigarette.

Au moment où Joe jaillissait du fossé pour se ruer vers lui, quelque chose de tranchant lui coupa les jambes et le fit basculer dans la neige. Il baissa les yeux et se rendit compte qu'il s'était précipité dans les fils barbelés que les Souverains avaient tendus autour du campement. Il savait qu'il s'était entaillé les chairs – son pantalon était déchiré et du sang tiède dégoulinait le long de sa jambe – mais, étrangement, il ne ressentait aucune douleur. Il se releva précipitamment, saisit le fil barbelé et le fit passer par-dessus sa tête avant de remonter de l'autre côté du fossé. Un cri guttural qui lui parut complètement étranger s'échappa de sa gorge.

Munker l'entendit et se retourna. Les yeux écarquillés, il le vit se ruer vers lui dans la neige profonde. Tandis que Joe fonçait en se demandant s'il aurait le temps d'ouvrir sa combinaison et de sortir le Beretta de son holster, Munker jeta calmement sa cigarette de côté, arma son fusil et en leva le canon.

Quelque part derrière Joe, une détonation assourdissante retentit. Les arbres autour de Munker furent percutés par quelque chose d'énorme. L'impact ébranla le grand pin qui se trouvait derrière lui, faisant dégringoler une énorme quantité de neige qui le recouvrit et l'effaça du paysage.

Joe fit volte-face, essayant de comprendre ce qui venait de se passer. Il aperçut un individu perché sur une hauteur boisée, au-delà des autoneiges, dans une zone découverte entre deux bosquets de sapins. L'homme portait une combinaison et un casque noir – comme tous les autres – et s'abritait derrière une motoneige. Malgré l'épais rideau neigeux, Joe eut le temps d'entrevoir l'éclat d'un énorme pistolet chromé balayant une équipe d'assaut en effervescence. Les agents plongèrent à l'abri des véhicules alignés côte à côte, hurlant et essayant de comprendre qui les attaquait et d'où venait l'assaut.

Tenant son revolver à deux mains, Nate Romanowski se mit à faire feu méthodiquement du haut de la colline. Il tirait une ou deux balles dans les blocs moteurs de chaque véhicule. La puissance de l'impact faisait tanguer les autoneiges, projetant dans la neige les agents cachés derrière. Joe le regarda recharger très vite son arme, faire un pas de côté et recommencer à tirer.

Jetant un coup d'œil par-dessus son épaule, il constata que les Souverains profitaient eux aussi de la diversion pour se précipiter sur leurs véhicules.

– Je le vois ! hurla un des agents en lâchant une rafale de son arme automatique à travers les arbres.

Joe entendit les balles percuter les troncs des arbres gelés et vit la neige dégringoler des branches. Romanowski répliqua en tirant sur le capot de l'autoneige la plus proche de l'agent, le véhicule décollant de quelques centimètres avant de retomber sur le sol.

Puis, sans qu'il ait rien entendu, quelque chose s'abattit sur la nuque de Joe, le faisant s'écrouler dans la neige et sombrer dans un monde nimbé d'un merveilleux halo bleu-vert.

Il entendait des coups de feu, des cris et des moteurs qu'on faisait démarrer quelque part dans un monde dont il ne faisait plus partie. Un bourdonnement sourd lui emplissait les oreilles et une sensation de picotement lui envahissait le visage. Lorsqu'il ouvrit la bouche pour respirer, il ne trouva pas d'air. Il ouvrit les yeux et ce fut sur une magnifique lumière bleue qui le réconforta. Puis, la colère et la douleur le sortant de sa torpeur, il comprit qu'il était là où Munker l'avait laissé – face contre terre, en train de s'étouffer dans la neige profonde.

WINTERKILL

Il se débattit en grognant, sans trop savoir dans quel sens était le ciel. Lorsqu'il reprit ses esprits, il sentit une douleur diffuse à la base de son crâne, un élancement violent à la hauteur de sa côte cassée, la blessure causée par le fil barbelé sur ses jambes – et une souffrance cruelle, presque physique à la pensée d'April.

Lorsque Joe fut enfin capable de s'asseoir, Nate Romanowski avait disparu, mais le vrombissement d'une motoneige qui s'éloignait était encore perceptible. Sur la route, Dick Munker avait enfourché une motoneige restée intacte et fonçait vers la colline. Nate ne l'avait donc pas touché avec son premier coup de feu.

Joe avança en titubant dans la neige profonde et se hissa sur la route damée. L'odeur fétide de la caravane carbonisée envahit ses narines et sa bouche.

Au moment où il atteignait sa motoneige, Melinda Strickland et Elle Broxton-Howard se précipitèrent vers lui. Le petit chien de Strickland bondissait comme un lièvre pour arriver à suivre sa maîtresse dans la neige. Joe remarqua que Barnum s'était penché au-dessus d'une motoneige endommagée et ne regardait pas dans sa direction.

– Joe, je... commença Strickland.

Mais Joe l'ignora. Il remarqua que les vêtements des deux femmes scintillaient : des petits éclats de verre brisé s'étaient amassés dans leurs plis. Il se dit qu'elles avaient dû se blottir sur le plancher de l'autoneige lorsque les vitres avaient volé en éclats.

Il dégagea sa carabine des tendeurs qui la maintenait à l'arrière de sa motoneige et l'arma. Strickland s'immobilisa, perplexe.

« Tirez un coup de feu d'avertissement », avait-elle dit à Munker. Il la fusilla littéralement du regard, elle le fixa d'un regard dénué d'expression.

– Poussez-vous de là, dit-il en mettant le contact.

Les deux femmes s'écartèrent précipitamment tandis qu'il se lançait à toute allure au milieu des arbres, sur les traces de Munker.

Lorsqu'il atteignit la hauteur sur laquelle il avait aperçu Roma-nowski, il jeta un coup d'œil par-dessus son épaule en direction de la ligne d'agents déployés et du campement au-dessous de lui. Les agents de l'équipe d'assaut, tous en noir, s'étaient rassemblés autour de leurs véhicules endommagés. Certains gesticulaient encore, mais la plupart étaient immobiles. Dans le campement, les restes de la caravane de Wade Brockius disparaissaient derrière une énorme colonne de fumée noire. Il n'y avait plus un seul Souverain dans la place.

33

Il n'était pas difficile de suivre deux motoneiges au milieu des arbres. Les yeux mi-clos et brûlants dans leurs orbites, une carabine calibre .12 en travers des cuisses, Joe se lança à leur poursuite. Munker était resté dans les traces de Nate, tassant la neige encore davantage. Joe savait qu'il les rattraperait bientôt.

Il n'avait pas de casque ; le vent et la neige lui brûlaient le visage et les oreilles et lui plaquaient les cheveux en arrière. Mais il n'y prêtait aucune attention, concentrant ses efforts sur les traces devant lui et s'attendant à voir apparaître Munker d'un instant à l'autre. Il savait exactement ce qu'il allait faire quand il le rattraperait. Il était complètement concentré sur l'instant.

Il suivit les traces à travers une clairière avant de s'enfoncer à nouveau dans la forêt sombre. Comme il ne pouvait rien entendre hormis son propre moteur, il ne savait pas si Munker pouvait voir Nate ou si, comme lui, il se contentait de suivre ses traces.

Le sous-bois devint plus dense ; les troncs d'arbres défilant sur son passage, il dut ralentir pour ne pas perdre de vue les traces dans la neige. Manifestement, Nate avait tenté de semer Munker en fonçant à travers la forêt obscure, prenant des virages en épingles à cheveux autour des sapins et fonçant tête baissée sous les branches basses. La piste zigzaguait entre les arbres, s'arrêtant brusquement près d'un tronc ou d'une butte avant de repartir dans une autre direction.

L'unique pensée de Joe était de retrouver Dick Munker et de le tuer. Il savait que ça voulait dire la prison, mais il s'en fichait.

Aujourd'hui, l'agent Dick Munker du FBI devait mourir de ses mains.

Tout d'un coup, les traces quittèrent la forêt et grimpèrent dans une colline sans arbres. Accélérant et faisant rugir le moteur, Joe se rua dans la montée.

Il allait tellement vite au moment où il atteignit le sommet qu'il faillit ne pas s'apercevoir que les traces partaient dans des directions différentes. Les premières obliquaient brusquement vers la droite tandis que les autres continuaient tout droit, le long de la pente abrupte qui plongeait dans un chaos sombre et confus d'arbres déracinés. Incapable de contrôler sa trajectoire, Joe dévala la colline en essayant d'éviter les arbres, décélérant d'une main et écrasant le frein de l'autre. Il eut la vision rapide d'une motoneige écrasée au-dessous de lui, de débris éparpillés dans un enchevêtrement de troncs et de racines et d'une silhouette sombre sur la neige. Le corps était étendu de tout son long, à plat sur le dos et les bras écartés. Lorsqu'il parvint enfin à s'arrêter, son ski avant gauche se trouvait à vingt centimètres de la tête de Dick Munker. Suspendu en l'air juste devant lui, là où aurait dû se trouver son pare-brise, le tronc sectionné d'un pin renversé pointait directement sur sa poitrine, prêt à l'embrocher.

Joe coupa le moteur et sauta de sa moto. Immédiatement, il s'enfonça dans la neige jusqu'à la taille. En battant des pieds comme s'il était dans l'eau, il s'approcha de Dick Munker.

Ce qui s'était passé était clair. Sur les traces de Romanowski, Munker avait franchi le sommet de la colline et foncé tout droit vers la dépression au fond de laquelle gisaient des arbres déracinés par le vent. Troncs et branches arrachés et cassés exposaient leur nudité. Une grosse branche avait transpercé le capot de sa motoneige et l'avait envoyé voltiger dans la neige. Romanowski avait probablement fait exprès de le conduire jusque-là.

Munker avait les yeux braqués sur Joe. Avançant péniblement vers lui, Joe ne distinguait aucun mouvement chez lui, autre que ceux de ses yeux. Ce n'est que lorsqu'il fut pratiquement sur lui qu'il perçut l'odeur âcre du sang chaud et remarqua la vapeur qui montait de l'entrejambe de sa tenue de camouflage blanche. Il regarda de plus près. Ça venait du haut de sa cuisse, près de l'aine. Une branche pointue avait transpercé sa combinaison.

— Vous avez manqué le virage, hein ? dit-il d'une voix morne en abaissant le canon de sa carabine vers le front de Munker.

Tous deux entendirent le claquement sourd de la sécurité qu'il venait de faire sauter.

Munker ouvrit la bouche pour parler, mais changea d'avis au dernier moment. Ses yeux perçants passèrent du canon de la carabine au visage de Joe. Il avait un peu de neige enfoncée dans les narines.

— Vous avez tué ma fille, dit Joe. Personne n'aurait dû mourir au campement.

— Elle n'était même pas à vous, si ? demanda Munker d'une voix faible, son regard affichant tout son mépris.

Joe grimaça. Cet homme voulait vraiment mourir.

— Non, Joe, ne faites pas ça.

C'était Nate. Il avait dû couper le moteur de sa motoneige et arriver à pied dans la neige pour voir dans quel état se trouvait Munker. Joe ne l'avait pas entendu approcher.

— Pourquoi pas ? demanda Joe, pris d'un étrange vertige.

Il baissa les yeux pour voir si Munker faisait le moindre geste pour écarter la carabine. Mais seuls ses yeux pénétrants bougeaient.

Nate s'immobilisa pour reprendre son souffle. Il s'appuya contre un des arbres abattus, haletant dans le halo de vapeur qui enveloppait son visage.

— Parce que vous n'êtes pas un salaud comme lui. Vous ne tuez pas de sang-froid.

— Maintenant, si, dit Joe.

Dieu qu'il avait mal au crâne !

— Vous êtes un type bien, Joe. Vous ne faites pas ce genre de choses.

Joe leva les yeux vers lui.

— Je suis fatigué, Nate. Je viens juste de perdre une fille.

Nate hocha la tête.

— Si vous liquidez ce mec, qui veillera sur Marybeth ? et sur Sheridan ? et Lucy ? C'est bien comme ça qu'elle s'appelle, non ?

— C'est ça, dit-il en songeant qu'il était horriblement injuste que Nate lui parle ainsi.

— Qui veillera sur elles ? Elles ont besoin de leur père.

— Nom de Dieu, Nate !

Romanowski esquissa un sourire railleur.

– En plus, je crois bien que Munker s'est bousillé une artère et qu'il lui manque déjà quelques litres de sang. A mon avis, il partira tout seul et bien gentiment en dépit de notre tentative héroïque pour le sauver.

Joe regarda l'homme étendu devant lui. Il savait que Nate avait raison. Les yeux de Munker lançaient des éclairs, mais son visage était livide et ses lèvres déjà bleues. La neige enfoncée dans ses narines n'avait pas fondu.

Joe lâcha un juron et releva le canon de sa carabine.

– Pouvez-vous m'aider à le soulever, s'il vous plaît ? demanda-t-il à Nate.

Fonçant vers le sommet de la colline – Dick Munker affaissé devant lui sur le siège de la motoneige –, il n'était plus très sûr d'approuver l'idée de Nate. Il se disait que la vie de Munker ne valait pas lourd. Il lui était impossible de penser à une seule chose positive le concernant. Et pourtant il accéléra au maximum, espérant – contre toute attente – pouvoir livrer l'agent du FBI vivant au reste de l'équipe. Que Munker succombe à sa blessure pendant le transport était tout à fait acceptable, mais lui, Joe, devait quand même faire son possible. Il ne pouvait pas ralentir délibérément et prendre son temps pendant que Munker souffrait. C'était contre sa nature et ça n'avait rien à voir avec le fait qu'il le détestait. Il savait que c'était parfaitement illogique, mais il aurait préféré le tuer d'un coup de carabine plutôt que d'être responsable de sa mort parce qu'il avait lambiné sur le chemin du retour.

Mais Dick Munker rendit l'âme avant même d'atteindre la clairière qu'ils avaient traversée plus tôt. Joe le sut tout de suite ; son corps se raidissant avant de s'affaisser lourdement vers l'avant, il faillit glisser de la motoneige. Joe s'arrêta pour l'attacher avec ses tendeurs avant de repartir vers le campement.

Appuyé contre sa motoneige, Joe observait les hommes du shérif en train de charger le corps de Munker à l'arrière de la seule autoneige encore opérationnelle. De l'autre côté de la barrière, le campement était désert. Quelques agents de l'équipe d'assaut jetaient un coup d'œil dans les caravanes et les camping-cars désormais vides. L'intervention de Nate et le chaos qui s'en était suivi avaient permis aux Souverains de mettre en œuvre leur plan de fuite manifestement bien préparé. Ils avaient disparu, laissant derrière eux leurs affaires et leurs véhicules. Que Nate ait endommagé la quasi-totalité des véhicules du shérif avait empêché qu'on les poursuive. Il n'y avait plus là que des camping-cars abandonnés, des dizaines de traces de motoneige et les restes encore fumants de la caravane de Wade Brockius.

– Vous avez essayé de le sauver, dit Elle Broxton-Howard en passant un bras sur les épaules de Joe.

– Ouais, dit-il.

Il ne pensait déjà plus à lui.

– Dommage pour cette petite fille.

Il secoua son épaule pour se débarrasser de son bras et s'éloigna d'elle – et de tous les autres. Il n'arrivait même plus à parler. Il regardait fixement la carcasse fumante de la caravane. La neige avait fondu tout autour et le sol, terre sombre et herbe verte, se détachait étrangement dans la blancheur du paysage. La neige fondue mélangée à la suie avait creusé de minuscules sillons, longs doigts noirs qui couraient vers le bas de la colline. Chaque fois qu'il contemplait la carcasse noircie de la caravane, il revoyait le visage d'April tel qu'il l'avait aperçu pour la dernière fois. Elle regardait par la fenêtre, la tête sous le menton de sa mère. Son visage était dénué d'expression et elle avait l'air hagard. April avait toujours eu l'air hagard. C'était comme si elle n'avait jamais eu espoir en l'avenir, quoi que lui et Marybeth aient pu faire pour elle. Il n'avait pas réussi à la sauver et, maintenant, elle n'était plus là. Ça lui brisait le cœur.

Debout au milieu des tourbillons de neige, il sentit un sanglot déchirant éclater dans sa poitrine, emportant ses dernières forces. Ses genoux fléchirent et ses mains tombèrent, inertes, le long de son corps. Il s'effondra dans la neige, baissa la tête et se mit à pleurer.

QUATRIÈME PARTIE

FANTÔMES DE NEIGE

34

Deux mois s'étaient écoulés et, à part une vague poudre blanche certains matins, il n'avait pas reneigé. Même en mars, habituellement le mois le plus enneigé de l'année dans le Wyoming, il n'était rien tombé. Avec le soleil et les vents chauds et secs qui avaient balayé les Rocheuses, la neige avait fondu dans la vallée, même s'il en restait encore entre deux et trois mètres dans les montagnes.

Autour du campement des Souverains, les autoneiges endommagées étaient toujours là, épaves silencieuses. Les caravanes, les camping-cars et les voitures des Souverains n'avaient pas davantage été enlevés et ne le seraient probablement pas avant la fin du printemps, quand les routes de montagne seraient rouvertes et que les tracteurs et les dépanneuses pourraient arriver jusque là-haut.

A part quelques enquêteurs et de rares journalistes, il n'y avait eu pratiquement aucun visiteur au campement depuis la fusillade. En fait, rien ne semblait avoir changé depuis ce triste jour de janvier.

L'Office des forêts avait immédiatement lancé une enquête interne pour déterminer s'il y avait eu ou non infraction au règlement. Le FBI avait annoncé une enquête du même type portant sur les agissements de l'agent spécial Dick Munker.

Robey Hersig avait timidement contacté le procureur général à

Cheyenne pour lui proposer d'engager une enquête au niveau de l'État. Celui-ci l'avait rabroué en lui disant qu'il s'agissait d'une affaire fédérale.

On avait retrouvé le cadavre de Wade Brockius dans la caravane carbonisée. Son corps était étendu sur celui de Jeannie Keeley comme s'il avait essayé de la protéger, le cadavre d'April étant, lui, découvert près de celui de sa mère. Le corps d'Eunice Cobb avait lui aussi été retrouvé et identifié. C'était elle qui avait surgi en flammes de la caravane. Le révérend B. J. Cobb déclara son intention de porter plainte contre l'Office des forêts et le FBI pour la mort injustifiée de sa femme et annonça qu'il allait mettre en place une collecte de fonds à l'église pour couvrir les frais juridiques. On lui avait dit qu'il risquait d'en avoir pour cinq ans de procédure avant que l'affaire soit portée devant un tribunal, à supposer même qu'on y arrive un jour.

Cobb avait bruyamment contesté la nature « interne » des investigations menées par les agences fédérales. Il avait demandé une enquête indépendante et proposé qu'un groupe de travail soit constitué par le ministère de la Justice. Sa proposition n'avait pas eu de suite.

Pendant tout ce temps, Melinda Strickland était restée à Saddlestring. Elle avait été nommée superviseur du district par intérim, reprenant ainsi le titre et le bureau de Lamar Gardiner. Deux employées avaient déjà porté plainte, affirmant que Strickland leur avait jeté des livres à la figure dans un accès de rage.

Joe et Marybeth Pickett avaient payé les funérailles d'April et de Jeannie Keeley avec de l'argent qu'ils ne possédaient pas. Ils en devaient déjà à l'avocat qu'ils avaient embauché pour tenter d'obtenir la garde d'April et s'étaient encore plus endettés pour payer les cercueils et les emplacements au cimetière du Twelve Sleep County. Les tombes se trouvaient près de celle de Ote Keeley, le guide de chasse qui avait été assassiné et enterré dans son pick-up trois ans auparavant. Certaines personnes avaient été surprises qu'ils assument les frais des funérailles et c'était devenu un sujet de conversation au restaurant Burg-O-Pardner.

La « fusillade de Battle Mountain », comme on l'appelait, avait rapidement disparu des grandes chaînes d'informations nationales et n'était guère restée dans les esprits au niveau local et régional, sauf chez les plus méfiants et les plus démunis. Robey Hersig avait expliqué à Joe que c'était en partie dû au caractère inaccessible du campement, au manque de mobilisation des médias, à des histoires de guerre plus urgentes et à l'absence de retransmission télévisée. Pas d'informations sans images, avait-il dit. Il en attribuait le mérite à Dick Munker.

Ainsi, ce qui s'était passé à Battle Mountain n'avait pas eu le même impact national que les événements de Waco, Ruby Ridge ou l'affaire des Montana Freemen. Bien que l'incident ait fait fureur sur les forums d'Internet et qu'il ait fait réagir beaucoup de gens à l'ouest des Rocheuses, le manque d'informations fiables l'avait vite relégué aux dernières pages des journaux. Robey lui avait aussi dit que quelques-uns des Souverains qui avaient pris la fuite ce jour-là avaient contacté des journalistes à différents endroits du pays pour leur proposer leur histoire, mais qu'ils n'avaient généralement pas été pris au sérieux.

Melinda Strickland avait été encensée par Elle Broxton-Howard dans un long article publié dans le magazine *Rumour*. Un autre, paru dans *Us* sous le titre « Une femme s'insurge contre le système et sauve une forêt », montrait une photo de Melinda Strickland, mèches blondes et pieds nus sur son canapé, tenant son chien dans ses bras. Une équipe de télévision pour une chaîne câblée avait débarqué à Saddlestring pour faire un reportage plein de bons sentiments sur Elle Broxton-Howard et Melinda Strickland pour un magazine d'informations.

Du coup, l'agent américain de Broxton-Howard avait profité du créneau et, misant sur le physique avantageux de la jeune femme, sur sa présence à l'écran et son accent plus raffiné et prononcé que jamais, avait transformé le concept en une série de talk-shows pour des chaînes câblées diffusant des bulletins d'informations vingt-quatre heures sur vingt-quatre. On pouvait maintenant voir Elle Broxton-Howard à la télévision plusieurs fois par semaine comme commentatrice spécialisée dans les problèmes de féminisme et d'environnement.

Depuis le mois de janvier, elle avait laissé trois messages sur le répondeur de Joe. Elle voulait toujours faire un article sur lui, disait-elle. Elle pouvait même « flairer » un contrat de film dans les six chiffres. Ils s'occuperaient des détails plus tard, quand ils se verraient, ajoutait-elle. Joe ne l'avait toujours pas rappelée.

Un soir, alors que Marybeth passait négligemment d'une chaîne à l'autre, le visage de Broxton-Howard apparut sur l'écran. Marybeth jeta un regard mauvais à Joe avant de changer très vite de chaîne.

La femme de Bud Longbrake, celle qui avait été la maîtresse de Nate Romanowski et qui était partie faire un tour du monde en bateau, avait envoyé une demande de divorce à son mari de quelque part dans le Nevada. Il l'avait signée. Une semaine plus tard, Missy Vankueren s'installait au ranch des Longbrake.

Nate Romanowski, lui, avait disparu. Joe avait été surpris d'apprendre que l'équipe d'assaut ne l'avait pas identifié comme étant l'homme qui leur avait tiré dessus. Son épaisse combinaison et son casque de moto avaient empêché qu'on le reconnaisse. Ils avaient supposé, à tort, que le tireur était un Souverain qui avait réussi à les contourner d'une manière inexpliquée. Les rapports balistiques n'avaient pas réussi à identifier formellement les énormes balles qui avaient endommagé les autoneiges car elles étaient complètement déformées. Joe se rendit compte que seules deux personnes auraient pu formellement identifier le tireur : Dick Munker et lui-même.

Il avait dit aux enquêteurs locaux et fédéraux tout ce qu'il savait de ce qui s'était passé ce jour-là et des préparatifs qui avaient précédé la fusillade – à l'exception de l'identité du tireur et de la conversation qu'il avait eue avec Romanowski devant un Dick Munker à l'agonie. Il savait qu'il y avait fort peu de chances que sa version des faits soit retenue face à celle des autres témoins : Melinda Strickland, le shérif Barnum, Elle Broxton-

Howard et une demi-douzaine d'agents. Il était le seul à affirmer que « le coup de feu d'avertissement » tiré par Munker avait sectionné l'arrivée de gaz et que Munker avait inventé l'histoire de l'otage lorsqu'il avait appris que Spud Cargill était en prison. Selon les autres témoins, le premier coup de feu n'avait été qu'un simple avertissement. Personne d'autre ne confirmait avoir vu un tuyau en cuivre sectionné et laissant s'échapper du gaz. Les agents de l'équipe d'assaut n'avaient probablement pas menti – après tout, ils étaient emmitouflés et portaient des casques qui étouffaient les bruits et aucun d'entre eux ne se trouvait aussi près que Joe de la caravane et du tuyau endommagé. Sous l'intensité des flammes, le conduit dont parlait Joe avait littéralement fondu dans la neige. Il n'y avait donc aucun élément pouvant prouver ses allégations. Il espérait malgré tout que sa version des faits serait prise en considération.

Plusieurs enquêteurs, manifestement sceptiques, lui demandèrent de façon insistante s'il n'était pas trop éloigné pour voir ce qui s'était passé quand Munker avait tiré. Ils émirent l'hypothèse que ses intérêts personnels dans l'affaire et son évidente animosité envers Dick Munker et Melinda Strickland avaient pu influencer son interprétation des faits. La théorie qui fut enfin retenue par la DCI et le FBI fut que la caravane s'était embrasée parce qu'un feu accidentel ou intentionnel s'était déclaré à l'intérieur du véhicule.

Un des enquêteurs du FBI, un petit homme du nom de Wendt, avait avoué à Joe qu'il le croyait. Il lui avait aussi dit que sa version des faits serait difficile, voire impossible, à prouver. Wendt craignait que l'enquête interne soit rédigée de manière à faire apparaître Munker comme un héros mort en service commandé. Quoi qu'il en soit, avait-il ajouté, on ferait aussi l'éloge de Joe pour avoir tenté de sauver Munker.

Joe avait peu d'espoir, mais une partie de lui voulait croire qu'une enquête plus poussée corroborerait sa version des faits et que justice serait rendue. Il espérait qu'un agent du shérif ou un autre membre de l'équipe d'assaut confirmerait ses dires, au moins en partie. Il devait y avoir quelqu'un qui avait entendu le sifflement du gaz. Et peut-être que, avec le temps et la culpabilité, ce quelqu'un parlerait. Mais il savait que c'était peu probable et, par expérience, il savait aussi que les membres des forces de l'ordre se soutenaient entre eux et racontaient toujours la même version des faits.

Pour Joe et Marybeth, les deux mois qui suivirent la mort d'April passèrent dans une espèce de brouillard sinistre et irréel. Joe n'arrêtait pas de se remémorer les deux jours qui avaient précédé la mort de la fillette, passant et repassant en revue et jusque dans les moindres détails chacun de ses actes fébriles et chacune de ses décisions. Il regrettait amèrement de ne pas avoir su forcer Cobb à lui parler la première fois qu'il était allé chez lui et de ne pas avoir compris ce qu'il avait voulu dire par « sanctuaire ». Cobb l'avait induit en erreur, mais c'était parce qu'il s'était laissé faire. Parce qu'il n'avait pas compris ce que le révérend laissait entendre, il s'était lancé sur une mauvaise piste et avait perdu presque seize heures alors qu'il aurait pu intercepter Spud en train de redescendre des montagnes. Ça le minait.

La nuit, il était rare qu'il arrive à dormir plusieurs heures d'affilée. Quand il ne parvenait pas à trouver le sommeil, il descendait dans son bureau et rédigeait des lettres de démission. Une fois, il était même allé jusqu'à en glisser une dans une enveloppe qu'il avait timbrée et laissée avec le reste du courrier, prête à partir. Mais il l'avait récupérée le lendemain matin. Il avait aussi écrit – mais pas envoyé – une demande d'affectation dans un autre district. L'idée de travailler dans le même comté que Melinda Strickland le répugnait.

Marybeth, elle, était d'humeur changeante ; elle passait de la colère pure à un état dépressif résigné tout à fait nouveau pour elle et qui l'inquiétait. Certains soirs, elle s'enfermait dans sa chambre et Joe préparait le dîner pour les filles en leur disant que leur mère ne se sentait pas bien. Mais Sheridan n'était pas dupe : elle savait très bien que l'indisposition de sa mère n'était qu'une excuse.

Une nuit, alors qu'il était en train d'imprimer la dernière version de sa lettre de démission, il avait entendu du bruit dans le couloir. Après avoir couché Sheridan et Lucy dans leur lit à eux, Marybeth s'était mise à tout déplacer dans la chambre des filles avec une frénésie inhabituelle. Lorsqu'il l'avait rejointe, elle était en train d'en ôter tous les objets ayant appartenu à April. Elle avait rangé ses vêtements, ses cahiers et ses jouets dans des sacs et était en train de défaire le lit. Une grande tristesse s'empara de lui lorsqu'il la vit nettoyer les murs à côté du lit d'April, comme si elle voulait supprimer la moindre trace de la présence de la fillette.

– Je n'avais pas lavé ses draps depuis son départ, dit-elle, le regard étrangement brillant. Je ne sais pas pourquoi je ne l'ai pas encore fait. Mais il faut que je les lave et que je les range.

Joe l'avait regardée sans savoir quoi faire. Quand elle s'était arrêtée assez longtemps pour pleurer, il l'avait prise dans ses bras.

– Je n'ai jamais haï personne comme cette femme, dit-elle.

Il comprit qu'elle parlait de Melinda Strickland.

Il ne l'avait jamais vue aussi en colère et aussi dure.

– Elle ira en prison. L'enquête prouvera sa culpabilité, dit-il d'un ton rassurant en lui caressant les cheveux. (Il espérait dire vrai.) Ça ne nous rendra pas April, mais au moins Melinda Strickland paiera pour ce qu'elle a fait.

Marybeth pencha la tête en arrière et le regarda dans les yeux.

– Elle n'a même pas envoyé un mot. Tu te rends compte, Joe ? Elle a un cœur dur comme la pierre.

Il se contenta de hocher la tête, sachant qu'il n'y avait rien à ajouter.

Sheridan était tranquillement assise dans la cabine du pick-up, en train de caresser distraitement la tête de Maxine. Elle venait d'assister au dernier entraînement de basket de la saison et rentrait à la maison avec son père. Au volant, Joe jetait des coups d'œil inquiets vers le ciel, là, dans la partie supérieure du pare-brise. De gros nuages arrivaient. Il allait sans doute se remettre à neiger.

– Papa ?

– Oui.

– Est-ce que ça va aller, maman ?

Il marqua une légère pause avant de répondre.

– Oui, ça va aller. Il lui faut un peu de temps.

– April me manque, à moi aussi.

– C'est pareil pour moi, ma chérie.

– Je sais qu'elle ne reviendra pas. Mais j'aimerais bien retrouver ma maman.

Joe tendit la main vers elle et la posa sur son épaule. Elle avait les cheveux encore humides après l'entraînement.

– Papa, je peux te demander quelque chose ?

Il acquiesça d'un hochement de tête.

– Est-ce que toi et Maman m'en voulez de ne pas avoir surveillé April de plus près ce jour-là, à l'école ? Le jour où Jeannie Keeley est venue la chercher ?

Cette question lui faisant de la peine, il s'arrêta très vite le long de la route pour pouvoir se retourner vers elle et lui parler en face.

– Non, ma chérie, bien sûr que non, nous ne t'en voulons pas, la rassura-t-il. Ce n'était pas de ta faute.

– Mais c'est moi qui étais responsable d'elle, lui répondit-elle en luttant contre les larmes qui lui montaient aux yeux – bien plus facilement qu'avant, pensa Joe.

– Ça ne nous a pas traversé l'esprit une seule fois, dit-il. Vraiment.

En reprenant la route, il réprima un soupir. Il regrettait de ne pas y avoir pensé plus tôt et de ne pas en avoir parlé à sa fille. Bien sûr qu'elle devait se sentir responsable. En dépit de sa maturité et de tout ce qu'elle avait déjà vécu, ce n'était encore qu'une enfant. Et il était normal qu'elle se demande si elle était pour quelque chose dans les problèmes de ses parents.

Ç'avait été dur pour Sheridan et pour Lucy. April leur manquait et leur mère avait changé – elles auraient aimé qu'elle redevienne comme avant. Elle les réprimandait sèchement et, la minute d'après, les couvrait de baisers. Lucy s'était plainte à lui de ne pas oser lui parler parce qu'elle ne savait jamais comment elle allait réagir.

Joe savait très bien que son attitude à lui était loin d'être irréprochable. Il se sentait distant et indifférent à beaucoup de choses qu'il avait coutume d'aimer. Ses pensées étaient toujours là-haut au campement, au milieu des sommets enneigés. Il lui arrivait d'oublier que sa femme et ses filles étaient là devant lui et avaient besoin d'attention.

— Ça va aller pour ta maman, dit-il. Elle est solide.

Sheridan hocha la tête.

— Papa, nous n'avons jamais vraiment parlé de ce qui s'est passé ce jour-là dans la montagne, reprit-elle. On dirait que les gentils sont devenus méchants et que les méchants ne l'étaient pas tant que ça en définitive.

Il esquissa un sourire.

— C'est une bonne façon de voir les choses, en effet.

— Je n'arrive pas bien à comprendre.

— On en revient toujours à la question de la responsabilité, dit-il au bout d'un moment.

C'était une chose à laquelle il avait beaucoup réfléchi ces derniers temps.

— Qu'est-ce que ça veut dire ?

— Ça veut dire qu'il faut vraiment que les gens soient responsables de leurs actes. Il faut que les comportements inconsidérés ou cruels soient punis, répondit-il en se demandant s'il en disait trop.

Il ne voulait surtout pas qu'elle croie qu'il cherchait à se venger.

Elle garda le silence pendant quelques minutes.

— Qui m'a fait perdre une sœur sans raison ?

Il fronça les sourcils.

— Moi, d'une certaine manière…

— Mais non, tu n'es pas responsable !

— Si, ma chérie, je le suis, dit-il en regardant droit devant lui. Je n'ai pas su la protéger comme j'aurais dû. Je ne l'ai pas ramenée à la maison.

— Papa !

Des larmes coulaient sur les joues de la fillette.

— Mais d'autres personnes sont encore plus responsables, ajouta-t-il.

Ce soir-là, après le dîner, le téléphone sonna. C'était Robey Hersig.

– Joe, dit-il.

Joe sut immédiatement que quelque chose n'allait pas. Pas un bonjour, pas le moindre échange de politesses, aucune allusion à la tempête qui approchait.

– Oui ?

– On vient de jeter un premier coup d'œil aux résultats de l'enquête conjointe du FBI et de l'Office des forêts. Non seulement Munker et Melinda Strickland ont été disculpés, mais on les a félicités pour ce qu'ils ont fait. L'annonce officielle en sera faite demain.

Joe crispa les doigts sur le combiné comme s'il voulait le réduire en bouillie.

– Comment est-ce possible, Robey ?

– Joe, il faut rester calme.

– Je le suis.

Il leva les yeux vers Marybeth, près de l'évier. Elle s'était tournée vers lui et le regardait fixement. Manifestement, elle se doutait de ce qui était en train de se passer rien qu'à voir le visage de son mari. Son expression se figea et elle serra les poings.

– Ne faites rien de stupide, reprit Hersig. Nous savions que c'était une possibilité. Nous en avions parlé ensemble. Quand il s'agit d'une enquête interne… eh bien, disons qu'il y a peu de chances qu'ils concluent que leurs propres agents ont déconné. N'oubliez pas qu'il s'agit des fédéraux… du FBI. On le savait dès le départ.

Joe garda le silence.

– Joe, promettez-moi de rester calme.

Marybeth s'était précipitée à l'étage pour s'enfermer dans sa chambre dès que Joe lui avait répété ce que Hersig venait de lui dire. Il fallait lui laisser un peu de temps, pensait-il, avant de monter la rejoindre. Lui aussi avait besoin de réfléchir à ce qu'il allait pouvoir dire sans montrer sa rage et son désarroi. Il saisit sa parka accrochée au portemanteau de l'entrée et sortit dans la nuit pour essayer de s'éclaircir les idées.

Il faisait froid et l'air était humide. Les étoiles avaient disparu derrière les nuages. Après deux mois d'accalmie, il allait à nouveau y avoir de la neige. Il ne savait pas trop pourquoi, mais l'idée lui plaisait bien. Il remonta la fermeture Éclair de sa parka et se dirigea à grands pas vers la clôture en bois.

Dans l'obscurité, un battement d'ailes étouffé le fit s'immobiliser, une main sur la clôture. Il se retourna. Dans l'allée, à côté de son pick-up, Nate Romanowski était assis sur le capot d'une vieille Buick Riviera immatriculée dans l'Idaho, son faucon pèlerin perché sur son poing.

– Est-ce que vous avez déjà pensé à frapper aux portes ? lui demanda Joe.

– Merci de ne pas m'avoir mêlé à tout ça, répondit Nate en ignorant sa question.

– Vous avez été là quand il fallait m'aider, dit Joe en refermant le portail et en s'approchant. Je vous devais bien ça.

– Je viens d'apprendre les résultats de l'enquête, dit Nate avec un hochement de tête. Leur première règle de survie est de protéger les leurs.

– Comment diable avez-vous pu être au courant aussi vite ? Je viens tout juste d'être averti.

– Mes contacts dans l'Idaho. Ça faisait déjà six semaines que leur décision était prise. Tous les fédéraux étaient au courant. Les gens, ça parle dans les bureaux. Ça leur a juste pris un peu de temps pour rédiger tout ça dans les formes.

Joe s'assit près de lui sur le capot de la Buick. Il poussa un profond soupir et dut réprimer l'envie de se jeter contre quelque chose de dur. Il avait espéré que les choses finiraient autrement et se rendait compte qu'il avait été bien naïf d'imaginer qu'un tel miracle puisse se produire.

– Ce serait bien que Melinda Strickland s'en aille, reprit Nate.

Joe se tourna vers lui et le regarda fixement. Cette fois, il ne discuta pas. Il pensa à sa famille à l'intérieur de la maison et songea combien ces deux derniers mois avaient été durs pour eux tous. Rien ne pourrait réparer ce qui avait été fait ou leur faire oublier ce qui s'était passé. Mais il repensa aussi à ce qu'il avait dit à Sheridan sur les responsabilités de chacun.

– Je peux m'en occuper, dit Nate.

– Non, dit Joe d'une voix hésitante.

– Vous ne savez pas vraiment ce que vous voulez, c'est ça ?

– Si. Je veux qu'elle quitte le Wyoming. Je veux qu'elle quitte l'Office des forêts. Je veux qu'elle paie pour ce qu'elle a fait. Et je ne parle pas d'argent. Je parle de son boulot, au minimum.

– Cette femme est le mal incarné, enchaîna Nate en fronçant les sourcils. Si on la laisse en liberté, quelqu'un d'autre va en faire les frais, où qu'elle aille.

Joe réfléchit un instant.

– C'est tout ce que je suis décidé à faire, Nate. Je n'irai pas plus loin.

– Vous êtes sûr ?

Joe acquiesça d'un signe de tête. Il était tout à fait conscient de franchir une limite. Mais, vu les circonstances, il se disait que c'était une limite qui devait être franchie. S'il se trompait, cela lui vaudrait d'énormes ennuis. S'il avait raison, il pourrait quand même avoir des problèmes. Le plus facile et le moins risqué était encore de laisser les choses suivre leur cours. Mais ça, c'était impossible.

– Peut-être un peu plus, dit-il en se sentant à la fois euphorique et coupable.

– Voilà qui est bien dit ! s'exclama Nate en hochant la tête en souriant.

Puis il lui balança une claque dans le dos et ajouta :

– Nous devons donc la persuader de se retirer et de partir. Et pour ça, il faut faire pression sur elle. Est-ce que vous la connaissez bien ?

– Non, pas vraiment. Je ne crois pas que quelqu'un la connaisse vraiment.

– Mais vous la connaissez assez pour savoir ce qu'elle aime, ce qui est important pour elle, non ?

Joe réfléchit un moment. Il pensait à deux choses. Ils rentrèrent dans le bureau et Joe demanda à Nate de l'attendre un instant. Il monta dans la chambre pour voir comment allait Marybeth. Elle avait pleuré. Il tenta de la réconforter, mais ne lui fut d'aucun secours. A la voir comme ça, il se dit qu'il devait absolument faire quelque chose. Il la laissa seule et redescendit à la cuisine. Il prit une bouteille de bourbon, mit des glaçons dans deux verres, apporta le tout dans son bureau et referma la porte derrière lui.

Après deux heures de discussion, les deux hommes finirent par se mettre d'accord.

La neige s'était mise à tomber.

35

A seize heures cinquante-deux le lendemain, Joe entra dans le bureau de l'Office des forêts de Saddlestring et s'assit sur un canapé en vinyle qui avait l'air de dater de l'administration Ford. Tout en essuyant les flocons de neige sur le classeur qu'il avait apporté avec lui, il sourit à la réceptionniste.

– Je suis venu voir Melinda Strickland, dit-il.

La réceptionniste jeta un coup d'œil à l'horloge accrochée au mur. Le bureau allait fermer dans huit minutes. Elle avait déjà posé son sac à main sur le bureau et décroché son manteau. Joe savait par expérience que personne dans ce bureau ne travaillait une minute de plus après dix-sept heures. C'était la même chose pour la plupart des agences de la fonction publique.

– Elle vous attend ?

– Elle devrait, dit-il, mais j'en doute.

– Votre nom ?

– Joe Pickett. S'il vous plaît, dites-lui que c'est important.

La réceptionniste était nouvelle – embauchée récemment par Melinda Strickland pour remplacer une des deux femmes qui avaient porté plainte contre elle. Joe la reconnaissait : elle avait été employée dans une société de crédit mutuel de la ville. Elle était austère, râblée et bourrue. Il la regarda frapper à la porte du bureau de Melinda Strickland, puis disparaître à l'intérieur avant de refermer derrière elle.

Joe entendit un murmure de voix, une d'elles augmentant en intensité. Au bout d'un moment, la porte s'ouvrit et la réceptionniste revint vers son bureau pour prendre son sac et son manteau.

– Elle demande que vous preniez rendez-vous plus tard dans la semaine.

– Je vois. Lui avez-vous dit que c'était important ?

La réceptionniste le fusilla du regard.

– Oui.

– Lui avez-vous dit que c'était à propos de son chien ?

Elle sembla soudain plus nerveuse. Comme il s'en était douté, elle travaillait ici depuis assez de temps pour s'être rendu compte de la relation tout à fait spéciale qui liait Strickland à son cocker

– Non. Qu'est-ce qui se passe avec son chien ?

– Je dois parler à Mme Strickland en privé, dit-il en hochant la tête.

La réceptionniste pivota sur les talons en maugréant et disparut à nouveau dans le bureau de Strickland. Derrière lui, Joe entendait les employés qui se dépêchaient d'éteindre les lumières et de fermer les portes des bureaux. Il était cinq heures et ils sortaient si précipitamment du bâtiment que les portes extérieures n'avaient pas le temps de se refermer.

Melinda Strickland, manifestement troublée, ouvrit la porte de son bureau. Elle s'écarta pour laisser passer la réceptionniste qui rentrait chez elle. Ses cheveux avaient repris la teinte cuivrée qu'elle avait lorsqu'il avait fait sa connaissance trois mois auparavant.

– Y a un problème avec Bette ?

Joe avait oublié le nom de son cocker. Il se leva.

– Vous avez une minute ?

Les yeux de Strickland lançaient des éclairs. Elle détestait les surprises, mais elle adorait son chien et Joe le savait.

– Madame Strickland… ? demanda la réceptionniste, prête à partir.

– Oui, vous pouvez partir. Je fermerai dans une minute.

Passant devant Melinda Strickland toujours debout dans l'embrasure de la porte, Joe pénétra dans le bureau. La pièce était un véritable capharnaüm. Des tas de papiers, de carnets et de courrier s'empilaient sur les chaises, le bureau et dans les coins. Elle avait réussi à mettre une belle pagaille en peu de temps. Il débarrassa une chaise et s'assit devant son bureau en attendant qu'elle le rejoigne.

Agacée qu'il soit entré sans y être invité, elle contourna son bureau et s'assit en face de lui.

– Quoi ? lâcha-t-elle.

Il parcourut calmement la pièce du regard. Les seuls objets de nature un tant soit peu personnelle étaient une couverture encadrée du magazine *Rumour* et une photo de Bette sur le mur latéral.

– Joe, je...

– Ma fille est morte à cause de ce que vous avez fait, dit-il simplement mais en laissant les mots peser de tout leur poids. (Elle recula comme si on venait de la gifler.) Nous savons très bien tous les deux ce qui s'est passé là-haut, reprit-il en soutenant son regard jusqu'à ce qu'elle se détourne. Votre agence vous a disculpée. Mais maintenant nous sommes dans le monde réel. Là-haut, j'y étais aussi. Vous avez causé sa mort et celle de trois autres personnes.

– Je ne sais pas de quoi vous parlez, cracha-t-elle. Vous êtes complètement malade.

Elle regarda tout autour de la pièce en évitant de poser les yeux sur lui.

– Vous n'avez même pas envoyé un mot à ma femme.

– Sortez immédiatement de mon bureau, garde-chasse Pickett !

Il se pencha en avant, dégagea un espace sur le bureau pour le dossier qu'il avait apporté et posa ce dernier devant elle sans l'ouvrir.

– Vous ne pourrez jamais nous rendre April, enchaîna-t-il, mais il y a une ou deux choses que vous pouvez faire pour vous acquitter au moins partiellement de vos fautes.

Elle abattit ses mains sur le bureau avec un bruit sourd.

– Je n'ai absolument rien à me reprocher !

– Bien sûr, ce n'est rien par rapport à ce que vous avez fait, poursuivit-il en ouvrant le dossier comme si elle n'avait rien dit, mais c'est mieux que rien. Ma femme se sentira mieux. Et moi aussi. Peut-être même vous sentirez-vous mieux vous-même.

– Sortez de mon bureau ! hurla-t-elle, le visage tordu de rage.

Elle était habituée à ce qu'on lui obéisse.

Joe se concentra sur le papier qu'il était en train de lire.

– Le premier document, ici, est un communiqué de presse annonçant la création de la Fondation pour enfants April Keeley, dit-il. (Il leva les yeux et constata qu'elle l'écoutait en dépit de son visage blême et crispé.) Les premiers vingt-cinq mille dollars de la Fondation proviendront des fonds que votre père vous a légués. Si vous pouvez donner plus, ce serait encore mieux.

Il parcourut le document du regard afin d'en lire un passage.

– Le but de la fondation est de favoriser une meilleure protection et une législation adaptée aux enfants placés en familles d'accueil. Vous ferez à nouveau parler de vous. Peut-être même y aura-t-il un article dans un magazine disant que non seulement vous avez sauvé une forêt, mais qu'en plus vous protégez les enfants placés en foyer d'accueil.

– Qu'est-ce que c'est que ce truc ? demanda-t-elle. Où avez-vous pêché ça ?

– Je l'ai rédigé hier soir, répondit-il en haussant les épaules. Les communiqués de presse ne sont pas ma spécialité, mais ça devrait faire l'affaire.

– Qu'est-ce que je suis censée faire de ça ?

– Le publier sous votre signature, puis l'annoncer publiquement au cours d'une de vos conférences de presse, dit-il avec une pointe de sarcasme dans la voix et un petit sourire en coin.

Elle était complètement interloquée. Joe ne lui avait jamais vu un visage aussi tordu.

– Autre chose, reprit-il en sortant un autre document du dossier. Votre lettre de démission. Vous pouvez la signer et annoncer votre décision au cours de la conférence de presse. Les gens penseront que vous démissionnez pour vous consacrer à votre travail pour les enfants. Tout le monde aimera. La vraie raison restera entre nous.

La lettre de démission avait été facile à rédiger. Il avait utilisé une de celles qu'il avait déjà écrites pour lui en se contentant de changer les noms.

– Signez ces documents et nous pourrons tous les deux rentrer chez nous, conclut-il en plaçant les feuillets devant elle.

– C'est n'importe quoi !

– Non, ce n'est pas n'importe quoi.

– Je devrais appeler le shérif.

– Non, vous devriez signer ces documents. Il y a une copie pour vous et une pour moi.

Il se pencha en avant sur sa chaise, toute trace de sourire disparaissant de son visage.

– Écoutez, vous appelez le shérif si vous voulez. Dites-lui que je vous menace avec deux feuilles de papier. Dites-lui pourquoi ça vous met dans un tel état que je vous demande de créer une fondation pour les enfants. Ça devrait être du plus bel effet dans la presse, vous ne croyez pas ?

Strickland explosa de colère, balayant du revers de la main un tas de papiers posé sur le bord du bureau et envoyant voltiger des feuillets comme une nuée d'oiseaux blessés.

– Sortez de mon bureau ! hurla-t-elle. Immédiatement !

Joe saisit le communiqué de presse et la lettre avant qu'elle puisse les déchirer. Sans la quitter des yeux, il recula dans sa chaise et lança par-dessus son épaule :

– Nate !

Elle regarda derrière lui, vers la porte. Joe entendit des pas traînants dans son dos et la vit écarquiller les yeux et blêmir.

Il jeta un coup d'œil derrière lui. Nate Romanowski venait d'entrer dans le bureau. Il tenait délicatement Bette sous un bras et braquait le canon de son Casull .454 sur la tête du cocker.

– Signez, dit Nate, ou c'est le cabot qui y passe.

Joe réprima un sourire.

– Vous êtes des monstres ! lâcha-t-elle à voix basse. Pauvre Bette !

Joe se tourna vers elle. Sans un mot, il fit glisser les documents sur son bureau. Il prit un stylo dans la poche de sa chemise et en ôta le capuchon.

– Allez, finissons-en, dit-il en lui tendant le stylo.

Un grand soulagement l'envahit lorsqu'il la vit saisir le stylo d'un air distrait.

Il fit pivoter les documents vers elle et lui indiqua l'endroit où elle devait signer. Elle se pencha en avant, sa main restant suspendue un instant au-dessus des feuillets. Une expression sombre et malveillante passa sur son visage, ses traits se tordant de colère. D'un geste violent elle jeta le stylo.

– Allez-y, tuez le chien ! lança-t-elle d'une voix rageuse. Je ne signe rien. Qu'est-ce que ça va me rapporter, tout ça, hein ? J'y gagne quoi, moi ? Rien du tout, ça c'est sûr !

Joe se dit qu'elle devait bluffer. Mais lorsqu'il vit la rage froide de la folie dans ses yeux, il sut que ce n'était pas le cas. Il s'était horriblement trompé.

Derrière lui, il entendit le petit bruit métallique d'un revolver qu'on arme.

Mais que Nate ait relevé le chien de son arme ne changea rien. Lorsqu'il leva les yeux sur le visage de Melinda Strickland, il n'y vit qu'un masque grotesque de venin et de bile. Pas l'ombre d'une émotion dans ses yeux. Même la mort de son chien, le seul être pour lequel elle semblait éprouver quelques sentiments, ne parvenait pas à entamer la carapace de son narcissisme. Joe avait perdu, son échec était complet. Il se savait incapable de pousser plus avant. Le faire l'aurait condamné à la rejoindre dans son malheur.

– Nate, relâchez le chien, dit-il dans un soupir.

– Quoi ? Qu'est-ce que vous dites ? s'écria celui-ci, furieux.

– Relâchez-le.

– Joe, vous devez aller jusqu'au bout et...

Il se leva et pivota sur ses talons.

– Ça ne marchera pas.

Les yeux réduits à des fentes, Nate observait l'air mauvais de Melinda Strickland. Joe avait raison. Le cocker lui lécha la main.

Il remit la sécurité de son revolver avant de glisser ce dernier dans son holster d'épaule d'un air indigné. Il se pencha et posa le petit chien par terre.

– Sortez de mon bureau, dit Strickland d'un air triomphant. Tous les deux.

Puis elle appela son chien.

Joe passa devant Nate et se dirigea vers la réception. Il était accablé, humilié. Nate le rejoignit quelques secondes plus tard. Ils échangèrent un regard, encore sous le choc de ce qui venait de se passer.

– Bette, nom de Dieu, viens ici ! hurla Strickland dans son bureau.

Au lieu de cela, le cocker sortit du bureau à toute allure et bondit vers Nate. Il voulait qu'il le prenne à nouveau dans ses bras.

36

Debout au comptoir du Stockman's Bar, Joe commanda son troisième Jim Beam avec glaçons. Tandis que l'obscurité enveloppait les lieux, que la neige continuait de tomber dehors et que les clients entraient en se plaignant du mauvais temps, il observait son visage dans le miroir fendu.

Il se sentait impuissant et vaincu. La douce chaleur du bourbon qui envahissait son corps ne parvenait pas à lui faire oublier son humiliation. Lorsque le verre arriva devant lui, il bascula la tête en arrière et le vida d'un coup avant de faire signe au serveur. Celui-ci le regarda d'un air sceptique, mais lui versa quand même un autre verre.

C'était probablement l'heure du dîner chez lui, et pourtant il ne s'en préoccupait pas. Au fond de la salle, les boules de billard s'entrechoquaient, mais il les entendait à peine. Il avait perdu Nate quelque part entre le bureau de l'Office des forêts et le bar qui se trouvait trois rues plus loin et ce n'est qu'une fois assis sur le tabouret de cuir rouge qu'il s'était aperçu de son absence. Il voulait un autre verre.

Il ne s'était jamais senti aussi minable. Mauvais père et mauvais mari, voilà ce qu'il était. Il n'avait pas su protéger April et elle était morte comme les fleurs tuées par le gel parce qu'on a oublié de les protéger. Et aujourd'hui, face à Melinda Strickland, il n'avait pas su défendre April, une fois encore.

Il se demanda si les choses auraient été différentes s'il s'était agi de Sheridan ou de Lucy au lieu d'April. Aurait-il réagi autrement ?

Aurait-il été plus combatif dès le début – au lieu de faire confiance au système juridique – si c'était ses propres filles qui s'étaient trouvées là-haut, dans la montagne ? Est-ce qu'il « l'aurait joué cow-boy », comme disait Nate, si ça n'avait pas été April ? Cette question le torturait.

Il contemplait son visage dans le miroir et n'était pas sûr d'aimer ce qu'il voyait.

– Vous attendez votre femme ?

La question le faisant sursauter, il renversa son verre sur le comptoir. C'était Herman Klein, l'éleveur. Joe ne l'avait pas vu entrer, mais il était tellement plongé dans ses pensées qu'il n'avait pas remarqué grand-chose autour de lui. Il en était à son cinquième verre et les lumières du bar commençaient à danser devant ses yeux.

– Non, mais asseyez-vous, dit-il en se rendant compte que la façon dont il venait de prononcer « asseyez-vous » n'était pas très claire.

Klein s'assit à côté de lui et ôta son chapeau pour en faire tomber la neige.

– Je ne suis pas mécontent de voir la neige, dit Klein en commandant une bière accompagnée d'un petit verre d'alcool et un autre bourbon pour Joe. (Celui-ci choisit d'ignorer le regard dubitatif du serveur, tandis qu'il essuyait le liquide répandu sur le comptoir.) Un peu d'humidité ne nous fera pas de mal. C'est bizarre de dire ça après le mois de janvier qu'on a eu, mais c'est vrai.

Joe acquiesça d'un hochement de tête. Il sentit son estomac gargouiller et se demanda s'il allait vomir.

Ils burent en silence un moment.

– Pourquoi m'avez-vous parlé de ma femme ? s'enquit Joe.

Klein haussa les sourcils.

– Parce que je ne vous vois jamais ici et que je viens de l'apercevoir qui sortait de sa voiture en bas de la rue. Je me suis dit qu'elle devait venir vous rejoindre.

Il fallut un moment pour que les paroles de Klein parviennent jusqu'à son esprit embrumé. Puis, perplexe, Joe se demanda ce que Marybeth pouvait bien faire en ville. Les filles étaient rentrées de l'école depuis longtemps et elle aurait dû être à la maison avec elles. Le cherchait-elle ? Il ne l'avait toujours pas appelée. En fait, il ne lui avait pas parlé du plan que lui et Nate avaient élaboré. D'habitude il lui demandait son avis, mais cette fois il s'était dit qu'elle n'avait pas besoin de ça. Ou, plus justement, que lui n'avait pas besoin de ça. Connaissant ses sentiments, il craignait qu'elle ne veuille aller trop loin avec Strickland. Ce n'était pas quelque chose qu'il souhaitait voir chez elle, s'il pouvait l'éviter, et il ne voulait pas non plus lui donner l'occasion d'être mêlée à toute cette affaire.

– Quand l'avez-vous vue ? demanda-t-il.

Klein haussa les épaules.

– Il y a une demi-heure, disons.

Étant donné qu'il avait laissé son pick-up dans le parking de l'Office des forêts, il se dit qu'elle l'avait peut-être aperçu en quittant la bibliothèque et qu'elle s'était arrêtée. Allons bon !

Il descendit précipitamment et maladroitement de son tabouret et jeta son dernier billet de vingt dollars sur le comptoir.

– Faut que j'y aille, marmonna-t-il en faisant glisser sa veste sur ses épaules.

– Voulez-vous que je vous conduise quelque part, demanda Klein en voyant son état.

– Non, ça va.

Ignorant les protestations de Klein, il se dirigea en titubant vers la porte.

Il sortit dans l'obscurité, glissant sur les dix centimètres de neige fraîche accumulés sur le trottoir. Puis il enfonça son chapeau sur sa tête, boutonna sa veste et s'éloigna aussi vite qu'il le put.

Si Marybeth avait vu son pick-up devant les bureaux de l'Office des forêts, elle avait dû entrer dans le bâtiment. Melinda Strickland s'y trouvait-elle encore ? Si c'était le cas, il se doutait de ce qui risquait d'arriver. « Je n'ai jamais haï personne comme cette femme », avait-elle dit.

Mais Melinda Strickland avait probablement quitté son bureau dès que Nate et lui étaient partis. Oui, c'était sans doute ce qu'elle avait fait.

Il aurait préféré ne pas être soûl.

Il tourna au coin de la rue et là, dans les tourbillons de la neige, il aperçut le Blazer du shérif, gyrophare allumé, et une voiture de patrouille de la police de Saddlestring garés devant les bureaux de l'Office des forêts. Des éclairs de lumière rouge et bleue balayaient la rue. La portière du Blazer était restée ouverte, comme si quelqu'un venait d'en descendre précipitamment. Le pick-up de Joe était toujours garé devant, pas loin du Bronco vert de Melinda Strickland. Lorsqu'il constata que le van de Marybeth n'était pas dans le parking, il poussa un soupir de soulagement.

Il n'avait aucune envie de revoir Melinda Strickland. Avait-elle appelé le shérif pour tout lui raconter ? Quelque chose s'était-il passé entre elle et Marybeth après qu'il était parti ?

Il approcha du bâtiment et entrouvrit assez grand la porte pour pouvoir glisser sa tête à l'intérieur. Le bourbon lui donnait du courage — ou était-ce de l'imprudence ? Les deux, sans doute. A l'intérieur, tout était comme il l'avait laissé précédemment, sauf que l'adjoint Reed se trouvait dans le hall, sa radio devant ses lèvres. Un agent de police était assis sur le canapé en vinyle, engoncé dans son anorak, l'air épuisé et hagard comme s'il venait de voir quelque chose d'horrible.

– Shérif Barnum ? dit Reed à la radio. Dans combien de temps pouvez-vous être dans les bureaux de l'Office des forêts ? On a reçu un appel nous disant que la porte était restée ouverte et que les lumières étaient encore allumées à sept heures du soir. Alors je suis venu jeter un coup d'œil et… disons qu'on a un problème.

Joe jeta un regard interrogateur à Reed qui fit un geste vers le couloir, en direction du bureau de Melinda Strickland. Sa porte, comme celle de l'entrée, était entrouverte.

Joe pénétra dans le hall et traversa la réception. Le policier était vraiment mal en point. Quelque chose qu'il avait vu plus loin dans le couloir l'avait fait chanceler et vomir dans une petite poubelle. Joe fut soulagé de voir que les deux hommes étaient trop préoccupés pour lui demander ce qu'il faisait là.

Contournant le bureau de la réceptionniste, il alla jeter un œil dans le bureau de Melinda Strickland. Ce qu'il vit fit immédiatement disparaître tous les effets de l'alcool de son esprit.

Strickland, toujours assise, était affaissée sur son bureau, le visage baignant dans une flaque rouge sombre. Des éclaboussures de sang, des morceaux de cervelle et des mèches de cheveux cuivrés maculaient le mur sur lequel étaient accrochées la couverture du magazine *Rumour* et la photo de Bette. Strickland tenait son Ruger semi-automatique de 9 mm en acier chromé serré dans sa main posée sur le bureau. Une seule douille, gisant sur la moquette, renvoyait l'éclat du plafonnier. La pièce baignait dans une odeur de sang chaud.

Joe eut un haut-le-cœur, puis il déglutit. Le bourbon avait un goût tellement âpre qu'il faillit s'étrangler.

Il savait très bien qu'il ne s'agissait pas d'un suicide. A peine deux heures plus tôt, il avait plongé ses yeux dans l'âme de cette femme et n'y avait rien vu. Il était impossible qu'elle ait éprouvé un remords soudain. Non, se dit-il, quelqu'un a maquillé ça en suicide.

Il voulut pousser la porte, mais quelque chose gênait. Pas moyen de l'ouvrir suffisamment pour pouvoir entrer dans la pièce. Il baissa les yeux et s'aperçut qu'un objet s'était glissé sous la porte et faisait obstruction.

L'esprit brumeux, il se pencha pour retirer ce qui bloquait. Il dégagea l'objet et le regarda.

Il eut l'impression que tout l'air de ses poumons et de la pièce autour de lui venait d'être aspiré d'un coup. Il n'était pas très sûr que le grognement qu'il venait d'entendre sortait de sa gorge.

L'objet qui bloquait la porte était un gant de cuir souple de la marque canadienne Watson. La moitié de son cadeau de Noël à Marybeth.

37

En quittant le bâtiment de l'Office des forêts, Joe regarda des deux côtés de la rue au milieu des tourbillons de neige. Pas la moindre voiture. Seul le hurlement d'une sirène se faisait entendre à plusieurs rues de là. Probablement le shérif ou le chef de la police. Le gant était enfoncé dans sa poche.

Il quitta rapidement la ville et se retrouva dans Bighorn Road, à rouler vers chez lui sans s'être laissé le temps de réfléchir. Il avait honte des pensées qui lui traversaient l'esprit. Elles lui paraissaient totalement étrangères.

Le van de Marybeth se trouvait devant le garage, l'éclairage extérieur allumé, mais la maison, elle, était plongée dans l'obscurité. En entrant, il remarqua immédiatement qu'il faisait froid et que le thermostat n'avait pas été monté depuis qu'ils étaient partis ce matin.

Sheridan et Lucy auraient dû être en train de regarder la télévision ou de faire leurs devoirs.

– Marybeth ?

– En haut, répondit-elle doucement depuis l'étage.

Il se précipita dans l'escalier et découvrit sa famille dans la chambre.

Lucy s'était endormie sur les couvertures au pied du lit et Sheridan et Marybeth étaient assises sur le lit dans les bras l'une de l'autre.

– Ça va ? s'enquit-il.

– On était en train de parler d'April, dit Sheridan d'un ton solennel. On se sent un peu tristes ce soir.

Joe jeta un coup d'œil à Marybeth pour savoir ce qui se passait. Elle était blême et avait l'air épuisée. Elle ne leva pas les yeux vers lui.

– Vous avez mangé ? demanda-t-il.

Sheridan fit non de la tête.

– S'il te plaît, amène Lucy en bas et allez manger quelque chose, lui dit-il. On descend dans une minute.

Marybeth ouvrit ses bras pour laisser partir Sheridan en évitant le regard de Joe.

Dès que les fillettes furent sorties de la pièce, Joe ferma la porte et vint s'asseoir sur le lit à côté d'elle.

– Tu as bu, dit-elle. Tu sens l'alcool.

Il poussa un vague grognement.

– Marybeth, il faut qu'on parle de ça, dit-il en sortant le gant de sa poche.

Il observa attentivement son visage tandis que son regard se posait sur le gant.

– Je ne m'étais pas aperçue que je l'avais perdu, dit-elle en le retournant et en le serrant dans son poing fermé.

Joe sentit une vague de chaleur monter en lui.

– Tu sais où je l'ai trouvé, n'est-ce pas ?

Elle hocha la tête et posa enfin les yeux sur lui.

– J'ai vu ton pick-up, dit-elle, impassible. Alors je suis entrée dans le bâtiment. Melinda Strickland était assise derrière son bureau et il y avait du sang sur le mur...

Le soulagement que Joe ressentit était meilleur que le meilleur des bourbons. Mais une idée lui traversa l'esprit et le fit tressaillir.

– Tu crois que c'est moi qui ai fait ça, dit-il.

La même émotion qui l'avait saisi une minute plus tôt s'afficha sur le visage de Marybeth.

– Joe... ce n'était pas toi ?

Il hocha la tête.

– Je l'ai trouvée comme ça, après toi. Mais j'ai vu ce gant et...

– Oh, Joe ! s'exclama-t-elle en comprenant tout de suite ce qu'il avait pensé. Je savais que tu étais allé là-bas et j'ai cru...

Ils se jetèrent dans les bras l'un de l'autre avec une ardeur égale à leur soulagement. Marybeth pleurait et riait en même temps. Au bout de quelques minutes, elle s'écarta de lui.

– Alors elle s'est suicidée ? demanda-t-elle.

Il fit non de la tête.

– Ça risque pas.

– Qui alors ?

Il marqua une légère pause.

– Nate.

Elle se leva, s'approcha de la fenêtre et observa la neige dehors.

– Il est revenu là-bas pendant que j'étais au bar. Il a dû attendre de me voir entrer au Stockman's Bar – il voulait être sûr que j'aie un bon alibi –, avant de retourner au bureau de Strickland. Je pensais juste l'avoir perdu en route. Il faut dire que je n'étais pas très clair à ce moment-là. J'ignore comment il s'y est pris, mais il a réussi à écarter l'arme de Melinda Strickland et à lui tirer une balle à bout portant dans la tête.

– Mon Dieu ! s'écria Marybeth en pensant à ce qui avait dû se passer.

– Un jour, il m'a dit qu'il ne faisait pas confiance au système juridique, mais qu'il croyait en la justice. On a essayé à ma façon, mais ça n'a pas marché. Sa façon à lui, elle, a marché.

– Qu'est-ce que tu vas faire ?

Il soupira et se frotta le visage. Marybeth le regarda d'un air inquiet en essayant de deviner ce qui se passait dans sa tête.

Il leva les yeux vers elle et parla doucement.

– Je vais faire de Strickland un véritable héros, dit-il.

Elle en resta stupéfaite.

– Nous avons laissé des papiers sur son bureau. Ils les trouveront en examinant la scène de crime. Mais il faudra plusieurs jours pour tout analyser. Demain, j'appellerai Elle Broxton-Howard pour lui donner l'interview qu'elle veut. En fait, je lui donnerai celle dont elle a toujours rêvé – le récit exclusif de la dernière journée de Melinda Strickland sur cette terre. Je lui raconterai comment, depuis la fusillade de Battle Mountain, elle était hantée par la mort d'April Keeley et ne cessait d'y penser. Strickland m'a tout raconté au cours de la réunion que nous avons eue dans son bureau ; elle m'a parlé de la fondation qu'elle voulait créer. Sa secrétaire pourra confirmer notre rencontre.

« Elle était rongée par le remords. Jusqu'à supprimer sa propre vie. Mais elle a d'abord écrit sa lettre de démission et créé la Fondation April Keeley à laquelle elle a légué tout son argent. »

Le récit prenait forme au fur et à mesure qu'il parlait et il était de plus en plus convaincu que ça allait marcher. Il s'interrompit pour reprendre son souffle, cherchant l'approbation sur le visage de sa femme.

Marybeth le regardait les yeux brillants.

– Parfois, tu m'épates ! lança-t-elle.

– Ça va être une histoire incroyable, dit-il en hochant la tête.

Ils gardèrent le silence un long moment.

– Qu'est-ce que tu vas faire pour Nate ?

Joe réfléchit un instant. Il hésitait. Il avait franchi une limite. Il ne pouvait pas faire marche arrière et prétendre que rien ne s'était passé. Il faudrait qu'il aille jusqu'au bout.

– Je vais lui demander d'initier Sheridan à l'art de la fauconnerie.

Il se leva et la rejoignit près de la fenêtre. Ensemble, ils regardèrent la neige qui tombait. Une bourrasque soudaine envoyant un tourbillon glacé dans leur direction, Joe sentit un souffle froid sur sa main posée près de la fenêtre. Il allait falloir mettre une bande isolante. Il avait encore oublié de le faire.

Il se pencha pour regarder le jardin au-dessous d'eux. Poussée par le vent, la neige de printemps, lourde et mouillée, s'était accumulée contre la clôture et les poteaux électriques. Au printemps précédent, il avait planté trois petits pins noirs d'Autriche devant la maison. Les filles l'avaient aidé et chacune avait choisi le sien. Le plus grand était celui de Sheridan, le moyen celui d'April et le plus petit celui de Lucy. Il se rendit compte qu'il avait les yeux braqués sur celui d'April. La neige accrochée à ses branches le transformant doucement en fantôme blanc, il se sentit étrangement réconforté.

Remerciements

Je tiens à exprimer toute ma gratitude à ceux qui ont partagé avec moi leur temps et leurs connaissances pour que ce récit soit le plus précis possible. J'assume l'entière responsabilité des erreurs que j'aurais pu commettre.

Merci à Bob Baker de la Freedom Arms à Freedom, Wyoming, pour m'avoir montré le délicat travail de fabrication et l'incroyable puissance de feu de ses excellents revolvers. Mes oreilles en bourdonnent encore.

Merci à Gordon Crawford, un de mes plus anciens amis et le premier à m'avoir parlé de l'art de la fauconnerie. Il a corrigé mes erreurs et m'a offert ses conseils avisés.

Une fois de plus, merci à Mark et Mari Nelson pour leur aide précieuse concernant les détails et les particularités de la vie d'un vrai garde-chasse (et de sa famille) dans le Wyoming, et pour leurs conseils et encouragements.

Merci à Andy Whelchel, mon agent, toujours là en coulisses pour s'assurer que tout se passe bien.

Merci à Don Hajiceck, le génial concepteur de mon site *www.cjbox.net.*

Merci à Thomas Lubnau, avocat à Gillette, Wyoming, pour son aide précieuse sur les problèmes juridiques relatifs à la garde et au placement des enfants dans des familles d'accueil.

Merci à Ken Siman, mon très dévoué attaché de presse, pour son travail extraordinaire. Ken Siman qui n'est pas, que je sache, propriétaire d'un funérarium.

Ma gratitude va aussi à Martha Bushko, mon exceptionnelle directrice littéraire. Et à tous les gens de G. P. Putnam's Sons et de Berkley Books – Carole Baron, Dan Harvey, Leslie Gelbman et toute l'équipe. Travailler avec eux est un honneur et un privilège.

C. J. Box
Cheyenne, Wyoming

RÉALISATION : NORD COMPO À VILLENEUVE-D'ASCQ

GROUPE CPI

Achevé d'imprimer en septembre 2005
par **BUSSIÈRE**
à Saint-Amand-Montrond (Cher)
N° d'édition : 61999. - N° d'impression : 053455/1.
Dépôt légal : octobre 2005.
Imprimé en France

DANS LA MÊME COLLECTION

Leonard Chang
Pour rien, ou presque
Brûlé
Protection trop rapprochée

Sarah Cohen-Scali
Les Doigts blancs

Michael Connelly
Les Égouts de Los Angeles
La Glace noire
La Blonde en béton
Le Poète
Le Cadavre dans la Rolls
Créance de sang
Le Dernier Coyote
La lune était noire
L'Envol des anges
L'Oiseau des ténèbres
Wonderland Avenue
Darling Lilly
Lumière morte
Los Angeles River
Deuil interdit

Robert Crais
L'Ange traqué
Casting pour l'enfer
Meurtre à la sauce cajun

Eno Daven
L'Énigme du pavillon aux grues

David Laing Dawson
La Villa des ombres
Minuit passé, une enquête du Dr Snow

Ed Dee
Des morts à la criée
L'Ange du Bronx

Anthony Hyde
China Lake

David Ignatius
Nom de code : SIRO

Thierry Jonquet
Mon vieux

Faye Kellerman
Les Os de Jupiter
Premières Armes

Jonathan Kellerman
La Clinique
La Sourde
Billy Straight
Le Monstre
Dr la Mort
Chair et Sang
Le Rameau brisé
Qu'elle repose en paix
La Dernière Note

Philip Kerr
Une enquête philosophique

Paul Levine
L'Héritage empoisonné
Cadavres incompatibles
Trésors sanglants

Elsa Lewin
Le Parapluie jaune

Herbert Lieberman
Nécropolis
Le Tueur et son ombre
La Fille aux yeux de Botticelli
Le Concierge
Le Vagabond de Holmby Park

Michael Malone
Enquête sous la neige
Juges et Assassins
First Lady

Henning Mankell
Le Guerrier solitaire
La Cinquième Femme
Les Morts de la Saint-Jean
La Muraille invisible
Les Chiens de Riga
La Lionne blanche
L'Homme qui souriait
Avant le gel

Dominique Manotti
Sombre Sentier

Alexandra Marinina
Le Cauchemar
La Mort pour la mort
La Mort et un peu d'amour
La Liste noire
Je suis mort hier
Le Styliste
Ne gênez pas le bourreau

Andreu Martín
Un homme peut en cacher un autre

Deon Meyer
Jusqu'au dernier
Les Soldats de l'aube
L'Âme du chasseur

Chris Mooney
Déviances mortelles
L'Enfant à la luge

Walter Mosley
Le Casseur
Little Scarlet

James Swain
Le Sens de l'arnaque

Austin Wright
Tony et Susan

L. R. Wright
Le Suspect
Mort en hiver
Pas de sang dans la clairière